KB116467

악령

악령 ⓢ상

Беcы

표도르 도스또예프스끼 장편소설 박혜경 옮김

BESY
by FEDOR DOSTOEVSKII (1873)

일러두기

1. 러시아어의 로마자 표기와 우리말 표기는 〈열린책들〉에서 정한 표기안(2018년 개정)을 따랐다.
2. 본문 속 성서 텍스트는 『공동번역성서』에서 인용하는 것을 원칙으로 하되, 본문 내용에 맞게 자체적으로 번역한 부분도 있다.

이 책은 실로 꿰매어 제본하는 정통적인 사철 방식으로 만들어졌습니다.
사철 방식으로 제본된 책은 오랫동안 보관해도 손상되지 않습니다.

아무리 해도 흔적은 보이지 않고
길을 잃었으니, 어떻게 해야 하나?
악령이 우리를 들판으로 이끌어
사방으로 헤매게 하고 있는 것 같구나.
....
그들은 얼마나 되며, 어디로 쫓겨 가고 있는가?
왜 저리 구슬프게 울고 있는가?
집 지키는 귀신의 장례를 치르고 있는가,
마녀를 시집보내고 있는가?

—A. 뿌시낀

마침 그곳 산기슭에는 놓아기르는 돼지 떼가 우글거리고 있었는데 악령들은 자기들을 그 돼지들 속으로나 들어가게 해달라고 간청하였다. 예수께서 허락하시자 악령들은 그 사람에게서 나와 돼지들 속으로 들어갔다. 그러자 돼지 떼는 비탈을 내리달려 모두 호수에 빠져 죽고 말았다. 돼지 치던 사람들이 이 일을 보고 읍내와 촌락으로 도망쳐 가서 사람들에게 알려 주었다. 사람들은 무슨 일이 일어났는가 하고 보러 나왔다가 예수께서 계신 곳에 이르러 악령 들렸던 사람이 옷을 입고 멀쩡한 정신으로 예수 앞에 앉아 있는 것을 보고는 그만 겁이 났다. 이 일을 처음부터 지켜본 사람들이 악령 들렸던 사람이 낫게 된 경위를 알려 주었다. 게르게사 근방에서 나온 사람들은 모두 몹시 겁을 집어먹고 예수께 떠나가 달라고 간청하였다. 그래서 예수께서는 배를 타고 떠나가셨다.*

—「루가의 복음서」8장 32~37절

* 이 책에서 성서 텍스트를 인용한 『공동번역성서』에는 이 구절에서 언급된 〈악령〉이 〈마귀〉라고 번역되어 있으나, 이 책의 제목과의 관련성에 맞게 여기서는 〈악령〉으로 옮겨 두었다.

제1부

『악령』 등장인물

스따브로긴(니꼴라이 프세볼로도비치. 니콜라, 니꼴렌까)
바르바라 뻬뜨로브나 스따브로기나 그의 어머니.

스쩨빤 뜨로피모비치 베르호벤스끼 스따브로긴의 가정 교사. 시인.
뾰뜨르 스쩨빠노비치 베르호벤스끼(뻬뜨루샤, 뻬뜨루시까, 피에르) 그의 아들.

쁘라스꼬비야 이바노브나 드로즈도바 과부.
리자베따 니꼴라예브나(리자, 리즈) 그녀의 딸.
마브리끼 니꼴라예비치 드로즈도프 장교. 리자베따의 약혼자.

폰 렘쁘께(안드레이 안또노비치) 신임 현지사.
율리야 미하일로브나 폰 렘쁘께(쥘리) 그의 아내.

끼릴로프(알렉세이 닐리치) 건축 기사.
리뿌찐 관리. 5인조 중 한 명.
랍신 관리. 5인조 중 한 명. 협잡꾼, 음악가.
비르긴스끼 관리. 5인조 중 한 명.
아리나 쁘로호로브나 비르긴스까야 그의 아내.

이반 샤또프(샤뚜시까) 대학생.
마리(마리야 이그나찌예브나 샤또바) 그의 아내.
다샤(다리야 빠블로브나 샤또바, 다셴까, 다시까) 그의 여동생.

레뱟낀 대위. 술주정뱅이.
마리야 찌모페예브나 레뱟끼나 그의 여동생.

똘까첸꼬 5인조 중 한 명.
시갈료프 5인조 중 한 명.
에르껠 혁명 사상의 신봉자.
페찌까 유형수.

까르마지노프(세묜 예고로비치) 유명 작가.
알렉세이 예고로비치(예고리치) 하인.

제1부

제1장

서문을 대신하여: 널리 존경받는 스쩨빤 뜨로피모비치 베르호벤스끼의 신변 이야기

1

지금까지 어떤 특별한 일도 없던 우리 도시에서 최근에 발생한 매우 이상한 사건들을 서술함에 있어서, 나는 나의 능력 부족 탓에 이야기를 약간 돌려, 다름 아닌 재능 있고 널리 존경받는 스쩨빤 뜨로피모비치 베르호벤스끼의 몇 가지 신변 이야기에서부터 시작해야겠다. 이 이야기는 앞으로 전개될 연대기의 서문과 같은 역할을 할 뿐이며, 내가 쓰려고 하는 진짜 이야기는 좀 더 뒤에 나올 것이다.

바로 시작하겠다. 스쩨빤 뜨로피모비치는 우리 사이에서 뭔가 독특한, 말하자면 시민적인 역할을 계속 담당하고 있었으며, 그는 이 역할을 열렬히 사랑했다. 그것 없이는 살아갈 수 없을 것처럼 보일 정도였다. 그렇다고 그를 연극배우에 견주려거나 하는 것은 아니다. 그것은 당치도 않을뿐더러, 나는 그를 존경하기까지 한다. 이 모든 것은 습관의 문제일 수도 있고, 더 정확히 말하면 어린 시절부터 훌륭한 시민으로서 자신의 모습을 그려 보던 기분 좋은 꿈을 계속 간직하려는 고결한 성향일 수도 있다. 예를 들어 그는 〈추방자〉, 그러니까 〈유형수〉라는 자신의 상황을 대단히 사랑하고 있었다. 이 두 단어에는 그를 단번에 사로잡아 오랜 세월 동안 점차 스스로를 더 높이 평가하게 만들고, 마침내 아주 높고 훌륭한 자존심의 경지에까지 끌어올리는 일종의 고전적인 광채 같은 것이 있었다. 지난 세기 영국의 한 풍자 소설에 나오는 걸리버라는 인물은 사람들의 키가 기껏해야 2베르쇼끄[1] 정도밖에 되지 않는 소인국에서 돌아오자, 자기가 그들 사이에서는 거인이었다는 생각에 익숙해진 나머지, 런던 거리를 돌아다니면서도 자기는 여전히 거인이고 사람들은 작다고 생각하며 그들을 깔아뭉개지 않도록 지나가는 사람들이나 마차를 향해 비키라거나 조심하라고 소리치곤 했다. 사람들은 이런 그를 보며 비웃거나 욕설을 퍼부었고, 난폭한 마부들은 이 거인을 채찍으로 후려치기까지 했다. 그러나 그것이 과연 정당한 일인가? 습관은 무슨 일인들 못하겠는가? 습관은 스쩨빤 뜨로피모비치 역시 거의 같은 길로 이끌었다. 그러나 이런 표현이 가능하다면, 그는 가장 아름다운 사람이었기 때문에 훨씬 더 순진하고 무해한 모습을 띠었다.

나는 그가 마지막에 가서는 어디서나 모든 사람들에게서 잊히게 되었을 것이라는 생각마저 든다. 그렇다고 이전에도 사람들이 그를 전혀 알지 못했다고는 말할 수 없다. 그는 잠시 한 세대 전의 저명한 활동가들이 모인 유명한 무리에 속한 적도 있었고, 아주 짧은 순간이긴 하지만 한때 그의 이름이 차아다예프[2]나 벨린스끼,[3] 그라노프스끼,[4] 그리고 해외에

1 러시아의 길이 단위. 1베르쇼끄는 약 4.4센티미터이다.

2 Petr Chaadaev(1794~1856). 러시아의 사상가이자 사회 평론가.

서 이제 막 활동을 시작한 게르쩬[5]과 거의 나란히, 당시 성급한 많은 사람들에 의해 언급되었던 것은 의심할 바 없는 사실이다. 그러나 스쩨빤 뜨로피모비치의 활동은 말하자면 〈회오리바람처럼 몰려든 상황들〉 때문에 시작하자마자 거의 곧바로 끝나고 말았다. 대체 어떻게 된 일이었던가? 적어도 이 경우에는 〈회오리바람〉뿐만 아니라 〈상황들〉조차 전혀 없었던 것으로 나중에 드러났다. 나는 얼마 전에야 겨우 스쩨빤 뜨로피모비치가 우리들 사이에서, 즉 우리 현에서 살게 된 것은 우리가 생각했던 것처럼 유형을 당해서도 아니고, 심지어 그는 감시를 받아 본 적도 없다는 사실을 정말 놀랍게도, 하지만 아주 분명하게 알게 되었다. 도대체 사람의 상상력의 힘이란 얼마나 대단한가! 그는, 어떤 사회 계층에서는 그를 계속해서 두려워하고 있으며, 그의 일거수일투족은 끊임없이 탐지되거나 간파되고 있고, 최근 20년 동안 우리 현에서 교체된 세 명의 현지사는 임명되어 올 때마다 업무를 인계받기에 앞서 위로부터 전해 들은 대로 그가 약간 독특하고 성가시다는 생각을 가지고 있었다고 평생 동안 진심으로 믿고 있었다. 만약 그때 누군가가 정직한 스쩨빤 뜨로피모비치에게 누구도 그를 두려워할 이유가 전혀 없다고 반박할 수 없는 증거를 들이댔다면, 그는 즉시 모욕을 느꼈을 것이다. 어쨌든 그는 매우 영리하고 재능 있는 사람으로, 말하자면 학자였다. 그러나 학문에서는…… 그러니까 한마디로 그가 학문에서 이

3 Vissarion Belinskii(1811~1848). 러시아의 대표적인 사상가이자 비평가, 혁명적 민족주의자.

4 Timofei Granovskii(1813~1855). 러시아의 유명한 자유주의 역사가, 모스끄바 서구주의 지도자.

5 Aleksandr Gertsen(1812~1870). 러시아의 정치 사상가이자 운동가.

룬 업적은 그다지 많지 않거나 거의 없는 것 같다. 하기야 우리 루시[6]에서 학문하는 사람들에게는 늘 있는 일이다.

그는 1840년대가 거의 끝날 무렵 외국에서 돌아와 대학에서 강사로 빛을 발했다. 기껏해야 몇 번 안 되는 강의에 불과했지만, 아라비아인에 관한 내용이었던 것 같다. 1413년에서 1428년에 독일의 작은 도시 하나우에서 발생한 시민적 한자 동맹의 의미에 관해, 그리고 그와 더불어 이 의미가 왜 전혀 실현되지 못했는가 하는 특수하면서도 불명확한 이유들에 관해 멋진 논문을 발표하기도 했다. 이 논문은 당시 슬라브주의자들을 교묘하고 고통스럽게 찔렀기 때문에 단번에 그는 그들 사이에서 분노한 수많은 적들을 갖게 되었다. 그 뒤 대학 강사 자리를 잃은 후이기는 하지만, 그는 디킨스의 작품을 번역하거나 조르주 상드의 사상을 선전하던 진보주의 월간지에 한 심오한 연구의 첫 부분을 발표했다(말하자면 복수이자 그들이 누구를 쫓아냈는지 보여 주기 위해서였다). 논문 내용은 어느 시대 기사들의 매우 놀라운 도덕적 고결함의 원인이던가 뭐 그랬던 것 같다. 적어도 뭔가 훌륭하고 매우 고결한 사상을 소개하고 있었다. 나중에 들은 바로는 그 후속 연구는 서둘러 금지되었고, 그 진보주의 잡지는 논문의 전반부를 발표했다는 이유로 박해를 받았다고 한다. 정말 그랬을 법도 한 것이, 그 당시 무슨 일인들 없었겠는가? 그러나 이 경우엔 아무 일도 일어나지 않았고 작가 스스로 게을러서 연구를 끝내지 못했다고 보는 것이 더 그럴듯할 것이다. 그가 아라비아인에 대한 강의를 그만둔 것도 어떤 〈상황〉을 설명하는 편지를 어딘가로 보내는 중에 어찌 된 일인지 누군가(분

6 러시아의 고대 이름.

명 반동적인 그의 적들 중 한 명일 테지만) 그것을 가로챘고, 그 후 그에게 이에 대한 해명을 요구했기 때문이었다. 정말인지는 모르겠는데, 바로 이때 뻬쩨르부르끄에서는 회원 열세 명으로 구성되어 있지만 사회의 근간을 흔들 만큼 거대하고 비정상적인 반국가 단체가 적발되었다고들 했다. 그들이 푸리에[7]의 사상을 번역할 준비를 하고 있었다는 소문도 들려왔다. 공교롭게도 같은 시기 모스끄바에서는 스쩨빤 뜨로피모비치가 6년 전, 아직 젊은 시절에 베를린에서 쓴 서사시 한 편이 필사본 형태로 두 명의 애호가와 한 대학생 사이에서 오가던 중 압수되었다. 이 서사시는 지금 내 책상 안에 들어 있다. 나는 바로 작년에 스쩨빤 뜨로피모비치에게서 그가 최근에 필사해 서명하고 화려한 붉은색 모로코가죽으로 제본한 이 서사시를 직접 받았다. 그것은 제법 시적이었고, 재능도 아주 없는 것은 아니었다. 이상하게도 당시에는(더 정확히 말하자면 1830년대에는) 이런 종류의 시를 종종 쓰곤 했다. 사실 나로서는 이런 시에서 아무것도 이해할 수 없기에 주제를 말하기는 어렵다. 그것은 서정극 형태를 취하고 있고, 『파우스트』 2부를 연상시키는 일종의 알레고리였다. 장면은 여성들의 합창으로 시작되어 남성들의 합창이 이어지고, 무슨 정령들의 합창, 그리고 마지막으로 아직 살아 본 적 없어 삶을 애타게 갈구하는 영혼들의 합창이 나온다. 이 모든 합창은 뭔가 매우 불분명하고 대부분 저주에 관한 내용이었지만 고매한 유머 같은 느낌도 들었다. 그러나 장면이 갑자기 바뀌어 〈삶의 향연〉이 시작되고, 여기서는 곤충들까지 노래를 부르고 거북이 성스러운 라틴어를 웅얼대면서 등장하며, 내 기억

7 Charles Fourier(1772~1837). 프랑스의 공상적 사회주의자.

이 맞다면 광물, 즉 아무런 생명이 없는 무생물마저 노래를 불렀다. 요컨대 모두가 계속해서 노래를 불렀고, 대화가 나오는 부분에서는 뜻 모를 욕설을 주고받았는데, 여기에도 고매한 의미가 담겨 있었다. 끝으로 장면은 다시 바뀌어 황량한 장소가 나타나고, 문명의 혜택을 받은 한 젊은이가 절벽들 사이를 배회한다. 그는 풀 같은 것을 뜯어서 즙을 빨아 먹다가, 왜 그것을 빨고 있느냐는 선녀의 질문에 자신의 몸속에서 생명의 과잉이 느껴져 그것을 망각하게 해줄 것을 찾던 중 이 풀즙에서 그것을 발견했다고 대답한다. 그러나 그의 주요 소원은 좀 더 빨리 이성을 잃는 것이다(그 소원은 지나친 듯하지만). 그러다가 갑자기 형언할 길 없이 아름다운 젊은이가 검은 말을 타고 등장하고, 그 뒤를 엄청나게 많은 군중이 따라 나온다. 젊은이는 죽음을 상징하며, 모든 군중은 죽음을 갈망한다. 그리고 마침내 마지막 장면에서 갑자기 바벨탑이 등장하자 운동선수들은 새로운 희망의 노래를 부르며 드디어 그것을 완성시킨다. 그들이 탑 꼭대기까지 다 완성하자 올림포스의 신이라고 생각되는 탑의 주인은 우스꽝스러운 모습으로 도망가 버리고, 그 상황을 알아차린 인간들은 그의 자리를 빼앗아 곧바로 새로운 통찰력을 가지고 새 삶을 살기 시작한다. 그런데 바로 이런 서사시가 당시에는 위험하다고 여겨졌다. 나는 작년에 스쩨빤 뜨로피모비치에게 이제 그의 시는 완전히 혐의가 없어졌으니 출판해 보라고 권했으나, 그는 불만스러운 표정을 지으며 그 제안을 거절했다. 완전히 혐의가 없다는 내 말이 그의 기분을 상하게 한 모양이었다. 한 가지 덧붙이자면, 그는 그 후 꼬박 두 달 동안 나를 냉랭하게 대했다. 그런데 이건 또 무슨 일인가? 갑자기, 내가 여기서 출판하자고 제안했던 때와 거의 같은 시기에 우리의 서사시가 **그곳에서**, 즉 해외에서 한 혁명 선집 안에 스쩨빤 뜨로피모비치에게는 전혀 알리지도 않은 채 출판되었던 것이다. 그는 처음에는 깜짝 놀라서 현지사에게 달려가기도 하고, 뻬쩨르부르끄로 보낼 점잖은 자기변명의 편지를 써서 나에게 두 번이나 읽어 주기도 했지만 어디로 보내야 할지 몰라 보내지는 못했다. 요컨대 그는 한 달을 꼬박 흥분해 있었던 것이다. 그러나 마음속 한구석에서는 은근히 흡족해하고 있었다고 나는 확신한다. 그는 자기에게 보내온 그 선집을 들고 거의 잠을 이루지 못했으며, 낮에는 침대 아래 숨겨 두고 하녀가 침구를 정리하는 것조차 허락하지 않았다. 하루하루 어디선가 전보가 오지 않을까 기다리면서도 시선은 거만했다. 그러나 전보 같은 건 오지 않았다. 바로 이때 그는 나와 화해를 했고, 이것으로 마음이 온화하고 너그러우며 매우 선량한 사람임을 입증해 보였다.

2

나는 정말이지 그가 아무런 고통도 당하지 않았다고 단언하지는 않겠다. 다만 나는 그가 필요한 해명만 제대로 했더라면, 하고 싶은 만큼 얼마든지 아랍인에 대한 강의를 계속할 수 있었을 것이라고 이제는 완전히 확신하게 되었다. 그러나 그는 당시 지나치게 자존심이 강했기에, 일생에 걸친 자신의 경력이 〈회오리바람 같은 상황들〉 때문에 산산조각 났다고 서둘러 단호하게 믿어 버리고 말았다. 하지만 사실을 말하자면, 그의 경력을 바꾸어 놓은 진짜 이유는 육군 중장의 아내

이자 상당한 재력가였던 바르바라 뻬뜨로브나 스따브로기나가 이전에, 그것도 두 번이나 했던 아주 미묘한 제안 때문이었다. 자기 외아들의 양육과 지적 발달을 책임지고 있던 그녀는 스쩨빤에게 아들의 훌륭한 스승이자 친구가 되어 달라고 제안했으며, 물론 빛나는 보상도 약속했다. 그가 처음 이 제안을 받은 것은 아직 베를린에 있을 때, 즉 첫 번째 아내를 잃었을 때였다. 첫 번째 아내는 우리 현 출신의 경박한 여자로, 그녀와 그는 아직 무분별했던 젊은 시절 초반에 결혼을 했다. 그녀는 매력적이긴 했지만, 부양하는 데 돈이 많이 들었고, 그 밖에도 다른 뭔가 미묘한 이유로 많은 괴로움을 안겨 주었던 것 같다. 그녀는 마지막 3년간 그와 별거하다가, 언젠가 슬픔에 잠긴 스쩨빤 뜨로피모비치가 내게 무심코 말한 것처럼, 남편에게 〈즐겁고 아직 암울하지는 않던 첫사랑의 결실〉인 다섯 살짜리 아들을 남겨 두고 파리에서 사망했다. 어린 아들은 바로 러시아로 보내져 시골의 먼 친척 아주머니 손에서 쭉 자랐다. 스쩨빤 뜨로피모비치는 바르바라 뻬뜨로브나가 당시 했던 제안을 거절하고 아내가 죽은 지 1년도 채 되지 않아서 베를린 출신의 과묵한 독일 여성과, 그것도 별다른 필요가 없는데도 서둘러 결혼해 버렸다. 그러나 이것 말고도 그가 가정 교사 자리를 거절한 데는 다른 이유들이 있었다. 당시 유명세를 떨치고 있던 잊을 수 없는 한 교수[8]의 명성이 그를 유혹했고, 그는 자기도 대학 교수가 되어 독수리 날개를 펼칠 준비를 하고 있었던 것이다. 하지만 날개가 다 타버리고 나자 이제 그는 당연히 이전에 결심을 망설였던 그 제안을 기억해 냈다. 그와 채 1년도 살지 못한 두 번째 아내의 죽음

8 그라노프스끼를 일컫는다.

역시 모든 것을 결정짓게 했다. 솔직히 말하겠다. 그에 대한 바르바라 뻬뜨로브나의 열정적인 관심과, 우정에 대해 이런 표현을 할 수 있는지는 모르겠지만, 고결하면서도 고전적이라 할 수 있는 우정 덕분에 모든 것이 해결되었던 것이다. 그는 이 우정의 포옹 속으로 달려들었고, 이후 20년 남짓 상황은 그렇게 굳어졌다. 내가 〈포옹 속으로 달려들었다〉고 표현하긴 했지만, 이를 두고 뭔가 말도 안 되는 쓸데없는 생각을 한다면 당치도 않다. 여기서 포옹은 가장 고결한 의미로만 사용해야 한다. 가장 섬세하고 가장 미묘한 관계가 그야말로 유별난 이 두 존재를 영원히 결합시켰다.

가정 교사 자리를 수락한 또 다른 이유는 스쩨빤 뜨로피모비치의 첫 번째 아내가 유산으로 남긴 아주 작은 영지가 우리 현에 있는 스따브로긴 가문의 장대한 교외 영지 스끄보레시니끼 바로 옆에 있기 때문이기도 했다. 게다가 엄청난 양의 대학 업무로 시간을 빼앗기지 않으면서 조용히 서재에서 자신을 학문에 바치거나 깊이 있는 연구로 조국의 문학을 풍요롭게 할 수도 있었다. 연구 업적은 없었지만, 그럼에도 남은 20년 이상의 삶을 저 국민 시인의 표현대로 조국 앞에 〈질책의 화신〉으로 자리 잡고 있을 수 있었던 것이다.

> 질책의 화신으로
> ....
> 그대는 조국 앞에 섰노라
> 자유주의자 - 이상주의자여[9]

9 러시아 시인 니꼴라이 네끄라소프Nikolai Nekrasov의 극시 『곰 사냥』의 한 구절.

그러나 국민 시인이 표현했던 그 인물은 비록 지루하더라도 자기가 원하기만 한다면 평생 동안 그러한 자세를 취할 권리를 가지고 있었다. 사실 우리의 스쩨빤 뜨로피모비치는 이런 인물들과 비교했을 때 한낱 모방자에 불과했기에 그런 자세를 취하다 지치면 자주 옆으로 드러누워 버리곤 했다. 그러나 옆으로 드러누운 채로도 질책의 화신으로서의 태도는 견지했으니 그 점만은 정당하게 인정해 주어야 하며, 게다가 우리 현에서는 그것으로 충분했다. 당신들이 여기 클럽에서 그가 카드놀이를 하기 위해 앉아 있는 모습을 한번 봤으면 좋겠다. 그는 온몸으로 이렇게 말하고 있었다. 〈카드놀이라고! 내가 자네들과 예랄라시[10] 게임을 하기 위해 앉아 있다니! 이런 걸 정말 함께한다고? 도대체 누구 책임인가? 나의 활동을 망쳐 버리고 한낱 예랄라시 게임이나 하게 만든 건 누구란 말인가? 에이, 러시아 같은 건 망해 버려라!〉 그러면서 그는 거만하게 하트를 내놓았다.

사실 그는 카드놀이를 지독하게 좋아했고, 그것 때문에 특히 최근 들어 바르바라 뻬뜨로브나와 자주 불쾌한 충돌을 겪었다. 더구나 그는 카드놀이에서 계속 지기만 했다. 그러나 이 이야기는 다음에 하기로 하자. 다만 그는 매우 양심적인 사람이어서(가끔 그러했다) 자주 슬픔에 잠겼다는 것만 지적해 두고자 한다. 바르바라 뻬뜨로브나와 20년에 걸친 우정을 지속해 가는 동안, 그는 1년에 서너 번 정도 정기적으로 우리가 이른바 〈시민적 비애〉라고 부르는 상태에 빠지곤 했다. 이것은 그냥 우울증이었지만, 매우 존경하는 바르바라 뻬뜨로브나는 이 단어를 마음에 들어 했다. 그 후 시민적 비애

10 카드놀이의 일종. 예랄라시는 〈뒤죽박죽〉이라는 뜻을 가지고 있다.

외에 그는 샴페인에도 빠졌다. 그러나 감수성이 예민한 바르바라 뻬뜨로브나는 평생 동안 그가 진부한 경향에 빠지지 않도록 보호해 주었다. 게다가 그는 간혹 아주 이상해졌기 때문에 보호자를 필요로 하기도 했다. 한참 고조된 비애 상황에서 갑자기 가장 서민적인 모습으로 웃기 시작할 때가 있었기 때문이다. 자기 자신에 대해 우스꽝스러운 의미로 표현하는 순간도 있었다. 그러나 바르바라 뻬뜨로브나에게는 이 우스꽝스러운 의미만큼 두려운 것도 없었다. 그녀는 고상한 판단만을 고려해 행동하는 여성-고전주의자, 여성-문학 애호가였기 때문이다. 이 고결한 숙녀가 불쌍한 친구에게 끼친 20년의 영향력은 결정적이었다. 그녀에 관해서는 별도로 이야기할 필요가 있으니, 이제 그 이야기를 하려 한다.

3

이상한 우정이라는 것도 존재한다. 두 친구가 한평생 서로 거의 잡아먹을 듯이 살면서도, 결코 헤어질 수 없는 그런 관계 말이다. 헤어지는 것은 결코 있을 수 없는 일이다. 만약 그런 일이 일어난다 해도, 제멋대로 행동하며 절교를 선언한 친구가 병들어 죽어 버리고 말 것이니. 내가 분명히 알고 있지만, 스쩨빤 뜨로피모비치는 바르바라 뻬뜨로브나와 마주 보며 친근한 이야기를 나누다가도 그녀가 떠나고 나면 소파에서 벌떡 일어나 주먹으로 벽을 치는 일도 여러 번 있었다.

이것은 조금의 비유도 없이 진짜로 일어난 일로서, 한번은 벽에서 회반죽이 떨어진 적도 있었다. 내가 어떻게 그리 자세히 알 수 있는지 궁금할 것이다. 내가 그 장면을 직접 목격했으니 어찌 모르겠는가? 스쩨빤 뜨로피모비치가 자신의 속마음을 선명한 색채로 묘사하면서 내 어깨에 기대어 여러 번 흐느껴 울었으니 말이다(이런 경우 그가 무슨 말인들 하지 않았겠는가!). 그러나 흐느껴 울고 나서는 거의 항상 반복되는 일이 있었는데, 다음 날이면 벌써 자신의 배은망덕한 행위에 대해 스스로 십자가에 못 박히기를 마다하지 않고, 바르바라 뻬뜨로브나는 〈명예롭고 상냥한 천사지만 자기는 정반대〉라는 것을 알리기 위해 서둘러 나를 부르거나 나에게 달려오곤 했다. 그는 내게 매달려 호소했을 뿐만 아니라, 부인에게 대단히 웅변적인 편지를 써서 모든 것을 설명하거나 고백한 후 서명까지 적어 넣곤 했다. 예를 들어 그 내용은 바로 어제 자기가 다른 사람에게 부인이 허영심 때문에 그를 잡고 있는 것이며 그의 학식이나 재능을 질투하고 있다거나, 그를 질투하면서도 그가 떠날 경우 자신의 문학적 명성에 해가 될까 봐 두려워서 질투심을 분명히 드러내지 못하고 있다는 말을 했다는 것, 이런 말을 했던 자신이 경멸스러워 가혹한 죽음을 맞이할 준비가 되어 있다는 것, 하지만 모든 것을 결정지어 줄 그녀의 마지막 처분을 기다리고 있다는 것 등이었다. 이 글을 읽고 나면 때로 쉰 살이나 되었으면서도 어린아이 같은 사람들 중에서도 가장 순진한 사람의 신경질적인 폭발이 얼마나 히스테릭한 상태까지 갈 수 있는지 상상할 수 있을 것이다. 한번은 별것 아닌 이유로 시작되었으나 아주 험악한 결과에 이르렀던 두 사람의 충돌이 있고 나서 그가 쓴 편지를 읽은 적이 있다. 나는 너무 놀라 편지를 보내지 말라고 간청했다.

「그럴 수는 없네……. 정직해야 하니까……. 이건 내 의무일세……. 그녀에게 모든 것을, 모든 것을 인정하지 않는다면 나는 죽고 말 거야!」 그는 열에 들떠 이렇게 대답하고는 결국 편지를 보내고 말았다.

바로 이 점에서 두 사람은 서로 달랐는데, 바르바라 뻬뜨로브나라면 결코 그런 편지를 보내지 않았을 것이다. 사실 그는 편지 쓰기를 어찌나 좋아하는지 부인과 한집에 살면서도 편지를 썼고, 히스테리 상태에서는 하루에 두 통이나 쓰기도 했다. 내가 확실히 알기로 부인은 이 편지들을, 하루에 두 통이 오더라도 항상 꼼꼼하게 다 읽었으며, 읽고 나서는 표시하고 분류한 뒤 특별한 작은 상자 안에 넣어 두었다. 그뿐 아니라 마음속에 담아 두기도 했다. 그러고 나서 친구에게는 하루 종일 답장도 하지 않다가 다음 날이면 마치 아무 일 없었던 것처럼, 즉 전날 별다른 일이라고는 일어나지 않았던 것처럼 그를 만났다. 그녀는 이런 식으로 조금씩 그를 엄격하게 길들여 나갔기 때문에, 스쩨빤 선생은 감히 어제 일은 기억하지도 못한 채 한동안 그녀의 눈만 바라볼 수밖에 없었다. 그러나 부인이 아무것도 잊지 않고 있는 것과 달리 스쩨빤 선생은 가끔 너무나 빨리 잊어버리곤 했다. 부인의 평온한 태도에 기운을 회복한 그는, 친구들이 찾아오면 그날로 샴페인을 마시며 희희낙락하거나 장난질 치기 일쑤였다. 그 순간 그녀가 얼마나 독기를 품고 쳐다보는지 그는 전혀 눈치채지 못했을 것이다! 하지만 일주일이나 한 달 뒤, 심지어 반년이 지난 뒤 어느 특별한 순간에 불현듯 편지의 문구 하나가 떠오르고, 뒤이어 모든 편지와 당시 상황이 생각나면 그는 갑자기 얼굴을 붉히고 콜레라에 걸려 발작이라도 하듯 괴로워했다. 콜레라와 유사한 이 유별난 발작은 보통 신경에 충격을 받았을 때 일어났는데, 그의 체격에서 보자면 뭔가 좀 신기한 모습이었다.

사실 바르바라 뻬뜨로브나는 틀림없이 그를 상당히 자주 증오하고 있었을 것이다. 그러나 그는 마지막까지도 자기가 그녀에게는 아들이자 창조물이며 그녀의 발명품이라 해도 될 만한 존재라는 것, 그의 육체는 그녀의 육체에서 만들어졌으며 그녀가 그를 돌봐 왔고 앞으로도 돌봐 주려는 것이 결코 〈그의 재능에 대한 질투심〉 때문이 아니라는 한 가지 사실만은 알아채지 못했다. 아마도 그녀는 그러한 추측에 엄청난 모욕을 느꼈을 것이다! 그녀의 마음속에는 그에 대한 끊임없는 증오, 질투, 경멸과 함께 참을 수 없는 사랑이 숨어 있었다. 그녀는 모든 먼지로부터 그를 보호해 주었고, 22년 동안이나 그를 보살펴 오면서 시인이자 학자, 시민 활동가로서 그의 명성에 문제가 생길까 봐 걱정되어 밤에도 제대로 잠들지 못했을 것이다. 그녀는 머릿속으로 그를 창조해 냈고, 자기 공상의 산물을 자기가 먼저 확신해 버렸다. 그는 무언가 그녀의 꿈과 같은 존재였다……. 그러나 그녀는 그 대가로 실제로 많은 것을 요구했으며, 가끔은 노예와 같은 복종을 요구하기도 했다. 믿을 수 없을 만큼 집착이 강했던 것이다. 말이 나온 김에 두 가지 일화를 이야기하기로 하겠다.

4

농노 해방에 관한 첫 소문들로 전 러시아가 갑자기 환호하며 새로 태어날 준비를 하고 있을 무렵, 고위층에 연고가 있고 농노 해방과도 밀접하게 관련 있는 뻬쩨르부르끄 출신의 한 남작이 현을 지나다가 바르바라 뻬뜨로브나를 방문했다. 바르바라 뻬뜨로브나는 남편이 죽은 뒤 상류 사회와의 연결 고리가 점점 약해지다가 결국 완전히 끊어져 버렸기에 이런 방문을 대단히 중요하게 여겼다. 남작은 그녀의 집에 한 시간 정도 머물며 차를 마셨다. 바르바라 뻬뜨로브나는 다른 사람은 동석시키지 않은 채 스쩨빤 뜨로피모비치만 초대했다. 남작은 전부터 스쩨빤 선생에 관해 들어 본 적이 있는 듯한, 혹은 들어 본 척하는 태도를 취했지만, 차를 마시는 동안 거의 말을 걸지 않았다. 스쩨빤 뜨로피모비치는 품위를 지켰을 뿐만 아니라 매우 우아한 태도를 취했다. 그는 비록 상류 집안 출신은 아니었으나 아주 어린 시절부터 모스끄바의 한 명문가 집안에서 자랐기 때문에 예의 바르고 프랑스어도 파리 사람처럼 할 수 있었다. 이런 식이니 남작은 바르바라 뻬뜨로브나가 외진 현에 살면서도 어떤 사람들에 둘러싸여 있는지 첫눈에 알아보아야 했을 것이다. 하지만 결과는 그렇지 못했다. 남작이 당시 퍼져 나가기 시작하던 위대한 개혁에 관한 첫 소문들에 대해 전적으로 신빙성이 있다고 단호하게 말했을 때, 스쩨빤 뜨로피모비치는 갑자기 참지 못하고 〈만세!〉라고 외치며 손으로 뭔가 환호를 표현하는 제스처를 해 보이기까지 했다. 외침 소리는 크지 않았고 오히려 우아하기까지 했는데, 환호를 미리 계획하고 차를 마시기 반 시간 전쯤 거울 앞에서 일부러 제스처까지 연습해 둔 것 같았다. 그러나 그의 의도대로 되지 않은 듯, 남작은 이 위대한 사건과 관련해 모든 러시아인의 가슴속에 전반적으로 감동이 일어나는 것은 당연하다고 예외적으로 공손하게 말하면서도 보일 듯 말 듯한 미소를 지었다. 그러고 나서 곧 떠났는데, 떠나면서 스쩨빤 뜨로피모비치에게 손가락 두 개를 내밀어 악수를 청하는 것을 잊지 않았다. 거실로 돌아온 바르바라 뻬뜨로브나는 3분 정도 탁자 위에서 뭔가를 찾는 듯 조용히 있다가 갑자기 스쩨빤 뜨로피모비치를 향해 돌아서서 새파랗게 질린 얼굴로 두 눈을 번쩍거리면서 나지막하게 내뱉었다.

「나는 이 일을 결코 잊지 않겠어요!」

다음 날 그녀는 아무 일도 없었던 듯 친구를 맞이했다. 어제 일어난 일에 대해서는 전혀 기억하지 못하는 것 같았다. 그러나 13년이 지난 뒤 어느 비극적인 순간에 이 일이 떠오르자 그를 비난했고, 13년 전 처음으로 비난했을 때와 마찬가지로 새파랗게 질렸다. 그녀가 〈나는 이 일을 결코 잊지 않겠어요!〉라는 말을 한 건 평생 동안 단 두 번이었다. 남작과의 사건은 이미 두 번째였다. 첫 번째 사건은 그 나름대로 특징적이고 스쩨빤 뜨로피모비치의 운명에서 많은 의미가 있었던 것 같으니 이제 그것을 이야기해 보고자 한다.

그것은 1855년 봄 5월 육군 중장 스따브로긴의 사망 소식이 스끄보레시니끼에 전해진 직후의 일이었다. 이 경박한 노인은 현역 근무 소집 명령을 받고 서둘러 끄림 지방으로 가던 중 위장병으로 사망하고 말았던 것이다. 바르바라 뻬뜨로브나는 미망인이 되어 상복을 입고 있었다. 사실 그녀는 그다지 슬퍼하지 않았는데, 마지막 4년 동안 남편과 성격 차이로 완전히 별거하면서 그에게 연금만 부쳐 주었기 때문이다(중장 소유로는 그간 쌓아 온 명성과 인간관계 외에 150명의 농노와 봉급이 전부였으며, 스끄보레시니끼 영지를 포함한 모든 재산은 매우 부유한 상인의 외동딸인 바르바라 뻬뜨로브나의 소유였다). 그럼에도 불구하고 부인은 갑작스러운 사망 소식에 충격을 받고 사람들과 완전히 떨어져 홀로 지냈다. 물론 스쩨빤 뜨로피모비치는 그녀를 떠나지 않았다.

5월이 한창 절정에 이르고 놀라운 밤이 계속되고 있었다. 벚꽃들이 피기 시작했다. 두 친구는 저녁마다 정원에 나와 밤늦게까지 정자에 앉아서 자신의 감정이나 생각을 털어놓았다. 시적인 순간들도 있었다. 바르바라 뻬뜨로브나는 자기 운명의 변화에 영향을 받아서인지 평상시보다 더 말을 많이 했다. 그녀는 친구의 가슴에 매달리려는 듯했고, 그런 상태가 며칠 밤 계속되었다. 스쩨빤 뜨로피모비치는 갑자기 이상한 생각이 들었다. 〈이 위로할 길 없는 미망인은 나에게 의지하다가 1년 상이 끝난 뒤 내가 청혼해 주기를 기다리는 것 아닐까?〉 이것은 냉소적인 생각이긴 했지만, 고결한 정신 구조를 가진 사람이라도 다면적인 정신 발전의 한 측면으로 가끔은 냉소적인 생각에 빠지는 경향이 있지 않겠는가. 그는 깊이 탐구하기 시작하더니, 그런 것 같다는 결론을 내렸다. 〈사실, 엄청난 상황이긴 한데, 하지만…….〉 그는 이런 생각에 고민스러웠다. 사실, 바르바라 뻬뜨로브나는 전혀 미인형이 아니었다. 키가 크고 누르스름한 피부에 골격이 크며 얼굴은 지나치게 긴 말상이었다. 스쩨빤 뜨로피모비치는 점점 더 갈팡질팡하며 여러 가지 의심으로 괴로워하다가 자신의 우유부단한 성격 때문에 한두 번 울기도 했다(그는 꽤 자주 우는 편이었다). 하지만 저녁이면, 즉 정자에 있을 때면 그의 얼굴은 무의식중에 뭔가 변덕스럽고 조소하는 것 같기도 하고, 교태를 부리는 것 같으면서도 한편으로는 거만한 표정을 짓곤 했다. 이런 표정은 무심결에 드러나는 것으로, 사람이 고상하면 할수록 더 두드러져 보이기 마련이다. 이것을 어떻게 판단해야 할지는 아무도 모르지만, 바르바라 뻬뜨로브나의 마음속에 스쩨빤 뜨로피모비치의 의심을 정당화해줄 만한 일이 전혀 싹트지 않았다는 점만은 분명하다. 게다가 베르호벤스끼라는 선생의 성이 아무리 명예롭다 하더라도 스따브로기나라는 자신의 성을 바꾸고 싶지는 않았을 것이다. 사실 부인 입장에서 보자면, 이런 행동은 그저 여성스러운 놀이, 여성으로서의 본능이자 여성적 요구가 무의식적으로 드러난 것이라 할 수 있지 않을까 싶다. 하지만 내 말에 책임을 지지는 못하겠다. 여성들의 심연은 오늘날까지도 여전히 규명되지 못하고 있으니 말이다! 그러나 이야기는 계속하기로 하겠다.

부인은 곧 친구의 얼굴에서 이상한 표정을 알아차렸음이 분명하다. 그녀는 민감하고 관찰력이 뛰어난 반면 선생은 때로 너무 순진했기 때문이다. 그러나 저녁 만남은 여전히 계속되었고 그들 사이의 대화 역시 시적이고 흥미로웠다. 그러던 어느 날 어둠이 찾아올 무렵, 활기 있고 시적인 대화를 나누던 두 사람은 스쩨빤 뜨로피모비치가 기거하던 별채 현관에서 손을 뜨겁게 잡고 나서 다정하게 헤어졌다. 선생은 매년 여름 스끄보레시니끼의 거대한 귀족 저택에서 나와 정원 한가운데 있는 이 별채에서 머물렀다. 그는 자기 숙소로 들어가서 이런저런 생각에 잠긴 채 시가에 불을 붙이려다 말고, 열린 창문 앞에 멈춰 서서 피곤함에 지쳐 미동도 하지 않으며 솜털처럼 가볍게 밝은 달 주변을 떠다니는 흰 구름을 쳐다보았다. 바로 그때 가볍게 사락거리는 소리가 몸을 떨게 만들어 그는 뒤돌아보았다. 그의 눈앞에 겨우 4분 전에 헤어진 바르바라 뻬뜨로브나가 다시 서 있었다. 그녀의 누런 얼굴은 새파랗게 질려 있었고 꽉 다문 입술의 양쪽 입꼬리가 부들부들 떨리고 있었다. 그녀는 10초 정도 말없이 단호하고 완고한 시선으로 그의 눈을 바라보다가 갑자기 빠른 말투로 이렇게 속삭였다.

「나는 이 일을 결코 잊지 않겠어요!」

스쩨빤 뜨로피모비치는 10년도 더 지난 뒤 내 앞에서 문까지 걸어 잠그고 낮은 목소리로 이 슬픈 이야기를 들려주었다. 그는 맹세코 당시 그 자리에 얼어붙어서 바르바라 뻬뜨로브나가 어떻게 사라졌는지 듣지도 보지도 못했다고 한다. 부인은 이후 단 한 번도 그에게 이 일에 관해 언급하지 않았고 아무 일도 없던 것처럼 지나갔기 때문에, 선생은 평생 이 사건이 병이 발생하기 전 나타나는 일종의 환각 증상 아니었을까 하는 생각을 하곤 했다. 실제로 그날 밤 선생은 병이 나서 꼬박 두 주 동안 앓아누웠고, 그 바람에 정자에서의 밀회도 중단되고 말았다.

그러나 그것이 환각에 지나지 않는다고 생각하면서도 선생은 매일매일 평생 동안 그 뒷이야기, 즉 이 사건의 결말을 기다리는 것 같았다. 그는 일이 이렇게 끝났다고는 믿을 수 없었던 것이다! 만약 그랬다면 그는 가끔 친구의 얼굴을 이상하게 쳐다봤을 것이 틀림없다.

5

부인은 선생을 위해 손수 옷까지 지어 주었고, 그는 평생 그 옷을 입고 다녔다. 옷은 우아하면서도 독특했다. 목까지 단추가 잠겨 있지만 세련되게 몸에 딱 맞는, 옷자락이 긴 검은색 프록코트였다. 그는 차양이 넓은 부드러운 모자(여름에는 밀짚모자)를 쓰고, 매듭이 크고 끝을 늘어뜨린 흰색 아마천 넥타이를 매고, 은제 손잡이가 달린 지팡이를 들고 다녔으며, 머리는 어깨까지 늘어뜨렸다. 그의 머리카락은 원래 진한 아마색이었는데, 최근 들어 희끗희끗해지기 시작했다. 콧수염과 턱수염은 면도를 했다. 젊은 시절에는 대단한 미남이었다고 한다. 내가 보기에 그는 나이가 들어서도 대단히 멋진 외모를 지니고 있었다. 어떻게 그를 쉰세 살의 노인이라고 여기겠는가? 그러나 일종의 시민적인 애교라고 해야 할지, 그는 젊어 보이려 하지 않았을 뿐만 아니라 자기 나이를 당당하게 과시하려 했다. 큰 키에 마른 몸매의 그가 검은색 프록코트를 입고 머리를 어깨까지 늘어뜨리면 총대주교를 연상시켰다. 좀 더 정확히는 여름날 정원에서 라일락꽃이 활짝 핀 나무 아래 벤치에 앉아 양손을 지팡이에 의지하고 옆에 책을 펼쳐 둔 채 지는 해를 바라보면서 시적 명상에 사로잡혀 있을 때면 1830년대 출판된 어떤 책에 실린 시인 꾸꼴니끄[11]의 초상화를 닮아 보였다. 책과 관련해서 한마디 하자면, 그는 말년에 이르러 독서와 조금 멀어졌다. 하지만 이런 것은 임종 무렵의 일이었다. 그는 바르바라 뻬뜨로브나가 주문한 많은 신문과 잡지를 계속해서 읽고 있었다. 자신의 품위를 잃지 않는 선에서 러시아 문학의 성공에 관해서도 지속적으로 관심을 가졌다. 한때는 당대 러시아 대내외 정책 연구에 몰두하기도 했지만, 곧 손을 내젓고 말았다. 손에 토크빌[12]의 책을 들고 정원에 나가면서 주머니에 폴 드 코크[13]의 소설을 숨겨 가져가는

11 Nestor Kukolnik(1809~1868). 러시아의 산문 작가이자 시인.
12 Alexis de Tocqueville(1805~1859). 프랑스 정치 철학자.
13 Paul de Kock(1793~1871). 프랑스 대중 소설가. 그의 이름은 경박한

일도 있었다. 하지만 이런 것은 모두 사소한 일이다.

말이 나온 김에 꾸꼴니끄의 초상화에 대해 한마디 하자면, 바르바라 뻬뜨로브나가 이 초상화를 처음으로 본 것은 모스끄바의 기숙 학교에 다니던 소녀 시절이었다. 그녀는 기숙 학교에 다니는 여학생들이라면 누구나 그렇듯이 초상화를 보자마자 사랑에 빠졌다. 소녀들은 자기 선생님들, 특히 정서법 선생님과 미술 선생님을 포함해 마주치는 어떤 선생님과도 쉽게 사랑에 빠졌다. 그러나 여기서 흥미로운 것은 바르바라 뻬뜨로브나가 단순히 소녀적 감성에 그친 것이 아니라 쉰이나 된 나이에도 이 초상화를 가장 소중한 보물 목록에 간직하고 있었다는 사실이다. 아마도 그런 이유로 스쩨빤 뜨로피모비치에게 초상화 속 복장과 비슷한 옷을 만들어 주었던 것 같다. 그러나 이것 역시 사소한 일이다.

바르바라 뻬뜨로브나의 집에서 머물던 처음 몇 년 동안, 더 정확히 말하면 그 전반기에, 스쩨빤 뜨로피모비치는 계속해서 뭔가를 집필할 생각이었으며, 매일 진지하게 그것들을 써보려 했다. 그러나 후반기에는 그런 생각도 잊어버린 듯했다. 그는 점점 더 자주 우리에게 〈작업할 준비도 되어 있고, 자료도 모아 놨는데, 일이 안 되는군! 아무것도 되지를 않아!〉라고 말했다. 그러고는 의기소침해져서 고개를 숙였다. 의심할 바 없이 이 모습은 우리 눈에 학문의 수난자로서 그의 위대함을 더 커 보이게 만들었던 것 같다. 그러나 그 자신은 다른 것을 원하고 있었다. 〈나는 잊혔어. 아무도 나를 필요로 하지 않는단 말일세〉라는 말이 몇 번이나 그의 입에서 흘러나왔다. 이렇게 늘어나던 짜증은 50대 마지막에 특히 그를

작가의 대명사로 사용되었다.

사로잡았다. 바르바라 뻬뜨로브나는 결국 상황의 심각성을 이해했다. 게다가 그녀는 친구가 잊히고 필요 없는 존재가 되었다고 생각한다는 것을 참을 수 없었다. 그녀는 친구의 기분을 전환시키고 그의 명예를 회복시켜 주기 위해 자기와 친분 있는 문학가와 학자들 몇 명이 살고 있는 모스끄바로 선생을 데려갔다. 그러나 모스끄바로의 여행은 만족스러운 결과를 얻지 못했다.

당시는 특별한 시대였다. 무언가 새롭고 이전의 평온과 전혀 다른, 아주 이상하지만 스끄보레시니끼에서조차 감지되는 어떤 일이 다가오고 있었다. 여러 가지 소문이 들려왔다. 구체적인 사실들은 대체로 어느 정도 알려졌으나, 이 사실들 외에 어떤 사상들이, 그것도 엄청나게 많은 사상들이 그에 수반되어 나타났다는 것이 분명해졌다. 사상들은 뒤죽박죽이어서 어디에 적용시킬 수도 없었고, 그것이 무엇을 의미하는지도 정확히 알 수 없었다. 바르바라 뻬뜨로브나는 여성적 본능에 따라 즉시 그 안에 담긴 비밀을 알아내려고 했다. 그녀는 신문과 잡지, 금지된 해외 출판물, 심지어 당시 나돌기 시작하던 격문들(이 모든 것이 그녀의 손에 들어왔다)까지 읽기 시작했다. 그러나 머리만 아플 뿐이었다. 그래서 그녀는 편지를 쓰기 시작했다. 그러나 답장은 거의 오지 않았고, 점점 더 상황을 이해할 수 없게 되었다. 스쩨빤 뜨로피모비치는 딱 한 번 〈이 모든 사상〉을 설명하도록 당당하게 초대되었지만, 그의 설명은 부인을 전혀 만족시키지 못했다. 전반적인 움직임에 대한 스쩨빤 뜨로피모비치의 관점은 지극히 오만했으며, 그의 이야기는 항상 자신은 잊혔고 누구에게도 필요 없는 존재가 되었다는 것으로 귀결되었다. 마침내 사람들은 그를 떠올리기 시작했는데, 처음에는 해외 간행물들에서 그가 추방된 수난자로 언급되었다는 것, 그리고 그다음에는 곧바로 그가 뻬쩨르부르끄에서 과거의 기라성 같은 저명인사들 중 하나로 언급된 적이 있다는 것이었다. 심지어 무슨 이유에서인지 라지셰프[14]와 비교되기도 했다. 그 후 누군가는 선생이 죽었다는 기사를 내며 그에 관한 추도문을 쓰겠다는 약속을 하기도 했다. 스쩨빤 뜨로피모비치는 순식간에 소생했고 심하게 거드름을 피우기 시작했다. 동시대인들을 향한 그의 오만한 시선은 단번에 사라졌고, 그의 마음속에는 당대 운동에 가담해 자신의 역량을 보여 주겠다는 꿈이 불타오르기 시작했다. 바르바라 뻬뜨로브나는 곧 새로이 모든 일에 확신을 가지게 되었고 엄청 분주하게 돌아다니기 시작했다. 그녀는 조금도 지체하지 않고 뻬쩨르부르끄로 달려가서 모든 현실적 타당성을 검토해 보고 개인적으로도 깊이 있게 탐구해 본 뒤, 가능하다면 새로운 활동에 전적으로 투신해 보겠다고 결심했다. 그러면서 그녀는 자신의 잡지를 창간해 이제부터 모든 생을 그것에 바칠 준비가 되어 있다고 선언했다. 상황이 이렇게까지 되는 것을 본 스쩨빤 뜨로피모비치는 점점 더 거만해져서 뻬쩨르부르끄로 가는 길에 자신이 바르바라 뻬뜨로브나의 보호자라도 되는 듯한 태도를 취하기 시작했다. 부인은 이 일도 곧장 마음속에 담아 두었다. 하지만 그녀에게는 이번 여행에 매우 중요한 다른 이유가 있었다. 바로 상류 사회와의 관계를 회복하는 것이었다. 가능한 한 사교계에서 자신의 존재를 상기시켜야 했고, 적어도 시도해 볼 필요가 있었다. 그러나 이 여행의 공공연한 구실은 당시 뻬쩨르부르끄 귀족

14 Aleksandr Radishchev(1749~1802). 러시아의 계몽주의 사상가, 작가.

학교에서 학위 과정을 마친 외아들을 만나기 위한 것이었다.

6

그들은 뻬쩨르부르끄에 잠시 들르러 갔다가 거의 겨울 내내 그곳에서 머물렀다. 하지만 사순절이 다가올 무렵 모든 일이 무지개 비눗방울처럼 산산이 부서지고 말았다. 꿈은 사라졌고, 혼란함은 해명되지 못했을 뿐만 아니라 더 혐오스러워졌다. 첫째, 상류 사회에서의 관계는 굴욕적인 옹색함만 남긴 채 정말 최소한의 성공도 거두지 못했다. 자존심이 상한 바르바라 뻬뜨로브나는 〈새로운 사상〉에 전적으로 덤벼들었고 자기 집에서 야회를 열기도 했다. 문인들을 초대하자 많은 사람이 기다렸다는 듯이 그녀를 찾아왔다. 나중에는 한 사람이 다른 사람을 데려오는 식으로 초대받지 않고도 찾아왔다. 부인은 이런 문인들을 한 번도 본 적이 없었다. 그들은 극도로 허세를 부렸고, 마치 의무라도 되는 양 지나치게 솔직했다. 어떤 사람들은(전부는 아니었지만) 술에 취해 나타나기도 했는데, 바로 어제 술에서 특별한 아름다움을 찾아내기라도 한 것 같은 태도였다. 그들은 모두 이상하게 자신감이 넘쳐흘렀다. 모든 사람의 얼굴에 지금 막 굉장히 중요한 비밀을 발견한 것 같은 표정이 나타나 있었다. 그들은 서로 욕하면서도 이것을 자랑스럽게 여겼다. 그들이 정확히 무엇을 썼는지 알아내기는 상당히 어려웠지만, 그들 중에는 비평가, 소설가, 극작가, 풍자가, 폭로 작가 등이 있었다. 스쩨빤 뜨로피모비치는 운동을 조종하고 있던 조직의 최고 수뇌부까지 파고들었다. 집행부는 믿을 수 없을 정도로 높은 곳에 있었지만, 그들은 선생을 흔쾌히 받아들여 주었다. 물론 그들 중 누구도 선생을 알지 못했고, 그가 〈어떤 사상을 대표하고 있다〉는 것 외에는 들어 본 적도 없었다. 선생은 그들 주변에서 교묘하게 행동했고, 마치 올림포스 신들과 같은 그들의 당당함에도 불구하고 바르바라 뻬뜨로브나의 집에 두 번이나 초대하기도 했다. 그들은 매우 신중하고 정중했으며, 훌륭하게 처신했다. 다른 사람들은 그들을 두려워하는 것 같았으나 그들에게는 시간 여유가 없어 보였다. 바르바라 뻬뜨로브나가 오래전부터 매우 우아한 관계를 유지하고 있던 왕년의 문학계 인사 두세 명이 마침 당시 뻬쩨르부르그에 머물고 있다가 찾아오기도 했다. 그러나 부인을 놀라게 한 것은, 진짜로 의심할 바 없이 유명한 이 인사들이 물보다 더 조용하고 풀보다 더 낮은 자세로 조심스럽게 지내며, 그들 중 몇몇은 새로운 패거리들을 좇아다니며 수치스럽게 아양을 떤다는 것이었다. 처음에는 스쩨빤 뜨로피모비치도 운이 좋았다. 사람들이 그의 주변에 몰려들었고, 공개 문학 모임에 그를 내세우기도 했다. 그가 한 공개 문학 강연에서 강연자로 처음 연단에 섰을 때는 우레와 같은 박수가 5분 동안 멈추지 않고 울려 퍼졌다. 선생은 9년이 지난 뒤 눈물을 흘리며 이날을 회상했다. 그것은 감사해서라기보다는 오히려 그의 예술적 감수성 때문이었다. 「자네에게 맹세하지, 내기를 해도 좋네.」 그는 내게(나에게만 비밀로) 말했다. 「당시 청중 중에서 그 누구도 나에 관해 정확히는 아무것도 알지 못했네!」 이것은 놀랄 만한 고백이었다. 아마도 그가 당시 연단에서 느꼈던 환희에도 불구하고 자신의 위치를 분명하게 이해하고 있었다면 그를 날카로운 이성의 소유자라고 할 수 있으리라. 그러나 9년이나 지나 그 일을 회상하면서 모욕감을 느낀다면 그를 날카로운 이성의 소유자라고는 할 수 없을 것 같다. 선생은 두세 개의 집단 항의에 서명하도록 강요받자(무엇에 대한 항의인지는 그도 잘 몰랐지만) 서명했다. 바르바라 뻬뜨로브나도 어떤 〈추악한 행위〉에 대한 항의에 서명을 하도록 강요받고 역시 서명했다. 그러나 새 인물들 대부분은 바르바라 뻬뜨로브나의 집을 방문하면서도 무슨 이유에서인지 그녀를 경멸과 노골적인 조소의 시선으로 바라보는 것을 의무로 여기고 있었다. 그 후 스쩨빤 뜨로피모비치는 기분이 괴로울 때면 나에게 부인이 그때부터 그를 질투했다고 말하곤 했다. 부인은 물론 이런 사람들과 사귀어서는 안 된다는 것을 잘 알고 있었지만, 어쨌든 여성 특유의 히스테릭한 초조함과 욕심 때문에 그들을 받아들였고, 중요한 것은 그녀가 무언가를 계속 기다리고 있었다는 것이다. 야회에서도 그녀는 이야기를 할 수 있었지만 거의 입을 열지 않았고, 대신 듣는 일이 더 많았다. 그들의 이야기는 검열 제도나 경음 부호(ъ)의 폐지, 러시아 문자를 라틴 문자로 교체하기, 어제 아무개가 추방된 일, 〈빠사시〉[15]에서 벌어진 스캔들, 러시아를 자유로운 연방 관계에 근거해 민족별로 분할할 때의 이점, 육군과 해군의 폐지, 드네쁘르강 유역 폴란드의 영토 회복, 농노 해방과 격문들, 상속 제도, 가족과 아이들, 사제직 폐지, 여성의 권리, 누구도 결코 용서할 수 없는 끄라예프스끼 씨[16]의 대저택 등에 관한 것이었다. 새로

15 뻬쩨르부르끄에서 가장 크고 오래된 백화점 중의 하나.

16 A. A. Kraevskii(1810~1889). 잡지 『조국의 기록』의 편집장. 문학 사업가. 원칙도 없고 약삭빠른 출판 사업을 통해 얻은 거대한 이윤으로 대저택

운 무리들 중에는 분명 사기꾼도 많았지만, 놀라운 성향의 차이에도 불구하고 정직하고 대단히 매력적이기까지 한 인물도 많았다는 것은 의심의 여지가 없었다. 정직한 사람들은 부정직하고 무례한 사람들보다 훨씬 더 이해하기 힘든 법이지만, 대체 누가 누구의 손에서 놀아나는지 알 수가 없었다. 바르바라 뻬뜨로브나가 잡지를 출간하겠다는 구상을 발표하자 더 많은 무리가 그녀 주변으로 몰려들었다. 하지만 곧바로 사람들의 눈빛 속에는 부인이 자본가이며 노동력을 착취한다는 비난이 나타났다. 이러한 비난은 의외였을 뿐만 아니라 무례하기 짝이 없었다. 고인이 된 스따브로긴 장군의 친구이자 동료였던 이반 이바노비치 드로즈도프라는 고령의 장군은 훌륭한 사람(그 나름대로)이었지만, 지나치게 고집이 세고 화를 잘 내는 데다 대식가였고, 무신론이라면 엄청 두려워하는 인물로 우리들 사이에 소문이 나 있었다. 한번은 바르바라 뻬뜨로브나의 야회에서 그와 한 유명한 젊은이 사이에 논쟁이 붙었다. 젊은이가 그에게 〈그렇게 말씀하시는 걸 보니 역시 당신은 장군이십니다〉라고 첫마디를 던졌는데, 이 말속에는 장군보다 더 나쁜 욕을 찾을 수 없다는 의미가 담겨 있었다. 이반 이바노비치는 벌컥 성을 내며 〈그래, 나는 장군일세. 육군 중장으로 나의 황제 폐하를 위해 봉사해 왔네만, 자네는 어린아이에 무신론자로군!〉이라고 말했다. 이렇게 해서 도저히 용납할 수 없는 스캔들이 벌어지고 말았다. 사건은 다음 날 신문을 통해 폭로되었고, 즉시 장군을 내쫓으려 하지 않은 바르바라 뻬뜨로브나의 〈추악한 행위〉에 항의하는 집단 서명이 시작되었다. 한 삽화 잡지에는 바르바라 뻬뜨로브나와

을 구입하였다.

장군, 스쩨빤 뜨로피모비치를 반동주의 3인조로 신랄하게 그린 풍자화가 실리기도 했다. 그림 속에는 오직 이 사건을 위해 민중 시인이 쓴 시 한 편도 들어 있었다. 실제로 장군 계급 정도의 고관들 사이에서는 〈나는 나의 황제 폐하를 위해 봉사했다……〉라고, 즉 우리 평범한 국민들의 황제와는 다른 그들만의 특별한 황제 폐하가 있다는 듯이 우스꽝스럽게 말하는 버릇이 있다는 점을 지적해 두고 싶다.

말할 것도 없이 뻬쩨르부르끄에 더 머무는 것은 불가능해졌으며, 한술 더 떠 결정적인 *fiasco*(참패)가 스쩨빤 뜨로피모비치를 덮쳤다. 그가 참지 못한 나머지 예술의 권리를 주장하기 시작하자 사람들은 더욱 크게 그를 비웃기 시작했다. 마지막 강연에서 그는 사람들의 심금을 울릴 것이라는 상상과 더불어, 〈추방자〉인 자신에 대한 존경을 예상하며 시민적인 웅변을 토해 낼 생각을 했다. 그는 〈조국〉이라는 단어가 무익하고 우스꽝스럽다는 것에 두말할 나위 없이 동의했다. 종교는 해롭다는 생각에도 동의했다. 그러나 장화는 뿌시낀보다 못하다고, 아니 그보다 훨씬 더 못하다고[17] 큰 소리로 단호하게 선언했다. 그러자 청중은 휘파람을 불며 무자비하게 야유를 보내기 시작했고, 그는 연단에서 내려오지도 못한 채 그 자리에서 울음을 터뜨리고 말았다. 바르바라 뻬뜨로브나는 간신히 살아 있는 그를 집으로 데리고 왔다. 선생은 〈*On m'a traité comme un vieux bonnet de coton*(나를 낡은 나이트캡처럼 취급하다니)!〉라고 헛소리를 중얼거렸다. 부인은 밤새 그의 방에 드나들며 그에게 계엽수를 먹여 주고, 새벽까지 〈당

17 뿌시낀을 공격했던 공리주의 비평가 삐사레프D. I. Pisarev가 〈뿌시낀은 장화보다 쓸모가 없다〉고 주장했던 것에 대한 반론이다.

신은 아직 유익한 사람이에요, 정말이에요. 당신을 알아줄 거예요……. 다른 곳에서라면요〉라고 계속해서 말해 주었다.

다음 날 아침 일찍 다섯 명의 문인이 바르바라 뻬뜨로브나를 찾아왔다. 그들 중 세 명은 한 번도 본 적 없는 낯선 사람이었다. 그들은 엄숙한 표정으로 자기들은 부인의 잡지와 관련된 일을 검토해 보았고, 그와 관련하여 내린 결정을 가져왔다고 밝혔다. 바르바라 뻬뜨로브나는 분명 누구에게도 자신의 잡지를 검토해 달라거나 결정을 내려 달라고 의뢰한 적이 결코 없었다. 그들이 내린 결정이란 부인이 잡지를 창간한 뒤 자유 조합 체제를 갖추어 자본금과 함께 자신들에게 넘기고, 부인은 〈낡아 빠진〉 스쩨빤 뜨로피모비치를 데리고 스끄보레시니끼로 돌아가라는 것이었다. 그들은 예의상 잡지 소유권이 부인에게 있음을 인정하며 매년 순이익의 6분의 1을 보내 주기로 합의했다고 했다. 무엇보다 감동적인 것은 이들 다섯 명 중 네 명은 분명히 어떤 이기적인 목적도 없이 단지 〈공공사업〉을 위해 분주히 돌아다녔다는 것이었다.

「우리는 완전히 얼이 빠져서 도망쳐 나왔다네.」 스쩨빤 뜨로피모비치는 말하곤 했다. 「나는 아무런 판단을 할 수 없었고, 오는 내내 마차 소리에 맞춰 이런 말을 중얼거린 것만 기억난다네.

베끄와 베끄와 레프 깜베끄
레프 깜베끄와 베끄와 베끄…….[18]

18 『베끄』는 1861년에서 1862년에 상뜨뻬쩨르부르끄에서 발행되던 정치·사회·문학 관련 잡지이며, 레프 깜베끄Lev Kambek는 1860년대 사회 평론가이자 출판업자다.

모스끄바에 도착할 때까지 무슨 일이 있었는지는 아무도 모를 일이지. 모스끄바에 도착해서야 정신이 들었다네. 그곳에서는 정말 다른 무언가를 찾을 수 있을 것 같은 느낌이 들어서였을까? 오, 친구들!」 가끔 그는 감흥에 젖어 우리를 향해 외쳤다. 「자네들이 이미 오래전부터 성스럽게 숭배해 오던 위대한 사상을 저 서투른 인간들이 움켜쥐고 자기들과 같은 바보들이 있는 거리로 끌고 나간다거나, 균형도 조화도 없이 어리석은 아이들의 장난감처럼 쓰레기 더미 속에 알아볼 수 없을 정도로 몰골사납게 처박아 둔 것을 갑자기 보게 된다면, 영혼이 얼마나 큰 슬픔과 증오에 사로잡힐지 상상도 할 수 없을 걸세! 그건 안 돼! 우리 시대에는 그런 일이 없었고, 그러려고 하지도 않았네. 아니, 아니, 전혀 그러지 않았다네. 이제 아무것도 모르겠군……. 다시 한번 우리 시대가 도래해서, 비틀거리는 지금의 모든 것을 확고한 길로 향하게 해줄 걸세. 그렇지 않다면 앞으로 무슨 일이 벌어지게 될까?」

7

바르바라 뻬뜨로브나는 뻬쩨르부르끄에서 돌아오자마자 친구를 〈쉬게 해주려고〉 해외로 보냈다. 또한 그녀는 두 사람이 당분간 떨어져 있어야 한다고 느끼기도 했다. 스쩨빤 뜨로피모비치는 신이 나서 출발했다. 「그곳에서 나는 새로 태어날 겁니다!」 그가 소리 높여 외쳤다. 「그곳에서 마침내 학문 연구에 착수하겠습니다!」 그러나 베를린에서 보낸 첫 편지에서부터 그는 평소 하던 대로 문구를 길게 늘여 놓고 있었다. 〈가슴이 찢어집니다〉라고 그는 바르바라 뻬뜨로브나에게 썼다. 〈아무것도 잊을 수가 없습니다! 이곳 베를린에 와보니 오래전 과거에 느꼈던 첫 환희도 첫 고뇌도 전부 생각납니다. 그녀는 어디 있을까요? 그들 두 여인은 지금 어디 있을까요? 나에게 너무나 소중한 그대들 두 천사는 어디에 있습니까? 나의 아들, 사랑하는 나의 아들은 어디에 있나요? 마지막으로 과거의 나, 강철 같은 힘과 바위 같은 견고함을 가졌던 나는 어디에 있을까요? 지금은 턱수염을 기른 정교도 어릿광대인 안드레예프라는 인간까지 *peut briser mon existence en deux*(내 삶을 부숴뜨릴지도 모르는데 말입니다)〉 등등, 등등. 스쩨빤 뜨로피모비치의 아들로 말하자면, 그는 살아오면서 아들을 단 두 번 보았을 뿐이었다. 첫 번째는 아들이 태어났을 때이고, 두 번째는 최근 뻬쩨르부르그에서 이 젊은이가 대학에 들어갈 준비를 하고 있을 때였다. 이미 말했듯이 소년은 줄곧 스끄보레시니끼에서 7백 베르스따[19] 떨어진 O현에서 친척 아주머니 손에(바르바라 뻬뜨로브나가 제공한 양육비로) 자랐다. 안드레예프로 말하자면 그는 그저 우리 마을의 상인이자 가게 주인으로, 상당한 괴짜이며 독학 고고학자, 열렬한 러시아 골동품 수집가였으며, 스쩨빤 뜨로피모비치와는 지식을 가지고, 무엇보다 경향의 차이 때문에 가끔 서로를 비방하는 사이였다. 흰 턱수염에 커다란 은테 안경을 쓴 이 존경할 만한 상인은 (스끄보레시니끼 옆에 있던) 스쩨빤 뜨로피모비치의 영지 중에서 삼림 벌채용으로 몇십 헥타르를 사놓고 4백 루블을 갚지 않고 있었다. 바르바라 뻬뜨로브나가 자신의 친구를 베를린으로 보내면서 그에게 풍부한 자금

19 러시아의 길이 단위. 1베르스따는 약 1.06킬로미터이다.

을 지원했음에도, 스쩨빤 뜨로피모비치는 출발 전에 이 4백 루블을 자신의 비밀 경비로 예상했기 때문에 안드레예프가 한 달 유예해 달라고 했을 때 거의 눈물을 터뜨릴 뻔했다. 그러나 안드레예프로서는 약 반년 전 스쩨빤 뜨로피모비치가 특별히 필요하다고 해서 첫 불입금을 미리 주었기 때문에 유예를 요구할 권리가 있었다. 바르바라 뻬뜨로브나는 첫 번째 편지를 열심히 읽고 나서 〈그들 두 여인은 지금 어디에 있을까요?〉라는 탄식 부분에 연필로 밑줄을 긋고 날짜를 적은 다음 작은 상자 안에 넣고 잠갔다. 물론 선생이 떠올린 두 여인은 고인이 된 자신의 두 아내였다. 베를린에서 두 번째로 보내온 편지는 분위기가 조금 변해 있었다. 〈하루 열두 시간씩 일하고 있습니다(바르바라 뻬뜨로브나는 《열한 시간이라고 해두면 좋았을 것을》이라고 중얼거렸다). 도서관을 뒤져 자료를 조사하고 메모도 하면서 바쁘게 돌아다니고 있습니다. 교수들도 찾아가 보았습니다. 훌륭한 둔다소프 가족과의 교제도 다시 시작했습니다. 나제즈다 니꼴라예브나는 지금까지도 어찌나 매력적이던지요! 부인께 안부를 전해 달라고 하셨습니다. 그분의 젊은 남편과 세 명의 조카는 베를린에 있습니다. 나는 저녁마다 젊은이들과 새벽까지 대화를 나누고 있는데, 그것은 마치 아테네의 야연 같습니다. 물론 섬세함과 우아함에서만 그렇지요. 다양한 음악, 스페인풍의 곡조, 전 인류의 갱생에 관한 꿈, 영원한 아름다움의 관념, 시스티나 성모,[20] 어둠을 뚫고 나오는 빛 등 모든 고상한 것에 관해 이야기합니다. 그러나 태양에도 흑점은 있지요! 오, 나의 친구, 고

20 이탈리아 화가 라파엘의 그림으로, 도스또예프스끼가 가장 좋아했던 그림이기도 하다.

귀하고 진실한 나의 친구여! 나는 *en tout pays*(어느 나라에 있건), 기억하실지 모르겠지만, 우리가 뻬쩨르부르끄를 떠나기 전 자주 두근거리는 심정으로 이야기했던 *dans le pays de Makar et de ses veaux*(마까르와 그의 송아지의 나라)에서조차 마음으로는 당신과 함께하고 있습니다. 그것을 생각하니 미소가 떠오르는군요. 국경을 넘고 나서 안전하다는 걸 느꼈습니다만, 이것은 정말 오랜만에 느껴 보는 이상하고 새로운 감정이었습니다…….〉

〈이런, 전부 다 헛소리네!〉 바르바라 부인은 이렇게 결론 내리고 편지를 접었다. 〈새벽까지 아테네의 야연을 즐긴다면, 열두 시간씩 책을 쓰면서 앉아 있지 못할 텐데. 혹시 술에 취해 이 편지를 썼나? 둔다소바 따위가 감히 내게 안부를 전하더라고? 하지만 잠시 즐기게 해두지 뭐…….〉

〈*Dans le pays de Makar et de ses veaux*(마까르와 그의 송아지의 나라)〉라는 말은 〈마까르가 송아지를 몰고 가지 않는 곳〉[21]이라는 뜻이다. 스쩨빤 뜨로피모비치는 가끔 러시아 속담이나 고유의 격언을 그 뜻을 이해하고 더 잘 번역할 수 있으면서도 일부러 황당한 프랑스어로 직역할 때가 있었다. 뭔가 특별한 멋을 부리기 위해서였는데, 그러면서 자신이 영리하다고 느끼는 것 같았다.

그러나 그는 얼마 즐기지도 못하고 네 달이 채 안 되어 스끄보레시니끼로 서둘러 돌아오고 말았다. 마지막으로 보낸 편지들은 떨어져 있는 친구에 대한 감상적인 사랑의 토로로 일관되어 있었고, 말 그대로 이별의 눈물에 젖어 있었다. 집에서 기르는 강아지처럼 집에 극도로 애착을 갖는 사람들이

21 아주 멀리 떨어져 있어서 위험한 곳이라는 뜻의 러시아 속담이다.

있다. 두 친구의 재회는 환희에 넘쳤다. 그러나 이틀 만에 모든 것이 옛날로 돌아갔고, 심지어 옛날보다 더 지루해졌다. 「이보게 친구,」 스쩨빤 뜨로피모비치는 2주일이 지난 뒤 대단한 비밀이라도 털어놓듯 내게 말했다. 「나는 소름 끼치는 새로운 사실을 알게 되었네. *Je suis un*(나는 그저) 식객일 뿐 *et rien de plus*(그 이상은 아무것도 아니라는 것을 말일세)! *Mais r-r-rien de plus*(아-무-것도 아니란 말이네)!」

8

그 뒤 우리에게는 평온함이 찾아왔고, 그러한 상태가 거의 9년 동안 계속되었다. 정기적으로 되풀이되는 그의 히스테리 발작이나 내 어깨에 대고 흐느껴 우는 일도 우리의 평온함을 방해하지는 않았다. 그동안 스쩨빤 뜨로피모비치가 별로 살이 찌지 않았다는 것이 놀라울 따름이었다. 코만 약간 불그스름해졌을 뿐, 좀 더 온화해졌다. 그를 중심으로 조금씩 친구들 모임이 형성되었지만 여전히 큰 규모는 아니었다. 바르바라 뻬뜨로브나는 이 모임에 거의 관여하지 않았지만, 우리는 부인을 후원자로 여기고 있었다. 부인은 뻬쩨르부르끄에서의 수업 이후 결국 우리 도시에 정착하고 말았다. 겨울에는 시내의 자택에서 살았고 여름에는 교외에 있는 영지에서 지내곤 했다. 부인은 지금의 현지사가 부임해 오기 전까지 지난 7년만큼 우리 현의 사교계에서 그렇게 강력한 의미와 영향력을 가진 적이 없었다. 결코 잊을 수 없는 우리의 유순했던 전 지사 이반 오시뽀비치는 바르바라 부인의 가까운 친척뻘 되는 사람으로서, 한때 부인의 신세를 지기도 했다. 지사 부인은 바르바라 뻬뜨로브나의 마음에 들지 않으면 어떻게 하나 하는 생각으로 불안해했고, 부인에 대한 우리 현의 숭배는 거의 죄악에 가까울 정도로 대단했다. 따라서 스쩨빤 뜨로피모비치의 상황도 괜찮았다. 선생은 클럽의 일원으로서 카드놀이에서 질 때도 당당했고, 많은 사람이 그를 〈학자〉로만 보았지만, 어쨌든 존경을 받았다. 그 후 바르바라 뻬뜨로브나가 그에게 다른 집에서 살 수 있도록 허락하여 우리는 훨씬 더 자유로워졌다. 우리는 일주일에 두 번 정도 그의 집에 모였으며, 특히 선생이 샴페인을 아끼지 않을 때면 무척 유쾌해졌다. 술은 앞서 말한 안드레예프의 상점에서 가져왔다. 술값은 바르바라 뻬뜨로브나가 반년마다 계산해 주었는데, 계산하는 날이면 거의 항상 콜레라 발작과 같은 상황이 벌어졌다.

우리 모임에서 제일 오래된 사람은 이미 젊지 않은 나이에도 대단한 자유주의자이자 도시에서는 무신론자로 통하던 현청 관리 리뿌찐이었다. 그는 젊고 아름다운 아내와 재혼해서 지참금을 챙겼으며, 전처소생의 장성한 세 딸도 있었다. 온 가족 위에 신처럼 군림하며 꼼짝달싹 못하게 했고, 지독한 구두쇠로서 월급을 모아 집도 사고 재산도 축적했다. 뭔가 불안한 성격에 관등도 낮았기 때문에 도시에서는 그를 거의 존경하지 않았고, 상류 사회에서도 그를 받아들여 주지 않았다. 게다가 그는 이미 여러 번 중상모략꾼으로 밝혀졌고, 한 번은 장교에게, 또 한 번은 한 가정의 존경받는 아버지이자 지주에게 혼난 적도 있었다. 그러나 우리는 그의 날카로운 이성과 지식욕, 유달리 신랄한 쾌활함을 좋아했다. 바르바라 뻬뜨로브나는 그를 싫어했으나, 그는 항상 어떻게든 부인의 기분을 맞출 줄 알았다.

부인은 작년에야 모임의 일원이 된 샤또프도 싫어했다. 샤또프는 이전에는 대학생이었지만 어떤 학생 사건 이후 대학에서 퇴학당했다. 어릴 때는 스쩨빤 뜨로피모비치의 학생이기도 했는데, 바르바라 뻬뜨로브나의 농노이자 하인이었던 고(故) 빠벨 표도로프의 아들로서, 바르바라 부인의 보호를 받기도 했다. 부인은 거만하고 배은망덕하다면서 그를 좋아하지 않았고, 그가 대학에서 퇴학당한 뒤 곧바로 자기를 찾아오지 않은 것을 도저히 용서할 수 없었다. 그는 심지어 부인이 일부러 보낸 편지에 아무런 답도 하지 않고 어떤 개화주의자 상인의 아이들을 가르치기 위해 가정 교사가 되는 길을 택했다. 그는 이 상인의 가족과 함께 가정 교사라기보다는 아이 돌보미 자격으로 외국으로 떠났다. 당시 그는 정말 외국에 나가고 싶어 했다. 아이들에게는 여자 가정 교사가 한 명 더 있었는데, 그녀는 적은 보수를 받겠다는 조건으로 출발 직전에 채용된 활발한 러시아 아가씨였다. 상인은 두 달쯤 뒤 〈자유주의 사상〉을 가졌다는 이유로 그녀를 내쫓아 버렸다. 샤또프도 그녀를 따라 그 집을 나왔고, 두 사람은 곧 제네바에서 결혼했다. 그들은 3주 정도 같이 살다가 서로 아무런 구속을 받지 않는 자유인으로서 헤어졌다. 물론 가난 때문이기도 했다. 그 뒤 샤또프는 오랫동안 혼자 유럽을 떠돌아다녔는데, 뭘 하면서 살았는지는 아무도 모른다. 거리에서 구두닦이를 하거나 항구에서 짐꾼으로 일했다는 소문도 있었다. 그는 결국 1년 전 우리가 있는 고향의 보금자리로 돌아와 늙은 친척 아주머니 집에서 지냈는데, 한 달 뒤 그녀의 장례를 치러야 했다. 역시 바르바라 뻬뜨로브나의 손에서 자랐고 지금도 부인의 집에서 사랑받으며 우아하게 살고 있는 여동생 다샤[22] 와는 아주 가끔 왕래할 뿐이었다. 우리 사이에서 그는 늘 침울하고 말이 없었다. 그러나 가끔 누가 그의 신념을 건드리면 병적으로 흥분해 과격하게 말을 내뱉곤 했다. 스쩨빤 뜨로피모비치는 가끔 〈샤또프는 먼저 묶어 놓고 나서 토론을 하든지 해야 한다니까〉 하고 농담을 했다. 그러나 선생은 그를 좋아했다. 외국에 있는 동안 샤또프는 이전 사회주의 신념의 일부를 근본적으로 바꾸어 정반대의 극단으로 치달았다. 그는 어떤 강력한 이념에 충격을 받으면 순식간에 그것에 짓눌려 영원히 벗어나지 못하는, 그런 이상적인 러시아 사람 중 하나였다. 이런 사람들은 이념을 다룰 능력이 없기에 열정적으로 믿어 버리며, 이렇게 해서 그들의 전 생애는 쓰러진 바위 아래 이미 몸의 반이 짓눌린 채 마지막 경련을 하고 있는 것처럼 되어 버린다. 샤또프의 외모는 자신의 신념과 정확히 일치했다. 그는 서툰 몸짓에 덥수룩한 금발, 작은 키에 벌어진 어깨, 두툼한 입술, 숱이 많은 하얀 눈썹, 찌푸린 이마, 무뚝뚝하고 완고하게 내리뜨고 있어 무언가 수치스러워하는 듯한 시선을 하고 있었다. 머리 위에서는 한 줌의 앞머리가 가라앉고 싶어 하지 않는 듯 항상 위로 뻗쳐 있었다. 나이는 스물일곱에서 스물여덟 정도였다. 언젠가 바르바라 뻬뜨로브나는 그를 뚫어지게 쳐다보다가 이렇게 말했다.

「아내가 도망갔다니 놀랄 일도 아니야.」 그는 지독하게 가난했지만 옷차림만은 깨끗하게 하려고 애썼다. 이번에도 바르바라 뻬뜨로브나에게 도움을 청하지 않고 근근이 버티면서 지내고 있었으며, 상인 밑에서 일하기도 했다. 한번은 가

22 정식 이름인 다리야의 애칭.

게에서 일을 하기도 했고, 그다음에는 점원 보조로 물건을 실은 배를 타고 떠나려 했으나 출발 직전에 병이 난 적도 있었다. 그가 가난에 대해 아예 생각조차 하지 않으면서 어떻게 그것을 견뎌 낼 수 있었는지는 상상하기 어려운 일이다. 그가 병에 걸리자 바르바라 뻬뜨로브나는 그에게 익명으로 몰래 1백 루블을 보내 주었다. 하지만 그는 비밀을 알고서 생각해 보더니 결국 돈을 받기로 하고 바르바라 뻬뜨로브나에게 감사 인사를 하러 갔다. 부인은 그를 열렬히 맞아 주었으나, 그는 창피하게도 이번 역시 부인의 기대를 저버리고 말았다. 그는 5분쯤 자리에 앉아서 멍청하게 바닥을 바라보고 있다가 바보같이 씩 웃더니, 부인의 이야기가 가장 재미있는 부분에서 다 듣지도 않고 갑자기 벌떡 일어나 옆쪽으로 어설프게 인사를 하고는 부끄러워서 어쩔 줄 몰라 했다. 그러다가 부인이 아끼는 아름다운 장식이 달린 탁자에 걸려 넘어지면서 그것을 부숴 놓고는 수치심에 허둥거리며 도망쳐 버렸다. 리뿌찐은 나중에 샤또프가 그의 전제 군주와 같았던 여지주가 주는 1백 루블을 경멸하며 거부하지 않고 받았을 뿐만 아니라 감사 인사까지 하러 찾아갔다며 엄청 비난했다. 샤또프는 도시 변두리에서 혼자 떨어져 살고 있었으며, 우리들뿐 아니라 누가 찾아가도 좋아하지 않았다. 그러나 스쩨빤 뜨로피모비치의 저녁 모임에는 계속 나타났고, 선생에게서 신문이나 책을 빌려 가곤 했다.

저녁 모임에는 비르긴스끼라는 또 한 명의 젊은이도 출입하고 있었다. 그는 이곳의 관리로, 겉으로는 샤또프와 모든 점에서 정반대로 보였지만 어느 정도 비슷한 점이 있었다. 그 역시 〈가정이 있는 사람〉이었다. 초라하고 지나치게 조용한 이 젊은이는 이미 서른 살이 넘었고, 상당한 교양을 갖추었지만 대부분 독학을 통해서였다. 그는 가난하지만 결혼했으며, 관청에 다니면서 처가의 숙모와 처제까지 부양하고 있었다. 그의 아내를 비롯해 집안의 숙녀들은 모두 최신 유행의 신념들을 가지고 있었으나 그것들은 좀 조잡하게 나타나, 언젠가 스쩨빤 뜨로피모비치가 다른 일로 언급했던 〈길거리에 부딪친 이념〉 같은 느낌을 주었다. 부인들은 이런 사상을 모두 책에서 얻어 들었으며, 그래서 우리 수도의 진보주의자 소굴에서 무슨 소문이라도 들릴라치면, 무엇이든 던져 버리라는 그들의 충고 한마디에 그것이 뭐가 됐든 창밖으로 던져 버릴 준비가 되어 있었다. 비르긴스까야 부인은 우리 도시에서 산파 노릇을 하고 있었는데, 처녀 시절에는 오랫동안 뻬쩨르부르끄에서 살기도 했다. 비르긴스끼는 드물게 마음이 순수한 사람으로, 나는 그보다 더 순수한 영혼의 불꽃을 가진 사람을 만난 적이 없다. 〈나는 결단코 이 빛나는 희망으로부터 멀어지지 않을 겁니다〉라고 그는 두 눈을 반짝거리며 내게 말하곤 했다. 그는 〈빛나는 희망〉에 대해 말할 때면 언제나 비밀 이야기라도 하듯이 조용하고 달콤하게 나지막한 소리로 속삭였다. 그는 상당히 키가 컸지만, 지나치게 마르고 어깨가 좁았으며, 이상할 정도로 숱이 적은 붉은색 머리카락을 가지고 있었다. 그는 자신의 몇 가지 견해에 대한 스쩨빤 뜨로피모비치의 거만한 조롱을 온순하게 받아들이다가도 가끔은 아주 진지하게 반박해 그를 상당히 당황하게 만들기도 했다. 스쩨빤 뜨로피모비치는 그에게 상냥하게 대했고, 우리들에게도 대체로 아버지와 같은 태도를 취했다.

「자네들은 모두 〈설익은〉 친구들이네.」 선생은 비르긴스끼를 향해 농담조로 말했다. 「모두 말일세, 비르긴스끼 군. 비록 뻬쩨르부르끄에서 만났던 *chez ces séminaristes*(신학생)들만큼 제-한-된 시야를 가지고 있지는 않네만, 어쨌든 자네들은 〈설익은〉 친구들일세. 샤또프는 그걸 넘어서려 하는데, 그 역시 〈설익은〉 친구지.」

「그럼 저는요?」 리뿌찐이 물었다.

「자네야 어디서나 자기 방식대로…… 잘 어울려 지내는 중도적 인물이지.」

리뿌찐은 이 말에 화를 냈다.

비르긴스끼에 대해서는 유감스럽지만 꽤 신빙성 있는 소문이 돌고 있었다. 그의 아내가 결혼한 지 1년도 채 안 되어 갑자기, 자신은 레뱟낀을 더 좋아하니 떠나라고 그에게 통보했다는 것이다. 이 레뱟낀은 다른 지방 출신으로 매우 의심스러운 인물이었으며, 자기가 떠들고 다닌 퇴역 이등 대위도 뭣도 아니었다. 그는 콧수염을 꼬아 대며 술이나 마셔 대면서 생각나는 대로 되지도 않는 헛소리나 지껄일 뿐이었다. 그는 아주 무례하게 비르긴스끼의 집으로 옮겨 와 식객 생활을 즐기며 먹고 자고 하더니 마침내는 집주인을 오만하게 깔보기 시작했다. 사람들 말에 의하면 비르긴스끼는 아내가 자기를 버리겠다고 통보하자 〈여보, 지금까지 나는 당신을 사랑했지만, 이제부터는 당신을 존경하오〉라고 했다고 한다. 그러나 그가 이런 고대 로마의 격언 같은 소리를 했을 것 같지는 않다. 반대로 그가 통곡했다는 소문도 있다. 그가 버림당한 지 2주 정도 지난 어느 날, 그들은 〈한 가족처럼〉 지인들과 함께 차를 마시러 교외의 숲으로 향했다. 비르긴스끼는 마치 열에 들뜬 사람처럼 즐거운 기분에 취해 사람들과 춤을 추고 있었다. 그러다가 갑자기 무슨 언쟁 같은 것도 없었는데 혼자서 캉캉 춤을 추고 있던 거구의 레뱟낀에게 다가가 그의 머리카락을 양손으로 움켜쥐고 끌어 내리더니, 새된 소리로 고함을 치고 눈물을 흘리면서 이리저리 끌고 다니기 시작했다. 거인은 벌벌 떠느라 제대로 방어도 못하고 끌려다니는 내내 거의 입도 뻥긋하지 못했다. 그러나 상황이 끝난 뒤, 명예를 중시하는 그는 엄청나게 화를 냈다. 비르긴스끼는 밤새 아내 앞에서 무릎을 꿇고 용서를 빌었으나, 레뱟낀에게 사과하러 가려 하지 않았기 때문에 용서받지 못했다. 게다가 그는 신념도 부족하고 어리석은 사람이라는 것이 드러나고 말았다. 특히 어리석었던 것은 그가 여자에게 해명하기 위해 무릎을 꿇었다는 점이었다. 이등 대위는 그 뒤 곧 사라졌다가 아주 최근에 새로운 목적을 가지고 여동생과 함께 우리 도시에 다시 나타났다. 그러나 그 이야기는 나중에 하기로 하겠다. 이 불쌍한 〈가장〉이 우리에게 속마음을 털어놓고 우리를 필요로 한 것은 이상한 일도 아니었다. 하지만 그는 자기 집안일에 대해서는 한 번도 털어놓은 적이 없었다. 언젠가 스쩨빤 뜨로피모비치의 집에서 함께 돌아오는 길에 내게 자신의 처지에 관해 에둘러 이야기한 적이 있는데, 그러더니 곧바로 내 손을 움켜잡고 열정적으로 이렇게 말했다.

「이건 아무것도 아닙니다. 그냥 개인적인 사정일 뿐입니다. 이것은 〈공동의 과업〉을 조금도 방해하지 않을 겁니다!」

우리 모임에는 비정기적 방문객들도 찾아오곤 했다. 유대인 랴신이 출입했고, 까르뚜조프 대위도 출입했다. 지식욕이 강한 한 노인도 잠시 드나들었으나 지금은 죽고 없다. 리뿌찐이 슬론체프스키라는 폴란드 신부 출신의 유형수를 데리고 와서, 얼마 동안은 원칙에 따라 그를 받아들였으나 나중에는 받아들이지 않게 되었다.

9

이 도시에서는 우리 모임이 자유사상과 방종, 무신론의 온상이라는 소문이 순식간에 퍼져 나가 그대로 굳어지고 말았다. 하지만 우리는 매우 순수하고 온건하며, 순 러시아식의 유쾌하고 자유로운 잡담을 나누었을 뿐이다. 〈고급 자유주의〉나 〈고급 자유주의자〉, 즉 아무런 목적이 없는 자유주의자란 오직 러시아에서만 가능하다. 모든 기지 넘치는 사람들이 그렇듯 스쩨빤 뜨로피모비치에게는 이야기를 들어 줄 사람이 필요했으며, 또한 자신이 이념의 선전이라는 고귀한 임무를 수행하고 있다는 인식도 필요했다. 하지만 결국은 누군가와 샴페인을 마시거나 유명한 품종의 와인을 마시며 러시아나 〈러시아 정신〉에 관해, 대체로 신에 관해, 특히 〈러시아의 신〉에 관해 유쾌한 사상들을 교환할 필요가 있었을 뿐이다. 이미 모든 사람이 알고 있고 모든 사람이 우려먹는 러시아의 추문들을 백 번이고 되풀이할 필요도 있었다. 우리는 도시를 떠도는 유언비어도 멀리하지 않았으며, 게다가 가끔은 엄격한 최고의 도덕적 판결을 내리곤 했다. 범인류적인 것에 몰두해 유럽과 인류의 미래를 엄격하게 논하기도 했다. 전제정 이후의 프랑스는 단번에 2류 국가로 전락할 것이며, 그것도 굉장히 빠르고 쉽게 진행될 것이라고 학자연하며 예언했다. 통일 이탈리아에서 교황의 역할이란 그저 대주교에 불과하다고 이미 오래전부터 규정해 왔고, 1천 년에 걸친 이 문제가 인도주의와 산업, 철도의 시대인 지금에는 그저 하찮은 일이라고 전적으로 확신했다. 사실 〈러시아의 고급 자유주의자〉가 이 문제에 다른 태도를 취하기란 불가능했다. 스쩨빤 뜨로피모비치는 가끔 예술에 관해 말하곤 했는데, 매우 훌륭하긴 했지만 다소 추상적이었다. 가끔 젊은 시절의 친구들(우리나라 발전사에 기록된 인물들)에 대해 회상하기도 했는데, 감동 어린 경건한 태도로 이야기했지만 질투심도 약간 있는 것 같았다. 그러다가 정말 지루해지면 피아노의 명수인 유대인 럅신(왜소한 우체국 관리)이 피아노를 연주했으며, 그는 연주 사이사이 돼지 소리, 천둥소리, 아기가 태어날 때 우는 소리 등을 흉내 내곤 했다. 그는 단지 이것을 위해 불려 왔던 것이다. 그리 자주 있는 일은 아니었으나, 우리는 잔뜩 술에 취하면 열광적인 상태가 되어 럅신의 반주에 맞춰 〈라 마르세예즈〉[23]를 합창하기도 했는데, 제대로 불렀는지는 잘 모르겠다. 위대한 2월 19일[24]을 우리는 모두 열광적으로 맞이했고, 이미 오래전부터 이날을 위해 아낌없이 축배를 들고 있었다. 이것은 아주 오래전의 일로서, 아직 샤또프도 비르긴스끼도 없었고, 스쩨빤 뜨로피모비치는 아직 바르바라 뻬뜨로브나의 집에서 함께 살고 있을 때였다. 이 위대한 날이 도래하기 전 얼마 동안 스쩨빤 뜨로피모비치는 과거의 자유주의 지주가 지은 것이 분명한, 약간 부자연스러우면서도 유명한 시 한 구절을 혼잣말로 중얼거리고 다녔다.

23 프랑스의 국가(國歌).
24 농노 해방이 선포된 날인 1861년 2월 19일을 말한다.

농민들이 간다, 도끼를 들고,
무시무시한 일이 벌어질 것이다.

문자 그대로 기억나지는 않지만, 이런 내용이었던 것 같다. 바르바라 뻬뜨로브나는 우연히 이 소리를 듣고 그에게 〈헛소리군요, 헛소리!〉라고 소리치며 화가 잔뜩 나서 나가 버렸다. 마침 그 자리에 있던 리뿌찐이 스쩨빤 뜨로피모비치에게 비꼬듯 말했다.

「농노들이 축하한답시고 옛날 자기 지주 나리들에게 무슨 행패라도 부리면 정말 유감이겠군요.」

그러면서 그는 집게손가락으로 자기 목을 긋는 시늉을 했다.

「*Cher ami*(이보게 친구),」 스쩨빤 뜨로피모비치가 온화하게 대꾸했다. 「이건(그도 목을 긋는 시늉을 했다) 지주들이나 우리 모두에게 아무런 이익이 되지 않는다는 걸 알아 두게. 무엇보다도 우리의 머리가 우리의 올바른 판단을 방해하긴 하지만, 그렇다고 머리가 없으면 아무것도 할 수가 없으니 말일세.」

많은 사람들이 농노 해방령이 선포된 날에 리뿌찐이 예견한 것과 같은 무슨 놀라운 일이 일어나지 않을까 기대하고 있었던 것은 사실이다. 이들은 소위 민중이나 국가에 정통한 사람들이 아니었던가. 스쩨빤 뜨로피모비치도 이런 생각을 했던 듯, 이 위대한 날 바로 전에 갑자기 바르바라 뻬뜨로브나를 찾아가서 외국으로 보내 달라고 간청하기 시작했다. 한마디로 불안에 떨기 시작했던 것이다. 그러나 위대한 날은 아무 일 없이 지나갔고, 얼마 안 되어 스쩨빤 뜨로피모비치의 입가에는 다시 거만한 미소가 나타났다. 그는 우리 앞에서 일반적인 러시아 사람, 특히 러시아 농민들의 특성에 관해 몇 가지 주목할 만한 견해를 밝혔다.

「우리는 성질 급하게도 너무 서둘러 농민들에 대해 결론을 내려 왔네.」 그는 자신의 주목할 만한 견해에 결론을 내렸다. 「우리는 그들을 시대의 유행으로 만들었고, 문학계 전체가 지난 몇 해 동안 계속해서 그들을 마치 새로 발견된 보물이라도 되는 양 대해 왔다네. 이가 들끓는 머리 위에 월계관을 씌워 준 격이지. 지난 천 년 동안 러시아의 농촌이 우리에게 남겨 준 것이라곤 꼬마린스끼 춤[25]뿐인데 말일세. 나름 재치가 있던 러시아의 한 유명한 시인[26]이 무대 위에 선 위대한 라셸[27]을 처음 본 순간 환희에 차서 〈나는 라셸을 농부와 바꾸지는 않으리라!〉 하고 외쳤지. 나는 한발 더 나아가, 라셸 한 사람을 위해서 러시아 농민 전부를 내줄 준비가 되어 있네. 이제 좀 더 냉철한 시선으로 바라보고 우리나라 특유의 거친 타르 냄새와 *bouquet de l'impératrice*(황후의 꽃다발)[28]을 혼동하지 않을 때가 되었네!」

리뿌찐은 즉시 동의했으나, 시대의 경향에 발맞추기 위해서는 양심에 어긋나더라도 농민을 찬양해야 한다고 덧붙였다. 상류 사회의 귀부인들까지도 『안똔 고레미까』[29]를 읽고 눈물을 흘리고 있으며, 몇몇은 파리에서 러시아에 있는 자기 관리인들에게 편지를 보내 앞으로는 농민들을 보다 인간적

25 러시아의 민속 무용.

26 시인 니꼴라이 네끄라소프를 말한다.

27 Elisa Rachel(1821~1858). 프랑스 여배우.

28 프랑스의 유명 향수 이름이다.

29 러시아 작가 드미뜨리 그리고로비치Dmitrii Grigorovich가 1847년에 쓴 반(反)농노제 소설.

으로 대우하라고 당부하고 있다는 것이다.

한번은 안똔 뻬뜨로프[30]에 대한 소문이 퍼진 직후 공교롭게도, 스끄보레시니끼에서 15킬로미터밖에 떨어지지 않은 우리 현에서도 오해가 생겨, 흥분한 당국에서는 군대까지 파견한 일이 있었다. 이때 스쩨빤 뜨로피모비치가 너무 흥분해서 우리까지도 놀랄 정도였다. 그는 클럽에서 군대가 더 필요하니 다른 도시에 전보를 쳐서 불러와야 한다고 소리를 지르는가 하면, 지사에게 달려가 자기는 이 일과 아무런 관련이 없다고 단언하며, 옛날 일에 관한 기억 때문에 자기를 이 사건에 연루시키지 말라고 부탁했고, 자신의 청원을 당장 뻬쩨르부르끄의 관계자에게 보고해 달라고 요구했다. 다행히 이 사건은 곧 아무 일 없이 지나갔지만, 나는 그때 스쩨빤 뜨로피모비치에게 놀라고 말았다.

3년쯤 지나서, 알려진 바와 같이 민족성에 대한 이야기가 시작되었고, 〈여론〉이 생겨났다. 스쩨빤 뜨로피모비치는 이러한 것에 냉소를 퍼부었다.

「이보게, 친구들!」 그는 우리를 가르치려 들었다. 「우리의 민족성이 설령 요즈음 신문들에서 확신하고 있는 것처럼 정말 〈생겨났다〉 하더라도, 아직은 뻬쩨르슐레[31]인가 하는 독일식 중학교에 앉아서 독일어 책을 펴놓고 독일어 학과를 반복 암송하고 있을 뿐이라네. 독일인 선생은 필요 시 그 민족성의 무릎을 꿇리기도 하지. 독일인 선생은 칭찬할 만해. 하지만 확실한 것은 아무 일도 일어나지 않았고, 아무것도 생겨

30 Anton Petrov(1824?~1861). 본명은 시도로프A. P. Sidorov. 1861년 베즈드나 마을 농민 봉기의 지도자.

31 뾰뜨르 대제가 18세기 뻬쩨르부르끄에 설립한 독일식 교육 기관.

나지 않았고, 모든 일은 전과 마찬가지로, 즉 신의 가호 아래 흘러가고 있다는 것일세. 나는 러시아를 위해서, *pour notre Sainte Russie*(우리의 신성한 러시아를 위해서) 그것으로 이미 충분하다고 생각하네. 게다가 범슬라브주의니 민족성이니 하는 것들은 새롭다고 하기엔 너무 오래된 것들이지. 민족성은 클럽, 그것도 모스끄바 클럽의 지주 귀족들이 고안해 낸 것 이상의 다른 형태로는 결코 실현될 길이 없네. 물론 이고리 공[32] 시대를 말하는 것은 아닐세. 그리고 마지막으로, 모든 일은 게으름에서 생겨난다네. 우리에게서는 선한 것도 좋은 것도 모두 게으름에서 생겨난단 말일세. 모든 것은 우리의 지주 귀족적이고, 사랑스럽고, 교양 있고, 변덕스러운 게으름에서 생겨나지! 나는 3만 년 동안이라도 이렇게 단언하겠네. 우리는 우리의 노력만으로는 살아갈 수가 없어. 그런데 저 친구들은 대체 무엇 때문에 갑자기 밑도 끝도 없이 하늘에서 뚝 떨어진 것처럼 〈생겨난〉 여론이라는 걸 가지고 소란을 피우는 거지? 하나의 견해를 갖기 위해서는 무엇보다 노력이, 자기 자신의 노력과 일에 대한 주도권, 자신의 경험이 필요하다는 것을 정말 이해하지 못하는 것일까! 세상에 공짜로 얻어지는 건 결코 없다네. 우리가 노력할 때만 우리의 견해를 갖게 되는 법일세. 그런데 우리는 좀처럼 노력하지 않을 테니, 지금까지 우리 대신 노력한 사람들, 즉 지난 2백 년 동안 우리의 스승이었던 유럽과 독일인들이 우리를 위해 견해를 갖게 될 걸세. 게다가 러시아는 독일인 없이, 노력 없이 우리 힘

32 Igor' Riurikobich(878~945). 912~945년 끼예프 공국의 대공으로, 여러 슬라브 종족들을 끼예프 정치 체제에 예속시킴으로써 슬라브 통일 국가를 이루어 냈다.

만으로 해결하기에는 너무 오해가 큰 나라라네. 나는 이미 20년 동안이나 여기에 대해 경종을 울려 왔고 노력을 호소해 왔다네! 나는 이 호소를 위해 전 생애를 바쳐 왔고, 미친 사람처럼 확신을 가지고 있었지! 이제는 더 이상 믿지 않지만, 지금도 경종을 울리고 있고, 죽을 때까지, 무덤에 들어갈 때까지 울릴 것일세. 사람들이 나의 추도식장에서 조종을 울릴 때까지 나는 종 치는 줄을 잡고 있을 거야!」

아아! 우리는 맞장구를 치기만 했다. 우리는 선생에게 박수갈채를, 그것도 굉장히 열정적으로 보냈다! 독자들이여, 혹시 지금까지도 이처럼 〈사랑스럽고〉, 〈영리하고〉, 〈자유주의적〉인 러시아의 오래된 헛소리가 종종 울려 퍼지고 있는 것은 아닐까?

우리의 선생은 신을 믿고 있었다.「여기서는 왜 모두들 날 무신론자로 여기는지 이해할 수가 없군!」그는 가끔 이렇게 말했다.「나는 신을 믿는다네. *Mais distinguons*(하지만 차이가 있다면), 내 안에서 스스로를 인식하는 존재로서의 신을 믿고 있다네. 우리 집 하녀 나스따시야나, 〈만일의 경우를 대비해〉 신을 믿는 어떤 지주처럼, 혹은 우리의 친애하는 샤또프처럼 믿을 수는 없단 말이네. 아니, 샤또프는 빼지. 그는 모스끄바의 슬라브주의자들처럼 **억지로** 믿고 있는 거니까. 기독교에 대해 말하자면, 나는 진심으로 기독교를 존경하지만, 기독교도는 아닐세. 오히려 위대한 괴테나 고대 그리스 사람처럼 고대 이교도에 가깝다고 할 수 있지. 또 한 가지는 기독교가 여자를 이해하지 못했다는 것인데, 그에 대해서는 조르주 상드가 자신의 천재적인 소설에서 훌륭하게 풀어냈지. 예배니 금식이니 하는 것들이 내게 무슨 상관이 있는지 이해를 못하겠네. 이곳의 밀고자들이 아무리 분주하게 움직여도 나는 예수회 교도가 되고 싶지 않네. 1847년에 외국에 머물던 벨린스끼는 고골에게 저 유명한 편지를 보내, 고골이 〈무슨 신인가〉 믿고 있다고 맹렬히 비난했었지. *Entre nous soit dit*(우리끼리 얘기지만), 고골이(당시의 고골 말일세!) 이 구절을…… 편지 전부를 읽고 난 그 순간보다 더 우스꽝스러운 장면을 상상할 수 없다네! 하지만 농담은 이쯤 해두고, 나는 어쨌건 상황의 본질에 동의하고 있으니 이런 말을 해두고 싶군. 그들은 그런 사람들이었다고 말일세! 그들은 자기 민중을 사랑할 줄 알았고, 그들을 위해 괴로워할 줄 알았고, 그들을 위해 모든 것을 희생할 줄 알았으며, 동시에 필요에 따라서는 민중과 타협하지 않고, 어떤 개념에 있어서는 그들을 용인하지 않기도 했네. 사실 벨린스끼는 식물성 기름이나 무와 완두콩[33]에서 구원을 찾을 수는 없었을 걸세!」

이때 샤또프가 불쑥 끼어들었다.

「그 사람들은 결코 민중을 사랑한 적이 없고, 민중을 위해 괴로워하지도 않았으며, 자기만족을 위해 아무리 많은 상상을 했다 한들 그들을 위해 희생한 적도 없습니다!」 그는 고개를 숙이고 참을 수 없다는 듯이 의자 위에서 몸을 뒤틀며 음울하게 투덜거렸다.

「그들이 민중을 사랑하지 않았다니!」 스쩨빤 뜨로피모비치가 외쳤다. 「아, 그들이 러시아를 얼마나 사랑했는데!」

「러시아도 민중도 사랑하지 않았습니다.」 샤또프도 눈을 번뜩이며 외쳤다. 「자기가 모르는 것을 사랑할 수는 없습니다. 그런데 그들은 러시아 민중에 대해서 아무것도 이해하지

33 육식을 금하는 정진기(精進期)에 먹는 음식들.

못했지요. 그들은 모두, 선생님을 포함해, 러시아 민중을 제대로 보지 않았습니다. 벨린스끼가 특히 그렇습니다. 고골에게 보낸 바로 그 편지에서 분명히 알 수 있습니다. 벨린스끼는 마치 끄릴로프[34]의 우화의 〈호기심 많은 사람〉처럼, 박물관에서 코끼리에 주목하지 않고, 프랑스 사회주의 곤충에게만 모든 주의를 기울였던 겁니다. 거기서 끝내 버린 것이지요. 그래도 어쩌면 벨린스끼는 당신들 중에서 가장 영리했을지도 모르겠습니다! 그뿐만 아니라 당신들은 민중을 바라볼 때도 혐오스러운 경멸감을 가지고 대해 왔으며, 민중이란 단지 프랑스 민중, 그것도 파리의 시민들뿐이라 생각하고, 러시아 민중이 그들과 같지 않다고 부끄럽게 여겼을 뿐입니다! 이것은 명백한 사실입니다! 하지만 민중을 갖지 못한 사람은 신도 가질 수 없는 법이지요! 자기 민중을 더 이상 이해하지 못하게 되고 민중과의 관계를 잃어버린 사람은, 곧 조국에 대한 믿음을 잃어버리고 무신론자가 되거나 무관심한 사람이 될 것입니다. 분명히 말씀드릴 수 있습니다! 이것은 사실로서 입증될 것입니다! 바로 그 때문에 당신들이나 우리들은 지금 모두 추악한 무신론자이거나 무관심하고 음탕한 쓰레기일 뿐 그 이상 아무것도 아닙니다! 스쩨빤 뜨로피모비치, 선생님도 마찬가지입니다. 나는 당신을 예외라고 여기기는커녕 오히려 당신을 염두에 두고 말한 겁니다. 아시겠습니까!」

샤또프는 보통 이런 식의 독백을 늘어놓고 나서(이런 일은 자주 일어났다) 이제 모든 일은 끝장났고 스쩨빤 뜨로피모비치와의 친구 관계도 영원히 끝나 버렸다고 믿으며 모자를 집어 들고 문 앞으로 달려갔다. 그러나 스쩨빤 선생은 항상 적

34 Ivan Krylov(1769~1844). 러시아 우화 작가.

당한 때 그를 멈춰 세우곤 했다.

「샤또프, 이런 다정한 말들을 주고받았으니 이제 우리 화해하는 게 어떤가?」 그는 의자에 앉은 채 샤또프에게 온화하게 손을 내밀며 이렇게 말하곤 했다.

투박하지만 수줍음이 많은 샤또프는 상냥함을 좋아하지 않았다. 그는 겉으로는 거칠어 보였지만, 속은 아주 섬세한 사람이었던 것 같다. 종종 과격해질 때도 그것 때문에 자신이 가장 먼저 괴로워했다. 그는 스쩨빤 뜨로피모비치가 부르는 소리에 입속으로 뭐라고 중얼거리면서 곰처럼 제자리걸음을 하다가, 갑자기 씩 웃으며 모자를 내려놓고 자기 자리에 다시 가서 앉았다. 물론 술이 나오고, 그러면 스쩨빤 뜨로피모비치는 과거의 활동가 중 누군가를 기념하자든지 하며 적당한 구실을 붙여 건배를 제안하곤 했다.

제2장
해리 왕자, 혼담

I

바르바라 뻬뜨로브나가 이 세상에서 스쩨빤 뜨로피모비치 못지않게 애착을 갖고 있는 또 한 사람은 그녀의 외아들 니꼴라이 프세볼로도비치 스따브로긴이었다. 스쩨빤 뜨로피모비치를 초빙한 것도 아들을 위해서였다. 당시 소년은 여덟 살이었는데, 아버지인 경박한 스따브로긴 장군은 이미 부인과 별거 상태여서, 소년은 오직 어머니의 보호 아래 자라고 있었다. 스쩨빤 뜨로피모비치는 피양육자가 자신을 따르게 하는 데 성공했다는 점에서 그의 능력을 인정하지 않을 수 없다. 선생이 가진 비결은 그 자신이 어린애라는 점이었다. 당시엔 나도 아직 이곳에 없었기 때문에 선생은 계속 진실한 친구를 필요로 하고 있었다. 그는 깊은 생각 없이 이제 막 성장기에 접어든 어린 존재를 자기 친구로 만들어 버렸다. 자연스럽게 관계가 형성되자 둘 사이에는 조금의 거리도 없어졌다. 그는 그래서는 안 된다는 생각을 전혀 하지 못한 채 그저 자기의 모욕받은 감정을 눈물과 함께 호소하거나 자기 집안의 비밀을 털어놓기 위해 열 살, 열한 살 정도의 친구를 한밤중에 깨우기 일쑤였다. 그들은 서로 상대의 가슴에 몸을 던지고 흐느껴 울었다. 소년은 어머니가 자기를 몹시 사랑한다는 것을 알고 있었으나, 자신은 어머니를 그만큼 사랑하지 않았다. 어머니는 아들과 거의 이야기를 나누지 않았고, 그를 구속하는 일도 별로 없었지만, 소년은 어머니의 시선이 항상 자기를 집요하게 뒤쫓고 있다는 것을 고통스럽게 느끼고 있었다. 하지만 바르바라 부인은 아들의 교육이나 도덕적 발달과 관련한 모든 것을 스쩨빤 뜨로피모비치에게 전적으로 일임했다. 그때만 해도 부인은 그를 전적으로 믿고 있었던 것이다. 그러나 이 교육자가 자기 제자의 신경을 어느 정도 혼란스럽게 해놓았던 것은 분명하다. 소년이 열여섯 살이 되어 귀족 학교에 들어갔을 때 그는 비쩍 마르고 창백했으며, 이상할 정도로 조용하고 생각에 잠겨 있는 모습이었다(나중에는 대단한 육체적 힘의 소유자가 되었지만). 이 두 친구가 한밤중에 서로의 가슴에 몸을 던져 흐느껴 울었다는 것 역시 한낱 가정 안의 일화 같은 것이 아니었음은 물론이다. 스쩨빤 뜨로피모비치는 친구의 가슴 깊숙한 곳의 줄을 건드려 막연하지만 영원하고 신성한 우수의 감각을 처음으로 불러일으키는 데 성공했다. 그것은 선택받은 영혼이라면 한번 맛보고 경험한 뒤 결코 값싼 만족감과 바꿀 수 없는 그런 우수였다(이 세상에서 극도의 만족감이라는 것이 가능하다 할지라도 그것보다 우수를 더 소중히 여기는 사람들도 있다). 그러나 어찌 되었건, 이 어린 제자와 선생을 다소 늦게나마 따로 떼어 놓은 것은 잘한 일이었다.

귀족 학교에 들어가고 처음 2년간 소년은 방학 동안 고향으로 돌아왔다. 바르바라 뻬뜨로브나와 스쩨빤 뜨로피모비치가 뻬쩨르부르끄를 방문하면 가끔 어머니가 여는 문학 모임에 나와 사람들의 얘기를 들으며 지켜보기도 했다. 말수는 적었고, 여전히 조용하고 내성적이었다. 스쩨빤 뜨로피모비치에게는 여전히 상냥한 관심을 보이면서도 왠지 조심하는 것 같은 태도를 취했다. 고상한 화제나 과거의 추억에 대해 선생과 이야기하는 것을 꺼리는 게 분명했다. 학업을 끝낸 뒤 그는 어머니의 희망에 따라 군에 입대했고, 곧 가장 저명한 근위기병 연대의 장교가 되었다. 그러나 그는 자기의 제복 입은 모습을 어머니에게 보여 주기 위해 들르지도 않았고, 뻬쩨르부르끄에서 편지를 보내는 일도 드물었다. 바르바라 뻬뜨로브나는 농노 해방 이후 영지에서 거둬들이는 수입이 줄어들어 초반에는 이전의 반 정도밖에 되지 않았지만, 아들에게 송금하는 돈은 조금도 아끼지 않았다. 오랫동안 검소한 생활을 해서 적지 않은 돈을 저축했던 것이다. 그녀는 아들이 뻬쩨르부르끄의 상류 사회에서 성공하는 것에 지대한 관심을 가지고 있었다. 그녀가 이루지 못한 것을 이 부유하고 전도유망한 청년 장교는 이뤄 냈다. 그는 어머니가 이제는 꿈도 꿀 수 없게 된 사람들과 친분을 쌓았고, 어디서나 대단한 환영을 받았다. 그러나 얼마 안 되어 바르바라 뻬뜨로브나에게 상당히 이상한 소문들이 들려오기 시작했다. 이 청년이 정신이 이상해져서 갑자기 방탕한 생활을 시작했다는 것이었다. 그가 도박을 한다든가 술에 빠져 있다든가 하는 것이 아니라, 마치 야수처럼 제멋대로 행동하고, 말을 타고 가다 사람을 치고, 자신과 관계를 맺고 있던 훌륭한 사교계의 한 숙녀에게 짐승과 같은 행동을 한 뒤 사람들 앞에서 그녀를 모욕했다는 등의 소문이었다. 이러한 정황 속에는 너무도 명백하게 추악한 무언가가 들어 있었다. 그뿐 아니라 그는 결투를 일삼았고, 그저 모욕을 주는 것에 만족을 느껴 사람들에게 트집을 잡고 모욕을 준다는 것이었다. 바르바라 뻬뜨로브나는 마음을 졸이며 괴로워했다. 스쩨빤 뜨로피모비치는 이것은 그냥 지나치게 풍요로운 신체 조직이 처음 돌발적으로 폭발해서 생긴 현상일 뿐, 바다는 곧 잠잠해질 것이며, 이러한 현상은 셰익스피어의 작품에 나오는 해리 왕자[35]가 젊은 시절 폴스타프나 포인스, 퀴클리 부인 등과 어울려 흥청망청하는 것과 같다고 부인에게 단언했다. 이번에는 바르바라 뻬뜨로브나도 스쩨빤 뜨로피모비치에게 최근에 자주 하던 대로 〈헛소리예요, 헛소리!〉 하고 소리치지 않았을 뿐 아니라, 오히려 귀 기울여 듣다가 더 자세히 설명해 달라고 부탁하기까지 했으며, 직접 셰익스피어의 불멸의 사극을 집어 들고 대단히 주의를 기울여 읽기도 했다. 그러나 이 사극은 부인의 마음을 진정시키지 못했고, 그녀는 그 안에서 그다지 유사성을 찾아내지도 못했다. 그녀는 자기가 써 보낸 몇 통의 편지에 답장이 오기를 몹시 초조하게 기다리고 있었다. 답장은 곧 왔다. 해리 왕자가 거의 동시에 두 개의 결투를 치렀는데, 둘 다 완전히 그의 잘못으로, 결투 상대 한 사람은 그 자리에서 죽고, 다른 한 사람은 불구로 만들어 재판에 회부되었다는 치명적인 소식이었다. 그는 권리를 박탈당하고 병사로 강등되어 유형지의 보병 연대에 전속되는 것으로 사건이 마무리되었으나, 그것도 특별히 관대한 조처였다.

1863년, 그는 어찌해서 전공을 세우는 데 성공해 십자 훈

35 셰익스피어의 희곡 「헨리 4세」의 주인공.

장을 받고 하사관으로 승진되었다가 곧이어 장교로 승진했다. 그러는 동안 바르바라 뻬뜨로브나는 수도에 탄원과 애원을 담은 편지를 수백 통 보냈을 것이다. 그녀는 이런 예외적인 경우에는 굽신거리는 것을 마다하지 않았다. 승진한 뒤 젊은이는 갑자기 퇴역했지만, 스끄보레시니끼로 돌아오지 않았고, 어머니에게 보내던 편지도 멈추고 말았다. 마침내 간접적인 통로를 통해 그가 다시 뻬쩨르부르끄에 와 있긴 하지만, 이전의 사교계에서는 그를 전혀 볼 수 없으며, 어딘가로 숨어버렸다는 것만 알게 되었다. 그는 어떤 이상한 무리들과 함께 생활하면서 뻬쩨르부르끄의 쓰레기 같은 주민들, 장화도 사 신지 못하는 관리나 구걸하며 다니는 퇴역 군인 또는 술주정뱅이들과 어울리며 그들의 더러운 집을 찾아가기도 하고, 밤낮 어두컴컴한 빈민굴에 틀어박혀 있다는 것이었다. 어딘지도 모를 으슥한 뒷골목에 늘어져 있거나 누더기를 입고 돌아다니면서도 그는 그것에 만족해하는 것 같았다. 어머니에게 돈을 보내 달라고 부탁하지도 않았다. 그는 옛날 스따브로긴 장군의 마을이었던 자기 소유의 영지를 하나 가지고 있었는데, 거기서 약간이나마 수입이 있었다. 그 영지를 작센 출신의 한 독일인에게 빌려주고 있다는 소문이었다. 마침내 어머니는 아들에게 돌아오라고 간청하기에 이르렀고, 해리 왕자는 우리 도시에 모습을 나타냈다. 이때에야 나는 그를 처음으로 보았으며, 이전에는 한 번도 본 적이 없었다.

그는 스물다섯 살 정도의 매우 아름다운 청년으로, 솔직히 나는 그의 모습에 깜짝 놀랐다. 나는 방탕한 생활로 몸은 여위고 보드카 냄새를 풍기는 더러운 부랑자 같은 사람을 만날 것이라 기대하고 있었는데, 그는 내가 지금까지 만났던 사람들 중 가장 우아한 신사였으며, 옷을 너무나 잘 입고, 매우 세련되고 고상한 신사에게나 익숙할 만한 행동을 했다. 나만 놀란 것이 아니었다. 물론 스따브로긴의 전력을 아주 세세한 부분까지 잘 알고 있는 도시 사람들 모두가 놀랐다. 그들이 어떻게 알게 되었는지는 모르겠지만, 놀랍게도 그 내용 중 절반은 사실이었다. 우리의 숙녀들은 모두 새로운 손님 때문에 제정신이 아니었다. 그들은 정확하게 두 패로 나뉘어, 한쪽은 그를 신처럼 숭배했고, 다른 쪽은 그를 원수라도 되는 양 증오했다. 그러나 어느 쪽이든 제정신이 아닌 건 마찬가지였다. 일부는 그의 영혼 속에 숙명적인 비밀이 있을지도 모른다는 사실에 특히 매혹되었고, 일부는 그가 살인자라는 사실을 진정으로 마음에 들어 하기도 했다. 그가 상당한 수준의 교양이 있으며, 심지어 어느 정도의 지식까지 겸비한 사람이라는 사실도 확인되었다. 물론 우리를 놀라게 하는 데 많은 지식이 필요한 것은 아니었다. 그러나 그는 긴요하고도 흥미로운 주제에 대해 자신만의 의견을 말할 능력이 있었으며, 무엇보다 중요한 것은 놀라울 정도로 신중하다는 점이었다. 얼마나 이상했는지 언급하자면, 우리 모두는 거의 첫날부터 그가 예외적으로 신중한 사람이라는 것을 알게 되었다. 그는 말이 별로 없었고, 더할 나위 없이 품위 있고 놀라울 정도로 겸손했으며, 동시에 우리 중 누구도 따를 수 없을 만큼 대담하고 자신감에 가득 차 있었다. 우리의 멋쟁이들은 질투의 시선으로 그를 쳐다보았고, 그의 앞에서 완전히 허둥지둥했다. 그의 얼굴 역시 나를 놀라게 했는데, 머리카락은 진짜 새까맣고, 빛나는 시선은 아주 고요하고 밝았으며, 얼굴색은 정말 부드러운 백옥 같았고, 홍조는 너무 선명하고 깨끗했으며, 이는 진주 같고 입술은 산호빛을 띠고 있어서 그림 같은 미남이었지만, 동시에 왠지 혐오스러워 보였다. 사람들은 그의 얼굴이 가면처럼 보인다고 말했다. 하지만 더불어 그의 엄청난 육체적 힘에 대해서도 많은 말이 있었다. 키도 상당히 큰 편이었다. 바르바라 뻬뜨로브나는 아들을 자랑스럽게 바라보았지만, 항상 불안이 가시지 않았다. 그는 우리 도시에서 반년 정도 무기력하고 조용하고 꽤 침울하게 지냈다. 사교계에 나타나서는 우리 현의 예의를 지키느라 부단히 주의를 기울였다. 현지사와는 아버지 쪽으로 친척이었기 때문에 지사 집을 방문하면 가까운 친척으로 대접받았다. 그러나 몇 달 지난 뒤 이 맹수는 갑자기 발톱을 드러냈다.

말이 나온 김에 언급하자면, 사랑스럽고 온화한 전(前) 현지사 이반 오시뽀비치는 약간 시골 여자 같은 면이 있긴 했지만, 훌륭한 가문과 연고를 가진 사람이었다. 그가 모든 일에 손을 내저으며 계속 기피하는데도 그렇게 오랫동안 우리 현에 머무를 수 있었던 것은 이것으로 설명된다. 그가 손님을 환대하고 대접하는 것을 보면, 그는 지금처럼 분주한 시기에 현지사를 하는 것보다는 과거 좋은 시절의 귀족 단장이 더 어울릴 것 같았다. 우리 도시에서는 그가 아니라 바르바라 뻬뜨로브나가 현을 관리하고 있다는 말이 계속 돌고 있었다. 물론 이것은 빈정대는 말일 뿐 실제로는 터무니없는 헛소문이었다. 결국 우리들의 날카로운 기지는 이 문제로 적잖이 허비되고 있었던 것이다. 반대로 바르바라 뻬뜨로브나는 사교계 전체로부터 대단한 존경을 받고 있었음에도 불구하고 최근 몇 년 동안은 특히 의식적으로 모든 고상한 임무를 멀리하고, 스스로 세운 엄격한 틀 안에 자신을 자발적으로 가두어 두고 있었다. 그녀는 고상한 임무 대신 갑자기 집안일에 몰두하기 시작했고, 2~3년 사이 영지 수입을 거의 이전 수준으로 끌어올렸다. 과거의 시적인 충동(뻬쩨르부르그로의 여행, 잡지 발간 계획 등) 대신 저축하고 돈을 아끼기 시작했다. 심지어 스쩨빤 뜨로피모비치에게 다른 집을 빌리도록 허락함으로써 그와 거리를 두었다(이것은 스쩨빤 선생 자신이 이미 오래전부터 온갖 핑계를 대며 부인에게 졸라 온 것이기도 했다). 스쩨빤 뜨로피모비치는 점점 더 부인을 산문적 여인이라거나, 좀 더 농담식으로 〈나의 산문적 친구〉라고 부르기 시작했다. 물론 이런 농담은 지극히 존경하는 태도로, 오랫동안 적당한 순간을 기다렸다가 한 말이었다.

우리 가까운 사람들, 특히 스쩨빤 뜨로피모비치는 누구보다 민감하게 지금 그녀 앞에 아들이 나타난 것이 그녀의 새로운 희망이자 새로운 꿈이 되었음을 잘 이해하고 있었다. 아들에 대한 부인의 열정은 그가 뻬쩨르부르그 사교계에서 성공을 거두었을 때 시작되었지만, 그가 병사로 강등되었다는 소식이 전해진 순간부터 특히 더 강해졌다. 하지만 그럼에도 그녀는 아들을 분명 두려워하고 있었으며, 그 앞에서는 마치 노예와도 같았다. 그녀가 무언가 불분명하고 비밀스러운 것을 두려워하면서도 입으로 말하지 못하고 있으며, 또한 여러 번 뭔가를 상상하고 알아차리려는 듯 눈치채지 않게 니콜라[36]를 뚫어지게 쳐다보고 있다는 것이 느껴졌다……. 그때 맹수가 갑자기 발톱을 드러냈다.

36 니꼴라이의 프랑스식 이름.

2

우리의 왕자는 갑자기 별다른 이유도 없이 여러 사람들에게 두세 가지 참기 어려운 무례한 행동을 저질렀다. 여기서 요점은 바로 이런 무례함이 전대미문의 행동으로, 그 어디에서도 찾아볼 수 없고, 전혀 일반적인 경우도 아니며, 정말 저열하고 유치한 짓으로서, 왜 그랬는지 아무도 알지 못했고, 전혀 아무런 동기도 없었다는 것이다. 우리 클럽에 빠벨 빠블로비치 가가노프라고 지긋한 나이에 공적도 있는 존경받는 원로가 한 사람 있었는데, 그는 말끝마다 흥분해서 〈천만에, 내 코를 잡아끌 수는 없을 걸세!〉라고 덧붙이는 순진한 버릇을 가지고 있었다. 그런 건 있을 수 있는 버릇이었다. 그런데 어느 날 그가 클럽에서 주변에 모여 있던 회원들(모두 어느 정도 신분을 가진 사람들이었다)에게 열띤 주제로 토론 하다가 이 경구를 덧붙였을 때, 혼자 한쪽에 서서 그 누구의 주의도 끌지 않던 니꼴라이 프세볼로도비치가 갑자기 빠벨 빠블로비치에게 다가가더니, 갑작스럽게 두 손가락으로 그의 코를 세게 잡고서 홀 안을 두세 걸음 질질 끌고 다녔다. 그가 가가노프 씨에게 무슨 악의를 품고 있었다고는 볼 수 없다. 그것은 순수하게 어린애 같은 장난이라고 생각할 수도 있겠지만, 용서받을 수 없는 행동임에 분명했다. 하지만 나중에 사람들의 이야기로는 니꼴라이가 그 일을 저지른 순간 〈꼭 정신 나간 사람처럼〉 딴생각에 빠져 있는 것 같았다고 한다. 그러나 이것은 한참 지나서야 사람들이 떠올린 기억이었다. 처음에는 모두가 격분해서 그다음 순간만을 기억하고 있었다. 그는 이미 모든 상황을 분명하게 이해하고 있는 듯했지만 당황하지도 않았고 오히려 〈조금의 후회도 없이〉 재미있다는 듯 심술궂게 웃고 있었다. 엄청난 소동이 벌어졌고 사람들이 그를 에워쌌다. 니꼴라이 프세볼로도비치는 몸을 돌려 주위를 둘러보며 아무에게도 대답하지 않은 채 소리 지르고 있는 사람들의 얼굴을 호기심을 가지고 훑어보았다. 그러다 갑자기 무슨 생각이 떠올랐는지(사람들 말에 따르면 적어도 그랬다) 눈살을 찌푸리더니, 모욕당한 빠벨 빠블로비치에게 성큼 다가가서 유감스럽다는 표정으로 이렇게 중얼거렸다.

「물론 용서해 주시겠지요……. 제가 왜 갑자기…… 그런 어리석은 행동을…… 하고 싶어졌는지 잘 모르겠습니다……」

이런 성의 없는 사과는 새로운 모욕이 되었다. 고함 소리가 더욱 커졌다. 니꼴라이 프세볼로도비치는 어깨를 으쓱하더니 밖으로 나가 버렸다.

이 모든 일이 추악했음은 말할 필요도 없고, 정말 어리석은 짓이었다. 얼핏 보아 미리 계산되고 고의적으로 행해진 추악한 사건 같았으며, 따라서 우리 사교계 전체를 극도로 뻔뻔하게 모욕하기 위해 계획적으로 저지른 행동 같았다. 모든 사람들에게 그렇게 이해되었다. 우선 사람들은 지체 없이 단합하여 스따브로긴을 클럽 명단에서 제명했다. 그다음에는 클럽 회원 전체의 이름으로 현지사에게 청원서를 제출해 수도에서 온 이 해로운 말썽꾼, 즉 〈싸움꾼〉에게 〈지사에게 주어진 행정상 권한으로〉 (공식 재판이 시작될 때까지 기다리지 말고) 지체 없이 제재를 가하고, 〈그렇게 함으로써 이 유해한 침입자로부터 우리 도시의 점잖은 사람들의 안정을 지켜 주기를〉 부탁하기로 했다. 사람들은 어린애 같은 적개심을 드러내 보이며 〈아마 스따브로긴 씨에게도 무슨 법이건 적용이

되기는 하겠지〉라는 말을 덧붙이기도 했다. 이 문구는 바로 바르바라 뻬뜨로브나를 의식해서 지사에게 모욕을 주기 위해 준비된 것이었다. 그들은 쾌감을 느끼며 이런 말을 늘어놓았다. 그러나 지사는 일부러 그러는 것처럼 그때 도시에 없었다. 그는 멀지 않은 곳에서 최근 임신 중에 남편과 사별하고 미망인이 된 한 매력적인 여인의 아기에게 세례를 주기 위해 떠나 있었던 것이다. 사람들은 지사가 곧 돌아오리라는 것을 알고 있었다. 그가 돌아오기를 기다리는 동안 사람들은 모욕당한 존경스러운 인물 빠벨 빠블로비치에게 박수갈채를 보냈다. 그를 끌어안고 입을 맞추기도 하고, 온 도시 사람들이 그를 방문했다. 그를 위해 오찬회를 열자는 계획까지 세웠지만, 그 생각만은 그만둬 달라는 본인의 간청으로 중단되었다. 어쨌건 남에게 코를 잡혀 끌려다닌 것이 그다지 축하할 만한 일은 아니라고 판단했기 때문일 것이다.

그런데 어떻게 이런 일이 일어난 것일까? 어떻게 이런 일이 일어날 수 있었을까? 도시 전체에서 이 기괴한 행동을 정신 착란 탓으로 돌린 사람이 아무도 없었다는 상황이 정말 놀랍다. 다시 말해 니꼴라이 프세볼로도비치처럼 영리한 사람에게서 그런 행동이 나오기를 은근히 기대하는 경향이 있었다는 말이 된다. 나로서는 그 일 직후 일어난 사건이 모든 것을 설명해 주고, 분명 모든 사람들을 진정시킨 것처럼 보임에도 불구하고 아직까지 어떻게 설명해야 할지 잘 모르겠다. 한 가지 덧붙이자면, 4년이 지난 뒤 클럽에서 일어났던 사건에 대한 나의 조심스러운 질문에 니꼴라이 프세볼로도비치는 얼굴을 찌푸리며 〈나는 그때 건강이 별로 좋지 않았습니다〉라고 대답했다. 그러나 이야기를 앞질러 나갈 필요는 없다.

당시 우리 모두가 〈말썽꾼이자 수도의 싸움꾼〉에게 덤벼들며 드러냈던 전반적인 증오심의 폭발도 내게는 흥미로웠다. 사람들은 그가 사교계 전체를 한꺼번에 모욕하려는 뻔뻔한 계획과 미리 계산된 의도가 있었음을 반드시 확인하고 싶어 했다. 진정으로 이 인간은 누구의 마음에도 들려고 하지 않았고, 오히려 모두가 자신에게 적대감을 가지도록 만들었던 것이다. 대체 어떻게 이렇게 되었을까? 이 사건이 일어나기 전까지 그는 단 한 번도 누구와 다투거나 누군가를 모욕한 적이 없었고, 유행하는 그림 속 기사처럼 — 그림 속 주인공이 말할 수 있다는 전제하에 — 공손했다. 내 생각에 그는 오만한 태도 때문에 질투를 받았던 것 같다. 처음에 그를 숭배했던 숙녀들조차 이제는 남자들보다 더 심하게 그에게 반대하며 큰 소리로 떠들어 대기 시작했다.

바르바라 뻬뜨로브나는 엄청난 충격을 받았다. 그녀는 나중에 스쩨빤 뜨로피모비치에게 오래전에, 이미 반년 전부터 매일매일 바로 〈이런 일〉이 일어날 것을 예감하고 있었다고 고백했다. 어머니 입장으로서는 주목할 만한 고백이라 하지 않을 수 없다. 그녀는 〈결국 시작되었구나!〉 하고 몸을 떨며 생각에 잠겼다. 클럽에서 난동을 부린 운명의 밤이 지나고 다음 날 아침 부인은 조심스러우면서도 단호하게 아들에게 해명해 달라고 요청했다. 그러나 단호함에도 불구하고 가련한 어머니는 계속 부들부들 떨었다. 밤새 한숨도 못 잔 부인은 아침 일찍 스쩨빤 뜨로피모비치를 찾아가 상담을 하려 했으나 그 앞에서 눈물을 흘리고 말았다. 그녀가 사람들 앞에서 눈물을 흘린 적은 아직 한 번도 없었다. 그녀는 니콜라가 적어도 자신에게 무언가 이야기해 주기를, 어머니에 대한 배려로 설명해 주기를 바랐다. 어머니에게 항상 공손하고 예의 바르던 니콜라는 얼굴을 찌푸리면서도 매우 진지하게 그녀의 이야기를 듣고 있다가 갑자기 한마디 대답도 없이 벌떡 일어나더니 어머니 손에 입을 맞춘 뒤 그대로 나가 버렸다. 그리고 바로 그날 저녁 마치 고의로 그런 것처럼 또 다른 추문이 일어났다. 이 사건은 전보다 훨씬 더 약하고 평범했지만 전반적인 분위기 탓에 도시 전체에 매우 강한 개탄을 불러왔다.

이번 사건의 희생자는 바로 우리의 친구 리뿌찐이었다. 그는 니꼴라이 프세볼로도비치가 어머니에게 해명을 요구받은 직후 그를 찾아와 아내의 생일을 축하하는 저녁 식사에 부디 참석해 자리를 빛내 달라고 간곡히 요청했다. 바르바라 뻬뜨로브나는 이미 오래전부터 니꼴라이 프세볼로도비치가 그와 같은 저속한 사람들과 교제하는 것을 몸서리치게 싫어했지만, 그 점에 대해 아들에게 아무런 주의도 주지 못했다. 그는 이미 우리 도시의 삼류 계급, 심지어 그보다 더 낮은 부류의 사람들과 친분을 맺고 있었으며, 이런 경향은 이전부터 가지고 있었다. 니꼴라이는 리뿌찐과 몇 번 만나긴 했지만, 아직 그의 집을 방문한 적은 없었다. 그는 리뿌찐이 어제 클럽에서의 추문 때문에 그를 초대하는 것이며, 지방의 자유주의자로서 이 추문에 열광하고 있고, 클럽의 원로들은 그렇게 대접해야 마땅하며, 또한 아주 잘한 일이라고 진심으로 생각하고 있다는 것을 알아차렸다. 니꼴라이 프세볼로도비치는 크게 웃으며 가겠다고 약속했다.

많은 손님들이 모여들었다. 그들은 꾀죄죄한 모습들이었지만 쾌활했다. 자존심이 강하고 질투심이 많은 리뿌찐은 일 년에 단 두 번 사람들을 초대했는데, 이때는 돈을 아끼지 않왔다. 귀빈격인 스쩨빤 뜨로피모비치는 병으로 오지 못했다. 차가 제공되었고 풍부한 안주와 보드까가 펼쳐졌다. 세 개의 탁자에서는 카드놀이가 진행되었고, 젊은이들은 저녁 식사를 기다리는 동안 피아노에 맞춰 춤을 추었다. 니꼴라이 프세볼로도비치는 아주 예쁘고 자그마한 숙녀로서 그의 앞에서 굉장히 수줍어하는 리뿌찐 부인을 일으켜 세워 곡에 맞춰 두 바퀴를 돌았고, 그 후 옆에 앉아 이야기를 나누며 그녀를 웃게 만들었다. 그러다가 마침내 그녀가 웃을 때 정말 예쁘다는 것을 깨닫자, 그는 갑자기 모든 손님들이 보는 앞에서 그녀의 허리를 감싸 안고 세 번 정도 연달아 단물을 빨아들이듯 그녀의 입술에 키스를 했다. 불쌍한 여인은 너무 놀라 기절하고 말았다. 니꼴라이 프세볼로도비치는 모자를 집어 들더니 난리가 난 사람들 속에 멍하니 서 있는 그녀의 남편에게 다가가 그를 바라보며 자신도 당황한 듯 〈화내지 말게〉라고 빠르게 중얼거린 뒤 밖으로 나가 버렸다. 리뿌찐은 그를 따라 현관으로 뛰어가서 직접 외투를 건네주고 계단까지 정중하게 배웅했다. 그러나 다른 사건들과 비교하면 별다른 악의는 없었던 이 이야기에 다음 날 꽤 재미있는 상황이 덧붙었다. 이 사건으로 리뿌찐은 그 후 사람들의 존경을 얻기에 이르렀으며, 그는 이것을 자신에게 완전히 유리하게 이용했다.

아침 10시쯤, 스따브로긴 부인 댁에 리뿌찐의 하녀 아가피야가 찾아왔다. 거리낌 없는 태도에 활발하고 혈색 좋은 서른 살가량의 그녀는 니꼴라이 프세볼로도비치에게 리뿌찐의 전언이 있으니 직접 〈만나야겠다고〉 했다. 니꼴라이는 머리가 너무 아팠지만 만나러 나왔다. 바르바라 뻬뜨로브나는 마침 이 말을 전하는 자리에 함께 있었다.

「세르게이 바실리치(즉 리뿌찐)께서,」 아가피야는 신나서 지껄이기 시작했다. 「우선 나리께 안부를 여쭙고 건강이 어떠신지, 어제 일 이후 잠은 잘 주무셨는지, 또 지금 기분은 어떠신지 여쭤 보라고 전하셨습니다.」

니꼴라이 프세볼로도비치는 가볍게 미소 지었다.

「내 안부와 감사하다는 말씀도 전해 드려라. 그리고 아가피야, 네 주인께 내 말을 꼭 전하거라. 그가 이 도시 전체에서 가장 영리한 사람이라고 말이야.」

「그 말씀에 대해서는 이렇게 대답하라고 하셨습니다.」 아가피야는 더 신나서 덧붙였다. 「주인님께서는 그 말씀이 아니어도 그 점을 이미 잘 알고 계시며, 나리도 그런 분이시길 바란다고요.」

「아니! 내가 이 말을 하리라는 걸 어떻게 알았지?」

「어떻게 해서 아시게 됐는지는 잘 모르겠지만, 제가 집을 나와 골목길을 빠져나올 때쯤 주인님께서 모자도 쓰지 않고 저를 쫓아오시는 소리를 들었습니다. 〈애, 아가피야, 그분이 만약 낙담해서 너한테 《네 주인께 그가 이 도시 전체에서 가장 영리한 사람이라고 전해라》라고 하면, 잊지 말고 바로 《주인님도 그 점을 잘 알고 계시며, 나리도 그런 분이시길 바라십니다……》라고 전해라〉 하셨습니다.」

3

마침내 현지사도 참석하는 해명 자리가 마련되었다. 상냥하고 온화한 우리의 이반 오시뽀비치 지사는 돌아오자마자 바로 클럽 회원들의 격렬한 하소연을 들었다. 분명 뭔가 해야 했지만 그는 어떻게 해야 할지 몰라 당황했다. 손님을 좋아하는 이 노인도 자신의 젊은 친척을 약간 두려워하고 있었던 것 같다. 하지만 어쨌든 그는 클럽 사람들과 모욕당한 사람들 앞에서 그들이 만족할 만큼 용서를 빌게 하거나, 필요하다면 사과문이라도 쓰도록 해야겠다고 결심했다. 그러고 나서 그를 조용히 설득시켜서 우리 도시를 떠나 지식도 넓힐 겸 이탈리아나 다른 나라로 가게 해야겠다고 생각했다. 그가 니꼴라이 프세볼로도비치를 맞이하려고 나온 홀에서는(스따브로긴은 다른 때 같으면 친척이기 때문에 집 안을 자유롭게 돌아다닐 수 있었지만) 예의 바른 관리이자 지사 집안의 식구와도 같은 알료샤 쩰랴뜨니꼬프가 구석에 놓인 탁자에서 소포를 풀고 있었다. 옆방에서는 이반 오시뽀비치의 옛 동료이자 친구로 이곳에 잠시 들른 뚱뚱하고 건강해 보이는 한 대령이 문 가까이 창가에 자리를 잡고 『목소리』[37]를 읽고 있었다. 물론 그는 홀에서 무슨 일이 벌어지는지 전혀 주의를 기울이고 있지 않았으며 심지어 등을 돌리고 앉아 있었다. 이반 오시뽀비치는 거의 속삭이는 소리로 에둘러 말을 하기 시작했으며 약간 당황한 듯 보였다. 니콜라는 전혀 친척 같지 않은 아주 무뚝뚝한 시선으로 쳐다보다가 심한 고통을 참는 것처럼 창백해져서 고개를 숙이고 눈살을 찌푸리며 듣고 있었다.

「니콜라, 자네는 선량하고 고결한 마음씨를 가졌네.」 노인은 말문을 열었다. 「자네는 교양이 풍부하고 상류 사회에 출입도 하고, 여기서도 계속 모범적으로 행동해 왔기에 우리 모

37 뻬쩨르부르그에서 1863~1884년에 발행되던 자유주의 경향의 신문.

두 경애하는 자네 어머님의 마음을 안심시켜 왔네……. 그런데 이제 와서 또다시 수수께끼 같고 모두를 위험에 빠뜨릴 일을 저지르다니! 자네 집안의 친구로서, 자네를 진심으로 사랑하는 어른으로서, 그리고 자네의 친척으로서 하는 말이니 너무 노여워하지 말게……. 사회적으로 허용된 규약이나 정도를 무시하고 그렇게 제멋대로 행동한 이유가 뭔지 말해 보게. 제정신이 아닌 것 같은 그런 행동을 한 데는 무슨 의미가 있는 거지?」

니콜라는 짜증이 나는 듯 초조하게 듣고 있었다. 그러다 갑자기 교활하고 비웃는 듯한 기색이 그의 눈에 나타났다.

「그럼 이유를 말씀드려야겠군요.」 그는 음울하게 말하며 주위를 둘러보고는 이반 오시뽀비치의 귀 쪽으로 몸을 숙였다. 예의 바른 알료샤 쩰랴뜨니꼬프는 창문 쪽으로 서너 걸음 떨어져 있었고, 대위는 『목소리』를 읽다가 기침을 하고 있었다. 불쌍한 이반 오시뽀비치는 별다른 의심 없이 서둘러 귀를 내밀었다. 그는 너무도 궁금했던 것이다. 바로 그 순간 결코 있을 수 없는 일이, 그러나 한편으로는 너무도 명백한 일이 일어났다. 노인은 니콜라가 흥미로운 비밀을 속삭여 주는 대신 갑자기 이로 그의 귀 윗부분을 상당히 강하게 깨무는 것을 느꼈다. 그는 몸을 부르르 떨었고, 정신이 나간 것 같았다.

「니콜라, 이게 무슨 장난인가!」 그의 목소리 같지 않은 신음 소리가 자동적으로 흘러나왔다.

알료샤와 대령은 아직 아무것도 눈치채지 못하고 있었다. 제대로 보이지 않았기에 마지막까지 그들이 소곤소곤 이야기를 나누는 줄 알았다. 그러다가 노인의 절망에 찬 얼굴을 보자 불안함을 느꼈다. 그들은 정해진 대로 그를 도와주기 위해 달려들어야 할지, 아니면 좀 기다려야 할지 몰라 서로 눈을 부릅뜬 채 바라볼 뿐이었다. 니콜라도 이것을 눈치챘는지 귀를 더 아프게 깨물었다.

「니콜라, 니콜라!」 희생자는 또다시 신음했다. 「제발…… 장난은 그만두게, 이제 그만…….」

물론 조금만 더 계속되었다면 이 불쌍한 노인은 놀라서 죽고 말았을 것이다. 그러나 무뢰한도 불쌍한 생각이 들었는지 그의 귀를 놓아주었다. 죽음의 공포가 1분 동안이나 계속되었으므로 노인은 풀려난 뒤 발작을 일으키고 말았다. 반 시간 뒤 체포된 니콜라는 우선 영창으로 보내져 독방에 감금되었고, 문 앞에 특별 보초까지 배치되었다. 가혹한 해결 방법이긴 했지만 우리의 온화한 지사는 너무도 화가 난 나머지 바르바라 뻬뜨로브나 앞이라도 자기가 모든 책임을 지겠다고 결심했다. 우리 모두 놀랐지만, 바르바라 부인이 화가 난 상태로 즉각적인 설명을 듣기 위해 서둘러 지사 저택에 도착했을 때 그녀는 현관에서 면회를 거절당했다. 부인은 마차에서 내리지도 못한 채 자신에게 일어난 일을 믿지 못하며 집으로 돌아왔다.

그리고 마침내 모든 것이 밝혀졌다! 새벽 2시경 지금까지 놀라울 정도로 조용히 잠들어 있던 죄수가 갑자기 소란을 일으키며 두 주먹으로 미친 듯이 문을 두드리더니, 초인적인 힘으로 감방문의 쇠창살을 뜯어내고 유리창을 박살 내 자기 손에 상처를 냈다. 당직 장교가 미친 듯이 날뛰는 그를 제지하기 위해 부하들과 함께 열쇠를 가지고 달려와서 감방 문을 열라고 명령했을 때, 그가 극도의 망상 장애에 빠져 있음이 밝혀졌다. 그는 어머니 집으로 옮겨졌다. 순식간에 모든 것이

해명되었다. 도시의 의사 세 사람이 모두 이 환자는 3일 전에도 정신 착란 상태에 빠져 있었을 가능성이 있으며, 겉으로 보기엔 의식도 있고 교활한 것 같지만 이성이나 의지가 이미 건강한 상태가 아니라고 판명 내렸다. 모든 일은 리뿌찐이 이미 예측한 대로 흘러가고 있었다. 섬세하고 감수성이 풍부한 이반 오시뽀비치는 매우 당황스러워했다. 그러나 그조차 니꼴라이 프세볼로도비치가 완전히 이성적인 상태에서 미친 척 연기를 할 수 있다고 생각했다는 것은 자못 흥미롭다. 클럽 사람들은 모두 어떻게 그런 중대한 사실을 눈치채지 못하고 이 기이한 일에 대한 유일한 해명을 놓쳤는지 부끄러워했고 이해할 수 없어 했다. 물론 의심하는 사람들도 있었지만, 그들의 주장은 오래가지 않았다.

니꼴라는 두 달 남짓 자리에 누워 있었다. 모스끄바에서 유명한 의사가 직접 진찰하기 위해 초빙되어 왔고, 도시 전체가 바르바라 뻬뜨로브나 댁을 방문했다. 부인은 노여움을 풀었다. 봄이 다가올 무렵 니꼴라는 건강을 완전히 회복했고, 이탈리아에 다녀오는 게 어떻겠느냐는 어머니의 제안을 별다른 반대 없이 받아들였다. 그러자 부인은 아들에게 사람들을 방문해 작별 인사도 나누고 필요하다면 사과도 하라고 간청했다. 니꼴라는 흔쾌히 동의했다. 그는 빠벨 빠블로비치 가가노프의 집을 찾아가 매우 조심스럽게 해명하는 시간을 가졌으며, 가가노프 씨도 충분히 만족해했다는 이야기가 클럽에 전해졌다. 여기저기 방문하는 동안 니꼴라는 매우 진지했고 약간 침울해 보이기조차 했다. 사람들은 분명 깊은 동정심을 가지고 그를 맞이했지만, 그가 이탈리아로 떠난다는 사실에 왠지 당황해하면서도 기뻐했다. 이반 오시뽀비치는 눈물까지 흘렸지만 헤어질 때는 왠지 그를 선뜻 포옹하지 못했다. 사실 우리 중 몇몇은 이 불한당이 우리 모두를 조롱하고 있는 것이며, 병들었다는 것도 그 일환이라고 확신하고 있었다. 그는 리뿌찐도 찾아갔다.

「말해 보게.」 그가 물었다. 「자네는 어떻게 내가 자네의 지적 능력에 대해 그런 말을 할 줄 미리 알고 아가피야에게 대답을 준비시켰나?」

「아, 그야,」 리뿌찐이 웃기 시작했다. 「당신이 영리한 분이라고 생각했으니 당신의 대답을 미리 짐작할 수 있었지요.」

「아무튼 놀랄 만한 우연의 일치군. 그런데 잠깐, 자네는 아가피야를 보냈을 때 내가 미친 사람이 아니라 영리한 사람이라고 생각했단 말이지?」

「가장 영리하고 분별 있는 분이라고 생각했죠. 그저 당신이 제정신이 아니라고 믿는 척했을 뿐입니다……. 그래서 당신도 제 생각을 바로 알아차리고 아가피야를 통해 저의 재치에 대한 허가증을 보내 준 것이겠지요.」

「글쎄, 그건 자네가 조금 잘못 알고 있는 것 같은데, 나는 실제로…… 건강이 좋지 않았네…….」 니꼴라이 프세볼로도비치는 얼굴을 찌푸리며 이렇게 중얼거렸다. 「이런!」 그가 소리쳤다. 「그러니까 자네는 정말로 내가 제정신인 상태에서 사람들에게 달려들 수 있다고 생각하나? 대체 무엇 때문에 그러겠나?」

리뿌찐은 몸을 웅크리며 대답을 하지 못했다. 니콜라의 얼굴이 약간 창백해졌다. 아니, 리뿌찐에게만 그렇게 보였던 것 같다.

「어쨌든 자네는 무척 재미있는 생각을 하고 있군.」 니꼴라는 계속했다. 「아가피야라면 물론 나를 욕보이기 위해 보냈다는 걸 알고 있네.」

「당신에게 결투를 신청한 건 아니지 않습니까?」

「아, 그렇지! 나도 자네가 결투를 좋아하지 않는다는 소리를 들은 적이 있네…….」

「프랑스어를 번역할 필요가 뭐 있겠습니까!」[38] 리뿌찐은 다시 몸을 웅크렸다.

「자네는 아직도 민족성을 견지하고 있나?」

리뿌찐은 더 심하게 몸을 웅크렸다.

「이런, 이런! 이건 뭐지?」 니콜라는 갑자기 탁자 위 눈에 잘 띄는 곳에서 콩시데랑[39]의 저서를 발견하고 소리쳤다. 「정말이지 자넨 푸리에주의자로군, 그렇지? 물론 그럴 수도 있겠지! 그런데 이 책도 프랑스어 번역 아니었던가?」 그는 손가락으로 책을 툭툭 치며 웃기 시작했다.

「아닙니다, 이건 프랑스어 번역이 아닙니다!」 리뿌찐은 악의에 찬 표정으로 자리에서 벌떡 일어났다. 「이것은 단지 프랑스어의 번역이 아니라, 전 세계 인류의 언어를 번역한 것입니다! 전 세계 인류의 사회주의 공화국과 조화의 언어를 번역한 것, 바로 그겁니다! 프랑스어 하나의 번역이 아니란 말입니다!」

「무슨, 말도 안 되는, 세상에 그런 언어는 없다네!」 니콜라는 웃음을 멈추지 않았다.

가끔은 사소한 것이 예외적으로 오랫동안 주의를 끌기도

38 프랑스 관습을 따를 필요가 뭐 있겠느냐는 의미이다.

39 Victor Considérant(1808~1893). 프랑스 정치가. 공상적 사회주의자로, 푸리에의 제자이다.

한다. 스따브로긴에 대한 모든 중요한 이야기는 나중에 하기로 하고, 지금은 재미 삼아 그가 우리 도시에서 시간을 보내는 동안 받은 인상들 중에서 이 초라하고 비열한 현청 관리의 모습이 기억 속에 가장 깊게 새겨졌다는 것을 지적해 두고자 한다. 그는 질투가 심하고 집에서는 난폭한 독재자였으며, 식사하고 남은 음식과 타다 남은 양초조차 열쇠로 잠가서 보관할 정도로 구두쇠에 고리대금업자였다. 하지만 그와 동시에 정체를 알 수 없는 미래의 〈사회주의적 조화〉라는 종파의 맹신도로, 밤마다 미래의 팔랑스테르[40]의 환영 앞에서 환희에 취한 채 가까운 미래에 러시아에서, 그리고 우리 현에서 그것이 실현될 것이라고 자기의 존재만큼이나 분명히 믿고 있었다. 그런데 여기는 그가 간신히 돈을 모아 〈오막살이〉 같은 집을 구한 곳이며, 두 번째 결혼으로 아내의 지참금을 받아 낸 곳이고, 아마도 사방 1백 베르스따 내에는 그를 비롯해 〈전 세계 인류 사회주의 공화국과 조화〉의 미래 멤버와 외견상으로 비슷한 사람이 단 한 명도 없는 곳이었다.

〈이런 사람들이 왜 생겨나는지 도대체 모르겠군!〉 니꼴라이는 가끔 이 예기치 않은 푸리에주의자를 떠올리며 의아하다고 생각하곤 했다.

4

우리의 왕자는 3년 가까이 여행 중이었기 때문에 도시 사람들은 그에 관해 거의 잊고 있었다. 스쩨빤 뜨로피모비치가

40 푸리에가 설계한 사회주의 생활 공동체.

전해 준 바에 따르면, 그는 유럽 전역을 돌아다녔고, 이집트에도 있었고 예루살렘에도 들렀다. 그 후 아이슬란드 학술 탐험대에 참여해 실제로 아이슬란드에 머물기도 했다. 어느 겨울에는 독일의 대학에서 강의를 듣는다는 소식이 들려오기도 했다. 그는 어머니에게 거의 편지를 쓰지 않았는데, 반년에 한 번이나 그보다 더 드물 때도 있었다. 그러나 바르바라 뻬뜨로브나는 화를 내지도 않았고 기분 나빠 하지도 않았다. 아들과의 관계가 일단 정해지자 부인은 불평하지 않고 순종적으로 받아들였다. 물론 3년 동안 매일 아들을 걱정하고 그리워하고 끊임없이 공상에 잠기긴 했다. 그러나 부인은 자신의 공상을 누구에게도 말하지 않았고 하소연도 하지 않았다. 심지어 스쩨빤 뜨로피모비치와도 어느 정도 거리를 두려는 것 같았다. 부인은 혼자서 무슨 계획이라도 세웠는지 이전보다 더 인색해졌고, 돈을 더 심하게 모으고 스쩨빤 뜨로피모비치가 카드놀이에서 지기라도 하면 더 무섭게 화를 내기 시작했다.

올해 4월, 마침내 부인은 어린 시절 친구인 쁘라스꼬비야 이바노브나 드로즈도바 장군 부인이 파리에서 보낸 편지를 받았다. 쁘라스꼬비야 이바노브나는 편지에서 — 바르바라 뻬뜨로브나는 이미 8년 동안 그녀와 만나지도 않았고 편지를 주고받지도 않았다 — 니꼴라이 프세볼로도비치가 현재 파리에 머물고 있는 K 백작(뻬쩨르부르끄의 유력 인사) 집안에서 아들처럼 지내고 있으며, 그녀의 집을 잠깐 방문해 외동딸 리자와 친분을 쌓았고, 여름에는 그들 모녀와 동행해 스위스의 베르네몽트뢰로 갈 예정이라고 알려 주었다. 편지는 간단했고, 위에서 언급된 사실 외에는 아무런 결론도 없었지만,

목적은 분명해 보였다. 바르바라 뻬뜨로브나는 오래 생각할 것도 없이 바로 결정을 내려 떠날 준비를 한 뒤 양녀 다샤(샤또프의 여동생)를 데리고 4월 중순 파리를 거쳐 스위스로 향했다. 그러나 부인은 다샤를 드로즈도바 부인 댁에 남겨 두고 7월에 혼자 돌아왔다. 그녀가 전한 바에 따르면, 드로즈도바 모녀가 8월 말에 우리 도시에 오기로 약속되어 있었다.

드로즈도프 집안 역시 우리 현의 지주였지만, 이반 이바노비치 장군(바르바라 뻬뜨로브나의 옛 친구이자 그녀 남편의 동료)이 계속 군 복무를 하고 있었기 때문에 자신들의 훌륭한 영지를 방문하는 것이 쉽지 않았다. 그러다가 작년에 장군이 죽자 슬픔을 달랠 길 없던 쁘라스꼬비야 이바노브나는 와인 요법으로 치료할 목적으로 딸과 함께 외국으로 떠났고, 늦여름 동안 베르네몽트뢰에서 지내기로 했던 것이다. 귀국한 뒤에는 우리 현에서 영주할 작정이었다. 우리 도시에는 창문에 못질을 한 채 몇 년 동안 비워 둔 그녀의 대저택이 있었다. 이 집안 사람들은 부자였다. 첫 번째 결혼에서 뚜시나 부인으로 불렸던 쁘라스꼬비야 이바노브나는 기숙 학교 친구인 바르바라 뻬뜨로브나처럼 전 시대 도급업자의 딸로서 엄청난 지참금을 가지고 시집을 갔다. 퇴역 이등 대위인 뚜신 역시 재산과 어느 정도 재능을 갖춘 인물이었다. 임종 시 그는 일곱 살짜리 외동딸인 리자에게 상당한 재산을 유산으로 남겨 주었다. 지금 스물두 살이 된 리자베따 니꼴라예브나에게는 개인 재산이 2만 루블이나 되었으며, 재혼 후 아이를 갖지 못한 어머니가 돌아가시면 받게 될 재산은 말할 필요도 없었다. 바르바라 뻬뜨로브나는 이번 여행에 아주 만족해하는 것 같았다. 부인은 쁘라스꼬비야 이바노브나와 만족스럽게 이야기가 잘되었다고 생각했는지, 집에 도착하자마자 스쩨빤 뜨로피모비치에게 모든 것을 털어놓았다. 심지어 선생에게 마음을 터놓기조차 했는데, 이런 일은 오랜만이었다.

「만세!」 스쩨빤 뜨로피모비치는 소리치며 두 손가락을 딱 하고 튕겼다.

그는 진심으로 기뻐했다. 무엇보다 친구와 헤어져 있는 동안 줄곧 지독한 우울에 빠져 있었던 것이다. 부인은 해외로 떠나면서 선생에게 응당 해야 할 작별 인사도 하지 않았고, 그가 떠들어 댈까 봐 걱정되어 〈이 아낙네〉에게 자신의 계획을 전혀 알리지도 않았다. 또한 그 무렵 부인은 갑자기 드러난 선생의 상당한 카드 빚에 화가 나 있기도 했다. 그러나 부인은 스위스에 있는 동안, 선생에게 너무 엄격하게 대해 왔다는 생각을 하며 돌아가면 내버려 두고 온 친구에게 잘해 줘야겠다고 진심으로 느끼고 있었다. 갑작스럽고 비밀리에 이루어진 이별은 스쩨빤 뜨로피모비치의 소심한 심장에 충격과 괴로움을 주었으며, 마치 일부러 그런 것처럼 다른 난처한 일들이 한꺼번에 몰려왔다. 그는 오래전에 진 상당한 빚 때문에 괴로워하고 있었는데, 바르바라 뻬뜨로브나의 도움 없이는 도저히 갚을 능력이 안 되었다. 그 밖에도 우리의 선량하고 상냥한 이반 오시뽀비치 지사의 임기가 올해 5월에 마침내 끝났는데, 그가 전속되는 과정에서 불쾌한 일이 벌어지기도 했다. 그 후 바르바라 뻬뜨로브나가 부재중일 때 신임 지사인 안드레이 안또노비치 폰 렘쁘께가 부임해 왔다. 그 즉시 우리 사교계에서 바르바라 뻬뜨로브나, 나아가 스쩨빤 뜨로피모비치를 대하는 태도가 눈에 띄게 달라지기 시작했다. 선생은 적어도 이미 몇몇 불쾌한, 그러나 중요한 사실들을 관찰하고 바르바라 뻬뜨로브나 없이 혼자서 매우 두려움을 느끼고 있는 것 같았다. 그는 자기가 위험한 사람이라는 소문이 이미 신임 지사의 귀에 들어갔을지도 모른다는 의심으로 흥분해 있었다. 그는 우리 도시의 몇몇 귀부인들이 바르바라 뻬뜨로브나를 방문하지 않기로 작정했다는 것도 물론 알고 있었다. 나중에 만나게 될 지사 부인(그녀는 가을에나 오기로 되어 있었다)에 대해서는 거만한 여자라는 소문이 있었지만 진정한 귀족으로서 〈우리의 불행한 바르바라 뻬뜨로브나〉와는 비교도 되지 않는다고 되풀이해서 말했다. 사람들은 어디서 들었는지 신빙성 있는 이야기를 제법 자세히 알고 있었는데, 신임 지사 부인과 바르바라 뻬뜨로브나는 이미 사교계에서 만난 적이 있으나 서로 적의를 품고 헤어졌기 때문에 바르바라 뻬뜨로브나는 폰 렘쁘께 부인을 떠올리는 것만으로도 병적인 반응을 일으킨다는 것이었다. 바르바라 뻬뜨로브나가 도시 귀부인들의 평판이나 사교계의 흥분을 듣고 나서도 자신만만하고 깔보는 듯한 모습과 경멸에 찬 무관심을 보이자, 겁먹고 의기소침해 있던 스쩨빤 뜨로피모비치는 원기를 되찾고 순식간에 쾌활해졌다. 그는 유달리 즐겁고 아첨하는 듯한 유머를 섞어 가며 신임 지사의 부임에 관해 그녀에게 설명하기 시작했다.

「*Excellente amie*(훌륭한 벗이여),」 그는 아양을 떨듯 말꼬리를 늘이며 말했다. 「일반적으로 러시아의 관료가 무엇을 의미하는지, 새로운 관료, 다시 말해 새로 만들어지고 새로 임명된 러시아의 관료가 무엇을 의미하는지…… *Ces interminables mots russes*(러시아의 단어는 끝이 없군요……)! 이런 것에 대해선 당신도 잘 아실 것입니다. 그러나 실제로 관료주의적 열광이 무엇을 의미하는지, 이것이 대체 무엇인지 좀처럼 알 수 없겠지요?」

「관료주의적 열광이요? 무슨 말인지 모르겠군요.」

「다시 말해…… *Vous savez, chez nous… En un mot*(아시다시피, 우리나라에서는…… 요컨대), 아주 보잘것없는 인간을 시시하게 기차표나 파는 곳에 한번 앉혀 보십시오. 이 보잘것없는 인간은 당신이 표를 사러 가면 *pour vous montrer son pouvoir*(자신의 권력을 과시하기 위해) 당신을 주피터처럼 내려다볼 권리를 가졌다고 생각할 것입니다. 〈자, 내 권력을 보여 주마〉라고 하듯이요. 이게 바로 그가 관료주의적 열광에 도달했다는 의미지요……. *En un mot*(요컨대), 한번은 이런 내용을 읽은 적이 있습니다만, 외국에 있는 어느 러시아 교회의 하급 신부가 — *Mais c'est très curieux*(이건 정말 흥미로운 사건입니다) — 한 훌륭한 영국인 가족을, *les dames charmantes*(매력적인 귀부인들을) 사순절 예배가 시작되기 직전에 — *vous savez ces chants et le livre de Job*(당신은 그 찬송가와 욥기를 알고 계시겠지요) — 교회에서 쫓아내 버렸답니다. 말 그대로 쫓아내 버린 거지요. 〈외국인이 러시아 교회 안을 돌아다니는 것은 무질서한 일이니 정해진 시간에 오라……〉는 구실을 대면서요. 사람들이 기절하는 일까지 벌어졌답니다……. 이 하급 신부는 관료주의적 열광의 발작 상태에 빠져 *et il a montré son pouvoir*(자신의 권력을 과시한 겁니다)…….」

「될 수 있는 한 간단히 말해 주세요, 스쩨빤 뜨로피모비치.」

「폰 렘쁘께 씨가 지금 현을 돌아보기 시작했습니다. *En un mot*(요컨대) 이 안드레이 안또노비치가 정교를 믿는 독일계 러시아인으로서 40대의 뛰어난 미남이라는 점은 인정합니다만…….」

「무슨 근거로 그가 미남이라고 생각하세요? 그 사람 눈은 양(羊) 눈 같던데.」

「그렇긴 합니다. 하지만 우리 숙녀들의 의견에 양보하는 수밖에 없어서요…….」

「다른 이야기를 하지요, 스쩨빤 뜨로피모비치, 제발요! 그런데 빨간 넥타이를 매고 계시네요. 그렇게 다닌 지 오래되었나요?」

「이건…… 오늘 처음으로…….」

「걷기 운동은 좀 하고 계신가요? 의사가 처방한 대로 매일 6베르스따씩 걷고 계세요?」

「아니요…… 늘 하고 있진 않습니다.」

「그럴 줄 알았어요! 스위스에 있을 때부터 이미 예상하고 있었다고요!」 그녀는 버럭 화를 냈다. 「이제부터 6베르스따가 아니라 10베르스따씩 걷도록 하세요! 당신은 끔찍할 정도로 기력이 쇠했어요, 끔찍할 정도로, 끔-찍할 정도로 말이에요! 당신은 나이가 든 게 아니라 노쇠해졌다고요……. 좀 전에 당신을 보고 깜짝 놀랐어요. 빨간 넥타이를 매고 있지만…… *quelle idée rouge*(대체 무슨 생각으로 빨간색을)! 폰 렘쁘께 이야기나 계속해 보세요, 이야깃거리가 있다면요. 그리고 제발 마무리를 해주세요. 너무 피곤하네요.」

「*En un mot*(요컨대), 내가 드리고 싶은 말씀은 이 사람이 나이 마흔에 관료 생활을 시작한 부류라는 것입니다. 마흔 전에는 쓸데없는 일로 허송세월하다가 뜻밖에 얻은 아내 덕분에, 아니면 무언가 다른 필사적인 수단을 써서 갑자기 출세한 그런 사람들 말입니다……. 요컨대 그가 지금은 이 도시에 없지만…… 요컨대 내가 말하고 싶은 것은, 그가 부임하자마자 그의 귀에 대고 내가 젊은이들의 유혹자라느니 이 지방 무신론의 온상이라느니 하며 고자질을 하는 인간들이 있다는 것입니다……. 그러자 그는 곧장 조사에 착수했습니다.」

「그게 정말이에요?」

「나는 대비책까지 세워 두었습니다. 당신에 대해서도 〈현의 통치자〉라는 〈보-고-가 들어가자〉, *vous savez*(아시겠지만), 그가 〈그런 일은 더 이상 없을 것〉이라고 했다는군요.」

「그런 말도 했다고요?」

「〈그런 일은 더 이상 없을 것〉이라고, 그것도 *avec cette morgue*(아주 거만하게요)……. 그의 부인인 율리야 미하일로브나는 8월 말쯤 보게 될 텐데, 뻬쩨르부르끄에서 곧장 이곳으로 온답니다.」

「외국에서 올 거예요. 우리는 그곳에서 만났어요.」

「*Vraiment*(정말입니까)?」

「파리에서도 만났고 스위스에서도 만났어요. 그녀는 드로즈도프 집안의 친척이에요.」

「친척이라고요? 정말 놀라운 우연이로군요! 야심만만한데다…… 대단한 연줄을 가지고 있는 것 같다던데요?」

「헛소문이에요, 연줄이라니! 마흔다섯 살이 될 때까지 돈 한 푼 없이 시집도 못 가고 있다가 폰 렘쁘께를 잡아 출세한 거지요. 물론 현재 그녀의 목적은 남편을 출세시키는 것뿐이에요. 둘 다 권모술수에 강하답니다.」

「그녀가 남편보다 두 살 더 많다면서요?」

「다섯 살 더 많아요. 그 여자 어머니는 모스끄바에 있을 때

치맛자락이 닳도록 우리 집 문턱을 드나들었어요. 프세볼로뜨 니꼴라예비치(스따브로긴 장군)가 살아 계실 때는 우리 집 무도회에 초대해 달라고 애걸하곤 했답니다. 율리야는 파리 모양의 터키석을 이마에 붙인 채 춤도 추지 않고 저녁 내내 한쪽 구석에 앉아 있곤 했지요. 그래서 새벽 2시경 너무 불쌍해 보여서 파트너를 한 명 보내 주었어요. 그녀는 그때 벌써 스물다섯 살이었는데도 소녀처럼 짧은 드레스를 입고 이리저리 끌려다니더군요. 그런 사람들을 집에 들인 게 부끄러울 정도였다니까요.」

「파리 모양의 터키석이라니, 눈에 선하군요.」

「그런데 나는 돌아오자마자 곧장 음모에 빠졌어요. 방금 드로즈도바 부인의 편지를 읽으셨겠지만, 이보다 더 분명한 게 뭐가 있겠어요? 내가 무엇을 알아냈냐고요? 이 바보 같은 드로즈도바 부인이 — 그녀는 늘 바보였어요 — 왜 찾아왔느냐는 듯 갑자기 나를 미심쩍게 쳐다보는 거예요. 내가 얼마나 놀랐는지 상상이 될 거예요! 보아하니 렘쁘께 부인이 잔꾀를 부리고 있었고, 그 옆에는 드로즈도프 노인의 조카뻘 되는 친척이 함께 있더군요. 모든 상황이 뻔했죠! 물론 나는 단번에 모든 사태를 뒤집어 놓았고, 쁘라스꼬비야 부인은 다시 내 편이 되었어요. 하지만 음모란 정말!」

「하지만 당신이 그 음모를 물리치지 않았습니까. 오, 당신은 비스마르크입니다!」

「내가 비스마르크는 아니지만, 사람들을 보면 가짜인지 멍청이인지 구별할 수는 있어요. 렘쁘께 부인은 가짜이고 쁘라스꼬비야는 멍청이예요. 나는 쁘라스꼬비야보다 더 맥 빠진 여자는 보지 못했어요. 다리가 퉁퉁 부어 있는 데다, 사람은 또 호인이에요. 멍청한 호인보다 더 멍청한 사람이 있을 수 있을까요?」

「심술궂은 바보도 있습니다, *ma bonne amie*(친구여), 심술궂은 바보는 더 어리석지요.」 스쩨빤 뜨로피모비치가 고상하게 반론을 제시했다.

「그 말도 맞겠네요. 그런데 리자는 기억하시지요?」

「*Charmante enfant*(매력적인 아이지요)!」

「하지만 이제는 아이가 아니라 여성, 개성이 뚜렷한 여성이 되어 있답니다. 고상하고 열정적인 데다, 남을 잘 믿는 바보 같은 어머니 말을 그대로 따르지 않아서 마음에 들더군요. 그런데 그 친척 때문에 하마터면 사건이 생길 뻔했어요.」

「저런, 그는 사실 리자베따 니꼴라예브나의 친척이 아니라고 알고 있습니다만…… 무슨 의도라도 있는 걸까요?」

「이보세요, 그는 별로 말도 없고 겸손하기까지 한 젊은 장교예요. 나는 늘 공정한 사람이고 싶어요. 내가 보기에 그는 이 모든 음모에 반대하며 아무것도 원하지 않고, 렘쁘께 부인 혼자 잔꾀를 부리고 있는 것 같았어요. 그는 니콜라를 무척 존경하고 있더군요. 아시다시피 모든 일은 리자에게 달려 있지만, 나는 그녀와 니콜라 사이에 아주 좋은 관계를 만들어 주었어요. 니콜라는 11월에 꼭 돌아오겠다고 약속했답니다. 결국 렘쁘께 부인 혼자 음모를 꾸미고 있었고, 쁘라스꼬비야는 그냥 눈먼 여자였던 거지요. 그녀가 갑자기 내 의심이 모두 환상이라고 하기에 그녀의 면전에 대고 바보라고 말해 주었어요. 나는 최후의 심판 날에도 그렇게 말할 거예요. 당분간 가만히 있어 달라는 니콜라의 부탁만 없었다면, 이 거짓말쟁이 여자의 정체를 밝히지 않은 채 거기서 떠나지 않았을 거예요. 그 여자는 니콜라를 통해 K 백작에게 잘 보이려고 하면서 엄마와 아들 사이를 떼어 놓으려 하더군요. 하지만 리자가 우리 편이고, 쁘라스꼬비야와도 잘 합의가 되었어요. 까르마지노프가 그 여자의 친척인 건 알고 계세요?」

「뭐라고요? 폰 렘쁘께 부인의 친척이라고요?」

「그렇다니까요. 먼 친척이에요.」

「소설가 까르마지노프 말입니까?」

「그래요, 작가 말이에요. 왜 그렇게 놀라세요? 물론 그는 자기가 위대한 작가라고 생각하고 있긴 하더군요. 거만한 인간 같으니! 렘쁘께 부인은 그와 함께 이곳으로 올 예정인데, 지금은 그곳에서 그를 데리고 다니며 자랑하고 있더군요. 그녀는 여기서 무슨 문학 모임 같은 걸 만들려고 하는 것 같아요. 그는 한 달 예정으로 이곳에 와서 마지막 남은 영지를 팔려고 해요. 스위스에서 그를 만날 뻔한 적이 있는데, 정말 그러고 싶지 않았어요. 하지만 그가 나를 알아봐 주었으면 하긴 했지요. 옛날에는 나한테 편지도 쓰고 우리 집에 찾아오기도 했거든요. 그런데 스쩨빤 뜨로피모비치, 옷을 좀 더 잘 입었으면 좋겠군요. 당신은 날이 갈수록 더 꾀죄죄해지고 있으니…… 아, 당신은 정말 나를 힘들게 하네요! 지금은 뭘 읽고 있지요?」

「저는…… 저는…….」

「알 만해요. 여전히 친구들에, 술자리, 클럽, 카드놀이, 무신론자라는 소리나 듣고 있겠지요. 저는 이런 평판이 마음에 들지 않아요, 스쩨빤 뜨로피모비치. 특히 지금은 당신이 무신론자라는 소리를 듣지 않았으면 좋겠어요. 예전에도 그런 소리는 듣고 싶지 않았어요. 그건 전부 쓸데없는 잡담에 불과하니까요. 결국 이 말을 할 수밖에 없군요.」
「*Mais, ma chère*(하지만 친애하는)…….」
「잠깐만요, 스쩨빤 뜨로피모비치, 물론 저는 학문적으로 당신과 비교하자면 무식하지만, 여기로 오는 동안 당신에 관해 많은 생각을 했어요. 그리고 한 가지 확신을 얻었답니다.」
「어떤 확신인가요?」
「그건, 이 세상에는 당신과 나만 현명한 것이 아니라, 우리보다 더 현명한 사람들도 있다는 거예요.」
「재치 있고 정확한 말씀입니다. 우리보다 더 현명한 사람들이 있다는 것은 더 올바른 사람들도 있다는 말이고, 따라서 우리도 잘못할 수 있다, 그런 것 아닙니까? *Mais, ma bonne amie*(그러나 나의 선량한 친구여), 설령 내게 잘못이 있다 해도, 나 역시 전인류적이고 항상적인 양심의 자유라는 최상의 권리를 가지고 있는 것 아니겠습니까? 나는 원하지 않는다면 위선자나 광신도가 되지 않을 권리도 가지고 있으니까요. 물론 그 때문에 세기의 종말까지 여러 사람에게 미움을 받겠지만요. *Et puis, comme on trouve toujours plus de moines que de raison*(왜냐하면 상식보다는 성직자를 더 자주 만나게 되니까요).[41] 나는 이 말에 전적으로 동의합니다.」
「네, 뭐라고 했지요?」
「*On trouve toujours plus de moines que de raison*(상식보다는 성직자를 더 자주 만나게 된다)고 말씀드렸습니다. 그리고 나는 이 말에…….」
「이건 분명 당신 말이 아니에요, 분명 어딘가에서 가져온

41 파스칼의 「시골 친구에게 보내는 편지」의 한 구절. 삶에서 위선이나 광신을 상식보다 더 자주 만나게 된다는 의미이다.

것이겠지요?」

「파스칼이 한 말입니다.」

「그럴 줄 알았어요……. 당신 말일 리가 없지요! 당신은 왜 그렇게 간결하고 적확하게 말하지 못하고 항상 길게 늘어놓는 거죠? 이 말이 조금 전 관료주의적 열광이니 하는 말보다 훨씬 좋네요…….」

「*Ma foi, chère*(맞습니다, 친애하는)…… 그런데 왜 그럴까요? 첫째, 아마도 난 파스칼이 아니기 때문일 것이며, *et puis*(그리고)…… 둘째, 우리 러시아 사람들은 자기 언어로는 말할 줄 모르기 때문이지요……. 적어도 아직까지는 아무것도 말하지 못하고 있습니다…….」

「흠! 아마도 그건 사실이 아닐 거예요. 어쨌든 당신은 대화를 대비해서 그런 말들을 적어 두거나 기억해 두세요……. 아, 스쩨빤 뜨로피모비치, 나는 당신과 진지하게, 정말 진지하게 할 말이 있어서 왔어요!」

「*Chère, chère amie*(친애하는, 친애하는 친구여)!」

「이제, 렘쁘께 무리나 까르마지노프 무리가 오면…… 아, 맙소사, 당신은 정말 기력이 쇠했어요! 아, 당신이 나를 얼마나 괴롭히는지! 나는 사람들이 당신에게 존경심을 가졌으면 좋겠어요. 그들은 당신 손가락, 새끼손가락 하나만도 못한 사람들이니까요. 그런데 행동이 그게 뭐예요? 그들이 당신에게서 뭘 보겠어요? 나는 그들에게 뭘 보여 줄 수 있을까요? 고결함을 지키고 있다는 증거를 보여 주거나 계속해서 모범이 되는 대신, 당신은 무뢰한들 사이에 둘러싸여 참을 수 없는 습관이나 얻고, 노쇠해지면서 술과 카드놀이 없이는 아무것도 못하고, 다른 사람들이 모두 글을 쓰는 동안 폴 드 코크나

읽으면서 아무것도 쓰지 않잖아요. 당신의 시간이 전부 잡담으로 사라져 버리고 있다고요. 당신과 항상 붙어 다니는 리뿌찐 같은 그런 무뢰한과 어떻게 친구가 될 수 있는 거죠?」

「어째서 그가 **나의, 항상 붙어 다니는** 친구라는 겁니까?」 스쩨빤 뜨로피모비치가 소심하게 항의했다.

「그는 지금 어디 있지요?」 바르바라 뻬뜨로브나는 엄격하고 날카롭게 말을 이었다.

「그는…… 그는 당신을 무한히 존경하고 있습니다만, 돌아가신 어머니의 유산을 받기 위해 S-k시로 떠났습니다.」

「그는 돈 받을 일만 하는 것 같군요. 샤또프는 뭘 하고 있나요? 여전한가요?」

「*Irascible, mais bon*(걸핏하면 화를 내지만, 선량합니다).」

「나는 이제 당신의 샤또프를 참을 수가 없어요. 심술궂은 데다 잘난 체만 하고 있으니!」

「다리야 빠블로브나는 잘 지내고 있습니까?」

「다샤 말이에요? 왜 그 아이 생각이 나셨나요?」 바르바라 뻬뜨로브나는 호기심 어린 시선으로 그를 바라보았다. 「잘 있긴 한데, 드로즈도바 집에 남겨 두고 왔어요……. 스위스에서 당신 아들에 관한 이야기를 들었는데, 불쾌하고 좋지 않은 이야기였어요.」

「*Oh, c'est une histoire bien bête! Je vous attendais, ma bonne amie, pous vous raconter*(아, 그건 말도 안 되는 소리입니다! 친애하는 친구여, 나는 당신에게 이야기하려고 기다리고 있었습니다)……. 」

「이제 그만하세요, 스쩨빤 뜨로피모비치, 좀 쉬어야겠어요. 너무 지쳤어요. 이야기는 나중에 하기로 해요, 특히 불쾌한 이야기라면. 당신 웃을 때 침을 튀기기 시작하던데, 이건 정말 늙어 버렸다는 거예요! 이제 웃을 때도 정말 이상해지고…… 맙소사, 얼마나 나쁜 버릇들이 생긴 건지! 까르마지노프가 당신을 찾아오지도 않겠네요! 여기서는 그게 아니더라도 당신 일이라면 뭐든 재미있어할 거예요……. 당신은 이제 자신을 다 드러내 보였어요. 자, 그만해요, 그만, 피곤하네요! 이제 실례해도 되겠지요?」

스쩨빤 뜨로피모비치는 〈실례를 허락〉했지만, 굉장히 당황한 채로 그녀에게서 물러났다.

5

우리의 친구에게는 사실 나쁜 버릇이 적지 않게 생겨났는데, 특히 최근 들어 더해졌다. 그는 눈에 띄게 급속히 기력이 떨어졌으며, 모습이 꾀죄죄해진 것도 사실이었다. 술을 더 많이 마셨고 눈물이 더 많아졌으며 신경은 더 쇠약해졌다. 우아함에 대해서는 지나치게 민감해졌다. 얼굴이 갑자기 빠르게 변화하는 이상한 능력도 얻어, 가장 엄숙했던 표정이 아주 우스꽝스럽고 멍청한 표정으로 바뀌기도 했다. 혼자 있는 걸 견디지 못해 끊임없이 사람들이 자기 기분을 즐겁게 해주기를 갈망했다. 그러면 그에게 아무 소문이나, 도시의 화젯거리, 아니면 그날그날의 새로운 이야기들을 즉시 들려주어야만 했다. 오랫동안 아무도 찾아오지 않으면 우울하게 방 안을 서성이다가 창가로 가서 생각에 잠겨 입술을 깨물기도 하고 깊게 한숨을 쉬다가 결국에는 거의 울음을 터트릴 지경에 이르는 것이었다. 그는 계속 어떤 예감에 사로잡혀 예기치 않은 불가피한 일이 닥치지 않을까 두려워하고 있었다. 그래서 겁이 더 많아졌고, 꿈에 더 많은 주의를 기울이게 되었다.

이런 식으로 하루 낮과 저녁을 너무도 슬프게 보내고 나면 그는 나를 불러다 놓고 몹시 흥분해 오랫동안 이런저런 이야기를 했다. 하지만 이야기는 전부 두서없는 내용이었다. 바르바라 뻬뜨로브나도 그가 나에게만은 아무것도 숨기지 않는다는 것을 이미 오래전부터 알고 있었다. 마침내 나는 그가 뭔가 특별하고, 그 자신도 상상하지 못할 어떤 일 때문에 걱정하고 있다는 것을 알게 되었다. 전 같으면 우리 둘이 만나 그가 불평을 털어놓고, 잠시 후 거의 항상 술병이 나오고 그것으로 위안을 얻곤 했다. 하지만 이번에는 술이 없었으며, 술을 가져오라고 하고 싶은 욕망을 여러 번 참고 있는 것이 분명했다.

「그녀는 왜 항상 화만 내는지 모르겠네!」 그는 어린애처럼 끊임없이 불평했다. 「*Tous les hommes de génie et de progrès en Russie étaient, sont et seront toujours*(러시아에서는 모든 재능 있고 진보적인 사람들이 과거에도, 현재에도, 미래에도 항상) 도박꾼이나 *qui boivent en zapoéi*(술을 엄청 퍼마시는) 술주정뱅이가 될 뿐이지……. 하지만 나는 아직 도박꾼도 아니고 술주정뱅이도 아니라네……. 나한테 왜 아무것도 쓰지 않느냐고 질책하더군. 정말 이상한 생각이야……! 왜 누워만 있냐니? 나는 〈모범이 되기도 하고 질책의 의미〉로 서 있어야 한다고 하더군. *Mais, entre nous soit dit*(그러나 우리끼리 하는 말이지만), 〈질책의 의미〉로 서 있도록 예정된 사람이 이렇게 누워 있는 것 말고 뭘 해야겠나? 그녀는 이걸 알고 있을까?」

그리고 마침내 나는 이번에 그를 그토록 성가시게 괴롭혔던 중요하고도 특별한 우울이 무엇 때문인지 알게 되었다. 그는 이날 저녁 여러 번 거울 앞으로 다가가서 오랫동안 서 있었다. 그러더니 마침내 거울로부터 나를 향해 돌아서서 이상한 절망의 표정으로 말하기 시작했다.

「*Mon cher, je suis un*(이보게, 나는) 기력이 쇠한 인간일세!」

그렇다, 사실 이날 이때까지 그는 바르바라 뻬뜨로브나가 어떤 〈새로운 견해〉나 〈사상의 변화〉를 보이더라도 한 가지 점에서는 줄곧 확신을 가지고 있었다. 그것은 바로 부인의 여성적인 마음속에서는 그가 추방자나 명예로운 학자로서뿐만 아니라 아름다운 남성으로서 여전히 매력적인 사람으로 받아들여질 것이라는 믿음이었다. 이처럼 달콤하고 마음을 위로해 주는 신념은 20년 동안이나 그의 마음속에 뿌리내리고 있었으며, 따라서 다른 어떤 신념보다 헤어지는 것이 더 힘들었던 것 같다. 그는 이날 저녁 가까운 미래에 얼마나 거대한 시련이 그를 기다리고 있는지 예감이나 하고 있었을까?

6

이제 나는 약간 기묘한 사건을 기술하려 하는데, 실제로 나의 이야기는 여기에서 시작된다.

8월 말에 드디어 드로즈도바 모녀가 돌아왔다. 그들의 출현은 도시 전체가 오랫동안 기다려 왔던 그들의 친척, 즉 신임 지사 부인의 도착보다 조금 앞섰으며, 사교계의 비상한 관심을 불러일으켰다. 그러나 이 두 가지 흥미로운 사건에 대해서는 나중에 이야기하기로 하고, 지금은 쁘라스꼬비야 이바노브나가 그녀를 초조하게 기다리고 있던 바르바라 뻬뜨로브나에게 아주 성가신 문젯거리를 하나 가지고 왔다는 것만 언급해 두고자 한다. 니콜라는 7월에 이미 그들과 헤어졌고, 라인강 근처에서 K 백작을 만난 이후 백작 가족과 함께 뻬쩨르부르끄로 떠났다는 것이다(주의: 백작의 세 딸은 모두 혼기에 차 있었다).

「리자베따는 얼마나 자존심 세고 고집스러운지, 그 애한테서는 아무것도 알아내지 못했다니까요.」 쁘라스꼬비야 이바노브나는 말을 맺었다. 「하지만 내가 보기엔 그 애와 니꼴라이 프세볼로도비치 사이에 무슨 일이 있었던 것 같아요. 이유는 모르겠지만, 바르바라 뻬뜨로브나, 당신의 다리야 빠블로브나에게 그 이유를 물어봐야 할 것 같아요. 내 생각에 리자는 정말 모욕을 받은 것 같았거든요. 어쨌든 당신이 총애하는 아가씨를 데려와 당신 손에 넘겨주니 더할 나위 없이 기쁘네요. 이제 한시름 놨어요.」

이 가시 돋친 말들은 몹시 흥분된 어조였다. 〈축 늘어진 여인〉은 이 말을 미리 준비해 두고 그 효과를 즐기려 했던 것 같다. 그러나 바르바라 뻬뜨로브나를 그 따위 감상적인 효과나 아리송한 말로 당혹스럽게 하기란 불가능했다. 그녀는 가장 정확하고 만족할 만한 설명을 해달라고 단호하게 요구했다. 쁘라스꼬비야 이바노브나는 금방 목소리를 낮추고 결국 눈물까지 흘리며 가장 가까운 친구로서의 하소연을 털어놓기 시작했다. 흥분도 잘 하지만 감상적이기도 한 이 부인은 스쩨빤 뜨로피모비치처럼 끊임없이 진실된 친구를 필요로 했다. 자기 딸인 리자베따 니꼴라예브나에 대한 불평도 대부분 〈딸이 친구가 되어 주지 않는다〉는 이야기였다.

그러나 그녀가 설명하고 털어놓은 이야기 중 단 하나 정확한 것은 리자와 니콜라 사이에 실제로 말다툼이 있었다는 것뿐, 그 말다툼이 무엇이었는지는 쁘라스꼬비야 이바노브나도 정확히 이해하지 못하고 있음이 분명했다. 다리야 빠블로브나에게 뒤집어씌운 비난도 결국 취소했을 뿐만 아니라, 자기가 지금까지 한 말은 〈흥분해서〉 그런 것이니 특별한 의미를 두지 말아 달라고 신신당부하기까지 했다. 한마디로 모든 것이 매우 불분명하고 의심스러웠다. 그녀의 말에 따르면 말다툼은 리자의 〈고집 세고 남을 비웃는〉 성격 때문에 시작되었다. 〈역시 자존심 강한 니꼴라이 프세볼로도비치가 그녀를 몹시 사랑하고 있지만, 그녀의 조소를 참을 수 없어 그 자신도 냉소적이 되었다〉는 것이다.

「그 후 곧 우리는 한 젊은이를 알게 되었는데, 당신 〈교수님〉의 조카인 것 같았어요, 성이 같은 걸 보니…….」

「아들이에요, 조카가 아니라.」 바르바라 뻬뜨로브나가 정정했다. 쁘라스꼬비야 이바노브나는 전부터 스쩨빤 뜨로피모비치의 성을 기억하지 못해 항상 그를 〈교수님〉이라고 불렀다.

「이런, 아들이라니 더 잘됐네요. 나한테는 상관없는 일이지만요. 보통 젊은이라면 아주 활기차고 자유분방할 텐데, 그는 전혀 그렇지 않더군요. 그런데 이때 리자가 좀 잘못된 행동을 했어요. 니꼴라이 프세볼로도비치의 질투심을 불러일으키려고 보란 듯이 이 젊은이에게 접근했거든요. 나는 이 일을 그다지 비난하고 싶지 않아요. 처녀들에게 흔히 있는 일이고 귀엽잖아요. 그런데 니꼴라이 프세볼로도비치는 질투하기는커녕 아무것도 보지 못했다는 듯, 아니면 상관없다는 듯 오히려 이 젊은이와 친구가 되었답니다. 이것이 리자를 폭발시켰지요. 젊은이는 곧 어딘가로 떠났고(아주 서둘러 떠났어요), 리자는 사사건건 니꼴라이 프세볼로도비치에게 시비를 걸었어요. 그가 가끔 다샤와 이야기라도 나누면 무섭게 날뛰기 시작해 엄마인 나도 살 수가 없을 지경이었지요. 의사들이 내게 흥분하지 말라고 했는데, 다들 칭찬하는 그곳 호수도 싫증나고, 그 덕분에 치통으로 심하게 고생한 데다 류머티즘도 얻었답니다. 제네바 호수가 치통을 가져온다는 기사도 있더군요. 그런 성질을 가지고 있다네요. 그러다가 니꼴라이 프세볼로도비치가 갑자기 백작 부인의 편지를 받더니 하루 만에 채비를 마치고 떠났어요. 두 사람은 헤어지면서 화해했고, 리자는 그를 떠나보내면서 아주 행복하고 가벼운 마음이 되어 많이 웃었답니다. 하지만 그것은 모두 그런 체한 것일 뿐이었어요. 그가 떠나고 나자 리자는 깊은 생각에 잠겨 그에 관해 거의 말을 꺼내지 않았고, 내게도 아무 말 하지 않았어요. 친애하는 바르바라 뻬뜨로브나, 이제 리자와는 이 문제에 관해 이야기를 꺼내지 않았으면 좋겠어요. 그러면 일을 악화시킬 뿐이니까요. 아무 말 않고 있으면 그 아이가 먼저 당신과 이야기를 시작할 거예요. 그때 가서 좀 더 자세히 알게 되겠지요. 니꼴라이 프세볼로도비치가 약속한 대로 늦지 않게 와준다면 다시 잘 지낼 수 있을 거예요.」

「그 애한테 당장 편지를 쓰겠어요. 만약 그것뿐이라면 사소한 말다툼이었군요. 그냥 말도 안 되는 소리예요! 나는 다리야도 너무나 잘 알고 있는데, 역시 말도 안 되는 소리예요.」

「다셴까[42]에 대해서는 미안해요. 내가 잘못했어요. 다들 일상적인 이야기만, 그것도 큰 소리로 주고받았어요. 엄마다 보니 당시로서는 모든 것이 아주 혼란스러웠답니다. 내가 보기에 리자도 다샤와 전처럼 다정하게 지내는 것 같아요…….」

바르바라 뻬뜨로브나는 그날 바로 니꼴라에게 편지를 써서 예정보다 한 달만이라도 일찍 와달라고 간청했다. 하지만 여전히 그녀의 마음속에는 뭔가 불분명하고 미심쩍은 것이 남아 있었다. 그녀는 저녁부터 밤이 새도록 생각에 잠겼다. 〈쁘라스꼬비야〉의 견해는 지나치게 순진하고 감상적인 것 같았다. 〈쁘라스꼬비야는 기숙 학교 시절부터 평생 동안 지나치게 감상적이었어〉라고 그녀는 생각했다. 〈니꼴라는 여자의 조롱 때문에 도망갈 아이가 아니야. 만약 언쟁이 있었다면 다른 이유 때문이었을 거야. 그런데 장교를 이곳으로 데려와서 친척처럼 자기 집에 머물게 하다니. 다리야에 대해서도 쁘라스꼬비야가 너무 빨리 사과했단 말이야. 분명 뭔가 혼자만 알고 말하지 않는 게 있는 것 같은데…….〉

아침 무렵 바르바라 뻬뜨로브나의 머릿속에서 적어도 한 가지 의혹은 단번에 해결할 수 있는 계획이 마련되었다. 그것은 놀라울 정도로 의외의 계획이었다. 그 계획을 세울 당시 부인의 마음속에 무슨 일이 일어났는지 알기는 어렵다. 또한 그 계획 속에 들어 있는 모순들을 미리 설명하고 싶지도 않다. 이야기의 기록자로서 나는 사건을 있는 그대로만, 정확히 그 일이 어떻게 발생했는지 소개하는 데 그치려 하며, 그것이 믿기 어렵다 해도 내 잘못은 아니다. 그러나 그녀가 다샤에

42 다리야의 애칭.

대해 가졌던 의심이 아침이 되자 전혀 남아 있지 않았다는 것은 다시 한번 확실히 해야겠다. 사실 의심을 시작한 적도 없었는데, 그만큼 그녀에 대한 믿음이 컸던 것이다. 더욱이 자신의 니콜라가 〈다리야〉……에게 이끌릴 수 있다는 생각을 도저히 용납할 수가 없었다. 아침에 다리야 빠블로브나가 식탁에서 차를 따르고 있을 때 바르바라 뻬뜨로브나는 오랫동안 그녀를 뚫어지게 바라보다가, 어제부터 스무 번 넘게 했던 말을 다시 한번 단호하게 했다.

「모두 헛소리야!」

다샤가 왠지 피곤해 보이며, 이전보다 좀 더 조용해지고 좀 더 무심해졌다는 정도만 눈에 띄었다. 차를 마시고 나서 두 사람은 한 번도 어긴 적이 없는 습관대로 자수감을 들고 자리에 앉았다. 바르바라 뻬뜨로브나는 다샤에게 외국에서 받은 인상, 특히 그곳의 자연, 사람들, 도시, 풍습, 예술, 산업 등 주의를 끌었던 모든 것에 관해 하나도 빠짐없이 말해 보라고 시켰다. 드로즈도바 가족이나 그들과의 생활에 대해서는 한마디도 묻지 않았다. 다샤는 자수 탁자에 부인과 나란히 앉아 수놓는 것을 거들면서 이미 반 시간 동안이나 차분하고 단조롭지만 약간 낮은 목소리로 이야기를 하고 있었다.

「다리야,」 바르바라 뻬뜨로브나가 갑자기 이야기를 중단시켰다. 「나한테 하고 싶은 특별한 이야기는 전혀 없니?」

「전혀 없는데요.」 다샤는 잠깐 생각하더니 맑은 눈으로 바르바라 뻬뜨로브나를 쳐다보았다.

「영혼과 마음과 양심에 걸고 말이지?」

「네, 없어요.」 다샤는 조용하지만 가라앉은 표정으로 다시 한번 단호하게 말했다.

「그럴 거라고 생각했다! 다리야, 나는 한 번도 너를 의심한 적이 없다는 것만 알아 두어라. 이제 여기 앉아서 내 말 좀 들어 다오. 너를 잘 보고 싶으니 의자를 이리로 가져와 맞은편에 앉도록 해라. 이제 됐다. 그런데 너 시집가고 싶지 않니?」

다샤는 대답 대신 의아한 시선으로 물끄러미 바라보았지만, 그다지 놀란 것 같지는 않았다.

「잠깐, 가만히 있어 봐라. 우선 나이 차이가 좀 많긴 하지만, 그건 별문제 아니라는 걸 네가 누구보다 잘 알지 않겠니? 너는 신중하기도 하고, 또 네 인생에 실수가 있어서는 안 되지. 하지만 그는 아직 잘생긴 남자란다……. 한마디로, 네가 항상 존경하는 스쩨빤 뜨로피모비치 말이다. 어떠니?」

다샤는 더 의아한 시선으로 바라보았지만, 이번에는 놀랐을 뿐만 아니라 얼굴까지 빨개졌다.

「잠깐만, 조용히. 서두르지 말고! 비록 내 유언으로 너한테 갈 돈이 있긴 하지만, 내가 죽고 나면 돈이 있다 한들 어떻게 되겠니? 사람들에게 사기를 당해 돈을 다 빼앗기고 나면 너는 죽어 버리고 말 거다. 그런데 스쩨빤 선생과 결혼하면 유명한 분의 아내가 되는 거야. 이제 다른 쪽으로도 생각해 보거라. 지금은 내가 그를 책임지고 있다만 내가 죽기라도 한다면, 그는 어떻게 되겠니? 나는 너에게 기대를 걸고 있단다. 잠깐, 아직 이야기가 끝나지 않았다. 그는 경솔하고 우물쭈물하고 몰인정한 이기주의자에 수준 낮은 습관도 가지고 있지만, 세상에는 훨씬 더 나쁜 사람들도 있으니 우선 그 점에서 그를 인정하도록 해라. 너를 파렴치한 인간에게 떠넘기려는 것이 아니야. 설마 그렇게 생각하진 않았지? 요점은 내가 부탁한다는 것이고, 너는 그를 인정하게 되리라는 것이다.」 그녀는 갑자기 초조한 듯 말을 멈췄다. 「듣고 있니? 왜 그렇게 보고만 있는 거니?」

다샤는 여전히 아무 말 없이 듣고만 있었다.

「잠깐만, 좀 더 기다려라. 그는 시골 아낙네 같긴 하지만 네게는 그편이 더 낫지 않겠니. 아낙네 중에서도 불쌍한 아낙네지. 여자들이 전혀 사랑해 줄 만한 가치가 없는 사람일 거야. 하지만 의지할 데 없기 때문에 사랑받을 가치가 있으니, 그의 의지할 데 없음을 사랑하도록 해라. 내 말 이해하겠지? 이해하니?」

다샤는 알았다는 듯 고개를 끄덕였다.

「그럴 줄 알았다. 바로 그런 대답을 기대했단다. 그도 너를 사랑하게 될 거야. 당연히 그래야지. 그는 너를 숭배해야만 해!」 바르바라 뻬뜨로브나는 너무도 흥분해서 큰 소리로 외쳤다. 「하지만 그는 의무가 아니더라도 너를 사랑하게 될 거야. 나는 그 사람을 잘 알거든. 게다가 나도 여기 있을 거다. 나는 항상 여기 있을 테니 걱정하지 말거라. 그는 네게 불평을 늘어놓거나 너를 비난하고, 처음 만나는 사람에게 너에 관해 속닥거리기도 하면서 끊임없이 우는 소리를 할 거야. 자기 방에서 네가 있는 방으로 하루에 두 통씩 편지를 쓰기도 할 거다. 하지만 어쨌든 네가 없이는 살아가지 못할 테고, 이것이 중요하단다. 네 말을 듣도록 만들어야 해. 그렇게 하지 못하면 너는 바보가 될 거야. 목을 매겠다고 위협하겠지만 그 말을 믿지 마라. 전부 헛소리니까! 믿지는 않아도 항상 귀를 기울이도록 해라. 그러다가 갑자기 목을 맬지도 모르니까. 그런 사람들은 가끔 일을 저지르기도 하거든. 힘이 있어서가 아니라 약해서 목을 매는 거지. 그러니 한계점까지 그를 밀어붙이는 일은 없도록 해라. 이건 결혼 생활의 첫 번째 규칙이야. 또한 그가 시인이라는 점도 명심해라. 잘 들어라, 다리야, 자기를 희생하는 것보다 더 큰 행복은 없단다. 게다가 너는 내게 큰 만족을 줄 것이고, 이 역시 중요하단다. 내가 지금 바보 같은 짓을 하고 있다고 생각하지 마라. 나는 내가 무슨 말을 하고 있는지 잘 이해하고 있으니까. 나는 이기주의자이니, 너도 이기주의자가 되도록 해라. 하지만 전혀 강요하지는 않겠다. 모든 것은 네 의지에 달려 있고, 네가 말하는 대로 될 거다. 그런데 왜 가만히 앉아만 있니? 무슨 말이든 해보거라!」

「저에겐 아무 상관 없습니다, 바르바라 뻬뜨로브나, 반드시 시집을 가야 한다면요.」 다샤가 단호하게 말했다.

「반드시라고? 그게 무슨 말이니?」 바르바라 뻬뜨로브나는 엄격한 시선으로 뚫어질 듯 그녀를 쳐다보았다.

다샤는 여전히 수틀에 바늘을 꽂으면서 아무 말도 하지 않았다.

「너는 영리한 아이인데 바보 같은 소리를 하는구나. 내가 지금 너를 반드시 시집보내겠다고 생각한 것은 맞지만, 필요가 있어서 그런 것은 아니다. 그냥 그런 생각이 들었고, 그것도 스쩨빤 뜨로피모비치에 한해서일 뿐이야. 스쩨빤 뜨로피모비치가 아니라면 지금 너를 시집보낼 생각을 하지 않았을 거야. 네 나이가 스무 살이긴 하지만…… 어떠니?」

「부인 말씀대로 따르겠습니다, 바르바라 뻬뜨로브나.」

「그렇다면 동의한다는 거구나! 잠깐만, 조용히, 내 말 다 안 끝났는데, 왜 그렇게 서두르니? 나는 유언으로 네게 1만 5천 루블을 남겨 놓았단다. 결혼식을 올리고 나면 그 돈을 너에게 주겠다. 그중 8천 루블을 그에게 주어라. 정확히는 그가 아니라 나한테 주는 거지. 그는 내게 8천 루블의 빚이 있거든. 내가 갚아 주는 거지만, 네 돈으로 갚는다는 걸 그가 알도록 해야 해. 네 손에 7천 루블이 남는 건데, 절대로 그에게 단 한 푼도 주지 마라. 그의 빚도 절대 갚아 주지 말고. 한 번 갚아 주면 그다음에는 끝이 없을 테니. 하지만 나는 항상 여기 있을 거다. 너희 두 사람은 내게서 매년 1천2백 루블의 생활비와 특별한 경우 1천5백 루블을 더 받게 될 거야. 그 외에 주거비와 식비도 지금 그가 이용하고 있는 것과 마찬가지로 내가 지불해 주겠다. 하녀에 대해서만은 두 사람이 지불하도록 해라. 1년 치 돈을 한꺼번에 네 손에 직접 건네주마. 하지만 너도 선량하게 행동하도록 해라. 가끔 그에게 뭐라도 집어 주고, 친구들의 방문도 일주일에 한 번 정도는 허락해 주되 그 이상이면 쫓아 버려라. 나는 여기 있을 거다. 내가 죽더라도 두 사람의 연금은 그가 죽을 때까지 끊어지지 않을 거야. 알겠니? 그가 죽을 때까지만이다. 이건 그의 연금이지, 네 것이 아니기 때문이야. 네가 바보짓만 하지 않는다면 지금의 7천 루블은 고스란히 남을 테고, 그 외에 나는 8천 루블을 더 유언으로 남겨 주겠다. 더 이상은 내게서 한 푼도 못 받는다는 걸 알아 두어라. 어때, 동의하니? 마지막으로 뭐라고 말 좀 해 보거라.」

「이미 말씀드렸습니다, 바르바라 뻬뜨로브나.」

「전적으로 네 자유라는 걸 기억해 둬라. 네가 원하는 대로 이루어질 거야.」

「바르바라 뻬뜨로브나, 한 가지만 여쭐게요. 스쩨빤 뜨로피모비치께서 부인께 이미 무슨 말씀을 하셨나요?」

「아니, 그는 아무 말도 하지 않았고, 아무것도 모르고 있단다. 하지만…… 이제 말을 하겠지!」

그녀는 벌떡 일어나더니 검은색 숄을 어깨에 걸쳤다. 다샤는 다시 약간 얼굴을 붉혔고 의아한 시선으로 그녀의 뒤를 좇았다. 바르바라 뻬뜨로브나는 잔뜩 화가 난 얼굴로 갑자기 그녀를 향해 돌아섰다.

「이 바보 같은 것!」 부인은 매처럼 그녀를 향해 달려들었다. 「배은망덕한 바보야! 머릿속에 뭐가 들어 있는 거니? 내가 이렇게까지 해서 너를 망치려 한다고 생각하는 거냐? 이제 그는 무릎을 꿇고 기어와서 애원할 거다. 일이 이렇게 된 걸 알면 행복해서 죽어 버릴 게 틀림없어! 내가 너에게 해로운 일을 하지 않을 거라는 건 알고 있잖니? 혹시 그가 8천 루블 때문에 너를 데려간다거나, 내가 지금 너를 팔아 버린다고 생각하는 거니? 바보, 천치, 너희는 모두 은혜를 모르는 바보들이야! 우산이나 이리 다오!」

그녀는 축축한 벽돌 길과 나무다리를 건너 스쩨빤 뜨로피모비치의 집으로 서둘러 걸어갔다.

7

바르바라 부인이 〈다리야〉에게 해로운 일을 하지 않으리라는 것은 사실이다. 오히려 지금 그녀는 자기가 다샤의 은인이라 생각하고 있었다. 숄을 걸치면서 자기 양녀의 당황하고 의심쩍어 하는 시선을 마주한 순간 그녀의 마음속에서는 가장 고결하고 비난할 데 없는 분노가 타올랐다. 그녀는 다샤가 아주 어릴 때부터 진심으로 사랑해 왔다. 쁘라스꼬비야 이바노브나가 다리야 빠블로브나를 부인의 귀염둥이라고 부른 것도 당연했다. 바르바라 뻬뜨로브나는 이미 오래전부터 〈다리야의 성격은 오빠를 닮지 않았다(즉, 오빠 이반 샤또프의 성격을 닮지 않았다)〉고 단정하고 있었다. 그녀는 조용하고 온순하며 희생할 줄 아는 성품이었고, 성실하고 대단히 겸손한 데다 보기 드물 정도로 사려 깊었으며, 중요한 것은 감사할 줄 안다는 점이었다. 아마도 지금까지 다샤는 부인의 모든 기대에 부응해 왔을 것이다. 「이 아이의 인생에서 실수는 없을 거야.」 바르바라 뻬뜨로브나는 이 소녀가 열두 살이었을 때 이렇게 말했다. 부인은 그녀의 마음을 사로잡은 공상, 자신의 새로운 계획, 밝게 빛나 보이는 사상이라면 무엇이든 완고하게 열정적으로 집착하는 성향이 있었으므로, 바로 다샤를 친딸처럼 양육하겠다고 결심했다. 그녀는 즉시 다샤를 위한 돈을 따로 떼어 놓았고, 가정 교사로 미스 크릭스를 모셔 왔다. 미스 크릭스는 다샤가 열여섯 살 때까지 그 집에서 지내다가 갑자기 무슨 이유에서인지 해고되고 말았다. 중학교 선생님도 몇 명 왔으며, 그들 중 진짜 프랑스인이 한 명 있어 다샤에게 프랑스어를 가르쳤다. 그도 갑자기 해고되었는데, 정확히 말하자면 쫓겨난 것이었다. 귀족 집안 출신의 미망인으로 타지방에서 온 한 가난한 귀부인은 피아노를 가르쳤다. 하지만 뭐라 해도 주 교사는 스쩨빤 뜨로피모비치였다. 그는 실제로 다샤를 발견해 낸 첫 번째 사람이었다. 그는 바르바라 뻬뜨로브나가 그녀에 대해 생각지도 않고 있던 당시 이미 이 조용한 아이를 가르치기 시작했다. 다시 한번 말하지만, 아이들이 그를 얼마나 잘 따랐는지 놀라울 따름이다! 리자베따 니꼴라예브나 뚜시나는 여덟 살 때부터 열한 살 때까지 그에게서 배웠다(물론 스쩨빤 뜨로피모비치는 보수를 받지 않고 가르쳤으며 드로즈도프 집안으로부터 그 어떤 것도 받으려 하지 않았다). 그는 이 매력적인 어린아이에게 반해 세상과 지구의 창조나 인류 역사에 관한 서사시 같은 것을 들려주었다. 원시 종족과 원시 인류에 대한 강의는 아라비아 동화보다 더 흥미로웠다. 이런 이야기들에 열광한 리자는 집에 돌아와서 아주 재미있게 스쩨빤 뜨로피모비치를 흉내 내곤 했다. 선생은 이 사실을 알고 한번은 갑자기 그녀를 찾아가 몰래 들여다보았다. 당황한 리자는 그의 품 안으로 달려들어 눈물을 흘리기 시작했다. 스쩨빤 뜨로피모비치 역시 감격의 눈물을 흘렸다. 그러나 리자는 곧 떠나 버리고 다샤만 남았다. 다샤에게 선생님들이 오기 시작하면서 스쩨빤 뜨로피모비치는 그녀를 가르치는 일을 그만두었고, 점차 그녀에 대한 관심도 희미해져 갔다. 그렇게 오랜 시간이 흘렀다. 한번은 열일곱 살이 된 다샤를 보고 선생이 그녀의 사랑스러움에 깜짝 놀라기도 했다. 바르바라 뻬뜨로브나의 집에서 식사를 하고 있을 때였다. 그는 젊은 처녀와 이야기하다가 그녀의 대답이 매우 마음에 들어 결국 러시아 문학사에 관한 진지하고 광범위한 강의를 해주겠다고 제안했다. 바르바라 뻬뜨로브나는 그의 훌륭한 생각을 칭찬하고 고마워했으며, 다샤는 크게 감격했다. 스쩨빤 뜨로피모비치는 각별히 강의 준비를 했고, 드디어 강의가 시작되었다. 첫 번째 강의는 고대부터 시작해 흥미롭게 진행되었다. 바르바라 뻬뜨로브나도 그 자리에 함께했다. 스쩨빤 뜨로피모비치가 강의를 끝내고 떠나면서 다음에는 「이고리 원정기」 분석을 하겠다고 발표하자, 바르바라 뻬뜨로브나는 벌떡 일어나더니 강의는 더 이상 없다고 선언했다.

스쩨빤 뜨로피모비치는 몸을 움찔했지만 아무 말도 하지 않았고, 다샤는 얼굴을 붉혔다. 하지만 어쨌건 그들의 기획은 이렇게 끝나 버렸다. 이 일은 바르바라 뻬뜨로브나의 예기치 않은 공상이 있기 정확히 3년 전에 일어났다.

불쌍한 스쩨빤 뜨로피모비치는 집에 혼자 있으면서 아무것도 예감하지 못하고 있었다. 그는 슬픈 상념에 잠긴 채 누구 아는 사람이 찾아오지 않을까 생각하며 오래전부터 창밖을 바라보고 있었다. 그러나 아무도 찾아오지 않았다. 마당에는 비가 부슬부슬 내리고 날씨가 추워져 벽난로에 불을 지펴야 할 정도였다. 그는 한숨을 쉬었다. 그런데 갑자기 무서운 광경이 그의 눈앞에 펼쳐졌다. 바르바라 뻬뜨로브나가 이런 날씨에, 이런 늦은 시간에 그를 찾아오다니! 그것도 걸어서! 그는 너무 놀라 옷을 갈아입어야 한다는 것도 잊고 평상시 입는 장밋빛 스웨터를 입은 채 그녀를 맞이했다.

「*Ma bonne amie*(친애하는 친구여)!」 그는 마중을 나오면서 작은 목소리로 외쳤다.

「혼자 계셔서 다행이에요. 당신 친구들은 견딜 수가 없거든요! 어쩜 이렇게 항상 담배를 피우고 계세요? 맙소사, 이 연기 좀 보세요! 당신은 아직 차도 다 마시지 않았지만, 밖은 벌써 11시가 넘었다고요! 무질서가 당신의 행복이군요! 먼지가 당신의 즐거움이네요! 바닥 위의 이 찢어진 종이들은 또 뭐지요? 나스따시야, 나스따시야! 나스따시야는 뭘 하고 있어요? 얘야, 창문, 환풍구, 문들을 다 활짝 열어라. 우리는 홀로 가지요, 당신에게 볼일이 있으니. 얘야, 너는 일생에 한 번이라도 청소 좀 해라!」

「자꾸 어질러 놓으시는걸요!」 나스따시야가 화나고 짜증 섞인 목소리로 투덜거렸다.

「그러니 너는 청소를 해야지. 하루에 열다섯 번이라도 쓸어야지! 홀도 더럽군요.」 그녀가 홀로 나오면서 말했다. 「문을 더 꼭 닫으세요, 저 아이가 들을 수도 있으니까. 벽지도 곧 바꿔야겠네요. 도배장이에게 견본을 들려 보냈는데, 왜 고르지 않으셨어요? 앉아서 내 말 좀 들어 보세요. 앉으세요, 제발요. 도대체 어딜 가세요? 어디 가세요? 어디 가시냐고요!」

「나는…… 곧.」 스쩨빤 뜨로피모비치가 옆방에서 소리쳤다. 「자, 여기 다시 왔습니다!」

「옷을 갈아입으셨군요!」 그녀는 재미있다는 듯 선생을 쳐다보았다(그는 스웨터 위에 프록코트를 걸쳐 입고 있었다). 「그렇게 하니 우리 대화에…… 더 잘 어울리겠는데요. 자, 좀 앉으세요, 제발.」

그녀는 모든 것을 순식간에 단호하고 확실하게 설명했다. 그가 절실히 필요로 하는 8천 루블에 대해서도 암시해 주었다. 지참금에 대해서도 자세히 이야기했다. 스쩨빤 뜨로피모비치는 눈을 휘둥그렇게 뜨고 몸을 부들부들 떨었다. 이야기를 다 들었지만 무슨 말인지 명확하게 알 수가 없었다. 말을 하고 싶었지만 목소리가 완전히 잠겨 버렸다. 모든 일은 그녀가 말한 대로 이루어질 것이며, 그녀에게 반대하거나 이의를 제기하는 것은 쓸데없는 짓이고, 그는 꼼짝없이 결혼하게 될 것이라는 것만 알 수 있었다.

「*Mais, ma bonne amie*(하지만 친애하는 친구여), 이 나이에 세 번째 결혼이라니…… 그것도 그렇게 어린 아이와!」 마침내 그가 입을 열었다. 「*Mais, c'est une enfant*(하지만 그녀는 아직 어린아이 아닙니까)!」

「스무 살짜리 어린애지요, 다행히도! 제발 눈동자를 굴리지 마세요! 당신은 무대 위에 있는 게 아니니까. 당신은 매우 똑똑하고 학식이 있지만 생활에 대해서는 아무것도 이해하지 못하니, 당신을 계속 따라다니면서 돌봐 줄 유모가 필요해요. 내가 죽고 나면 당신은 어떻게 되겠어요? 그 아이가 좋은 유모가 되어 줄 거예요. 겸손하고 단호하고 사려 깊은 아이니까요. 또한 나도 여기 있을 거예요. 지금 당장 죽지는 않아요. 그 애는 집에만 있는 데다 온순한 천사지요. 이 행복한 생각은 내가 스위스에 있을 때 떠올랐답니다. 내가 직접 그 아이가 온순한 천사라고 말해야만 이해하겠어요?」 그녀는 갑자기 분노에 차서 소리를 질렀다. 「당신 집은 먼지투성이이지만, 그 아이가 깨끗하게 정돈해 주면 모든 게 거울처럼 반짝거릴 거예요……. 아니, 그런데 당신은 아직도 내가 당신에게 그런 보물과 결혼하라고 간청해야 하고, 모든 이해관계를 계산해서 중매를 해야 한다고 생각하고 있는 건가요? 오히려 당신이 무릎을 구부려야 해요……. 아, 머리가 텅 빈 소심한 사람 같으니!」

「하지만…… 나는 벌써 노인입니다!」

「쉰셋인데, 그게 무슨 소리예요! 나이 50은 끝이 아니라 인생의 절반이에요. 당신은 멋진 남성이고, 자신도 그걸 잘 알고 있잖아요. 그 아이가 당신을 얼마나 존경하는지도 잘 아시지요? 내가 죽으면 그 아이가 어떻게 되겠어요? 당신과 결혼하면 그 아이도 안심이고 나도 안심이 될 거예요. 당신은 중요한 인물이고, 명성도 있고, 다정한 마음씨도 가지고 있어요. 당신은 연금도 받게 될 거예요. 그건 내 의무라고 생각해요. 당신은 아마 그 애를 구해 줄 수 있을 거예요, 꼭 구하게 될 거예요! 어쨌든 영광을 베풀어 주세요. 당신은 그 아이의 삶을 완성시켜 주고, 감정을 발전시키고, 사상을 이끌어 주실 거예요. 요즘엔 나쁜 사상에 이끌려 얼마나 많은 사람이 파멸하는지! 그때쯤이면 당신의 저술도 완성될 테고, 단번에 당신의 존재를 세상에 알릴 수 있을 거예요.」

「나도 사실은,」 바르바라 뻬뜨로브나의 능수능란한 아첨에 기분이 한껏 좋아진 그가 중얼거렸다.「사실은 지금 막 『스페인 역사 이야기』를 집필하기 시작했습니다…….」

「그것 보세요, 딱 맞아떨어졌네요!」

「하지만…… 그 아이는? 그 아이에게는 말했습니까?」

「다샤에 대해서는 걱정 말아요, 당신이 궁금해할 필요도 없어요. 물론 당신은 그 아이에게 직접 청혼하고 영광을 베풀어 달라고 간청해야 해요, 아시겠어요? 하지만 걱정 마세요, 내가 여기 있을 테니. 더욱이 당신은 그 아이를 사랑하고 있으니까요…….」

스쩨빤 뜨로피모비치는 머리가 어지러워졌고 주변의 벽들도 빙글빙글 돌기 시작했다. 여기에는 그로서는 좀처럼 감당할 수 없는 한 가지 무서운 생각이 있었다.

「*Excellente amie*(훌륭한 친구여)!」 그의 목소리가 갑자기 떨리기 시작했다.「나는…… 나는 당신이 나를…… 다른…… 여자에게 떠넘기리라고는 상상조차 할 수 없었습니다!」

「당신은 여자가 아니잖아요, 스쩨빤 뜨로피모비치. 여자들이나 넘겨지는 것이지, 당신은 결혼하는 거라고요.」 바르바라 뻬뜨로브나가 표독스럽게 쏘아붙였다.

「*Oui, j'ai pris un mot pour un autre. Mais... c'est égal*(네, 내가 말실수를 했군요. 하지만…… 매한가지입니다).」 그는

넋이 나간 모습으로 그녀를 쳐다보았다.

「*S'est égal*(매한가지라는 건) 나도 알아요.」 그녀가 경멸하듯 중얼거렸다. 「맙소사! 기절했네! 나스따시야, 나스따시야! 물 가져와라!」

그러나 물을 가져올 필요는 없었다. 그가 정신을 차렸다. 바르바라 뻬뜨로브나는 우산을 집어 들었다.

「이제 당신과는 더 이상 말할 필요가 없겠어요…….」

「*Oui, oui, je suis incapable*(네, 네, 나도 지금은 못하겠습니다).」

「하지만 내일까지 쉬면서 생각해 보세요. 집에 있다가 무슨 일이 생기면, 밤이라도 좋으니 내게 알려 주세요. 편지는 쓰지 마시고요. 읽지도 않을 거니까. 내일 이 시간에 당신의 최종적인 대답을 들으러 직접 오겠어요. 만족스러운 대답이었으면 좋겠군요. 아무도 오지 못하게 하고 쓰레기도 치워 놓으세요. 대체 이게 뭐람? 나스따시야, 나스따시야!」

물론 다음 날 그는 동의했다. 동의하지 않을 수 없었던 것이다. 여기에는 한 가지 특별한 사정이 있었다…….

8

우리 마을에 있는 스쩨빤 뜨로피모비치의 영지(옛날 계산법으로는 농노 50명이 딸린 영지로, 스끄보레시니끼에 인접해 있었다)는 사실 전혀 그의 땅이 아니라 그의 첫 번째 아내의 소유였으며, 따라서 지금은 그들의 아들인 뾰뜨르 스쩨빠노비치 베르호벤스끼의 소유가 되어 있었다. 스쩨빤 뜨로피모비치는 단지 후견인으로서, 이 어린 새가 깃털이 자란 뒤에는 아들에게서 영지 운영에 관한 정식 임명장을 받고 관리하고 있을 뿐이었다. 이 거래는 젊은이에게 유리한 것이었다. 그는 매년 영지 수입 명목으로 아버지에게서 1천 루블을 받고 있었지만, 실제로 당시 새로운 제도하에서는 수입이 5백 루블도 되지 않았기 때문이다(아마 더 적었을지도 모른다). 어떻게 이런 관계가 형성되었는지는 아무도 모른다. 하지만 1천 루블을 보낸 사람은 바르바라 뻬뜨로브나였으며, 스쩨빤 뜨로피모비치는 단 1루블도 보태지 않았다. 오히려 영지 수입을 고스란히 자기 주머니에 집어넣거나, 그게 아니면 바르바라 뻬뜨로브나 몰래 어떤 사업가에게 숲의 벌목권을 팔아 버려 그 귀중한 자산을 완전히 못 쓰게 만들었다. 그는 이미 오래전부터 이 숲을 야금야금 팔아 왔던 것이다. 그것은 전부 합해 적어도 8천 루블 정도 되었는데, 그는 5천 루블밖에 받지 못했다. 가끔 클럽에서 카드놀이로 너무 많을 돈을 잃기도 했지만 차마 바르바라 뻬뜨로브나에게는 무서워서 부탁도 하지 못했다. 마침내 이 모든 사실을 알게 되었을 때 그녀는 이를 갈며 분노했다. 그런데 지금 갑자기 아들이 값이 얼마가 되었든 자기 영지를 팔기 위해 이곳으로 올 예정이며, 판매와 관련된 일들을 당장 아버지에게 위임한다는 내용의 편지를 보내왔다. 스쩨빤 뜨로피모비치의 고결하고 욕심 없는 성향으로 볼 때 *ce cher enfant*(이 소중한 아이) 앞에서 양심의 가책을 느꼈을 것이 분명하다(그는 정확히 9년 전 뻬쩨르부르끄에서 아들이 대학생이었을 때 마지막으로 그를 보았다). 영지는 처음에는 전부 1만 3천에서 1만 4천 루블의 가치가 있었지만, 지금은 5천 루블에도 사려는 사람이 좀처럼 없을 것 같았다. 스쩨빤 뜨로피모비치는 정식 임명장을 받았으므로 의심할 바 없이 숲을 팔 완전한 권리를 가지고 있었으며, 실제로는 불가능한 1천 루블을 그 오랜 세월 동안 매년 부쳐 준 것을 감안하면 결산할 때 자신의 입장을 강력하게 내세울 수도 있었다. 그러나 스쩨빤 뜨로피모비치는 높은 이상을 가진 고결한 사람이었다. 그의 머릿속에는 놀라울 정도로 아름다운 생각이 하나 떠올랐다. 뻬뜨루샤[43]가 돌아오면, 지금까지 보내 준 돈에 대해서는 전혀 언급하지 않고 영지의 *maximum*(최고) 가격인 1만 5천 루블을 고결하게 탁자에 내놓고서 눈물을 흘리며 *ce cher fils*(이 소중한 아들)을 가슴에 힘껏 끌어안고 그것으로 모든 계산을 끝내겠다는 생각이었다. 그는 바르바라 뻬뜨로브나 앞에서 이러한 그림을 에둘러 신중하게 펼쳐 보이기 시작했다. 그는 이것이 그들 부자의 우정 어린 관계…… 그들의 〈이념〉에 특별하고 고귀한 느낌을 줄 것이라고 암시했다. 이것은 전 세대 아버지들, 일반적으로 전 세대 사람들이 새로운 시대의 경박하고 사회주의적인 젊은이들에 비해 훨씬 사심 없고 관대하다는 것을 보여 줄 수도 있을 것이다. 그 밖에도 선생은 많은 이야기를 했지만 바르바라 뻬뜨로브나는 계속 입을 다물고 있었다. 마침내 부인은 그들의 영지를 *maximum*(최고) 가격인 6천 루블 내지 7천 루블을 주고 사겠다고(4천 루블에 살 수도 있지만) 무뚝뚝하게 밝혔다. 숲과 함께 날아가 버린 8천 루블에 대해서는 한마디도 하지 않았다.

이 일은 혼담이 있기 한 달 전에 일어났다. 스쩨빤 뜨로피모비치는 충격을 받고 깊은 생각에 잠겼다. 이전 같으면 아들

43 뾰뜨르의 애칭.

이 아마 오지 않을지도 모른다는 희망이 있었지만, 이제는 아무 관계 없는 사람이나 가질 수 있는 희망이었다. 스쩨빤 뜨로피모비치는 아버지로서 그런 희망을 가졌다는 생각만으로도 극도의 거부감을 느꼈다. 여하튼 삐뜨루샤에 대해서는 계속 이상한 소문들이 들려왔다. 처음에는 그가 6년 전에 대학과정을 끝내고 뻬쩨르부르끄에서 하는 일 없이 어슬렁거리고 있다는 소문이었다. 그러다 갑자기 그가 익명의 선언문 작성에 가담했다가 사건에 말려들었다는 소식이 전해졌다. 그 다음에는 해외로 나가 스위스의 제네바에 모습을 드러냈다는 것을 보니 도망친 것이 분명했다.

「이것은 나로서는 정말 놀라운 일일세.」 당시 매우 당황한 스쩨빤 뜨로피모비치는 우리에게 이렇게 설교했다. 「삐뜨루샤가 *c'est une si pauvre tête*(그렇게 어리석다니)! 그 아이는 착하고 고결하고 아주 다정다감해서 내가 뻬쩨르부르끄에서 만났을 때 또래 젊은이들과 비교해 보고 얼마나 기뻐했는데. 하지만 *c'est un pauvre sire tout de même*(역시 보잘것없는 인간이었어)……. 알다시피 이 모든 것은 섣부른 생각과 감상주의 때문이라네! 그들을 사로잡은 것은 현실주의가 아니라 사회주의의 감상적이고 이상주의적인 측면, 즉 그것의 종교적 뉘앙스나 시적인 성향이라네……. 물론 그나마도 남의 말에서 가져온 것이지만. 그렇다면 나는, 나는 어떻겠는가! 나는 이곳에 적이 많은데, **그곳**에는 훨씬 더 많아서, 그들은 아버지의 영향 탓으로 돌리려 할 걸세……. 맙소사! 삐뜨루샤가 주동자라니! 우리는 어떤 시대에 살고 있단 말인가!」

하지만 삐뜨루샤는 정기적인 송금 관계로 스위스의 정확한 주소를 금방 알려 왔다. 그걸 보면 전혀 망명객이 아니었던 모양이다. 그리고 바로 지금, 해외에서 약 4년을 보낸 뒤 갑자기 곧 고향에 도착한다는 소식을 보내왔다. 결국, 그는 아무 죄도 없었던 것이다. 그뿐만 아니라 누군가 그에게 관심을 가지고 후원하고 있는 것도 같았다. 최근 남러시아에서 보낸 편지에는 누군가의 개인적이지만 중요한 의뢰를 받고 그곳에 머물며 일을 처리하느라 바쁘다고 써 있었다. 모든 일은 훌륭했다. 다만 영지의 *maximum*(최고) 가격을 맞추기 위한 나머지 7, 8천 루블을 대체 어디서 구한단 말인가? 언성이 높아지고, 장엄한 장면 대신 소송이 벌어진다면 어떻게 한단 말인가? 민감한 뻬뜨루샤는 자신의 이익을 포기하지 않을 것이라는 속삭임이 스쩨빤 뜨로피모비치의 귀에 들려오는 것 같았다. 「내가 깨닫게 된 것이네만, 대체 왜,」 한번은 스쩨빤 뜨로피모비치가 나에게 이렇게 속삭였다. 「대체 왜 모든 필사적인 사회주의자들이나 공산주의자들은 동시에 믿기 어려울 정도의 구두쇠이며 탐욕스러운 사유 재산가들인 것일까? 그들은 사회주의자가 되면 될수록, 사회주의에 더 많이 빠질수록, 더욱 강력한 사유 재산가가 되어 버리는데…… 대체 왜 그럴까? 이 역시 감상주의 때문이란 말인가?」 스쩨빤 뜨로피모비치의 이러한 지적이 맞는지는 잘 모르겠다. 하지만 뻬뜨루샤가 숲이 팔린 것이나 그 밖의 일에 관해 어느 정도 정보를 가지고 있으며, 스쩨빤 뜨로피모비치도 아들이 그러한 정보를 가지고 있다는 것을 이미 알고 있다는 것만은 나도 알았다. 나는 우연히 뻬뜨루샤가 아버지에게 보내는 편지를 몇 통 읽은 적이 있다. 그는 아주 드물게, 1년에 한 번도 채 되지 않게 편지를 썼다. 최근에야 자기가 곧 도착한다는 소식을 알리면서 두 통의 편지를, 그것도 연달아 보내왔다. 편지는 둘 다

간결하고 무뚝뚝하게 지시 내용만 적은 것이었다. 아버지와 아들은 이미 뻬쩨르부르끄에 있을 때부터 유행에 따라 서로를 격의 없는 호칭으로 부르고 있었기 때문에, 뻬뜨루샤의 편지는 옛 지주가 자기 영지 관리인에게 수도에서 보낸 명령서처럼 보였다. 그런데 지금 갑자기 모든 일을 해결해 줄 8천 루블이 바르바라 뻬뜨로브나의 제안으로 날아들어 왔으며, 더욱이 그녀는 더 이상 그런 돈이 들어올 곳이 없다는 것을 분명하게 느끼도록 해주었던 것이다. 스쩨빤 뜨로피모비치가 동의했음은 물론이다.

그는 부인이 떠나자마자 나를 부르러 사람을 보냈고, 하루 종일 문을 잠근 채 다른 사람들은 들이지 못하게 했다. 물론 그는 울음을 터뜨렸고, 아주 많은 이야기를 했으며, 심각하게 이성을 잃기도 했고, 우연히 재치 있는 말을 하곤 그 말에 만족해하기도 했다. 그러다가 다시 가벼운 콜레라 증세를 보였다. 한마디로 모든 일은 전형적인 순서대로 일어났다. 그러고 나서 그는 이미 20년 전에 죽은 독일인 아내의 초상화를 꺼내 들고 〈당신은 나를 용서해 주겠지?〉 하고 호소했다. 어쨌든 그는 혼란에 빠진 것 같았다. 우리는 슬픔을 가라앉히려 술을 조금 마시기도 했다. 하지만 그는 곧 달콤한 잠에 빠져들었다. 다음 날 아침 그는 멋지게 넥타이를 매고 정성껏 옷을 입은 뒤 자꾸 거울을 보러 왔다 갔다 했다. 손수건에는 아주 약간이긴 하지만 향수도 뿌렸다가 창밖으로 바르바라 뻬뜨로브나가 보이자 서둘러 그것을 베개 밑에 숨기고 다른 손수건을 꺼내 들었다.

「잘 생각하셨어요!」 바르바라 뻬뜨로브나는 그가 동의한다고 하자 이렇게 칭찬했다. 「첫째, 그것은 고결한 결심이고,

둘째, 개인적인 일에서는 거의 주의를 기울인 적이 없는 이성의 소리에 귀를 기울이셨으니 말이에요. 하지만 서두를 건 없어요.」 부인은 선생의 흰색 넥타이 매듭을 눈여겨보다가 이렇게 덧붙였다. 「당분간 아무 말 마세요, 나도 조용히 있을 테니. 곧 당신 생일이 다가오니 그때 그 아이를 데리고 오겠어요. 차는 준비해 두시되, 제발 술이나 안주는 안 돼요. 하지만 내가 다 준비하도록 하지요. 초대할 당신 친구들의 명단은 함께 만들도록 해요. 필요하다면 그 전날 그 아이와 상의하세요. 저녁 모임에서 결혼을 발표한다거나 약혼식 같은 건 하지 않고, 축하 행사 없이 암시만 하거나 살짝 알려 줄 거예요. 그리고 2주쯤 뒤 될 수 있는 한 소란하지 않게 결혼식을 할 거예요……. 두 사람은 결혼식이 끝난 직후 당분간 모스끄바 같은 곳으로 떠나 있는 것도 좋을 것 같아요. 나도 당신들과 함께 가겠지만…… 그때까진 아무 말 않고 있는 게 중요해요.」

스쩨빤 뜨로피모비치는 깜짝 놀랐다. 그가 그것은 불가능하며 신부와 이야기해 봐야 한다고 더듬거리며 말하자, 바르바라 뻬뜨로브나는 그에게 벌컥 화를 내며 덤벼들었다.

「그건 왜요? 우선, 아직 아무 일도 없고, 어쩌면 앞으로도 아무 일도 없을지도 모르는데…….」

「아무 일도 없을 것이라니요!」 신랑은 완전히 어리둥절해서 중얼거렸다.

「그 말 그대로예요. 나는 좀 더 두고 볼 거예요……. 하지만 내가 말한 대로 될 테니 걱정 마세요. 그 아이는 내가 준비시켜 둘게요. 당신은 아무것도 할 필요 없어요. 필요한 것은 전부 다 말해서 해놓을 테니, 당신은 할 필요가 없다고요. 뭣 때문에 그러죠? 무슨 역할을 하려고요? 당신은 찾아오지도 말고 편지도 쓰지 마세요. 제발 부탁이니, 쥐 죽은 듯이 가만히 계세요. 나도 가만히 있을 테니.」

그녀는 더 이상 전혀 설명하고 싶지 않은 듯 기분 상한 표정으로 자리를 떠났다. 스쩨빤 뜨로피모비치가 지나치게 준비를 갖춘 모습에 깜짝 놀란 것 같았다. 아아, 선생은 자신의 상황을 전혀 이해하지 못하고, 약간 다른 관점에서 보았을 때 어떤 문제가 있는지 떠오르지도 않았던 것이다. 오히려 무언가 우월감에 가득 차 있고 경박한 새로운 어조가 엿보였다. 그는 허세를 부리고 있었다.

「이거 참 마음에 드는군!」 그는 내 앞에 멈춰 서서 두 팔을 벌리며 소리쳤다. 「자네도 들었지? 그녀는 내가 결국 그것을 원하지 않게 될 때까지 밀어붙이려 하고 있어. 하지만 나 역시 더 이상 참지 않고…… 원하지 않는다고 말할 수 있지 않겠나! 〈가만히 있어요, 당신이 그곳으로 갈 필요는 없어요〉라니. 그런데 도대체 왜 내가 당장 결혼해야 하는 거지? 그저 그녀에게 우스꽝스러운 환상이 생겨났기 때문에? 하지만 나는 신중한 사람이니 무분별한 여자의 쓸데없는 환상에 굴복하고 싶지 않네! 나는 아들에 대한 의무도 있고, 또…… 나 자신에 대한 의무도 있네! 나는 희생을 감수하고 있는데, 그녀는 이것을 이해하기나 할까? 나는 삶에 싫증이 나서 아무래도 상관없다고 생각해 동의했는지도 모르지. 하지만 그녀가 나를 화나게 한다면, 그때는 나도 가만히 있지 않겠네. 나는 화를 내면서 거절할 걸세. *Et enfin, le ridicule*(그리고 결국에는, 웃음거리가 되겠지)……. 클럽에서는 뭐라고 말할까? 리뿌찐은…… 또 뭐라고 말할까? 〈어쩌면 아무 일도 없을지도 모른다〉라니, 이건 또 무슨 말인지! 정말 최악이군! 이게…… 이게 대체 무슨 일인지? *Je suis un forçat, un Badinguet*(나는 유형수 바딩게[44]처럼) 궁지에 빠진 사람이 되었다네…….」

그러나 이처럼 처량한 절규 속에서도 뭔가 변덕스러운 자기만족과 경박한 장난기가 함께 엿보였다. 저녁에 우리는 다시 술을 마셨다.

44 나폴레옹 3세를 말한다. 그는 바딩게라는 이름의 인물로 변장을 하고 1846년 암요새를 탈출했다.

제3장
타인의 죄

1

일주일 정도 시간이 지나자 상황에 약간 진전이 보였다.

말이 나온 김에 한마디 하자면, 이 불행한 일주일 동안 나는 혼담 당사자가 된 불행한 친구 곁에서 그의 상담역으로 한시도 떠나지 못하고 지루함을 참아 내야 했다. 중요한 점은 우리가 이 한 주 동안 아무도 만나지 않고 집에만 틀어박혀 있었는데도 그는 수치심으로 괴로워했다는 것이다. 그는 나한테도 수치심을 느꼈으며, 내게 속마음을 털어놓으면 털어놓을수록 그것 때문에 나에게 화를 더 많이 냈다. 의심 많은 성격 탓에 이미 도시 전체가 알고 있을 것이라고 의심하며 클럽뿐만 아니라 친구들 앞에 나서는 것도 두려워했다. 건강을 위해 꼭 필요한 산책을 할 때조차 완전히 어두워진 황혼이 되어서야 밖으로 나갔다.

일주일이 흘렀지만, 그는 여전히 자신이 약혼자인지 아닌지 알지 못했다. 아무리 애를 써도 그것을 확실히 알아낼 수가 없었다. 신부와는 아직 만나지도 못했으며, 그녀가 자신의 약혼녀인지조차 알지 못했다. 이 모든 것에 무슨 진지함 같은 것이 있는지도 알 수 없었다! 바르바라 뻬뜨로브나는 무슨 이유에서인지 그를 절대로 가까이 하려 하지 않았다. 처음에 그가 보낸 편지 중(그는 부인에게 많은 편지를 썼다) 한 통에 대한 답장으로, 부인은 지금 매우 바쁘니 당분간 모든 서신 왕래를 피해 달라는 요구를 해왔다. 그에게 알려 줄 중요한 일이 많지만 지금보다 좀 더 여유로운 때를 기다리고 있으며, 시간이 되면 언제 그녀를 방문해도 좋을지 직접 알려 주겠다고 했다. 또한 그가 보낸 편지들은 〈장난스러운 내용〉에 불과할 테니 뜯지도 않고 돌려보낸다고 덧붙였다. 나는 이 편지를 읽어 보았다. 선생이 직접 내게 보여 주었던 것이다.

그렇지만 이런 무례함이나 불확실함은 그의 주된 근심거리에 비교하면 아무것도 아니었다. 이 근심거리는 그를 지독히도 끈질기게 괴롭혔기 때문에 그는 몸도 여위고 의기소침해졌다. 그게 뭔지는 몰라도 그는 그것을 무엇보다 부끄럽게 여겼고, 그것에 대해 지독히도 말하려 하지 않았다. 아니, 말할 기회가 있어도 내 앞에서 어린아이처럼 거짓말을 하거나 말을 돌렸다. 그렇지만 내가 물이나 공기라도 되는 양 나 없이는 단 두 시간도 지내지 못하고 매일 나를 부르러 사람을 보내곤 했다.

그런 행동은 내 자존심을 조금 상하게 했다. 내가 이미 오래전부터 그의 주요한 비밀을 속으로 추측하고 모든 것을 꿰뚫어보고 있었던 것은 말할 필요도 없다. 당시 나의 깊은 확신에 따르면 이 비밀, 즉 스쩨빤 뜨로피모비치의 주요한 근심거리가 드러날 경우 그의 명예에 도움이 될 것 같지는 않았으며, 그 때문에 아직 젊은이였던 나로서는 그의 그 무례한 감정과 별로 아름답지 못한 의심에 약간은 분개했던 것이다. 나는 흥분해서 — 사실 그의 상담역이라는 사실이 갑갑하기도 해서 — 그를 지나치게 비난했던 것도 같다. 이 엄격한 태도 덕분에 나는 그가 내 앞에서 스스로 모든 것을 털어놓게 할 수 있었다. 하지만 그중 어떤 것들은 고백하기 어려웠을 것이라고 인정할 수밖에 없다. 그 역시 나를 간파하고 있었다. 즉, 내가 그를 간파하고 있고 그에게 화가나 있다는 것을 분명히 알고 있었던 것이다. 그쪽에서도 내가 그에게 화나 있고 그를 간파하고 있다는 이유로 나에게 화가 나 있었다. 어쩌면 내 분개는 사소하고 어리석은 것이었을지도 모른다. 그러나 단둘이 있다 보면 가끔은 진정한 우정을 몹시 해치게 된다. 특정한 관점에서 그는 자신의 몇몇 처지를 정확히 이해하고 있었고, 숨길 필요가 없다고 생각한 부분에서는 아주 정확하게 판단을 내렸다.

「아, 그녀도 그땐 그렇지 않았는데!」 그는 가끔 내게 바르바라 뻬뜨로브나에 대해 이렇게 말했다. 「전에 우리가 함께 이야기를 나눌 때는 그렇지 않았는데……. 당시 그녀가 이야기하는 법을 알았다는 게 믿어지나? 그때는 생각을, 자신만의 생각을 가지고 있었다는 걸 믿을 수 있겠나? 지금은 모든 것이 변해 버렸네! 그녀는 이 모든 것이 오래된 잡담일 뿐이라고 말하고 있네! 그녀는 과거를 경멸하고 있어……. 지금은 점원이나 관리인처럼 무자비한 사람이 되어 항상 화만 내고 있으니…….」

「당신은 그분의 요구를 다 들어주었는데, 부인이 지금 화낼 일이 뭐가 있겠습니까?」 내가 반박했다.

그는 미묘한 시선으로 나를 쳐다보았다.

「*Cher ami*(이보게, 친구), 내가 동의해 주지 않았다면 그녀는 무섭게 화를 냈을 걸세, 무-섭-게! 하지만 어쨌든 동의를 해버린 지금보다는 덜했겠지.」

이 말에 그는 스스로 만족했고, 그날 밤 우리는 술 한 병을 비웠다. 그러나 그것도 잠시뿐이었다. 다음 날 그는 그 어느 때보다 더 끔찍하고 더 음울해졌다.

그러나 내가 무엇보다 유감스러웠던 것은 그가 이번에 도착한 드로즈도바 모녀와 다시 친분을 쌓기 위해 마땅히 그들을 방문해야 하는데도 결심을 하지 못하고 있다는 것이었다. 듣기로는 그들도 그와 만나기를 간절히 원해 그에 관해 물어보는 것 같았다. 그도 매일매일 그러기를 원하고 있었다. 그는 리자베따 니꼴라예브나에 대해 나로서는 이해할 수 없을 정도로 감격에 취해 이야기하곤 했다. 한때 너무 사랑했던 어린아이로서 그녀를 회상하고 있음은 의심의 여지가 없었다. 하지만 그 이유 말고도 그는 왠지 모르게 리자 옆에 있으면 지금의 괴로움이 바로 완화되고, 가장 중요한 의심도 해결될 수 있을 것이라 상상하고 있었다. 그는 리자베따 니꼴라예브나에게서 예외적인 존재를 만나게 되리라 예상하고 있었던 것이다. 하지만 어쨌든 매일 생각은 있으면서도 그녀를 찾아가지는 않았다. 사실 당시 나는 그녀에게 소개받고 싶어 어쩔 줄 몰랐는데, 유일하게 스쩨빤 뜨로피모비치 한 사람에게만 희망을 걸 수 있었다. 물론 나는 길거리에서 그녀와 자주 마주치며 매우 강한 인상을 받고 있었다. 그녀는 승마복을 입고 훌륭한 말을 타고, 옆에는 돌아가신 드로즈도프 장군의 조카인 그 잘생긴 친척 장교를 동반한 채 산책을 나오곤 했다. 내가 그녀에게 현혹되어 있었던 것은 한순간에 지나지 않았으며, 나는 이후 곧 그 꿈이 실현 불가능하다는 것을 깨달았다. 비록 순간이긴 하지만 나는 실제로 현혹되었었다. 따라서 내가 이따금 내 불쌍한 친구의 완고한 은둔 생활에 얼마나 격분했을지 상상할 수 있을 것이다.

애초부터 스쩨빤 뜨로피모비치는 우리 모두에게 당분간 아무도 만나지 않을 테니 절대로 방해하지 말아 달라고 공식적으로 알려 놓은 상태였다. 그는 내가 말리는데도 불구하고 한 사람씩 찾아다니면서 고집스럽게 미리 알렸다. 나 역시 피하지 못하고 그의 부탁에 따라 사람들에게 바르바라 뻬뜨로브나가 우리의 〈영감님〉(우리 사이에서는 스쩨빤 뜨로피모비치를 그렇게 불렀다)에게 지난 몇 년 동안의 편지를 정리하는 특별한 일을 의뢰했기 때문에 두문불출하고 있으며 나는 그를 도와주고 있다는 등의 이야기를 하고 다녔다. 단지 리뿌찐만은 찾아가지 못하고 계속 미루고 있었는데, 솔직히 말하면 겁나서였다. 그는 내 말을 하나도 믿지 않고 곧바로 자기에게 숨기고 싶어 하는 비밀이 있다고 생각할 것이고, 내가 떠나자마자 온 도시를 돌아다니면서 꼬치꼬치 캐묻고 사람들에게 떠벌릴 것이라는 걸 알고 있었다. 계속 이런 생각을 하던 중에 뜻하지 않게 길거리에서 그와 마주치고 말았다. 알고 보니 그는 내가 방금 소식을 전해 준 친구들에게서 모든 것을 들어 알고 있었다. 하지만 이상하게 그는 호기심을 보이지도 않았고 스쩨빤 뜨로피모비치에 대해 묻지도 않았다. 오히려 내가 미리 들르지 못했다고 사과하려 하자 내 말을 끊고 바로 화제를 돌려 버렸다. 사실 그는 이야깃거리를 많이 가지고 있었다. 그는 엄청 흥분된 상태여서 이야기를 들어 줄 상대로 나를 만난 것을 무척 기뻐했다. 그는 지사 부인이 〈새로운 화제〉를 몰고 왔고, 클럽에서는 이미 반대 당이 결성되었으며, 모두가 새로운 사상에 관해 소리치고 있고 이것이 모두에게 유행이 되었다는 등 새로운 소식들에 대해 이야기하기 시작했다. 그는 15분 정도 계속 이야기했는데, 그 이야기가 너무 재미있어서 자리를 뜰 수가 없었다. 나는 그를 무척 싫어했지만, 그에겐 귀 기울여 듣게 하는 재능이 있다는 점은 인정해야겠다. 특히 그가 무언가에 화나 있을 때는 더욱 그랬다. 내 생각에 그는 진정 타고난 스파이였다. 그는 언제든 항상 가장 최근의 소식들과 우리 도시의 은폐된 진실, 특히 추악한 내용을 잘 알고 있었는데, 가끔은 자신에게 전혀 관계없는 일까지 신경 쓰는 걸 보면 놀랄 수밖에 없었다. 그의 주된 성격은 질투가 아닐까 하는 생각이 항상 들었다. 그날 밤 스쩨빤 뜨로피모비치에게 아침에 리뿌찐을 만나서 나눈 이야기를 전했더니, 그는 놀랍게도 지나치게 흥분하며 〈리뿌찐은 알고 있을까, 아닐까?〉 하고 괴상한 질문을 던졌다. 나는 그렇게 빨리 알리도 없고 그 소식을 전해 줄 사람도 없다고 그를 설득하기 시작했다. 그러나 스쩨빤 뜨로피모비치는 자기 생각을 고집했다.

「자네가 믿든 안 믿든,」 그는 결국 갑작스럽게 이야기를 끝맺었다. 「그는 이미 우리의 모든 상황에 대해 속속들이 알고 있을 뿐만 아니라, 그 이상을 알고 있다고 확신하네. 자네나 내가 아직 모르고 있는, 아마 결코 알지 못하거나 알게 되더라도 이미 너무 늦어서 돌이킬 수 없는 무언가를 말일세!」

나는 잠자코 있었지만, 이 말은 많은 것을 암시했다. 그날 이후 꼬박 5일 동안 우리는 리뿌찐에 관해 한마디도 꺼내지 않았다. 스쩨빤 뜨로피모비치는 내 앞에서 그런 의심을 드러내고 무심코 발설한 것을 무척 유감스럽게 생각하는 것이 분명했다.

2

어느 날 아침, 스쩨빤 뜨로피모비치가 결혼을 승낙한 지 7일 혹은 8일째 되는 날 오전 11시경 나는 여느 때와 마찬가지로 비탄에 잠긴 친구에게 서둘러 가고 있었는데, 가는 도중에 한 가지 사건이 발생했다.

나는 리뿌찐이 칭송해 마지않는 〈대문호〉 까르마지노프를 만났다. 나는 어렸을 때부터 까르마지노프를 읽었다. 그의 중편이나 단편소설들은 전 세대는 물론 우리 세대에까지 잘 알려져 있다. 나는 그 작품들에 열중한 적이 있었다. 나의 소년 시대와 청년 시대의 즐거움이었던 것이다. 그 후 그의 글에 다소 냉담해졌다. 그가 요즘 계속 쓰고 있는 경향 소설들이 그의 초기 작품들만큼 마음에 들지는 않았기 때문이다. 그때는 자연스러운 시적 서정이 풍부했지만, 최근의 작품들은 전혀 마음에 들지 않았다.

이런 미묘한 문제에 대한 의견을 감히 말하자면, 대체로 2류급 재능을 가지고 있음에도 살아 있는 동안 거의 천재로 대접받는 이런 사람들은 죽고 나면 흔적도 없이 사라지고 사람들의 기억에서 갑자기 잊힌다. 때로는 그들이 살아 있는 동안에도 이미 새로운 세대가 성장해 그들의 활동을 대체하기도 하는데, 그러면 그 즉시 그들은 알아차릴 수 없을 정도로 빠르게 잊히며 사람들에게 무시당하게 된다. 어찌 된 영문인지 우리 나라에서는 이런 일이 무대 장치를 교환하듯 갑자기 빠르게 일어나곤 한다. 아, 물론 뿌시낀, 고골, 몰리에르, 볼테르처럼 자신만의 새로운 말을 하기 위해 태어난 문학가들에게는 이런 일이 전혀 없다! 2류급 재능을 가진 사람들은 존경받을 만한 노년기에 접어들면 보통 자기도 눈치채지 못한 사이에 너무나 초라한 모습으로 필력을 잃어버리는 것이 사실이다. 오랫동안 대단히 심오한 사상을 지녔다고 인정받고 사회 운동에 매우 진지한 영향을 줄 것으로 기대받던 작가가 결국에는 근본 사상이 너무 빈약하고 사소하다는 것이 드러나, 아무도 그가 순식간에 필력을 잃었다는 사실에 안타까워하지 않는 일도 자주 있었다. 그러나 머리가 희끗희끗한 노작가들은 그것도 모르고 화를 내곤 한다. 그들의 자부심은 활동 막바지에 이르면 가끔 놀라울 정도로 커진다. 그들이 자신을 어떤 존재로 간주하는지는 알 수 없지만, 아마도 신으로 여기지 않나 싶다. 까르마지노프에 대해서는 그가 유력 인사들이나 상류 사회와의 관계를 자신의 영혼보다 더 귀중히 여긴다는 말들이 있다. 특히 상대가 어떤 이유로 필요하다거나 사전에 추천을 받은 경우에는 더욱 그를 환영하고 친근하게 대하며, 자신의 꾸밈없는 태도로 그를 매료시킨다고 한다. 그러나 공작이나 백작 부인, 혹은 자기가 두려워하는 사람 앞에서는 상대가 채 그를 떠나기도 전에 무슨 나무 막대기나 파리라도 되는 것처럼 경멸적이고 무시하는 태도로 그 사람을 잊어버리는 것이 신성한 의무라도 되는 양 행동한다. 그는 이것이 가장 고상하고 아름다운 예법이라고 진지하게 믿고 있는 것이다. 그는 완벽한 인내심을 지녔으며 훌륭한 예의범절을 잘 알고 있음에도 불구하고 히스테리에 가까울 정도로 자존심이 강해서, 문학에 그다지 흥미를 느끼지 못하는 사람들 사이에서도 작가로서의 신경질을 좀처럼 숨기지 못했다. 만약 누군가 우연히 무관심한 태도로 그를 당혹하게 하면, 그는 병적으로 모욕감을 느끼며 복수하려고 했다.

1년 전 나는 한 잡지에서 아주 유치한 시정(詩情)과, 거기다 어떤 심리 분석을 노리고 쓴 듯한 그의 글을 읽은 적이 있다. 그는 영국의 어느 해안에서 증기선이 침몰한 것을 묘사하고 있었는데, 마침 그때 목격자로서 물에 빠진 사람들을 구조하고 익사자들을 인양하는 광경을 직접 보았던 것이다. 상당히 길고 장황한 이 글은 온전히 자기 자신을 드러내기 위한 목적으로 쓴 것이었다. 그래서 행간에서는 〈나에게 관심을 가지고, 내가 이 순간 어떠했는지 보시오. 바다, 폭풍, 절벽, 깨진 배의 나뭇조각들이 당신들에게 무슨 상관이오? 나의 강력한 펜으로 당신들에게 충분히 써주고 있지 않소. 당신들은 왜 죽은 팔로 죽은 아이를 안고 있는 익사한 여자를 보고 있는 것이오? 차라리 이 광경을 견디지 못해 얼굴을 돌리고 있는 나를 보시오. 나는 여기 등을 돌리고 서 있소만, 무서워서 뒤를 돌아볼 힘도 없고, 눈도 반쯤 감고 있소. 이건 정말 재미있다고 생각하지 않소?〉라는 내용이 읽혔다. 내가 까르마지노프의 글에 대한 의견을 스쩨빤 뜨로피모비치에게 전했더니 그도 내 말에 동의했다.

최근 까르마지노프가 우리 도시에 온다는 소문이 돌았을 때, 나는 물론 그를 절실히 만나 보고 싶었으며 가능하다면 그와 인사도 나누고 싶었다. 이것은 스쩨빤 뜨로피모비치를 통해서나 가능한 일이라는 것을 알고 있었다. 그들은 한때 친구였기 때문이다. 그런데 지금 갑자기 사거리에서 그와 마주쳤다. 나는 금방 그를 알아보았다. 이미 3일 전 그가 지사 부인과 유개마차를 타고 가는 것을 보고 누가 내게 알려 주었기 때문이다.

그는 키가 아주 작고 점잔 빼는 노인이었지만, 나이는 쉰다섯을 넘지 않아 보였다. 얼굴은 제법 불그스름하고 숱이 많은 잿빛 고수머리는 둥근 실크 해트 밑으로 빠져나와 깨끗하고 작은 장밋빛 귀 주변에서 곱슬거렸다. 깨끗한 얼굴이긴 하나 그다지 잘생기진 않았으며, 가늘고 길며 교활하게 꽉 다문 입술과 약간 살이 찐 코, 날카롭고 영리해 보이는 눈을 가지고 있었다. 옷차림은 이 계절에 스위스나 북이탈리아 같은 곳에서나 입고 다닐 만한 망토를 어깨에 걸치고 있어 좀 구질구질해 보였다. 그러나 적어도 옷에 딸린 자질구레한 부속품들, 즉 커프스단추, 칼라, 단추, 검은색 가는 끈에 매달린 거북 테 안경, 보석 반지 등은 확실히 나무랄 데 없이 훌륭한 품격을 가진 사람들에게서 볼 수 있는 것들이었다. 여름이면 그는 옆에 자개 단추가 달린 색이 고운 플란넬 구두를 신고 다닐 것이 분명했다. 우리가 마주쳤을 때 그는 길모퉁이에 멈춰 서서 나를 유심히 쳐다보았다. 내가 호기심을 가지고 바라보고 있다는 것을 알아채자 그는 약간 날카롭긴 하지만 달콤한 목소리로 물었다.

「비꼬바 거리 쪽으로 가려면 어디로 가야 하는지 알려 주시겠습니까?」

「비꼬바 거리요? 그곳이라면 지금 이곳에서,」 나는 갑자기 흥분해서 소리쳤다. 「이 거리를 따라 쭉 가시다가 두 번째 모퉁이에서 왼쪽으로 가시면 됩니다.」

「대단히 감사합니다.」

이 얼마나 저주스러운 순간인가. 나는 겁을 내며 아부하는 시선으로 쳐다보고 있었던 것 같다. 그는 순간적으로 이것을 눈치챘고, 물론 곧바로 모든 것을 알아차렸다. 즉, 내가 그의 정체를 이미 알고 있으며, 어려서부터 그의 작품을 읽고 경건한 마음을 품고 있다는 것, 지금은 겁을 내며 그를 아부하는 시선으로 쳐다보고 있다는 것을 말이다. 그는 미소를 지으며 다시 한번 고개를 숙이고는 내가 가르쳐 준 방향으로 곧장 걸어갔다. 나는 왜 방향을 돌려 그를 따라갔는지 모르겠다. 왜 그에게로 열 걸음 정도 뛰어갔는지도 모르겠다. 그는 갑자기 다시 걸음을 멈추었다.

「여기서 가장 가까운 마차 탑승소가 어디 있는지 알려 주시지 않겠습니까?」 그는 내게 다시 큰 소리로 물었다.

불쾌한 외침, 불쾌한 목소리였다!

「마차 말씀입니까? 여기서 가장 가까운 마차는…… 성당 옆에 있습니다. 항상 거기에 서 있지요.」 그러면서 나는 방향을 돌려 거의 마차를 부르러 달려갈 뻔했다. 그가 내게서 바로 이런 것을 기대하지 않았나 하는 의심이 든다. 물론 나는 바로 정신을 차리고 멈춰 섰지만 그는 나의 움직임을 아주 쉽게 눈치챘고, 여전히 불쾌한 미소를 지으며 내 모습을 지켜보고 있었다. 바로 이때 내가 결코 잊지 못할 사건이 일어났다.

그는 갑자기 왼손에 들고 있던 아주 작은 주머니를 떨어뜨렸다. 아니, 그것은 주머니라기보다는 무슨 작은 상자, 정확히는 서류 가방, 좀 더 적절하게 말하자면 손가방, 구식의 여성 손가방이었다. 그것이 정확히 무엇이었는지는 잘 모르겠지만, 내가 그것을 주우려고 달려들었다는 것만은 확실하다.

내가 그것을 들어 올리지 않았다는 것은 절대적으로 확실하다. 그러나 나의 첫 번째 동작은 논쟁할 여지가 없다. 나는 이미 그 동작을 숨길 수 없었으며, 바보처럼 얼굴이 빨개지고 말았다. 이 교활한 인간은 그 즉시 이 상황에서 유추해 낼 수 있는 모든 것을 끄집어냈다.

「괜찮습니다, 제가 하지요.」 그는 매혹적인 목소리로 말했다. 그는 내가 손가방을 주워 주지 않으리라는 것을 충분히 눈치채자, 스스로 그것을 주워 들고 마치 자기가 나를 만류했다는 듯이 다시 한번 고개를 끄덕이고는 나를 바보 같은 상태로 남겨 둔 채 가던 길을 갔다. 결국 내가 주워 준 것이나 다름없게 되어 버렸다. 한 5분 동안 나는 영원히 잊지 못할 수치를 당한 것 같다는 생각이 들었다. 그러나 스쩨빤 뜨로피모비치의 집 근처에 다다르자 갑자기 크게 웃음이 터져 나왔다. 나는 이 만남이 너무 웃겨서 곧장 이 이야기로 스쩨빤 뜨로피모비치를 위로해 주고 그의 앞에서 모든 장면을 묘사해 주어야겠다고 생각했다.

3

그러나 이번에는 놀랍게도 완전히 달라진 모습의 그를 보게 되었다. 사실 그는 내가 들어서자마자 뭔가 굶주린 사람처럼 달려들어 내 이야기를 듣긴 했지만, 넋이 나간 표정으로 처음에는 내 말을 이해하지 못하는 것 같았다. 그러나 내가 까르마지노프라는 이름을 말하는 순간 갑자기 정신을 차렸다.

「말하지 말게, 그 이름을 언급하지 말게!」 그는 거의 미친 사람처럼 소리쳤다. 「자, 자, 여기 보게, 읽어 보게나! 한번 읽어 보게나!」 그는 서랍을 열고 세 장의 크지 않은 종잇조각을 꺼내 책상 위에 내던졌다. 그것은 연필로 서둘러 쓴 쪽지로, 모두 바르바라 뻬뜨로브나에게서 온 것이었다. 첫 번째는 이틀 전에, 두 번째는 어제, 마지막은 오늘, 바로 한 시간 전에 온 것이었다. 내용은 별것 없었으며 전부 까르마지노프에 관한 것으로, 그가 자기를 방문하는 것을 잊지 않았나 하는 두려움에 그녀가 얼마나 안달 나 있고 흥분해 있는지를 보여 주었다. 이틀 전에 온 첫 번째 쪽지는(어쩌면 3일 전이거나 4일 전에 온 것일지도 모른다) 다음과 같았다.

만약 그가 오늘 당신을 찾아온다고 하더라도 나에 대해서는 아무 말 말아 주세요. 조금의 암시도 안 돼요. 말도 꺼내지 말고 상기시키지도 마세요.

V. S.

다음은 어제 온 쪽지였다.

만약 그가 오늘 아침 드디어 당신을 방문한다고 하더라도, 내 생각에는 그를 아예 받아들이지 않는 것이 훨씬 더 품위 있을 것 같아요. 내 생각은 이런데, 당신 생각은 어떨지 모르겠군요.

V. S.

이것은 오늘 온 마지막 쪽지였다.

당신 집은 온통 쓰레기로 가득하고 담배 연기로 자욱하

겠지요. 마리야와 포무시까를 보내 드릴게요. 두 사람은 30분이면 깨끗이 정리할 거예요. 청소하는 동안 방해되지 않게 당신은 부엌에 앉아 계세요. 부하라 양탄자와 중국 꽃병 두 개도 보내 드릴게요. 전부터 당신께 선물하려고 마음먹고 있었어요. 하지만 무엇보다 나의 테니르스[45] 그림을(임시로) 보내 드리지요. 꽃병은 창턱에 올려놓고, 테니르스 그림은 괴테 초상화 위 오른쪽에 걸어 두세요. 그곳에 걸면 잘 보이고 아침이면 항상 빛이 들어오니까요. 만약 그가 마침내 찾아온다면 세련되고 정중하게 맞아들이되, 되도록 사소한 이야기나 학문적인 이야기를 나누고, 마치 어제 헤어진 사이 같은 태도를 취하세요. 나에 대해서는 한마디도 하지 마시고요. 저녁때 당신을 보러 잠깐 들를지도 모르겠어요.

V. S.

추신: 오늘도 그 사람이 오지 않는다면 이제 절대 오지 않을 거예요.

나는 편지를 다 읽고 나서 스쩨빤 선생이 이런 사소한 일에 그토록 흥분했다는 사실에 놀랐다. 나는 의아한 표정으로 그를 쳐다보다가, 내가 편지를 읽고 있는 사이 선생이 평소 매는 흰색 넥타이 대신 붉은색 넥타이로 바꾸어 맸다는 것을 문득 알아차렸다. 모자와 지팡이는 탁자 위에 놓여 있었다. 선생은 얼굴이 새파랗게 질려 손까지 부들부들 떨고 있었다.

45 David Teniers(1610~1670). 플랑드르 출신으로 벨기에 궁정에서 활동했던 풍속화가.

「나는 그녀의 불안 같은 건 알고 싶지도 않네!」 나의 궁금해하는 시선에 대한 답으로 선생이 극도로 흥분하며 소리쳤다. 「*Je m'en fiche*(내가 알 게 뭐야)! 까르마지노프에 대해서는 걱정할 정신이 있으면서 내 편지에는 답장도 없다니! 자, 자, 여기 그녀가 뜯지도 않고 돌려보낸 편지가 있다네, 여기 탁자 위, 『*L'homme qui rit*(웃는 남자)』[46] 밑에 말일세. 그녀가 아들 니-꼴-렌까[47] 때문에 비탄에 잠겨 있다 한들 내게 무슨 상관이야! *Je m'en fiche et je proclame ma liberté. Au diable le Karmazinoff! Au diable la Lembke*(내가 알 게 뭐야. 나는 자유를 선언한다. 까르마지노프 같은 건 꺼져 버려! 렘쁘께 부인도 꺼져 버리라지)! 꽃병은 현관에 숨겨 두고, 테니르스 그림은 장롱 속에 감춰 두었네. 그리고 지금 당장 나를 만나 달라고 요구했지. 듣고 있나? 내가 요구했단 말일세! 나 역시 종이쪽지에 연필로 써서 봉하지도 않고 나스따시야를 통해 그녀에게 보내 놓고 답을 기다리는 중이네. 나는 다리야 빠블로브나가 스스로 하늘을 우러러, 아니면 자네 앞에서라도 직접 분명히 밝혀 주기를 바라네. *Vous me seconderez, n'est-ce pas, comme ami et témoin*(자네는 친구이자 증인으로서 협력을 거절하지 않겠지). 나는 얼굴을 붉히고 싶지도 않고, 거짓말하고 싶지도 않네. 나는 비밀도 원치 않아. 이런 일에서 비밀은 용납할 수 없어! 내가 모든 일을 솔직하고 정직하고 고결하게 고백하도록 해주게. 그렇게 되면…… 그렇게 되면 나의 관대함으로 모든 세대를 놀라게 할 수 있겠지……! 나는 비열한 놈일까 아닐까, 자네 생각은 어떤가?」 그는 갑자기 말

46 빅토르 위고의 소설.
47 니꼴라이의 애칭.

을 끝내며 내가 자기를 비열한 놈으로 생각하기라도 한다는 듯 무섭게 노려보았다.

나는 그에게 물을 한 잔 마시라고 권했다. 그가 이런 모습을 보이는 것을 나는 아직 한 번도 본 적이 없었다. 그는 이야기하는 내내 방 안 이 구석 저 구석으로 뛰어다니다가 갑자기 이상한 자세로 내 앞에 멈춰 섰다.

「자네는 정말로,」 그는 다시 병적으로 오만한 태도로 나를 머리끝부터 발끝까지 훑어보며 말하기 시작했다. 「자네는 정말로, 이 스쩨빤 베르호벤스끼가 명예와 위대한 독립심을 요구받을 때, 내 짐 상자 — 나의 보잘것없는 짐 상자 말일세! — 를 들어 올려 힘없는 어깨에 둘러메고 문을 나가 이곳에서 영원히 사라질 정도의 도덕적인 힘도 없다고 생각하나? 스쩨빤 베르호벤스끼가 전제주의를 용기 있게 격퇴한 것이 처음은 아니라네. 비록 정신 나간 여자의 전제주의이긴 하지만 말일세. 이 세상에서 일어날 수 있는 가장 모욕적이고 잔인한 전제주의지. 자네는 지금 내 말을 듣고 비웃는 것 같은데, 그래도 어쩔 수 없네, 친구! 아, 내가 상인의 집에서 가정교사로 생을 마치거나 어느 울타리 밑에서 굶어 죽을 만큼 용기가 있으리라고는 믿지 않는군! 대답해 보게, 지금 당장 대답해 보란 말일세. 자네는 내 말을 믿나, 안 믿나?」

나는 일부러 아무 말 하지 않았다. 나는 부정적인 대답으로 그를 모욕할 마음도 없지만, 그렇다고 긍정의 대답을 할 수도 없다는 표정을 지어 보였다. 그의 초조함 속에는 결정적으로 나를 화나게 하는 무언가가 있었으나, 내 개인에 관한 것은 아니었다. 오, 그건 아니었다! 그러나…… 그것은 다음에 설명하기로 하겠다.

그는 얼굴이 창백해지기까지 했다.

「아마 자네는 나하고 있는 게 지루할 걸세, G 군(이것은 나의 성이다). 이제는 절대로 여기 오지 말아야지…… 생각하고 있나?」 그는 보통 무서운 감정 폭발의 전조가 되는 생기 없고 차분한 어조로 이렇게 말했다. 나는 깜짝 놀라 벌떡 일어섰다. 그 순간 나스따시야가 들어와서 조용히 스쩨빤 뜨로피모비치에게 연필로 뭐라고 쓴 종이쪽지를 내밀었다. 그는 힐끗 보더니 내게 던져 주었다. 쪽지에는 바르바라 뻬뜨로브나가 손으로 쓴 단 두 마디가 적혀 있었다. 〈집에 계세요.〉

스쩨빤 뜨로피모비치는 조용히 모자와 지팡이를 집어 들고 서둘러 방에서 나갔다. 나는 기계적으로 그를 뒤따랐다. 그때 갑자기 복도에서 사람들의 목소리와 빠른 걸음 소리가 들려왔다. 그는 벼락 맞은 것처럼 멈춰 섰다.

「리뿌찐이군, 나는 이제 끝이야!」 그는 내 손을 잡고서 이렇게 중얼거렸다.

그 순간 리뿌찐이 방 안으로 들어왔다.

4

나는 그가 왜 리뿌찐 때문에 끝장났는지 알 수 없었으며, 그 말에 별다른 의미도 두지 않았다. 모든 것을 그의 신경 탓으로 돌렸다. 하지만 어쨌든 그가 경악하는 모습이 심상치 않기에 주의를 집중해서 지켜보기로 마음먹었다.

리뿌찐의 모습만 봐도 이번에는 그가 모든 출입 금지에도 불구하고 이곳에 들어올 수 있는 특별한 권리를 가지고 있음을 보여 주려는 것 같았다. 그는 타지인인 듯한 낯선 사람을 한 명 데리고 왔다. 그는 제자리에 꼼짝 못하고 서 있는 스쩨빤 뜨로피모비치의 얼빠진 시선에 대답하듯 곧 큰 소리로 외쳤다.

「손님을 모셔 왔습니다. 아주 특별한 손님이지요! 감히 선생님의 은둔 생활을 방해하게 되었네요. 이분은 끼릴로프 씨라고, 뛰어난 건축 기사입니다. 중요한 점은 이분이 선생님의 아드님인 존경하는 뾰뜨르 스쩨빠노비치를 알고 계시다는 겁니다. 아주 가까운 사이로, 그의 위임을 받고 오셨답니다. 방금 도착하셨지요.」

「위임이라니 과장입니다.」 손님은 날카롭게 주의를 주었다.「위임 같은 건 전혀 없습니다만, 베르호벤스끼는 실제로 알고 있습니다. H현에서 열흘 전쯤 헤어졌습니다.」

스쩨빤 뜨로피모비치는 기계적으로 손을 내밀어 악수한 뒤 앉으라고 권했다. 그는 나를 쳐다보고 리뿌찐을 쳐다보더니 갑자기 정신을 차린 듯 서둘러 앉았다. 손에는 여전히 모자와 지팡이를 들고 있었으나 그것을 알아차리지 못했다.

「이런, 외출하려던 중이셨군요! 일을 너무 많이 해서 병이 나셨다는 말씀을 들었습니다만.」

「좀 아파서 산책이라도 할까 하고…….」 스쩨빤 뜨로피모비치는 말을 멈추고 재빨리 모자와 지팡이를 소파 위로 던졌다. 그러고는 얼굴을 붉혔다.

나는 그사이 서둘러 손님을 살펴보았다. 그는 단정한 옷차림에 균형 잡힌 마른 몸매와 짙은 색 머리카락을 가진 스물일곱 살 정도의 젊은이로, 얼굴은 창백하면서 약간 얼룩덜룩했고 검은색 눈에는 광채가 없었다. 그는 약간 명상적이고 산만해 보였으며, 띄엄띄엄 문법에 맞지 않게 말하고 단어들을 이상하게 배열하여, 문장을 좀 더 길게 말해야 할 경우에는 뒤죽박죽되곤 했다. 리뿌찐은 스쩨빤 뜨로피모비치가 굉장히 놀랐음을 눈치채고 만족해하는 것 같았다. 그는 서로 반대편 소파에 각자 자리를 잡고 앉아 있는 주인과 손님 사이에서 똑같은 거리를 두기 위해 방 한가운데 등나무 의자를 끌어다 놓고 그 위에 앉았다. 그의 호기심 어린 날카로운 시선이 사방으로 빠르게 옮겨 다녔다.

「나는…… 이미 오랫동안 뻬뜨루샤를 만나지 못했는데…… 당신은 외국에서 그를 만났다고요?」 스쩨빤 뜨로피모비치가 손님에게 중얼거렸다.

「여기서도 만나고 외국에서도 만났습니다.」

「알렉세이 닐리치는 4년 동안 외국에 있다가 최근 귀국했습니다.」 리뿌찐이 받아서 말했다. 「자기 전문 분야를 완성하기 위해 외국에 나갔다가 이곳 철교 건설 공사에 일자리를 얻으려고 돌아와서 답을 기다리는 중입니다. 드로즈도프 댁 분들이나 리자베따 니꼴라에브나와는 뾰뜨르 스쩨빠노비치를 통해 알고 있는 사이고요.」

기사는 깃털을 곤두세운 것 같은 모습으로 앉아서 거북하고 초조하게 귀를 기울이고 있었다. 그는 뭔가에 화가 나 있는 것 같았다.

「그는 니꼴라이 프세볼로도비치와도 아는 사이지요.」

「니꼴라이 프세볼로도비치도 안다고요?」 스쩨빤 뜨로피모비치가 물었다.

「그 사람도 알고 있습니다.」

「나는…… 나는 너무 오랫동안 뻬뜨루샤를 보지 못해서……

사실 아버지라고 불릴 자격도 별로 없지요……. *C'est le mot*(바로 그렇습니다), 나는……. 그런데 떠나올 당시 그 애는 어땠나요?」

「뭐, 별거 없었습니다……. 그도 여기로 올 겁니다.」 끼릴로프 씨는 또다시 서둘러 말을 끝냈다. 그는 화가 나 있음이 분명했다.

「그 아이가 온다니! 드디어 나는…… 그런데 아시겠습니까, 나는 너무도 오랫동안 뻬뜨루샤를 보지 못했습니다!」 스쩨빤 뜨로피모비치는 이 문구에서 헤어나지 못하고 있었다. 「지금 불쌍한 내 아이를 기다리고 있습니다. 그 아이에게, 오, 그 아이에게 나는 얼마나 죄를 지었는지! 그러니까 나는, 사실 내가 말하고 싶은 것은, 당시 그 아이를 뻬쩨르부르끄에 남겨 두면서…… 한마디로 나는 그 아이를 전혀 고려하지 않았다는 것입니다, *quelque chose dans ce genre*(아무튼 그런 식이었습니다). 아시다시피 그 애는 신경질적이고 매우 예민한 데다…… 소심한 아이였는데 말입니다. 잠자리에 들면서 밤에 죽지 않게 해달라고 땅에 머리가 닿도록 절하고 베개에 성호를 긋는 아이였습니다……. *Je m'en souviens*(나는 이것도 기억하고 있습니다). *Enfin*(요컨대) 미적 감각이라고는 전혀 없는, 즉 무언가 고결하고 근본적인 것, 미래 관념의 맹아라고는 전혀 없는…… *c'était comme un petit idiot*(백치 같은 아이였지요). 내가 좀 횡설수설한 것 같군요, 죄송합니다. 나는…… 이렇게 찾아 주셨는데…….」

「그가 베개에 성호를 그었다니 정말입니까?」 기사는 특별히 호기심을 보이며 이렇게 불쑥 물어보았다.

「네, 성호를 그었지요…….」

「아닙니다, 저는 그냥, 계속하시지요.」

스쩨빤 뜨로피모비치는 의아한 시선으로 리뿌찐을 잠깐 쳐다보았다.

「이렇게 찾아 주셔서 대단히 감사합니다만, 솔직히 나는 지금…… 경황이 없군요……. 집은 어디에 구하셨는지요?」

「보고야블렌스까야 거리의 필리뽀프 댁입니다.」

「아, 그럼 샤또프가 살고 있는 곳이군요.」 나도 모르게 말이 튀어나왔다.

「바로 그 집입니다.」 리뿌찐이 외쳤다. 「샤또프는 2층 다락방에 살고 있고, 이분은 레뱟낀 대위가 있는 아래층에 머물고 있지요. 이분은 샤또프도 알고 샤또프의 부인과도 아는 사이입니다. 부인과는 외국에 있을 때 아주 가까이 지냈답니다.」

「*Comment*(어떻게 그런 일이)! 당신은 정말 *de ce pauvre ami*(그 불쌍한 친구)와 그 여자 사이의 불행한 결혼 생활에 대해 뭔가 알고 계십니까?」 스쩨빤 뜨로피모비치는 갑자기 감정에 휩쓸려 소리쳤다. 「그 일을 개인적으로 알고 있는 분을 만나기는 당신이 처음입니다만, 만약에…….」

「무슨 그런 헛소리를!」 기사는 얼굴이 새빨개져서 말을 끊었다. 「리뿌찐, 자네 정말 과장이 심하군! 나는 샤또프의 아내를 만난 적이 없네. 한 번 멀리서 본 적은 있지만, 가까이에서는 한 번도……. 샤또프는 알고 있네만. 자네는 왜 그렇게 쓸데없는 말을 덧붙이나?」

그는 소파에서 몸을 홱 돌려 모자를 움켜쥐었다가 도로 내려놓고 자리에 다시 앉았다. 그러고는 이글거리는 검은 시선으로 스쩨빤 뜨로피모비치를 도전적으로 응시했다. 나는 그가 그렇게 이상하게 짜증이 난 이유를 좀처럼 이해할 수가 없었다.

「용서해 주십시오.」 스쩨빤 뜨로피모비치가 호소력 있는 목소리로 말했다. 「이 일은 아주 민감한 문제라는 걸 이해합니다…….」

「민감한 문제랄 것은 없고, 오히려 부끄럽습니다. 〈헛소리〉라고 외친 것은 선생님께 한 말이 아니라 리뿌찐이 쓸데없는 소리를 했기 때문입니다. 선생님께 한 말로 받아들이셨다면 죄송합니다. 저는 샤또프는 알지만, 그의 아내는 전혀 모릅니다……. 전혀요!」

「알겠습니다, 알겠어요. 내가 고집을 부렸다면 그것은 전부 우리의 불쌍한 친구, *notre irascible ami*(우리의 화를 잘 내는 친구)를 사랑하기 때문이지요. 나는 항상 그에게 관심을 가지고 있습니다……. 내가 보기에 이 친구는 이전에 가지고 있던, 미숙하지만 어쨌든 올바른 사상을 너무 급격하게 바꾸어 버린 것 같습니다. 지금은 *notre sainte Russie*(우리의 신성한 러시아)니 뭐니 하며 소리치고 있는데, 나는 이미 오래전부터 이러한 그의 유기체적 급변 — 달리 표현하고 싶지는 않군요 — 이 가정생활에서의 심각한 충격, 다름 아닌 불행한 결혼 탓이라고 여겨 왔습니다. 불쌍한 러시아를 내 손가락처럼 잘 연구해 왔고 전 생애를 러시아 민중에 바친 나는 당신에게 단언하건대, 그는 러시아 민중을 모릅니다. 게다가…….」

「저 역시 러시아 민중을 전혀 모릅니다……. 연구할 시간도 전혀 없었고요!」 기사는 다시 말을 자르고 소파에서 몸을 홱 돌렸다. 스쩨빤 뜨로피모비치는 이야기를 하다 말고 입을 다물었다.

「이분은 연구를 하고 있습니다, 연구를요.」 리뿌찐이 말을 가로챘다. 「이미 연구를 시작했는데, 러시아에서 자살이 늘어나는 원인과 일반적으로 사회에서 자살의 확산에 동참하거나 억제하는 이유에 관한 흥미로운 논문을 작성하고 있습니다. 그리고 놀라운 결론에 도달했지요.」

기사는 무섭게 흥분했다.

「자네는 그런 말을 할 권리가 전혀 없네.」 그는 화가 나서 중얼거렸다. 「나는 논문 같은 건 전혀 쓰지 않아. 그런 어리석은 사람이 되고 싶지는 않네. 비밀을 털어놓을 수 있는 친구라고 생각해서 무심코 부탁했던 건데, 논문 같은 건 전혀 없다고. 나는 출판하지 않을 거고, 자네한테는 그럴 권리가 없어…….」

리뿌찐은 이 상황을 즐기고 있는 것이 분명했다.

「미안하게 됐습니다, 당신의 문학적 역작을 논문이라 부르다니 저의 실수입니다. 이분은 관찰한 것들을 모으고만 있을 뿐, 문제의 본질이라든가, 그것의 도덕적 측면까지는 건드리지 않고 있습니다. 도덕성 그 자체도 완전히 부정하며 선의 궁극적 목적을 위한 총체적인 파괴라는 최신의 원칙을 고수하고 있지요. 이분은 유럽의 건전한 이성을 확립하기 위해 1억 명 이상의 머리를 요구하고 계신데, 최근의 평화회의에서 요구된 것보다 훨씬 많은 숫자입니다. 이런 의미에서 알렉세이 닐리치는 그 누구보다 앞서 나가신 것이지요.」

기사는 경멸하듯 창백한 미소를 띠며 듣고 있었다. 30초 정도 우리 모두 아무 말도 하지 않았다.

「그건 모두 어리석은 소리야, 리뿌찐.」 마침내 끼릴로프 씨가 어느 정도 위엄을 보이며 말했다. 「내가 무심코 몇 가지 이야기한 걸 가지고 물고 늘어지는데, 마음대로 하게. 하지만 자네는 그럴 권리가 없어. 왜냐하면 나는 결코 누구에게도 말한 적이 없기 때문이지. 나는 그런 말 하는 것을 경멸하거든……. 만약 확신이 있었다면 내게도 명백했겠지……. 자네는 어리석은 짓을 했어. 나는 완전히 끝난 버린 것들에 대해서는 논의하지 않네. 논의는 도저히 참을 수가 없거든. 결코 논의 같은 건 하고 싶지 않네…….」

「그것은 아주 잘하는 일 같군요.」 스쩨빤 뜨로피모비치가 참지 못하고 이렇게 말했다.

「죄송합니다, 하지만 여기 계신 어느 분께도 화를 내고 있는 건 아닙니다.」 손님은 열띠고 빠른 말투로 계속했다. 「나는 4년 동안 사람들을 거의 보지 않았습니다……. 4년 동안 거의 대화를 하지 않았고, 4년 동안 나의 목적을 위해 상관없는 사람들은 되도록 만나지 않으려 했습니다. 리뿌찐은 그걸 알고 비웃는 것입니다. 이해는 하지만 신경 쓰지 않습니다. 화가 났다기보다는 그가 제멋대로 굴어 짜증이 난 것뿐입니다. 만약 내가 당신들에게 나의 사상을 말하지 않는다면,」 그는 갑자기 말을 끊고 확고한 시선으로 우리 모두를 둘러보았다. 「당신들이 정부에 밀고할까 두려워서 그러는 것은 결코 아닙니다. 그건 아닙니다. 그런 식으로 이 문제를 생각하지는 말아 주십시오…….」

이 말에 아무도 대답하지 않고 서로 눈길만 주고받을 뿐이었다. 리뿌찐조차 키득거리는 것을 잊고 있었다.

「여러분, 대단히 유감스럽지만,」 스쩨빤 뜨로피모비치가 소파에서 단호한 태도로 일어섰다. 「오늘은 내가 몸이 좋지 않고 불편하군요. 실례하겠습니다.」

「아, 가라는 말씀이시군요.」 끼릴로프는 말뜻을 알아차리고 모자를 집어 들었다.「말씀해 주셔서 다행입니다. 그렇잖아도 잊고 있었는데.」

그는 일어서서 꾸밈없는 태도로 스쩨빤 뜨로피모비치에게 손을 내밀며 다가갔다.

「몸이 좋지 않으신데 찾아와서 죄송했습니다.」

「이곳에서 부디 성공하기를 바랍니다.」 스쩨빤 뜨로피모비치는 친절하게 그의 손을 천천히 잡으며 대답했다.「당신 말대로 그렇게 오랫동안 외국에 머물면서 자신의 목적을 위해 사람들을 멀리하고 러시아를 잊고 있었다면, 우리 같은 토박이 러시아인들을 어쩔 수 없이 놀라서 바라보게 될 것입니다. 우리도 똑같이 당신을 그렇게 보겠지요. *Mais cela passera*(하지만 그것도 잠깐입니다). 단 하나 당혹스러운 것은 당신이 여기서 철교를 건설하려 한다면서 총체적인 파괴라는 원칙을 지지한다고 선언하고 있다는 것입니다. 당신에게 철교를 건설해 달라고 맡길 사람이 없겠는데요!」

「네? 뭐라고 하셨어요? 이런, 젠장!」 끼릴로프는 깜짝 놀라서 이렇게 소리치더니 갑자기 아주 행복하고 밝은 소리로 웃기 시작했다. 순간 그의 얼굴에는 어린아이 같은 표정이 나타났다. 그에게 아주 잘 어울리는 표정 같았다. 리뿌찐은 스쩨빤 뜨로피모비치의 멋진 말에 손바닥을 비비며 감탄했다. 하지만 나는 여전히 이상한 생각이 들었던 것이, 스쩨빤 뜨로피모비치가 리뿌찐의 목소리를 듣자 왜 그렇게 두려워했으며, 왜 〈나는 끝이야〉라고 소리쳤는가 하는 것이었다.

5

우리는 모두 문 앞에 서 있었다. 주인과 손님들이 마지막으로 가장 다정한 말을 주고받으며 순조롭게 헤어지려는 순간이었다.

「이분이 오늘 이렇게 우울한 것은,」 리뿌찐이 방을 거의 나서다가 갑자기 돌아서서 불쑥 이렇게 말했다. 「아까 레뱌낀 대위와 그 여동생의 일로 말다툼을 했기 때문입니다. 레뱌낀 대위는 정신 이상이 된 아름다운 여동생을 매일 채찍으로, 진짜 까자끄 채찍으로 아침이고 저녁이고 매질하고 있거든요. 알렉세이 닐리치는 이 일에 참견하기 싫어서 같은 집의 곁채로 옮겨 버리고 말았습니다. 자, 그럼 안녕히 계십시오.」

「여동생을? 그것도 아픈 사람을? 채찍으로?」 스쩨빤 뜨로피모비치는 자기가 채찍으로 맞기라도 한 것처럼 소리를 질렀다. 「여동생이라니, 누구지? 레뱌낀은 또 누군가?」

조금 전의 경악이 순식간에 되살아났다.

「레뱌낀 말씀입니까? 그는 퇴역 대위로, 전에는 이등 대위라 자칭하고 다녔던 자입니다…….」

「허, 관등 같은 건 상관없네! 그런데 여동생이라니, 누굴 말하는 건가? 맙소사…… 자네 레뱌낀이라고 했나? 하지만 이곳에도 레뱌낀이 있지 않나?」

「바로 그 사람입니다, **우리의** 레뱌낀요, 비르긴스끼 집에 살던. 기억나십니까?」

「하지만 그자는 위조지폐 사건으로 잡혀가지 않았나?」

「3주 전쯤 무슨 특별한 사정이 있는지 이곳으로 돌아왔습니다.」

「그런데 그자는 불한당 아닌가!」

「꼭 우리 중엔 불한당이 있을 리 없다는 말씀 같군요.」 리뿌찐은 교활한 시선으로 스쩨빤 뜨로피모비치를 훑어보면서 갑자기 히죽 웃었다.

「아, 맙소사, 전혀 그런 뜻이 아니네……. 비록 불한당에 관해서는 자네와 전적으로 동의하지만 말일세. 그런데 그다음은? 그다음은 뭔가? 자네 무슨 말을 하려고 했지? 자네 틀림없이 뭔가 말하려고 했던 것 같은데?」

「뭐, 별 내용은 아닙니다만…… 대위는 그때 분명 위조지폐 때문이 아니라 자기 여동생을 찾겠다는 일념으로 우리를 떠났던 것입니다. 당시 여동생은 그가 모르는 장소에 숨어 있었던 모양입니다. 그런데 지금 데려온 거죠. 이 이야기가 다입니다. 왜 그렇게 놀라십니까, 스쩨빤 뜨로피모비치? 하지만 저는 그가 술에 취해 떠벌린 이야기를 말씀드린 것뿐입니다. 그는 제정신일 땐 이런 이야기를 하지 않거든요. 화를 잘 내는 인간으로, 말하자면 군인다운 미적 감각을 가지고 있지만, 그저 추악한 취향일 뿐이지요. 여동생은 정신 이상일 뿐만 아니라 절름발이입니다. 누군가의 유혹에 넘어가 정조를 잃은 모양인데, 레뱌뜨낀 씨는 이걸 빌미로 이미 여러 해 동안 유혹자인 듯한 남자에게서 매년 고결한 분노에 대한 보상으로 돈을 받고 있답니다. 적어도 그가 떠벌린 말을 통해 보면 그렇습니다만, 제가 보기에는 술 취한 사람의 주정 같습니다. 그냥 큰소리 한번 친 것이겠지요. 게다가 그런 일은 훨씬 싸게 해결될 문제입니다. 어쨌든 그에게 돈이 있다는 것은 확실합니다. 한 주 반 전만 해도 맨발로 걸어다니더니 지금은 손에 수백 루블을 들고 다니는 것을 보았거든요. 여동생은 매일같이 무슨 발작을 일으키는지 비명을 질러 대는데, 그러면 그는 채찍으로 〈질서를 잡는다〉고 하더군요. 그 여자에게 존경심을 불어넣어 줘야 한다면서요. 그런데 샤또프는 어떻게 그들 집 위층에서 지낼 수 있는지 여전히 이해가 되지 않습니다. 알렉세이 닐리치는 뻬쩨르부르끄에서부터 그들과 알고 지낸 사이였지만, 겨우 3일 함께 지내고는 시끄러움을 피해 곁채로 옮겼는데 말이죠.」

「이것이 전부 사실입니까?」 스쩨빤 뜨로피모비치가 기사에게 물었다.

「리뿌찐, 자네는 말이 너무 많군.」 기사는 화가 나서 중얼거렸다.

「신비한 일에 비밀투성이군! 갑자기 어디에서 이런 신비하고 비밀스러운 일들이 나타난 것인지!」 스쩨빤 뜨로피모비치가 참지 못하고 소리쳤다.

기사는 인상을 쓰며 얼굴을 붉히더니 어깨를 으쓱하고는 방에서 나가려 했다.

「알렉세이 닐리치가 채찍을 빼앗아 부러뜨린 뒤 창밖으로 던져 버리고 그와 심하게 싸운 적도 있습니다.」 리뿌찐이 덧붙였다.

「리뿌찐, 왜 그렇게 쓸데없는 소리를 하나? 그런 어리석은 소리를 왜?」 알렉세이 닐리치는 순식간에 다시 돌아섰다.

「당신 영혼의 고결한 움직임을 겸손함 때문에 숨기다니요, 그럴 필요가 뭐 있습니까? 당신의 영혼이지 나에 관해 말하고 있는 게 아닙니다.」

「정말 어리석군……. 전혀 그럴 필요 없네. 레뱟낀은 어리석은 데다 완전히 속이 텅텅 빈 인간일세. 일에도 무능하고,

또…… 진짜 해로운 인간이지. 자네는 왜 자꾸 이것저것 떠벌리나? 나는 가겠네.」

「아, 유감입니다!」 리뿌찐이 밝게 웃음 지으며 소리쳤다. 「실은, 스쩨빤 뜨로피모비치, 한 가지 일화를 더 말씀드려서 선생님을 재미있게 해드리려고 했습니다. 이미 들으셨는지 모르겠지만, 그 얘길 들려 드리려고 일부러 온 것이거든요. 그건 다음에 하지요, 알렉세이 닐리치가 저렇게 서두르시니…… 안녕히 계십시오. 바르바라 뻬뜨로브나와 관련해 일화가 하나 있습니다만, 웃기게도 부인께서 이틀 전에 저를 부르러 일부러 사람을 보냈지 뭡니까. 정말 우습기 짝이 없지요. 그럼 안녕히 계십시오.」

그러자 이번에는 스쩨빤 뜨로피모비치가 그에게 매달렸다. 그는 리뿌찐의 어깨를 잡고 다시 방으로 끌고 들어와서 의자에 앉혔다. 리뿌찐은 겁에 질렸다.

「어떻게 된 일인고 하니,」 그는 의자에 앉아 조심스럽게 스쩨빤 뜨로피모비치를 쳐다보며 말하기 시작했다. 「부인이 갑자기 저를 부르시더니, 제가 개인적으로 어떻게 생각하는지 〈은밀하게〉 물으셨습니다. 니꼴라이 프세볼로도비치가 과연 미쳤는지, 제정신인지에 대해서요. 정말 놀랍지 않습니까?」

「자네 미쳤군!」 스쩨빤 뜨로피모비치는 이렇게 중얼거리며 갑자기 자제력을 잃었다. 「리뿌찐, 자네 자신도 너무나 잘 알겠지만, 고작 이런 역겨운 이야기…… 아니, 그것보다 더 지저분한 이야기를 해주려고 여기 온 것이었군!」

이 순간 내게는 스쩨빤 선생이 리뿌찐은 우리의 일에 관해 우리보다 더 많이 알고 있을 뿐만 아니라, 우리는 결코 알 길이 없는 것까지 알고 있을지도 모른다고 추측했던 것이 떠올랐다.
「천만에요, 스쩨빤 뜨로피모비치!」 리뿌찐은 굉장히 겁먹은 것 같은 모습으로 중얼거렸다.「그럴 리가요…….」
「그만하고 이야기나 시작해 보게! 제발 부탁입니다만, 끼릴로프 씨, 당신도 돌아와서 함께해 주십시오. 제발 부탁합니다! 앉으시지요. 자, 리뿌찐, 바로 시작하게. 솔직하게…… 쓸데없는 변명은 하지 말고.」
「이 일이 선생님을 이렇게 놀라게 할 줄 알았다면, 말도 꺼내지 않았을 겁니다. 저는 바르바라 뻬뜨로브나에게서 이미 모든 이야기를 들으셨을 거라고 생각했습니다!」
「자넨 전혀 그렇게 생각하지 않았어! 시작해 보게, 얼른 시작해 봐!」
「그럼 제발 부탁드리는데, 선생님도 앉아 주십시오. 저는 앉아 있는데, 선생님이 흥분해서…… 제 앞을 왔다 갔다 하시니 갈피를 잡을 수가 없습니다.」
스쩨빤 뜨로피모비치는 자신을 억누르며 위압적인 자세로 안락의자에 앉았다. 기사는 침울하게 바닥을 내려다보고 있었다. 리뿌찐은 재미있어 죽겠다는 듯 그들을 쳐다보았다.
「어떻게 시작해야 할지…… 절 너무 당황스럽게 하시니…….」

6

「그저께 갑자기 부인께서 제게 사람을 보내 다음 날 12시에 댁으로 방문해 달라고 하시더군요. 이런 일을 상상이나 할 수 있겠습니까? 저는 일을 제쳐 두고 어제 정각 12시에 벨을 눌렀지요. 곧장 응접실로 안내되었는데, 1분쯤 기다리니 부인께서 나오셨습니다. 제게 앉으라고 권하신 뒤 부인은 맞은편에 앉으셨습니다. 앉으면서도 믿기지가 않았습니다. 부인이 항상 저를 얼마나 냉대하셨는지 다들 아실 겁니다! 평소 하시던 대로 말을 돌리지 않고 바로 시작하시더군요. 〈자네도 기억하겠지만, 4년 전에 니꼴라이 프세볼로도비치가 병이 나서 이상한 행동을 좀 했는데, 사정이 밝혀질 때까지 온 도시가 이상하게 생각했지. 그중 한 가지 행동은 자네하고도 직접 관련되었고. 그때 니꼴라이 프세볼로도비치는 완쾌된 후에 내 청을 받아들여 자네를 방문했었네. 그 아이가 그 전에도 몇 번 자네와 이야기를 나누었다는 걸 알고 있네. 솔직하고 숨김없이 말해 주게, 자네는 어떻게……. (여기서 부인은 약간 머뭇거렸습니다.) 당시 니꼴라이 프세볼로도비치를 어떻게 생각했나……. 그 아이가 어때 보였나……. 그 아이에 대해 어떤 견해를 가지고 있었나……. 지금은 또 어떻게 생각하나?〉 그러고 나서 굉장히 머뭇거리며 꼬박 1분 동안 가만히 계시다가 갑자기 얼굴을 붉히시더군요. 저는 당황했습니다. 다시 말씀을 시작하셨는데, 감동적이라기보다는 — 이런 건 부인께 어울리지는 않지요 — 어쨌든 매우 위엄 있는 어조였습니다. 〈자네가 내 말을 정확하게 잘 이해해 주기를 바라네. 내가 지금 자네를 부른 것은 자네가 통찰력 있고 날카로운 기지를 가진 사람이며 믿을 만한 관찰력을 가진 사람이라고 생각해서네. (얼마나 대단한 칭찬입니까!) 내가 물론 어미로서 이런 말을 한다는 걸 이해해 주게……. 니꼴라이 프세볼로도비치는 인생에서 몇 가지 불행과 수많은 격변을 겪었네. 이것이 그 애의 정신 상태에 영향을 주었다고 할 수 있지. 물론 그 애가 정신 이상이라는 건 아니고, 절대 그런 일은 없네! (단호하고 당당하게 말씀하셨지요.) 하지만 뭔가 이상하고 독특한 사상의 변화나 특별한 견해에 대한 지향 같은 게 있을 수는 있지. (이것은 모두 그분의 말씀 그대로입니다만, 스쩨빤 뜨로피모비치, 저는 바르바라 뻬뜨로브나가 사태를 정확히 설명하시는 데 놀라고 말았습니다. 아주 똑똑한 분이시더군요!) 적어도 나는 니꼴라이에게서 무언가 끊임없는 불안과 특별한 경향에 치우쳐 있음을 알아차렸네. 하지만 나는 어미인지라, 자네는 제삼자로서 자네 머리로 더 독립적인 견해를 세울 수 있을 것이네. 자, 제발 부탁하네. (정말 부탁한다고 말씀하셨습니다.) 하나도 왜곡하지 말고 모든 진실을 말해 주게. 그리고 내가 자네와 이야기한 것이 비밀이라는 것을 절대 잊지 않겠다고 약속해 준다면, 앞으로 기회가 되는 대로 항상 자네에게 만족할 만한 사의를 표할 준비가 되어 있다는 것을 기대해도 좋네.〉 자, 어떻습니까!」

「자네…… 자네 정말 나를 놀라게 하는군…….」 스쩨빤 뜨로피모비치는 이렇게 중얼거렸다. 「믿을 수가 없군…….」

「아니, 한번 생각해 보십시오.」 리뿌찐은 못 들은 것처럼 스쩨빤 뜨로피모비치의 말을 가로챘다. 「부인처럼 높으신 분이 저 같은 인간에게 그런 문제를 상의하고 더욱이 비밀을 지켜 달라고 사정하셨으니 얼마나 초조하고 불안하셨을까요? 이것을 뭐라고 해야 할지. 혹시 니꼴라이 프세볼로도비치에 관한 뜻밖의 소식 같은 것은 아직 못 들으셨습니까?」

「나는…… 소식 같은 건 모르네……. 며칠 동안 부인을 만나지 못해서……. 하지만 자네에게 한 가지 주의를 주자면…….」

스쩨빤 뜨로피모비치는 간신히 자신의 생각을 가다듬은 듯 중얼거렸다.「리뿌찐, 자네에게 주의를 주겠는데, 자네한테 비밀스럽게 털어놓은 이야기를 지금 모든 사람 앞에서…….」

「진짜 비밀스럽게 털어놓으셨지요! 만약 제가 그런 짓을 한다면 천벌을 받아도 좋습니다……. 하지만 여기서라면…… 무슨 일이 있겠습니까? 우리가 모르는 사람들입니까? 알렉세이 닐리치만 해도 그렇지요.」

「나는 그 의견에 동의하지 못하겠네. 여기 있는 우리 세 사람은 틀림없이 비밀을 지키겠지만, 네 번째인 자네는, 도저히 자네는 믿을 수가 없단 말이야!」

「아니, 무슨 말씀이십니까? 제가 가장 많이 관계되어 있고, 영원한 보답까지 약속받았는데요! 그리고 저는 이 일과 관련해서 정말 이상한 상황을 하나 지적하고 싶은데, 아니 그냥 이상하다기보다 심리적인 상황이라고 말씀드릴 수 있겠네요. 어제저녁 바르바라 뻬뜨로브나와의 대화에 감화를 받아(제가 얼마나 깊은 인상을 받았을지 상상하실 수 있을 겁니다) 알렉세이 닐리치를 찾아가서 에둘러 물어보았지요. 당신은 이미 전부터 외국에 있을 때나 뻬쩨르부르끄에서 니꼴라이 프세볼로도비치를 알고 있었는데, 그의 두뇌나 능력에 관해 어떻게 생각하느냐고요. 이분은 평소대로 아주 간결하게 그는 치밀한 두뇌와 건전한 판단력을 가진 사람이라고 대답했습니다. 그래서 저는 다시 그렇게 오랫동안 이념의 편향이나 특수한 사상의 전환, 혹은 어떤 정신 착란 같은 것을 눈치채지 못했느냐고 물어보았지요. 한마디로 바르바라 뻬뜨로브나의 질문을 되풀이해 본 겁니다. 그랬더니 어찌 되었는지 아십니까? 알렉세이 닐리치가 갑자기 생각에 잠기더니 바로 지금처럼 얼굴을 찌푸리며 〈그래, 가끔 뭔가 이상한 것 같긴 했어〉라고 하더군요. 만약 알렉세이 닐리치가 뭔가 이상한 점을 알아차렸다면 정말 그런 것 아니겠습니까?」

「이 말이 사실입니까?」 스쩨빤 뜨로피모비치는 알렉세이 닐리치를 돌아보았다.

「저는 그 이야기는 하지 않았으면 합니다.」 알렉세이 닐리치는 갑자기 고개를 들고 눈을 번뜩이면서 대답했다. 「리뿌찐, 나는 자네의 권리에 문제 제기를 하고 싶네. 자네는 이 문제에서 나에 대한 아무런 권리도 가지고 있지 않아. 나는 결코 내 의견을 말한 적이 없네. 내가 뻬쩨르부르끄에서 니꼴라이 스따브로긴과 알긴 했지만 이미 오래전 일이고, 지금은 만났다 해도 그에 대해 거의 아는 바가 없네. 제발 나를 끌어들이지 말게……. 그런 것은 전부 유언비어인 것 같군.」

리뿌찐은 억울한 일을 당했다는 듯 양팔을 벌렸다.

「험담꾼으로 몰다니! 차라리 스파이라고 하지 그래요? 알렉세이 닐리치, 당신은 모든 일에서 거리를 두고 비판이나 하고 있으니 좋겠습니다. 그런데 스쩨빤 뜨로피모비치, 선생은 믿지 못하시겠지만, 레뱟낀 대위는, 그러니까 그자는 어찌나 멍청한지…… 얼마나 멍청한지 말하기도 부끄럽군요. 그 정도의 멍청함을 나타내는 러시아식 비교법도 있지 않나요? 그는 니꼴라이 프세볼로도비치에게 모욕당했다고 생각하면서도 그의 기지 앞에서는 경탄해 마지않으며 〈그 사람에게 깜짝 놀랐어. 현명한 뱀 같다니까〉라고 말하고 있지요(이건 그의 말 그대로입니다). 그래서 저는 그에게(어제의 영향 때문이기도 하고 알렉세이 닐리치와 대화를 나눈 뒤이기도 해서) 그의 현명한 뱀이 미쳤는지 아닌지, 그의 생각은 어떤지 물어

보았습니다. 그러자 갑자기 예고 없이 등을 채찍으로 맞은 사람처럼 제자리에서 벌떡 일어서지 않겠습니까. 〈그래…… 그렇지……. 다만 그것이 영향을 미칠 수는 없지……〉라고 말하더군요. 하지만 무슨 영향을 미치는지는 말하지 않았습니다. 그러고 나서 슬픈 표정으로 생각에 잠겼는데, 너무 생각에 잠긴 나머지 술기운까지 사라진 것 같았습니다. 우리는 필리뽀프네 술집에 앉아 있었습니다. 그런데 30분 정도 지났을까, 갑자기 그가 주먹으로 식탁을 내리치며 〈그래, 미쳤을지 모르지만, 그것이 영향을 미칠 수는 없지……〉라고 말했습니다. 하지만 역시 무엇에 영향을 미치는지는 끝까지 말하지 않더군요. 물론 제가 이야기의 개요만 말씀드리는데, 무슨 말인지 아시겠지요? 어느 누구에게 물어봐도 모두의 머릿속에는 단 하나의 생각이 떠올랐습니다. 비록 이전에는 누구에게도 떠오르지 않았던, 〈그래, 그는 미쳤어, 아주 총명하긴 하지만, 아마도 미친 것 같아〉라는 생각 말입니다.」

스쩨빤 뜨로피모비치는 골똘히 그 생각에 깊이 몰두하고 있었다.

「그런데 레뱌뜨낀이 어떻게 그걸 알고 있을까?」

「그에 관해서는 지금 여기서 나를 스파이라고 부르는 알렉세이 닐리치에게 물어보는 게 어떨까요? 나는 스파이인데도 아는 게 없지만, 알렉세이 닐리치는 숨겨진 진실을 모두 알고 있으면서도 아무 말 않고 있네요.」

「나는 아무것도 모릅니다, 아니 거의 모릅니다.」 기사는 여전히 짜증을 내며 대답했다. 「자네는 뭔가 알아내려고 레뱌뜨낀을 잔뜩 취하게 만들었겠지. 나를 이리 데려온 것도 뭔가 알아내고 내가 말하게 하려는 것일 테고. 그러니 자네가 스파이지!」

「나는 그에게 술을 마시게 한 적도 없고, 그의 비밀이라고 하는 것도 그만한 돈을 들일 가치가 없습니다. 당신에게는 어떨지 모르겠지만, 내게는 그 정도 의미밖에 안 됩니다. 오히려 돈을 뿌리고 다니는 것은 그자이지요. 20일 전만 해도 내게 와서 15꼬뻬이까를 구걸했는데 말입니다. 샴페인도 내가 아니라 그가 내게 대접한 것입니다. 하지만 당신은 나에게 한 가지 아이디어를 주었습니다. 기회가 되면 그를 취하게 해서 알아내야겠습니다. 아마도 알아낼 수 있겠지요……. 당신의 비밀을 말입니다.」 리뿌찐은 독살스럽게 되받아쳤다.

스쩨빤 뜨로피모비치는 언쟁을 벌이는 두 사람을 당황스럽게 쳐다보았다. 두 사람은 속마음을 드러내면서 조금도 양보하려 들지 않았다. 내 생각에 리뿌찐은 알렉세이 닐리치를 제삼자를 통해 자기가 원하는 대화에 끌어들이려고 우리에게 데려온 것 같았다. 이것은 그가 즐겨 사용하는 방법이었다.

「알렉세이 닐리치는 니꼴라이 프세볼로도비치를 너무나 잘 알고 있습니다.」 그는 짜증 난 목소리로 계속 말했다. 「다만 숨기고 있을 따름이지요. 선생께서 레뱟낀 대위에 대해 물어보셨는데, 니꼴라이 프세볼로도비치가 5~6년 전 뻬쩨르부르끄에서 우리 중 가장 먼저 그와 알고 지냈습니다. 이런 표현이 맞는지 모르겠지만, 니꼴라이 프세볼로도비치의 삶에서 거의 알려진 것이 없는 시기로, 그도 이곳에 찾아와서 우리를 행복하게 해주겠다고는 생각지 않았었던 때이지요. 우리의 왕자는 당시 뻬쩨르부르끄에서 주변 사람들과 상당히 이상한 친분 관계를 맺고 있었다고 결론 내릴 수 있습니다. 알렉세이 닐리치와도 그때 알게 된 것 같습니다.」

「말조심하게, 리뿌찐. 미리 경고하는데, 니꼴라이 프세볼로도비치는 곧 이곳에 오려고 하고 있네. 또한 그는 자신을 지킬 줄 아는 사람이지.」

「대체 왜 내게 그런 말을 합니까? 나는 그가 더할 나위 없이 섬세하고 세련된 사람이라고 소리친 첫 번째 사람이고, 어제는 이러한 의미로 바르바라 뻬뜨로브나를 위로하기까지 했는데요. 〈다만 그의 성격에 대해서는 보증할 수 없다〉고 말씀드렸지요. 레뱟낀도 어제 같은 말을 하더군요. 〈그의 성격 때문에 고생 좀 했다〉고요. 에이, 스쩨빤 뜨로피모비치, 선생은 유언비어다, 스파이 짓이다 하고 소리치시더니 내게서 모든 것을 알아내 좋으시겠습니다. 굉장한 호기심을 보이시면서까지 말입니다. 바르바라 뻬뜨로브나는 어제 정확히 이렇게 말씀하셨습니다. 〈자네도 이 일에 직접 연관되어 있어서 상의하는 것이네〉라고요. 지당하신 말씀이지요! 제가 사교계 사람들 앞에서 그 나리께 개인적인 모욕을 당했을 때 무슨 목적이 있었겠습니까? 단순한 유언비어 때문이 아니라 제가 이 사건에 흥미를 가질 만한 이유가 있지 않겠습니까? 오늘은 당신과 악수를 나누었던 사람이, 내일이면 당신이 환영해 준 것에 대한 대가로 밑도 끝도 없이 정직한 사람들 앞에서 당신의 뺨을 때립니다. 단지 그래 보고 싶었다는 이유로요. 부족함 없이 자라 온 탓이겠지요! 그들에게 중요한 것은 여성입니다. 나방이나 사나운 수탉처럼요! 고대 큐피드처럼 날개를 가진 지주이며, 뻬초린[48]과 같은 호색한이지요! 스쩨빤 뜨로

48 레르몬또프M. Lermontov의 소설 『우리 시대의 영웅』의 주인공. 매력적인 외모로 여성들을 쉽게 유혹하지만, 스스로는 그 무엇에도 만족하지 못하는 잉여 인간의 전형이다.

피모비치, 선생은 확고부동한 독신남이시니 그분을 위해 나를 유언비어나 퍼뜨리는 사람이라고 말하실 수도 있겠지요. 좋습니다. 하지만 선생께서는 지금도 젊어 보이시니 젊고 아름다운 여성과 결혼하실 수 있겠지만, 그렇게 되면 아마도 우리의 왕자가 들어오지 못하게 문을 걸어 잠그거나 집에 바리케이드라도 쳐야 할 겁니다! 어쩌면 이럴 수도 있겠네요. 채찍으로 매 맞고 있는 마드무아젤 레뱟끼나가 미치지 않았거나 절름발이가 아니었다면, 그녀 역시 우리 장군의 욕망의 희생물이 되었을 테고, 그 일로 레뱟낀 대위는 자기 말대로 〈집안의 체면〉 때문에 고통받게 되지 않았을까 하는 생각도 들법한데 말입니다. 다만 그분의 우아한 취향에 어울리지는 않겠지만, 그분께 그건 뭐 대단한 일도 아니지요. 어떤 딸기건 그분의 입맛에 맞기만 하다면 쓸모가 있거든요. 선생께서는 내가 유언비어를 퍼뜨린다고 하시지만, 온 도시가 떠들고 있으니 저도 큰 소리로 말한 것뿐입니다. 저야 그저 듣고 맞장구쳤을 따름이지요. 맞장구치는 것이 금지되어 있진 않으니까요.」

「온 도시가 떠들어 댄다고? 대체 뭐라고 떠들고 있나?」

「레뱟낀 대위가 술에 취해 온 도시가 떠나가라 소리치고 있다는 말씀이지요. 그러니 광장에 모인 사람들 전부 떠드는 것과 매한가지 아니겠습니까? 제가 무슨 잘못이 있습니까? 저는 친구 사이에 가질 만한 정도의 관심만 가지고 있습니다. 어쨌든 저는 이곳에서 친구들 사이에 있다고 생각하니까요.」 그는 아무 잘못도 없다는 표정으로 우리를 둘러보았다. 「그런데 한 가지 사건이 벌어졌습니다. 아시겠습니까? 우리 나리께서 아직 스위스에 계실 때 매우 고결한 한 아가씨에게

— 이분은 저도 만난 적이 있습니다만, 겸손한 고아 같은 분이시지요 — 레뱌낀 대위에게 3백 루블을 전해 달라고 부탁하셨답니다. 그런데 레뱌낀은 얼마 지나지 않아 정확한 소식통에게서, 누군지는 말씀드리지 않겠지만 역시 매우 고결하고, 따라서 믿을 만한 분으로부터 그가 받을 돈은 3백 루블이 아니라 1천 루블이라는 이야기를 들었습니다! 그래서 레뱌낀은 이 아가씨가 자기 돈 7백 루블을 훔쳐 갔다고 떠들고 다니며 경찰력을 동원해 받아 내려 하고 있습니다. 적어도 그렇게 위협하며 온 도시에 떠들고 다니고 있지요…….」

「비열하군, 자네 정말 비열해!」 기사가 갑자기 의자에서 벌떡 일어났다.

「니꼴라이 프세볼로도비치의 이름으로 보내온 돈은 3백 루블이 아니라 1천 루블이었다고 레뱌낀에게 확신시킨 그 고결한 사람은 바로 당신 아닙니까. 대위가 술에 취해 내게 이 말을 해주더군요.」

「그건…… 그건 불행한 의혹일세. 누군가 잘못 알고 그렇게 된 것이네……. 그건 헛소리야. 자네는 비열한 인간이고!」

「저도 헛소리라고 믿고 싶고, 어쨌든 매우 고결한 그 아가씨가 첫째 한 가족의 돈 문제에, 둘째 니꼴라이 프세볼로도비치와의 분명한 염문설에 연루되어 있다는 말을 듣는 것이 정말로 애통합니다. 사실 우리 나리께서 정숙한 아가씨를 능욕하거나, 일전에 제게도 일어났던 일이지만 남의 아내를 욕보이는 일에 주저하는 법이 없지 않습니까? 넓은 관대함을 가진 사람을 만나기라도 하면 그분은 그 사람에게 그의 결백한 이름으로 타인의 죄를 덮어 버리도록 만들 것입니다. 제가 당했던 것과 똑같이 말입니다. 저는 제 이야기를 하고 있는 겁니다…….」

「말조심하게, 리뿌찐!」 스쩨빤 뜨로피모비치가 창백한 얼굴로 소파에서 일어났다.

「믿지 마십시오, 믿지 마십시오! 누군가가 잘못 알고 있는 겁니다. 레뱌뜨낀은 취해 있었습니다…….」 기사는 말로 표현할 수 없는 흥분에 사로잡힌 채 소리쳤다.「모든 것이 밝혀질 거야. 나는 더 이상 참을 수가 없군……. 비열한 짓이야……. 이제 그만하게, 그만해!」

그는 방에서 뛰쳐나갔다.

「도대체 왜 그러십니까? 그렇다면 저도 당신과 함께 가야겠네요!」 리뿌찐은 갑자기 벌떡 일어나더니 알렉세이 닐리치를 따라 달려 나갔다.

7

스쩨빤 뜨로피모비치는 1분 정도 생각에 잠겨 가만히 서 있다가 나를 멍한 시선으로 바라보더니 모자와 지팡이를 들고 조용히 방에서 나갔다. 나는 아까처럼 다시 그의 뒤를 따라갔다. 그는 대문을 나서면서 내가 따라오는 것을 알아채고 이렇게 말했다.

「아, 그래, 자네가 증인이 될 수도 있겠군……. *De l'accident. Vous m'accompagnerez, n'est-ce pas*(이 사건에서. 자네는 나와 동행해 주겠지, 그렇지 않나)?」

「스쩨빤 뜨로피모비치, 정말 그곳에 다시 가시겠습니까? 어떤 일이 벌어질지 한번 생각해 보십시오.」

어찌할 바 모르는 애처로운 미소를 띠며, 즉 수치심과 절망에 가득 찬 미소이자 동시에 뭔가 기이한 환희의 미소를 띠며, 그가 잠시 걸음을 멈추고 내게 속삭였다.

「나는 〈타인의 죄〉와 결혼할 수는 없네!」

나는 바로 이 말을 기다리고 있었다. 나에게 계속 숨겨 왔던 이 말이 일주일 내내 갖은 핑계를 대며 인상 쓰고 있던 그에게서 튀어나왔다. 나는 완전히 냉정을 잃고 말았다.

「그렇게 추잡하고, 그렇게…… 저속한 생각이 당신에게서, 스쩨빤 뜨로피모비치의 빛나는 지성과 선량한 마음속에서 떠오르다니…… 그것도 리뿌찐의 말을 듣기 전부터 말입니다!」

그는 나를 쳐다보았지만 대답하지 않고 가던 길을 계속 걸어갔다. 나는 뒤처지고 싶지 않았다. 나는 바르바라 뻬뜨로브나 앞에서 증인이 되고 싶었다. 만약 그가 여자 같은 소심함으로 리뿌찐의 말을 믿었다면 나는 그를 용서해 주었을지도 모른다. 하지만 지금 보니 그는 리뿌찐의 말을 듣기 훨씬 전부터 이미 모든 것을 머릿속에 그려 놓은 것이 분명했다. 리뿌찐은 지금 그의 의심을 확인해 주고 불에 기름을 끼얹은 것뿐이었다. 그는 애초부터 조금의 망설임도 없이, 리뿌찐만큼의 근거도 전혀 없으면서 아가씨를 의심하고 있었던 것이다. 그는 바르바라 뻬뜨로브나의 횡포를, 그녀가 자신의 소중한 니꼴라가 귀족들이 흔히 저지르는 죄를 지은 것을 알고 그것을 존경할 만한 사람과의 결혼으로 덮어 버리려는 절망적인 시도로만 이해하고 있었다. 나는 그가 반드시 이 일로 벌을 받았으면 싶은 마음마저 들었다.

「*O! Dieu qui est si grand et si bon*(오, 위대하고 인자한 신이시여)! 오, 누가 나를 위로해 줄 것인가!」 그는 백 걸음쯤 더 가다가 갑자기 멈춰 서서 이렇게 절규했다.

「집으로 가시죠, 제가 모든 걸 설명해 드리겠습니다!」 나는 그를 억지로 집 쪽으로 돌려 세우면서 소리쳤다.

「그분이에요! 스쩨빤 뜨로피모비치, 선생님 아니세요? 선생님?」 근처에서 음악 소리처럼 신선하고 쾌활한 젊은 목소리가 들려왔다.

우리는 아무것도 보지 못했는데, 갑자기 말을 탄 리자베따 니꼴라예브나가 늘 함께 다니는 자신의 안내자와 함께 근처에 나타났던 것이다. 그녀는 말을 세웠다.

「이리 오세요, 더 빨리요!」 그녀가 큰 소리로 유쾌하게 그를 불렀다. 「저는 12년 동안 이분을 보지 못했지만 바로 알아보았어요. 그런데 선생님은…… 저를 못 알아보시겠어요?」

스쩨빤 뜨로피모비치는 자기에게 내민 그녀의 손을 잡고 공손하게 입을 맞추었다. 그는 마치 기도라도 하듯 그녀를 쳐다보며 할 말을 찾지 못하고 있었다.

「알아보시고 기뻐하시네요! 마브리끼 니꼴라예비치, 선생님은 나를 보고 감격하셨어요. 그런데 선생님은 두 주일 동안 왜 저를 찾아 주지 않으셨어요? 바르바라 아주머니가 선생님이 병환 중이니 괴롭히지 말라고 하셨어요. 하지만 아주머니가 거짓말했다는 건 저도 알아요. 저는 계속 발을 구르며 선생님을 원망했지만, 반드시 선생님이 먼저 찾아와 주시기를 바랐기 때문에 사람을 보내지 않았던 거예요. 맙소사, 선생님은 전혀 변하지 않으셨네요!」 그녀는 안장 위에서 몸을 숙여 그를 살펴보았다. 「정말로 하나도 변하지 않으셨어요! 아, 아니, 잔주름이 있네요, 눈가와 볼에 잔주름도 많고 머리도 셌는데, 그래도 눈은 그대로예요! 그런데 저는 변했지요? 변했지요? 선생님, 왜 아무 말씀도 안 하세요?」

나는 이 순간, 열한 살이던 그녀를 뻬쩨르부르끄로 데려갈 당시 거의 병이 날 지경이었다는 이야기를 들은 기억이 떠올랐다. 병이 난 것처럼 눈물을 흘리며 스쩨빤 뜨로피모비치를 찾았다는 것이다.

「아가씨…… 나는…….」 그는 기뻐서 더듬거리는 목소리로 중얼거렸다. 「나는 방금 〈누가 나를 위로해 줄 것인가!〉 하고 소리치고 있었지요. 그때 당신 목소리가 들려오더군요……. 이것은 기적이라는 생각이 들고 *je commence à croire*(이제 믿음을 갖게 되었습니다).」

「*En Dieu? En Dieu, qui est là-haut et qui est si grand et si bon*(신에 대한 믿음요? 위대하고 인자하신 최고의 신 말씀이시지요)? 저는 선생님의 강의를 다 외우고 있어요. 마브리끼 니꼴라예비치, 선생님은 당시 *en Dieu qui est si grand et si bon*(위대하고 인자하신 신에 관한) 믿음을 얼마나 가르쳐 주셨는지 몰라요! 콜럼버스가 아메리카 대륙을 발견하고 모두가 〈육지다, 육지다!〉 하고 소리쳤다는 이야기를 들려주신 것 기억하세요? 그날 밤 제가 꿈속에서 〈육지다, 육지다!〉 하고 소리치며 잠꼬대했다고 유모 알료나 프롤로브나가 이야기해 주었어요. 그리고 햄릿 왕자 이야기를 해주신 것도 기억하세요? 불쌍한 이민자들이 유럽에서 아메리카로 수송되는 과정을 생생하게 묘사해 주신 것도 기억하세요? 그런데 그 모든 게 사실이 아니었어요. 그들이 어떻게 수송되는지 나중에 전부 알게 되었거든요. 하지만 마브리끼 니꼴라예비치, 선생님이 그때 거짓말을 해주신 게 더 나았어요. 실제보다 그게 더 좋았거든요! 선생님, 왜 그렇게 마브리끼 니꼴라예비치를 쳐다보고 계세요? 이분은 지구 상에서 가장 훌륭하고 가장 성실한 분이시니, 선생님은 저를 사랑하시는 것처럼 이분을 꼭 사랑해 주셔야 돼요! *Il fait tout ce que je veux*(이분은 제가 원하는 것은 무엇이든 해주거든요). 그런데 친애하는 스쩨빤 뜨로피모비치, 거리 한가운데에서 〈누가 나를 위로해 줄 것인가!〉 하고 소리치신 걸 보니 다시 불행해지셨군요. 불행하신 거죠, 그렇죠?」

「이제 행복해졌습니다…….」

「아주머니가 화나게 하셨어요?」 그녀는 상대의 말을 듣지 않고 자기 말만 계속했다. 「여전히 심술궂고 공정하지 못하시지만, 그래도 우리에게는 언제나 소중한 아주머니잖아요! 선생님이 정원에서 갑자기 내 팔에 몸을 던지면 제가 위로해 드리면서 눈물 흘렸던 것 기억하세요? 마브리끼 니꼴라예비치를 무서워하지 마세요. 그는 오래전부터 선생님에 관한 일이라면 모든 걸 알고 있으니까요. 선생님은 그의 어깨에 기대어 얼마든지 울어도 좋아요, 그는 얼마든지 그렇게 서 있을 거예요! 모자를 살짝 들어 올려 주세요. 아니, 잠깐만 벗고, 발뒤꿈치를 들고 머리는 이쪽으로 뻗어 주세요. 우리가 마지막으로 헤어질 때 선생님 이마에 키스했던 것처럼 지금도 키스해 드릴게요. 보세요, 저기 창문에서 아가씨가 우리를 신기하게 쳐다보고 있네요……. 자, 더 가까이요, 더 가까이. 맙소사, 완전히 백발이 되셨네요!」

그녀는 안장 위에서 몸을 굽혀 그의 이마에 키스했다.

「자, 이제 선생님 댁으로 가세요! 어디 살고 계시는지 알고 있어요. 저는 지금 당장 선생님 댁으로 갈 거예요. 제가 먼저 고집쟁이 선생님 댁을 방문하고, 그다음에는 선생님을 저희 집으로 하루 종일 모시고 가 있을 거예요. 댁에 가서 저를 맞이할 준비를 하고 계세요.」

그리고 그녀는 동반자와 함께 급히 자리를 떠났다. 우리도 집으로 돌아왔다. 스쩨빤 뜨로피모비치는 소파에 앉아서 눈물을 흘리기 시작했다.

「*Dieu, Dieu*(신이시여, 신이시여)!」 그는 큰 소리로 외쳤다. 「*Enfin une minute de bonheur*(드디어 행복의 순간이 왔나이다)!」

10분도 채 지나지 않아 그녀는 약속대로 마브리끼 니꼴라예비치를 동반하고 나타났다.

「*Vous et le bonheur, vous arrivez en même temps*(당신과 행복, 둘이 동시에 나타났군요)!」 그는 리자를 맞으려고 자리에서 일어섰다.

「꽃다발을 가져왔어요. 지금 마담 슈발리에에게 다녀오는 길이에요. 그 집에서는 겨울 내내 명명일에 쓸 꽃다발을 팔고 있거든요. 자, 이분은 마브리끼 니꼴라예비치예요. 서로 인사하세요. 저는 꽃다발 대신 파이를 사 오려고 했는데, 마브리끼 니꼴라예비치가 그건 러시아식이 아니라고 해서요.」

마브리끼 니꼴라예비치는 포병 대위로 서른세 살가량의 키가 큰 신사였는데, 미남이고 나무랄 데 없이 단정한 차림새에 처음 보면 딱딱한 얼굴이 인상적이었다. 하지만 놀라울 정도로 섬세하고 친절한 사람으로, 누구나 그와 알게 되는 순간 바로 그 사실을 이해할 수 있었다. 하지만 그는 말수가 적고 겉보기에 아주 냉정해 보였으며, 사람들과의 우정을 갈구하지도 않았다. 후에 우리 도시의 많은 사람들이 그가 영리하지 않다고 말했지만, 그것은 전혀 옳지 않은 평가였다.

리자베따 니꼴라예브나의 아름다움에 대해 묘사하는 것은 그만두려 한다. 온 도시가 이미 그녀의 아름다움에 대해 외쳐 댔다. 비록 몇몇 부인이나 아가씨들은 분개해서 그 평판에 동의하지 않았지만 말이다. 그들 중에는 리자베따 니꼴라예브나를 미워하는 사람들도 있었다. 첫째, 그녀가 거만하다는 것이었다. 드로즈도바 모녀는 아직 도시의 명사들을 방문하지 않고 있었는데, 사실 쁘라스꼬비야 이바노브나의 건강이 좋지 않아 방문이 지체되고 있는 것인데도, 사람들은 그것을 모욕으로 받아들였다. 둘째, 그녀가 지사 부인의 친척이라는 이유에서였다. 셋째, 그녀가 매일 말을 타고 산책하기 때문이었다. 우리 도시에서는 아직까지 말을 타고 다니는 여자가 한 명도 없었기 때문에, 아직 명사들을 방문하지도 않고 말을 타고 산책을 다니는 리자베따 니꼴라예브나의 출현이 사교계를 모욕한 것이 틀림없었다. 사람들 모두 그녀가 의사의 지시에 따라 말을 타고 다닌다는 것을 이미 알고 있었는데도, 그녀의 병약함에 대해 신랄하게 언급했다. 그녀는 실제로 병약했다. 그녀의 첫인상은 병적이고 신경질적이며, 끊임없이 불안해한다는 것이었다. 아아! 이 불행한 아가씨는 대단한 고통을 겪고 있었는데, 그 모든 것이 나중에 밝혀졌다. 지금 나는 과거를 회상하면서 당시 내가 느꼈던 것만큼 그녀가 미인이라고는 말하지 못하겠다. 어쩌면 그녀는 전혀 아름답지 않았을지도 모른다. 키가 크고 날씬하며 유연하면서도 튼튼한 몸을 가진 그녀는 얼굴선이 불규칙해서 충격을 줄 정도이기도 했다. 그녀의 눈은 깔미끄인[49]처럼 눈꼬리가 처져 있었다. 얼굴은 창백하고 광대가 튀어나와 있었으며 거무스름하고

49 중앙아시아에서 볼가강 남쪽으로 이주한 몽골인.

홀쭉했다. 그러나 이 얼굴에는 압도하는 듯하며 매력적인 무언가가 있었다! 그녀의 타오르는 검은 시선에서 무언가 강력함이 느껴졌다. 그녀는 〈정복을 위한 정복자〉였던 것이다. 그녀는 당당했고, 때로는 거만해 보이기까지 했다. 그녀가 착한 사람이 될 수 있었을지는 잘 모르겠지만, 그녀가 조금은 착한 사람이 되기를 몹시 원하며 그렇게 되기 위해 스스로를 괴롭힌다는 것은 알고 있었다. 물론 그녀의 본성 속에는 많은 훌륭한 갈망과 매우 정당한 계획들이 있었다. 그러나 그녀 내부의 모든 것은 영원히 자신의 표준을 찾으려 하면서도 그것을 찾지 못하고 혼돈과 흥분, 불안 속에 있는 것 같았다. 아마도 그녀는 자기 안에서 자신의 요구를 만족시킬 힘을 좀처럼 찾지 못하면서도 여전히 자신에게 지나치게 엄격한 요구를 하고 있는 것 같았다.

그녀는 소파에 앉아서 방 안을 둘러보았다.

「왜 저는 이런 순간이면 항상 슬퍼지는 걸까요? 선생님은 학자시니까 알려 주세요. 저는 살아오는 내내 선생님을 만나서 지나간 일을 기억해 본다면 얼마나 기쁠까 하고 생각해 왔어요. 그런데 지금은 선생님을 사랑하는데도 왠지 전혀 기쁘지 않은 것 같아요……. 어머나, 이런, 여기 제 초상화가 걸려 있네요! 이리 줘보세요, 기억나요, 기억나요!」

열두 살의 리자를 수채화로 그린 이 탁월한 소형 초상화는 9년 전 드로즈도프 집안이 뻬쩨르부르끄에서 스쩨빤 뜨로피모비치에게 보내온 것이었다. 선생은 그때부터 계속 이 초상화를 벽에 걸어 두었다.

「제가 정말 저렇게 예쁜 아이였나요? 이게 정말 제 얼굴이에요?」

그녀는 일어나서 초상화를 두 손에 든 채 거울을 들여다보았다.

「빨리 가져가세요!」 그녀가 초상화를 건네주며 소리쳤다. 「지금 걸지 말고 나중에 하세요. 보고 싶지도 않아요.」 그녀는 다시 소파에 앉았다. 「하나의 삶이 지나가면 또 다른 삶이 시작되고, 그 삶이 지나가면 세 번째 삶이 시작되고, 끝없이 계속되네요. 모든 끝은 정확히 가위로 자른 것 같아요. 제가 너무 오래된 이야기를 하고 있지요? 하지만 얼마나 맞는 말이에요!」

그녀는 가볍게 미소 지으며 나를 쳐다보았다. 그녀는 이미 여러 번 나에게 시선을 돌렸지만, 스쩨빤 뜨로피모비치는 흥분해서 나를 소개시켜 주겠다고 한 약속을 잊고 있었다.

「그런데 왜 제 초상화를 단검 밑에 걸어 두셨어요? 그리고 단검과 군도를 왜 이렇게 많이 가지고 계세요?」

이유는 모르겠지만, 사실 벽에는 터키 검 두 자루가 십자로 엇갈려 있었으며, 그 위에 진짜 체르께스 검이 걸려 있었다. 이렇게 물어보면서 그녀가 나를 똑바로 쳐다보았기 때문에 나는 뭐라고 대답하려다가 그만두었다. 스쩨빤 뜨로피모비치는 마침내 눈치를 채고 나를 소개했다.

「알고 있어요, 알고 있어요.」 그녀가 말했다. 「정말 기뻐요. 어머니도 당신에 관해 많이 들으셨어요. 마브리끼 니꼴라예비치와도 인사하세요. 이분은 훌륭한 분이세요. 나는 당신에 관해 이미 재미있는 개념을 확립해 놓았답니다. 당신은 스쩨빤 뜨로피모비치의 상담역이잖아요?」

나는 얼굴을 붉혔다.

「아, 용서해 주세요, 그런 말을 하려던 게 전혀 아닌데. 결코 우습다는 게 아니라, 그냥……. (그녀는 얼굴을 붉히며 당황스러워했다.) 하지만 당신이 훌륭한 분이라는 걸 왜 부끄러워해야 하죠? 자, 이제 가죠, 마브리끼 니꼴라예비치! 스쩨빤 뜨로피모비치, 30분 뒤 저희 집에 오셔야 해요. 아, 우리는 얼마나 많은 이야기를 나누게 될까요! 이제 제가 선생님의 상담역이 되어 드릴게요. 무엇이든 다 털어놓으세요, 아시겠죠?」

스쩨빤 뜨로피모비치는 순간 깜짝 놀랐다.

「오, 마브리끼 니꼴라예비치는 다 알고 있으니 그에게 창피해하지 마세요.」

「뭘 알고 있다는 거지요?」

「어머, 무슨 말씀이세요!」 그녀가 깜짝 놀라며 소리쳤다. 「이런, 이런, 모두 쉬쉬하고 있다더니 사실인가 봐요! 저는 믿으려 하지 않았거든요. 다샤도 못 만나게 하던걸요. 아주머니는 요즈음 다샤가 머리가 아프다면서 만나지도 못하게 하고 있어요.」

「하지만…… 하지만 어떻게 알았지요?」

「어머, 저도 다른 사람들처럼 알게 되었지요. 머리 쓸 일도 아닌걸요!」

「정말 모든 사람이……?」

「네, 물론이에요. 사실 어머니는 처음에 유모 알료나 프롤로브나한테 들으셨어요. 유모에게는 선생님의 나스따시야가 달려와서 전해 주었고요. 선생님이 나스따시야한테 말씀하신 게 아니었어요? 나스따시야 말로는 선생님이 직접 말씀하셨다던데요.」

「나는…… 나는 한 번인가 말했는데…….」 스쩨빤 뜨로피모비치는 새빨개져서 중얼거렸다. 「하지만…… 그저 암시만 했을 뿐인데…… *J'étais si nerveux et malade et puis*(나는 너무 당황한 데다 건강도 좋지 않았고), 게다가…….」

그녀는 웃음을 터뜨렸다.

「마침 상담역이 없을 때 나스따시야가 갑자기 나타난 거군요. 그걸로 충분하네요! 그녀에게는 온 도시가 수다거리죠! 이제 신경 쓰지 마세요, 아무려면 어때요. 도시 전체가 알면 오히려 더 나을지도 몰라요. 저희 집에는 조금 일찍 오세요. 점심 식사를 일찍 하거든요……. 참, 깜빡했네요.」 그녀는 다시 앉았다. 「그런데 샤또프는 어떤 사람이에요?」

「샤또프? 그는 다리야 빠블로브나의 오빠인데…….」

「오빠라는 건 알고 있어요, 선생님도 참!」 그녀가 참지 못하고 말을 가로챘다. 「저는 그가 어떤 사람인지 알고 싶어요. 어떤 사람인가요?」

「*C'est un pense-creux d'ici. C'est le meilleur et le plus irascible homme du monde*(그는 이 지방의 몽상가지요. 세상에서 가장 선량하고 가장 화를 잘 내는 사람이기도 하고)…….」

「그가 정말 이상한 사람이라는 소문은 저도 들었어요. 하지만 그걸 말하려는 게 아니에요. 그가 세 개의 언어를 알고 있고, 영어도 할 줄 알고, 문학적인 작업도 할 수 있다는 이야기를 들었어요. 그렇다면 저는 그에게 의뢰할 일이 많아요. 저는 지금 도와줄 사람이 필요한데, 빠를수록 더 좋거든요. 그가 일을 맡아 줄까요? 저도 추천을 받았거든요…….」

「아, 반드시 해줄 겁니다. *Et vous fairez un bienfait*(그러면 리자 양이 선행을 베푸는 셈이지요)…….」

「전혀 *bienfait*(선행)를 베풀기 위해 그러는 게 아니고, 제가 도움이 필요해서 그래요.」

「제가 샤또프를 꽤 잘 알고 있습니다만,」 내가 말했다. 「저에게 전해 달라고 부탁하신다면 지금 바로 찾아가 보겠습니다.」

「그럼 내일 낮 12시에 와달라고 전해 주세요. 정말 잘됐네요! 감사합니다. 마브리끼 니꼴라예비치, 그만 갈까요?」

그들은 떠나갔다. 나는 즉시 샤또프의 집을 향해 달려갔다.

「*Mon ami*(이보게)!」 스쩨빤 뜨로피모비치가 현관 입구까지 나를 쫓아왔다. 「10시나 11시쯤 돌아올 테니 반드시 이리로 와주게. 아, 자네한테 너무너무 미안하군. 자네한테도, 모든 사람에게도.」

8

샤또프는 집에 없었다. 두 시간쯤 뒤 다시 가봤지만 역시 없었다. 결국 7시 조금 지나서 그를 만나거나 안 되면 쪽지라도 남기기 위해 그의 집으로 다시 갔다. 그러나 역시 그는 없었다. 문이 잠겨 있었다. 그는 하녀 하나 없이 혼자 살고 있었던 것이다. 샤또프에 관해 물어보기 위해 아래층에 사는 레뱟낀 대위의 집 문을 두드려 볼까 했으나, 그 집도 문이 잠겨 있는 데다 빈집처럼 아무런 소리도 들리지 않고 불빛도 없었다. 얼마 전에 들은 이야기가 있어 호기심을 가지고 레뱟낀 집 문 앞을 지나갔다. 결국 내일 아침 일찍 다시 들르기로 결심했다. 사실 쪽지를 남기는 것이 별로 내키지 않았다. 샤또프는 고집이 세고 내성적이어서 쪽지를 무시해 버릴 수도 있기 때문이었다. 헛걸음했다고 투덜거리며 대문을 나서는 순간 갑자기 끼릴로프 씨와 마주쳤다. 그는 집으로 들어오고 있었는데, 그가 먼저 나를 알아보았다. 그가 이것저것 물어보기에 나는 요점만 간단히 이야기해 주고 쪽지가 있다는 말도 했다.

「같이 들어갑시다.」 그가 말했다. 「제가 다 해드릴 테니.」

그가 오늘 아침에 이 집의 목조 별채를 빌렸다던 리뿌찐의 말이 생각났다. 그가 쓰기에 너무 넓은 이 별채에는 귀머거리 노파가 함께 거주하며 그의 시중을 들고 있었다. 집주인은 다른 거리에 있는 새집에서 음식점을 운영하고 있었는데, 그의 친척뻘 되는 이 노파는 이 오래된 집을 관리하기 위해 남아 있었던 것이다. 별채의 방들은 상당히 깨끗했지만, 벽지는 지저분했다. 우리가 들어간 방의 가구들은 여기저기서 모아다 놓았는지 크기도 제각각이고 완전히 잡동사니였다. 카드놀이 탁자 두 개, 오리나무 장롱, 어떤 농가나 부엌에서 가져온 듯한 커다란 널빤지 책상, 의자 몇 개, 등받이가 격자로 되어 있고 딱딱한 가죽 쿠션이 놓여 있는 소파 등이 있었다. 한쪽 구석에는 오래된 성상이 놓여 있고, 그 앞에선 우리가 도착하기 전에 노파가 켜놓은 현수등이 타오르고 있었다. 벽에는 유화로 그린 크고 흐릿한 초상화 두 개가 걸려 있었는데, 하나는 고인이 된 니꼴라이 1세의 초상화로 1820년대에 그린 것으로 보였으며, 다른 하나는 어떤 주교의 초상화였다.

끼릴로프 씨는 방으로 들어가자 촛불을 켜고 아직 풀지도 않고 방 한쪽 구석에 세워 둔 가방에서 봉투와 봉랍, 수정 스탬프를 꺼냈다.

「당신 쪽지를 봉하고 봉투에 이름을 쓰십시오.」

나는 그럴 필요까지는 없다고 했지만 그는 계속 고집했다. 편지 봉투에 이름을 쓰고 나서 나는 모자를 집어 들었다.

「차라도 대접하고 싶은데요.」 그가 말했다. 「차를 사 왔거든요. 드시겠습니까?」

나는 사양하지 않았다. 노파가 곧 차를 내왔다. 즉, 뜨거운 물이 든 커다란 주전자와 풍부하게 우린 차가 든 작은 주전자, 조잡한 무늬가 가득 그려진 커다란 찻잔 두 개, 흰 빵과 각설탕이 담긴 우묵한 접시를 내왔다.

「나는 밤에 차 마시는 걸 좋아합니다.」 그가 말했다. 「여기저기 돌아다니며 새벽까지 차를 마시지요. 외국에서는 밤에 차 마시기가 불편하더군요.」

「새벽에 잠자리에 드십니까?」

「네, 항상요. 오래되었습니다. 식사를 적게 하는 대신 차를 많이 마십니다. 리뿌찐은 교활한데, 참을성이 없더군요.」

나는 그가 이야기하고 싶어 하는 것 같아서 좀 놀랐다. 그래서 이 기회를 이용하기로 마음먹었다.

「아까는 불쾌한 오해가 있었지요.」 내가 말을 꺼냈다.

그는 얼굴을 몹시 찌푸렸다.

「그건 바보 같은 소리였습니다. 엄청난 헛소리였지요. 전부 헛소리예요. 레뱟낀이 취해서 그런 겁니다. 나는 리뿌찐에게 말한 적이 없습니다. 헛소리에 대해 해명했을 뿐이지요. 그는 사람들의 거짓말에 자꾸 살을 붙이거든요. 리뿌찐은 상상력이 풍부한 사람이라 헛소리로 산도 쌓아 올립니다. 어제는 나도 리뿌찐을 믿고 있었지요.」

「그럼 오늘은 저를 믿으시는 겁니까?」 나는 웃었다.

「당신도 좀 전에 모든 걸 알게 되지 않았습니까? 리뿌찐은 나약하거나 참을성이 없거나 해롭거나, 아니면…… 질투한다는 걸 말입니다.」

마지막 말은 나를 깜짝 놀라게 했다.

「하지만 그 정도 범주를 늘어놓는다면 그중 하나에는 당연히 해당되겠지요.」

「아니면 전부에 해당되거나요.」

「그렇군요, 그것도 맞는 말입니다. 리뿌찐, 그 사람은 혼돈 그 자체입니다! 사실 아까 그가 당신이 최근에 무슨 저술을 하려 한다고 하던데, 거짓말이지요?」

「어째서 거짓말이라는 겁니까?」 그는 다시 얼굴을 찌푸리며 땅바닥을 쳐다보았다.

나는 사과를 하고 캐낼 생각은 없었다고 납득시키기 시작했다. 그는 얼굴을 붉혔다.

「그가 말한 건 사실입니다. 저는 글을 쓰고 있습니다. 하지만 상관없는 일입니다.」

1분 정도 침묵이 이어졌다. 그는 갑자기 아까처럼 어린아이 같은 미소를 지었다.

「그가 머리에 관해 말한 내용은, 책에서 보고 스스로 지어내서 자기가 먼저 내게 말해 준 것이지만, 잘못 이해하고 있더군요. 나는 인간들이 왜 자살을 감행하지 못하는지 이유를 찾고 있을 뿐입니다. 그것뿐입니다. 그러니 상관없습니다.」

「감행하지 못한다니요? 자살자가 거의 없단 말입니까?」

「아주 적습니다.」

「정말 그렇게 생각하십니까?」

그는 대답하지 않고 자리에서 일어나더니 생각에 잠겨 방 안을 왔다 갔다 하기 시작했다.

「당신은 사람들의 자살을 가로막는 것이 무엇이라고 생각하십니까?」 내가 물었다.

그는 우리가 무슨 이야기를 하고 있었는지 생각해 내려는 것처럼 멍한 표정으로 쳐다보았다.

「나는…… 나는 아직 잘 모르겠습니다만…… 두 가지 편견이 가로막고 있는 것 같습니다. 두 가지, 단 두 가지가요. 하나는 아주 작지만, 다른 하나는 아주 큽니다. 아니, 작은 것도 아주 크다고 할 수 있습니다.」

「작은 것은 무엇입니까?」

「고통입니다.」

「고통이라고요? 그것이 정말 그렇게 중요합니까? 이런 경우에요?」

「가장 중요합니다. 두 가지 종류의 사람이 있습니다. 크나큰 슬픔이나 악의를 품고 자살하는 사람들과 미쳐서, 혹은 그게 뭐가 됐든…… 갑자기 자살하는 사람들이지요. 이런 사람들은 고통에 대해 별로 생각하지 않고 갑자기 자살해 버립니다. 하지만 분별력이 있는 사람들은 많은 생각을 하지요.」

「분별력을 가지고 자살하는 사람들이 정말 있습니까?」

「대단히 많습니다. 편견이라는 게 없다면 더 많을 것입니다. 대단히 많을 겁니다. 전부 다일 것입니다.」

「설마 전부 다일까요?」

그는 아무 말도 하지 않았다.

「그런데 고통 없이 죽는 방법은 정말 없는 건가요?」

「한번 생각해 보십시오.」 그는 내 앞에 멈춰 섰다. 「집채만 한 크기의 바위가 있는데, 그것이 위에 매달려 있고 당신이 그 아래 있다고 생각해 보십시오. 바위가 당신 머리 위로 떨어진다면, 아플까요?」

「집채만 한 바위가요? 물론 무섭지요.」

「공포에 대해 말하는 것이 아닙니다. 고통스러울까 하는 것입니다.」

「백만 뿌드[50]나 되는 산만 한 바위요? 고통을 느끼고 자시고 할 것도 없겠지요.」

「하지만 실제로 그 밑에 서보십시오. 바위가 공중에 매달려 있는 동안 당신은 아프겠다는 생각에 정말 두려워질 것입니다. 가장 뛰어난 학자건, 가장 뛰어난 의사건 누구나 정말 두려움을 느낄 것입니다. 누구나 다 아프지 않다는 걸 알면서도 아프겠다는 생각에 정말 두려워질 것입니다.」

「그럼, 두 번째 원인은요? 큰 원인 말입니다.」

「저세상입니다.」

「천벌 말입니까?」

「그건 상관없습니다. 저세상, 그냥 저세상입니다.」

「하지만 저세상을 전혀 믿지 않는 무신론자들도 있지 않을까요?」

그는 다시 입을 다물었다.

「너무 자기 기준에 따라 판단한 것 아닐까요?」

「누구든 자기 기준으로 판단할 수밖에 없습니다.」 그가 얼굴을 붉히며 말했다. 「자유란 살아 있건, 살아 있지 않건 상관없게 되었을 때 얻어지는 겁니다. 이것이 모든 사람을 위한 목적입니다.」

「목적이라고요? 그렇다면 아무도 살기를 원치 않게 되겠군요?」

「아무도요.」 그는 단호하게 말했다.

「인간이 죽음을 두려워하는 것은 삶을 사랑하기 때문입니다. 저는 그렇게 이해하고 있습니다.」 내가 말했다. 「이것은

50 러시아의 무게 단위. 1뿌드는 약 16.38킬로그램이다.

자연의 명령이지요.」

「그건 비열한 겁니다. 전부 기만입니다!」 그의 눈이 번뜩이기 시작했다. 「삶은 고통입니다, 삶은 공포입니다. 그래서 인간은 행복하지 않습니다. 지금은 모든 것이 고통과 공포입니다. 지금 인간은 삶을 사랑합니다. 왜냐하면 고통과 공포를 사랑하기 때문이지요. 그런 식으로 만들어진 것입니다. 삶은 현재 고통과 공포를 대가로 주어진 것이며, 이것이 바로 기만이라는 겁니다. 현재의 인간은 아직 진정한 인간이 아닙니다. 행복하고 당당한 새로운 인간이 나타날 것입니다. 살아 있건, 살아 있지 않건 상관없는 인간, 그들이 새로운 인간이 될 것입니다. 고통과 공포를 이겨 내는 인간, 그가 스스로 신이 될 것입니다. 그리고 이때 신은 존재하지 않게 될 것입니다.」

「그렇다면 당신 생각엔 신이 존재한다는 말입니까?」

「신은 없습니다, 그러나 신은 있습니다. 바위 자체에는 고통이 없지만, 바위에 대한 공포에는 고통이 있습니다. 신은 죽음의 공포가 야기하는 고통입니다. 고통과 공포를 이겨 내는 인간, 그가 스스로 신이 될 것입니다. 그때 새로운 삶이, 새로운 인간이, 새로운 모든 것이 생겨날 것입니다……. 그때 역사는 두 부분으로 갈라집니다. 하나는 고릴라에서 신의 소멸까지, 다른 하나는 신의 소멸에서…….」

「고릴라까지요?」

「……지구와 인간의 물리적 변화까지입니다. 인간은 신이 되고 육체적으로 변할 것입니다. 세상도 변하고 사물도 변하고, 사상과 모든 감정도 변할 것입니다. 어떻게 생각하십니까? 그때가 되면 인간도 육체적으로 변할까요?」

「살아 있건, 살아 있진 않건 상관없다면 모두가 자살할 텐데, 바로 이것이 변화겠지요.」

「그건 상관없습니다. 기만은 살해될 테니까요. 최고의 자유를 원하는 사람이라면 감히 자신을 죽일 수 있어야 합니다. 감히 자신을 죽일 수 있는 사람은 기만의 비밀을 간파한 사람입니다. 더 이상의 자유는 없습니다. 이것이 전부이며, 더 이상 아무것도 없습니다. 감히 자신을 죽일 수 있는 사람, 그가 신입니다. 그렇게 되면 누구든지 신이 존재하지 못하게, 아무것도 존재하지 못하게 할 수 있을 것입니다. 그러나 아직은 아무도 그것을 해내지 못했습니다.」

「자살한 사람이 수백만 명은 될 텐데요.」

「그러나 그런 이유는 아니었습니다. 모두가 공포를 가지고 한 것이지 그것을 위해서 한 것은 아닙니다. 공포를 죽이기 위해서 한 것은 아닙니다. 공포를 죽이기 위해서 자신을 죽이는 사람, 바로 그 사람만이 신이 될 것입니다.」

「아마 성공하지 못할 것 같은데요.」 내가 지적했다.

「그건 상관없습니다.」 그는 거의 경멸에 가까울 정도로 평안하고 거만한 자세로 조용히 대답했다. 「당신이 비웃고 있는 것 같아서 유감입니다.」 그가 30초 정도 지난 뒤 덧붙였다.

「저는 그냥 당신이 아까 전에는 그렇게 화를 내더니 지금은 열변을 토하면서도 너무 침착해서 이상하다는 생각을 하고 있습니다.」

「아까 전에요? 그때는 우스웠지요.」 그가 미소를 지으며 대답했다. 「나는 남을 욕하는 걸 좋아하지 않습니다. 절대 남을 조롱하지도 않고요.」 그는 슬픈 표정으로 이렇게 덧붙였다.

「당신은 차를 드시며 별로 즐겁지 않게 밤 시간을 보내고 계시네요.」 나는 일어나서 모자를 집어 들었다.

「그렇게 생각하십니까?」 그는 약간 놀라며 웃었다. 「도대체 왜 그럴까요? 아니, 나는…… 나는 모르겠습니다.」 그는 갑자기 당황스러워했다. 「다른 사람들은 어떤지 모르겠지만, 나는 누구나 하는 것처럼 할 수는 없을 것 같다는 느낌이 듭니다. 사람들은 대개 어떤 생각을 하다가, 곧바로 다른 생각으로 넘어갑니다. 나는 다른 생각을 할 수가 없습니다. 평생 동안 한 가지 생각만 해왔습니다. 신은 나를 평생 괴롭혀 왔습니다.」 그는 갑자기 놀랄 만큼 격정적으로 말을 맺었다.

「실례지만, 왜 그렇게 러시아어 사용이 정확하지 않은지 말씀해 주시겠습니까? 혹시 외국에 5년 동안 계시면서 배운 것을 잊어버리셨나요?」

「내 말이 그렇게 부정확합니까? 몰랐군요. 하지만 외국에 있었기 때문은 아닙니다. 나는 평생 동안 이렇게 말해 왔거든요……. 상관없습니다.」

「좀 더 민감한 질문이 있습니다. 나는 당신이 사람들과 만나는 것도 싫어하고 대화도 거의 하지 않는다고 믿어 왔습니다. 그런데 지금 나하고는 왜 이야기를 나누었습니까?」

「당신과요? 당신이 아까 앉아 계시던 모습이 좋아서요. 그리고 당신은…… 하긴, 상관없지만…… 제 형과 아주 많이 닮았습니다, 놀라울 정도로요.」 그가 얼굴을 붉히며 말했다. 「형은 7년 전에 사망했는데 아주, 아주 많이 닮았습니다.」

「당신의 사상이 형성되는 데 큰 영향을 준 모양입니다.」

「아니요, 말이 거의 없었습니다. 아무 말도 하지 않았지요. 당신 메모는 전해 드리겠습니다.」

그는 문을 잠그려고 등불을 들고 대문까지 나를 배웅해 주었다. 〈틀림없이 미친 사람이야.〉 나는 속으로 단정했다. 대문에서 나는 또 다른 사람과 마주쳤다.

9

내가 높은 문턱을 넘으려고 발을 드는 순간 갑자기 누군가의 억센 손이 내 멱살을 움켜잡았다.

「어떤 놈이냐?」 누군가의 목소리가 쩌렁쩌렁 울렸다. 「친구냐, 적이냐? 정체를 밝혀라!」

「우리 편이야, 우리 편!」 바로 옆에서 리뿌찐의 날카로운 목소리가 들려왔다. 「이분은 G 씨야. 고전 교육을 받고 상류 사회와 연을 맺고 있는 젊은 분이라고.」

「상류 사회와 연이 닿아 있다니 잘됐군. 고-전-적이라면 교-양-도 있을 테고……. 나, 퇴역 대위 이그나뜨 레뱟낀은 세상과 친구들을 위해 봉사할 준비가 되어 있다……. 그들이 진실하다면, 진실하다면 말이다, 비열한 놈들!」

레뱟낀 대위는 10베르쇼끄나 되는[51] 키에 살이 쪄 뚱뚱했으며, 고수머리에다 술에 엄청 취해 얼굴이 새빨갰다. 그는 내 앞에 간신히 서서 혀 꼬부라진 소리로 말했다. 하긴 나는 이전에도 그를 먼발치에서 본 적이 있었다.

「아, 이놈도 있군!」 그는 등불을 든 채 아직 가지 않고 있던 끼릴로프를 알아보고 다시 으르렁거렸다. 그는 주먹을 들어 올렸다가 바로 내렸다.

「학식이 있으니 용서해 준다! 이그나뜨 레뱟낀은 교-양-있-는 사람이니…….

51 환산하면 180센티미터가 넘는 키이다.

불타오르는 사랑의 유탄이 폭발하네,
이그나뜨의 가슴속에.
쓰디쓴 괴로움에 새삼 눈물 흘리네,
팔을 잃은 병사가 세바스또뽈에서.

세바스또뽈 전투에 참전한 적도 없고 팔을 잃지도 않았지만, 이 얼마나 멋진 운율인가!」 레뱟낀은 술에 취한 면상을 나에게 들이댔다.

「이분은 이럴 시간이 없어, 이럴 시간이 없다고. 집에 가셔야 해.」 리뿌찐이 설득했다. 「내일 리자베따 니꼴라예브나에게 죄다 전하고 말 거야.」

「리자베따에게!」 레뱟낀은 다시 고함을 질렀다. 「거기 서라, 가면 안 돼! 이번엔 변주곡이다.

말을 탄 별이 날아다니네,
말 탄 여인들의 원무 사이로;
말 위에서 내게 미소 짓고 있다네,
어린 귀-족-이.

〈빛나는 별 — 말 탄 여인에게〉

이거야말로 송가라는 거다! 이것이 송가다. 네가 당나귀가 아니라면 알겠지! 건달들이 이해할 리가 없지! 거기 서라!」 나는 온 힘을 다해 쪽문을 빠져나가려고 했지만, 그는 내 외투를 꽉 잡았다. 「나는 명예로운 기사라고 전해라. 그런데 다시까[52]는…… 다시까를 이 두 손가락으로 그냥…… 농노 주제

52 다리야를 낮춰 부르는 말.

에 감히…….」

그러다가 그는 넘어지고 말았다. 내가 힘껏 그의 손을 뿌리치고 길을 따라 달려갔기 때문이다. 리뿌찐이 내 뒤를 바짝 따라왔다.

「저 사람은 알렉세이 닐리치가 일으켜 줄 겁니다. 내가 방금 그에게서 무슨 이야기를 들었는지 아십니까?」 그는 숨을 헐떡거리며 떠들어 댔다. 「조금 전 그 시 들으셨지요? 그는 〈나의 별 — 기사님〉에게 쓴 시들을 봉투에 넣고 자필 서명을 해서 내일 리자베따 니꼴라예브나에게 보낸답니다. 어찌 된 인간인지!」

「나는 당신이 그를 부추겼다는 데 내기라도 걸겠소.」

「그렇다면 당신이 졌습니다!」 리뿌찐이 껄껄거리며 웃었다. 「사랑에 빠진 것이지요, 고양이처럼 사랑에 빠졌단 말입니다. 그런데 처음엔 증오에서 시작되었습니다. 그는 처음에는 리자베따 니꼴라예브나가 말을 타고 다닌다고 엄청 미워했거든요. 거리에서 큰 소리로 욕할 뻔한 적도 있습니다. 아니, 실제로 욕을 했습니다! 그저께만 해도 리자베따 양이 말을 타고 다닌다고 욕을 했습니다. 다행히 그녀는 듣지 못했지요. 그런데 오늘 갑자기 시를 쓰다니! 그가 위험을 무릅쓰고 청혼까지 할 생각인 건 알고 계십니까? 진지합니다, 정말 진지해요!」

「나는 당신에게 놀랐소, 리뿌찐. 이런 더러운 일이 벌어지는 곳이면 어디든 당신이 있고, 어디서든 당신이 상황을 이끌어 가니 말이오!」 나는 격분해서 말했다.

「말이 지나치십니다, G 선생. 경쟁자에게 겁을 집어먹고 가슴이 철렁한 것 아닙니까, 네?」

「뭐라고-오?」 나는 걸음을 멈추고 소리를 질렀다.

「이제 당신에 대한 벌로 더 이상 아무것도 이야기해 주지 않겠습니다! 하지만 당신은 어떻게든 듣고 싶겠지요? 한 가지만 말씀드리자면, 저 바보 녀석은 이제 단순한 대위가 아니라, 우리 현의 지주가 되었습니다. 그것도 상당히 유력한 지주가 되었지요. 니꼴라이 프세볼로도비치가 전에 2백 명의 농노가 딸려 있던 자기 영지를 며칠 전 그에게 팔아 버렸거든요. 맹세코 이것은 거짓말이 아닙니다! 방금 알게 된 이야기인데, 출처도 아주 확실합니다. 더 이상 말하지 않을 테니 나머지는 당신이 알아내시지요. 안녕히 가십시오!」

10

스쩨빤 뜨로피모비치는 신경질적으로 조바심을 내며 나를 기다리고 있었다. 그는 이미 한 시간 전쯤 돌아와 있었던 것이다. 내가 도착했을 때, 그는 마치 술에 취한 사람 같았다. 적어도 처음 5분 동안은 그가 취했다고 생각했다. 슬프게도 드로즈도프 집안을 방문한 일은 그를 완전히 혼란스럽게 만들고 말았다.

「*Mon ami*(이보게 친구), 나는 완전히 갈피를 잡을 수 없게 되었네……. 리즈[53]는…… 나는 이 천사를 여전히 사랑하고 아끼고 있네, 전과 마찬가지로. 하지만 그들 두 모녀는 이것저것 알아내려고 나를 기다린 것 같더군. 나에게서 솔직하게 이야기를 끌어내고, 그다음에는 알아서 갈 길 가라는…… 식이

53 리자의 프랑스식 이름.

었네.」

「그런 말씀을 하시다니 부끄럽지 않습니까?」 나는 참지 못하고 소리쳤다.

「이보게, 나는 지금 완전히 혼자네. *Enfin, c'est ridicule*(결국 우습게 된 거지). 한번 생각해 보게, 그 집에서도 모든 것이 비밀 이야기로 가득했다네. 모녀는 나에게 달려들어 예의 그 코와 귀에 얽힌 사건, 그 밖에 뻬쩨르부르끄의 비밀 같은 걸 알아내려고 하더군. 모녀는 여기 와서 처음으로 4년 전 니꼴라에게 일어났던 이야기를 들은 모양이야. 〈선생님은 여기 계시면서 보셨어요? 그가 미쳤다는 게 사실이에요?〉 어디서 이런 생각이 나왔는지 모르겠네. 쁘라스꼬비야 부인은 왜 그렇게 니꼴라가 실성한 사람이었길 바라는 것일까? 그 여자는 정말 그러기를 바라고 있었네! 그 모리스[54]인가, 마브리끼 니꼴라예비치인가 하는 그 친구는 *brave homme tout de même*(어쨌든 훌륭한 젊은이)이긴 한데, 이것이 과연 그에게 유리할까? 더구나 쁘라스꼬비야 부인이 파리에서 *cette pauvre amie*(자기 불쌍한 친구)에게 먼저 그런 편지를 써 보냈는데 말이야……. *Enfin*(요컨대) 쁘라스꼬비야 부인은, *cette chère amie*(나의 친애하는 친구)이긴 하지만, 하나의 전형, 불멸의 전형적 인물인 고골의 꼬로보치까 부인[55]이라네. 다만 그녀는 무한히 확대된 모습의 사악한 꼬로보치까, 성미 급한 꼬로보치까이지.」

「그러다 큰 상자 부인이 되겠는데요. 그렇게 확대되었으니

54 마브리끼의 프랑스식 이름.

55 꼬로보치까는 〈작은 상자〉라는 뜻으로, 고골의 『죽은 혼』에 등장하는 소심하고 의심 많은 부인의 이름이다.

말입니다.」

「그럼 축소된 거라고 하지, 상관없네. 내 말을 가로막지만 말게, 이야기가 계속 뱅뱅 돌고 있으니. 거기서 그들은 완전히 절연하고 말았네. 리즈는 빼고. 리즈는 여전히 〈아주머니, 아주머니〉 하고 부르지만, 교활한 데다, 뭔가 속셈이 있어. 비밀들 말일세. 하지만 노부인과는 싸우고 절연한 게 분명해. 사실 *cette pauvre*(이 불쌍한) 아주머니는 모두에게 폭군처럼 행동하긴 하거든……. 하지만 지사 부인의 등장이나, 사교계의 무례함, 까르마지노프의 〈무례함〉 탓도 있지. 그런데 이때 갑자기 아들이 미쳤다는 이야기가 나오고, *ce Lipoutine, ce que je ne comprends pas*(게다가 리뿌찐 문제까지, 나로선 도저히 이해할 수 없는 일들까지) 튀어나오더니, 그녀가 머리를 식초에 적셨다는 얘기까지 들려오더군. 그런데 우리는 또 우리대로 불평하고 편지를 보냈으니…… 아, 내가 바로 그러한 때 그녀를 얼마나 괴롭혔던가! *Je suis un ingrat*(나는 배은망덕한 인간이야)! 그런데 집에 돌아오니 그녀의 편지가 와 있었네. 읽어 보게, 읽어 봐! 아, 내가 얼마나 배은망덕한 짓을 한 건지!」

그는 방금 바르바라 뻬뜨로브나에게서 받은 편지를 내게 건네주었다. 그녀는 아침에 자신이 말한 〈집에 계세요〉라는 말을 후회하고 있는 것 같았다. 편지는 정중했지만, 그럼에도 단호하고 간단했다. 그녀는 스쩨빤 뜨로피모비치에게 모레 일요일 12시 정각에 와달라고 부탁하면서, 친구들 중 누구라도 데리고 오라고 했다(괄호 안에는 내 이름이 적혀 있었다). 자기 쪽에서는 다리야 빠블로브나의 오빠인 샤또프를 부르겠다고 약속했다. 〈당신은 그 아이에게서 마지막 대답을 들

을 수 있을 거예요. 그러면 만족하시겠어요? 그런 형식적인 절차가 필요했나요?〉

「마지막에 절차 이야기를 하는 짜증스러운 문구를 주의해서 보게. 정말 가엾은 사람이야, 내 일생의 친구인데! 솔직히 말해 이 **갑작스러운** 운명의 결정은 나를 어김없이 짓눌러 버렸다네……. 솔직히 나는 아직까지 희망을 가지고 있었지만, 이제는 *tout est dit*(모든 것이 결정되었고), 나는 완전히 끝장나 버렸네. *C'est terrible*(무서운 일이야). 아, 그 일요일이 완전히 없어지고 모든 것이 예전과 같다면! 그러면 자네는 나를 찾아오고, 나는 여기 있으면서…….」

「조금 전 리뿌찐이 불러일으킨 역겨움과 유언비어가 선생님을 완전히 혼란에 빠뜨렸군요.」

「이보게, 자네는 지금 우정의 손길로 또 다른 아픈 곳을 건드렸네. 우정의 손길은 대개 무자비하고 때로 조리가 없기도 하지. *Pardon*(미안하네만), 자네가 믿지 않을지도 모르지만, 나는 그 역겨운 이야기를 거의 다 잊었네. 다시 말해 전혀 잊은 게 아니라, 나는 어리석은 인간인지라, 리즈의 집에 있는 동안 계속해서 행복해지려 애썼고 내가 행복하다고 확신했네. 하지만 지금은…… 아, 지금은 관대하고, 인정 많고, 나의 비천한 결점도 참아 주는 — 비록 완전히 참아 주지는 않지만 — 저 부인에 대해서 생각하고 있었네. 나 자신이 어떤 인간인지, 얼마나 하찮고 추악한 성격을 가진 인간인지를 생각한다면 할 말이 없지! 사실 나는 고집 센 어린아이, 이기심으로 가득 차 있으면서 순진함은 없는 어린애라네. 그녀는 20년 동안이나 유모처럼 나를 보살펴 주었네. 리즈가 붙여 준 우아한 호칭처럼, *cette pauvre*(이 불쌍한) 아주머니가 말이야……. 그런데 갑자기 20년이 지난 뒤 그 어린애가 결혼하고 싶다고 결혼, 결혼 노래를 부르고, 계속 편지를 써 보내니까, 그녀는 머리를 식초에 적시기까지 한 거지……. 그리고 이제 소원이 이루어져서, 일요일이면 신랑이 된다네. 농담이 아닐세……. 그런데 나는 무엇 때문에 고집을 부리고 왜 그렇게 편지를 써 보냈을까? 참, 잊고 있었는데, 리즈는 다리야 빠블로브나를 숭배하고 있다네. 적어도 그렇게 말했네. 다리야에 대해서 〈*C'est un ange*(그녀는 천사예요), 다만 좀 내성적일 뿐이죠〉라고 하더군. 그들 모녀는 내게 결혼하라고 권했네. 쁘라스꼬비야 부인조차…… 아니, 쁘라스꼬비야 부인은 권하지 않았어. 아, 그 〈꼬로보치까〉 속에 얼마나 독기를 품고 있던지! 사실 리즈도 개인적으로는 권하지 않았네. 〈무엇 때문에 결혼하세요? 학문을 즐기는 것으로도 충분하실 텐데.〉 그러면서 깔깔거리고 웃더군. 나는 그 웃음을 용서해 주었네, 그녀 자신도 마음속에 불안함이 있는 것 같아서 말이야. 그러면서 모녀가 말하기를 〈선생님은 여자 없이 안 되잖아요. 점점 노쇠해지시니 그 여자가 선생님을 잘 감싸 줄 거예요, 그렇지 않으면……〉이라고 하지 않겠나. *Ma foi*(사실) 나 역시 여기 앉아 자네와 이야기하는 내내 이런 생각을 하고 있었네. 파란만장한 내 인생의 마지막에 하느님이 그녀를 보내셔서 어떻게든 나를 감싸 주도록 한 것이다. 그렇지 않으면……. *Enfin*(결국) 집안일에 필요한 사람이라고 말일세. 저기 내 방은 먼지투성이라네, 저길 한번 보게, 모든 게 항상 널려 있지. 조금 전에 치우라고 지시했는데, 책은 마루에 있고. *La pauvre amie*(저 불쌍한 여자는) 우리 집이 먼지투성이라고 항상 화를 내곤 했지……. 아, 이제는 그녀의 쩌렁쩌렁 울리는 목소리도 들리지 않겠지! *Vingt ans*(20년이라네)! 두 모녀는 익명의 편지도 여러 통 받은 것 같았어. 기가 막혀서, 니콜라는 레뱟낀에게 영지를 판 모양이야. *C'est un monstre, et enfin*(이 괴물은 결국), 레뱟낀은 대체 어떤 인간일까? 리즈는 계속 듣기만 하더군. 후, 얼마나 열심히 듣던지! 나는 그녀의 웃음을 용서해 주었네. 그녀가 어떤 얼굴로 듣고 있는지 보았거든. 그런데 그 모리스라는 젊은이는…… 나라면 지금 그가 맡고 있는 역할 같은 건 하고 싶지 않았을 텐데, *brave homme tout de même*(어쨌든 훌륭한 젊은이이긴 하지만), 좀 내성적이야. 하긴 나하고는 상관없는 일이니…….」

그는 입을 다물었다. 그는 지친 데다 녹초가 되어 고개를 숙인 채 피곤한 시선으로 바닥을 내려다보며 가만히 앉아 있었다. 나는 그 틈을 이용해서 필리뽀프 집을 방문했던 이야기를 꺼내면서 덧붙여 내 의견을 단호하고 간단명료하게 밝혔다. 즉, 레뱟낀의 누이(그녀를 본 적은 없다)는 사실 언젠가, 리뿌찐이 말한 대로 니콜라의 삶에서 수수께끼와 같은 시절 그에게 희생되었을 수도 있다는 것과, 레뱟낀이 무슨 이유에서인지 니콜라에게서 돈을 받는 것은 충분히 있을 수 있는 일이지만, 그냥 그뿐이라는 것이었다. 다리야 빠블로브나에 대한 유언비어와 관련해서는 전부 헛소리이고 비열한 리뿌찐의 억지에 불과하며, 적어도 알렉세이 닐리치가 그렇게 열을 내며 확신하는 이상 그를 믿지 않을 이유가 없다는 말도 했다. 스쩨빤 뜨로피모비치는 자신과 상관없는 일이라는 듯 멍한 표정으로 내 말을 듣고 있었다. 나는 말이 나온 김에 끼릴로프와의 대화를 언급하며 그가 미친 건지도 모르겠다고 덧붙였다.

「그는 미친 게 아니라, 생각이 짧은 부류의 사람일세.」 선생은 축 처져서 마지못해 우물거렸다. 「*Ces gens-là supposent la nature et la société humaine autres que Dieu ne les a faites et qu'elles ne sont réelement*(이런 사람들은 자연과 인간 사회를 신이 창조한 그대로의 것과, 혹은 실제 드러난 것과 다르게 상상하고 있지). 사람들은 그런 부류와 어울리고는 하지만, 적어도 나 스쩨빤 뜨로피모비치는 그렇지 않네. 나는 *avec cette chère amie*(친애하는 친구와 함께) (아, 나는 그때 그녀를 얼마나 모욕했던지!) 뻬쩨르부르끄에서 그런 사람들을 만난 적이 있는데, 나는 그들의 욕설뿐만 아니라 그들이 하는 칭찬에 대해서도 전혀 놀라지 않았다네. 지금도 겁나지 않아. *Mais parlons d'autre chose*(하지만 이제 다른 이야기를 하세)……. 나는 아무래도 끔찍한 일을 저지른 것 같네. 글쎄 어제저녁에 다리야 빠블로브나에게 편지를 보냈는데…… 지금 그것 때문에 나 자신이 얼마나 저주스러운지!」

「뭐라고 쓰셨는데요?」

「이보게, 어쨌든 고결한 마음으로 그렇게 했다는 것만은 믿어 주게. 내가 5일 전에 역시 고결한 심정으로 니콜라에게 편지를 썼다는 이야기를 전해 주었네.」

「이제 알겠군요!」 나는 불같이 화를 내며 소리 질렀다. 「당신이 무슨 권리로 그 두 사람을 그렇게 연결시키는 겁니까?」

「하지만, *mon cher*(이보게 친구), 나를 그런 식으로 압박하지 말고, 소리도 지르지 말게. 이미 완전히 짓밟혀 버렸으니까, 마치…… 마치 바퀴벌레처럼. 하지만 끝끝내 나는 이것이 매우 고결한 행동이었다고 생각하네. 실제로…… *en Suisse*(스위스에서)…… 무슨 일이 있었다거나…… 아니면 뭔가 시작되었다고 가정해 보게. *Enfin*(결국) 그들의 마음에 방해가 되지 않도록, 그들이 가는 길에 장애가 되지 않도록 그들 마음을 물어봐야 하지 않겠나? 나는 단지 고결한 마음에서 한 일이었네.」

「맙소사, 그런 어리석은 행동을 하다니!」 나도 모르게 이 말이 튀어나왔다.

「어리석은 짓이지, 어리석은 짓이야!」 그가 재빨리 내 말을 가로챘다. 「자네가 지금까지 이보다 더 똑똑한 말을 한 적이 없는 것 같군. *C'était bête, amis que faire, tout est dit*(어리석은 짓이었지, 하지만 이미 끝난 마당에 뭘 하겠나). 어쨌든 결혼은 할 걸세, 비록 〈타인의 죄〉와 하는 것이라 하더라도. 그러고 보니 무엇 때문에 편지를 썼을까? 그렇지 않은가?」

「또 그런 말씀을 하시다니!」

「아, 이제는 자네 고함도 나를 위협하지 못하네. 지금 자네 앞에 있는 사람은 더 이상 스쩨빤 베르호벤스끼가 아닐세. 그 사람은 죽었어, *Enfin, tout est dit*(결국, 다 끝났단 말일세). 그런데 자네는 무엇 때문에 그렇게 고함을 치고 있나? 단지 자네가 결혼하는 게 아니기 때문에, 자네는 그 유명한 머리 장식을 쓰지 않아도 되니까 그런 말을 하는 거지. 내가 또 자네를 불쾌하게 했나? 불쌍한 친구, 자네는 여자를 몰라, 하지만 나는 계속 여자를 연구해 왔네. 〈전 세계를 정복하고자 한다면 자신을 먼저 정복하라.〉 이 말은 자네 같은 낭만파이자 내 처남인 샤또프가 유일하게 제대로 말한 명언일세. 나는 그의 격언을 기꺼이 가져다 쓰고 있는 것이네. 자, 이제 나는 자신을 정복할 준비가 되어 있고 결혼할 예정이네만, 그렇게 싸워서 온 세상 대신 얻는 건 무엇일까? 아, 친구, 결혼이란 모든 당당한 영혼과 모든 독립성의 도덕적 죽음일세. 결혼 생활은 나를 타락시키고 일에 봉사하는 나의 힘과 용기를 빼앗아 버릴 거야. 아이라도 생기면, 아마 내 아이가 아니겠지만, 물론 내 아이는 아닐 테지. 현자는 진실에 직면하는 것을 두려워하지 않는다네……. 리뿌찐은 아까 바리케이드를 쳐서 니꼴라를 막으라고 제안했네만, 리뿌찐, 그자는 바보야. 여자는 모든 것을 꿰뚫어 보는 눈조차 속이거든. *Le bon Dieu*(하느님은) 물론 여자를 창조하면서 무슨 일을 당할지 알고 계셨을 거야. 하지만 확신컨대 여자가 하느님을 방해해서 지금과 같은 모습으로…… 그런 속성을 가진 존재로 창조되도록 만들었을 거야. 그렇지 않고서야 대체 누가 쓸데없이 저런 걱정거리를 초래하고 싶겠나? 나스따시야는 이런 자유사상을 들으면 내게 화를 내겠지, 하지만…… *Enfin tout est dit*(결국 다 끝났어).」

그는 자기 시대에 한창 유행하던 자유사상의 싸구려 말장난이라도 하지 않으면 제정신을 차릴 수 없었을 것이다. 적어도 지금은 말장난으로 스스로를 위로하고 있었지만, 그것도 오래가지는 못했다.

「아, 모레가, 이번 일요일이 완전히 없어진다면!」 그는 갑자기 이렇게 소리쳤지만, 이미 완전한 절망 상태였다. 「비록 이번 한 주만이라도 일요일이 없어진다면! *Si le miracle existe*(만일 기적이라도 일어나 준다면)? 그런데 신이 이번 한 번만 달력에서 일요일을 삭제하는 게 뭐 그리 어려울까? 무신론자들에게 자신의 전능함을 증명해 보이기 위해서 말일세, *et que tout soit dit*(그러면 그것으로 충분할 텐데)! 아, 내가 그 사람을 얼마나 사랑했는데! 20년 동안, 꼬박 20년 동안을 말일세. 그런데 그 사람은 결코 나를 알아주지 않았어!」

「지금 누구 얘기를 하시는 건가요? 무슨 얘기인지 이해가 안 되는데요!」 내가 놀라서 물었다.

「*Vingt ans*(20년 동안)! 단 한 번도 나를 알아주지 않았다네. 아, 이 얼마나 잔인한가! 그녀는 내가 정말 공포나 가난 때문에 결혼하는 거라고 생각하고 있을까? 오, 수치스럽군! 아주머니, 아주머니, 나는 당신을 위해서! 오, 그녀가, 이 아주머니가 바로 내가 20년 동안 숭배해 왔던 유일한 여성이라는 것을 알게 해야 해! 그녀는 이것을 알아야만 해, 그렇지 않으면 결혼식은 없을 거야. 그렇지 않으면 *ce qu'on appelle le*(소위) 결혼식장까지 나를 강제로 끌고 가야만 할 거야!」

나는 처음으로 이런 고백을, 그렇게 박력 있게 표현된 고백을 들었다. 나는 웃음이 터질 것 같아 미칠 뻔했다는 걸 숨기지는 않겠다. 하지만 그건 옳지 않았다.

「이제 내게는 그 아이 하나만, 하나만 남았구나, 나의 유일한 희망!」 그는 새로운 생각에 깜짝 놀란 것처럼 갑자기 손뼉을 쳤다. 「이제 그 아이, 내 불쌍한 아들만이 나를 구해 줄 텐데. 오, 대체 왜 오지 않고 있는 건가! 오, 내 아들, 오, 나의 뻬뜨루샤……. 내가 비록 아버지라 불릴 자격도 없고, 오히려 호랑이 같았지만, 하지만…… *laissez-moi, mon ami*(나를 내버려 두게, 친구), 좀 누워서 생각을 정리해야겠네. 너무 피곤하군, 너무 피곤해. 자네도 자야 할 시간인 것 같은데. *Voyez-vous*(보게나), 자정이 되었네…….」

제4장

절름발이 여인

1

샤또프는 고집을 부리지 않고, 내가 메모해 놓은 대로 정오에 리자베따 니꼴라예브나의 집을 찾아왔다. 우리는 거의 동시에 안으로 들어갔다. 나 역시 첫 번째 방문이었다.

그들 모두, 즉 리자, 그녀의 어머니, 마브리끼 니꼴라예비치는 큰 홀에 앉아서 말다툼을 벌이고 있었다. 어머니가 리자에게 피아노로 어떤 왈츠 곡을 연주해 달라고 부탁했는데, 그녀가 왈츠를 치기 시작하자마자 어머니는 그 곡이 아니라고 우겼다. 마브리끼 니꼴라예비치는 단순한 성격답게 리자를 편들면서 그 왈츠가 틀림없다고 단언했다. 노부인은 악에 받쳐 눈물까지 흘렸다. 그녀는 병이 들어 힘들게 걸어다니는 상황이었다. 다리가 퉁퉁 부어올라 며칠 동안 변덕을 부리고 사람들에게 시비만 걸었다. 그러나 리자만은 약간 두려워했다. 그들은 우리의 방문에 기뻐했다. 리자는 기쁜 나머지 얼굴을 붉혔고, 물론 샤또프를 데려온 것에 대한 인사였지만 내게 〈*Merci*(고맙다)〉라고 말했다. 그녀는 샤또프에게 다가가서 신기하다는 듯이 그를 자세히 들여다보았다.

샤또프는 어색하게 문 앞에 서 있었다. 리자는 그에게 찾아와 줘서 고맙다고 말한 뒤 어머니에게 안내했다.

「이분은 제가 말씀드렸던 샤또프 씨, 그리고 이분은 G 씨라고 저와 스쩨빤 뜨로피모비치의 절친한 친구예요. 마브리끼 니꼴라예비치와도 어제 인사했어요.」

「어느 분이 교수님이시니?」

「교수님은 아무도 없어요, 어머니.」

「아니야, 있어. 네가 직접 교수님이 오신다고 말했잖니. 아마 이분인 것 같은데.」 그녀는 꺼림칙한 표정으로 샤또프를 가리켰다.

「교수님이 오신다고 말한 적은 전혀 없는데요. G 씨는 직장에 다니시는 분이고, 샤또프 씨는 전직 대학생이에요.」

「대학생이나 교수나 모두 대학 출신이라는 건 똑같지. 너는 항상 언쟁하려고 하더라. 스위스의 교수님은 콧수염도 있고 턱수염도 있었는데.」

「어머니는 스쩨빤 뜨로피모비치의 아드님을 항상 교수님이라고 부른답니다.」 리자는 이렇게 말하며 샤또프를 홀 반대편 끝에 있는 소파로 데려갔다.

「어머니는 다리가 부으면 늘 저러세요. 이해하시겠지만, 아프셔서.」 그녀는 여전히 굉장한 호기심을 가지고, 특히 위로 솟은 그의 고수머리를 계속 들여다보며 이렇게 속삭였다.

「당신은 군인인가요?」 노부인이 내게 물었다. 리자는 나를 무정하게 내버려 두었던 것이다.

「아닙니다, 저는 문관 근무를 하고 있습니다…….」

「G 씨는 스쩨빤 뜨로피모비치의 절친한 친구세요.」 리자가 바로 대답했다.

「스쩨빤 뜨로피모비치 밑에서 일하고 계신가요? 그런데 그분도 교수 아닌가요?」

「아, 어머니, 그러다 밤에도 교수님 꿈만 꾸시겠어요.」 리자가 짜증 난다는 듯이 소리쳤다.

「현실에서 보는 것만으로도 너무나 충분하단다. 너는 항상 엄마 말에 반박만 하는구나. 당신은 니꼴라이 프세볼로도비치가 여기 왔던 4년 전에도 이곳에 계셨나요?」

나는 그렇다고 대답했다.

「그럼 무슨 영국 사람인가도 당신들과 함께 있었나요?」

「아니요, 없었습니다.」

리자가 웃기 시작했다.

「그것 봐라, 영국인은 전혀 없었다지 않니. 그러니 거짓말인 거지. 바르바라 뻬뜨로브나와 스쩨빤 뜨로피모비치가 거짓말한 거야. 그래, 모두가 거짓말을 하고 있어.」

「이건 어제 바르바라 아주머니와 스쩨빤 뜨로피모비치가 니꼴라이 프세볼로도비치와 셰익스피어의 『헨리 4세』에 나오는 해리 왕자 사이에 닮은 점이 있는 것 같다고 했기 때문이에요. 어머니가 영국인이 없었냐고 하시는 건 그걸 말씀하시는 거예요.」 리자가 내게 설명해 주었다.

「해리가 없었다면 영국인도 없었던 거다. 니꼴라이 프세볼로도비치 혼자 추태를 부린 거지.」

「분명히 말씀드리는데, 일부러 저러시는 거예요.」 리자가 샤또프에게 설명할 필요를 느껴 말했다. 「어머니는 셰익스피어를 아주 잘 알고 계세요. 제가 『오셀로』 1막을 읽어 드리기도 했답니다. 그런데 지금은 몸이 아주 편찮으세요. 어머니,

시계가 12시를 치고 있네요, 약 드실 시간이에요.」

「의사 선생님께서 오셨습니다.」 문 앞에 하녀가 나타났다.

노부인은 일어나서 개를 부르기 시작했다. 「제미르까, 제미르까, 너라도 나와 함께 가자.」

작고 초라한 늙은 개 제미르까는 말을 듣지 않고 리자가 앉아 있는 소파 밑으로 기어 들어가 버렸다.

「가기 싫으니? 그럼 나도 네가 싫다. 잘 가세요, 신사 양반, 당신 성함을 몰라서.」 그녀가 내게 말했다.

「안똔 라브렌찌예비치입니다…….」

「상관없어요, 나는 한쪽 귀로 듣고 한쪽 귀로 흘려버리니까요. 따라 나오지 않아도 돼요, 마브리끼 니꼴라예비치, 나는 그저 제미르까를 불렀을 뿐이니까. 다행히 아직은 걸을 수 있으니, 내일은 마차를 타고 산책이라도 해야겠군.」

그녀는 화가 나서 홀을 나갔다.

「안똔 라브렌찌예비치, 잠시 마브리끼 니꼴라예비치와 이야기 나누고 계세요. 서로 좀 더 가까워지면 분명 두 분 모두에게 득이 될 거예요.」 리자는 이렇게 말하며 마브리끼 니꼴라예비치에게 다정한 미소를 지었다. 리자의 시선에 그의 온 얼굴이 활짝 빛났다. 나는 할 일도 없고 해서 마브리끼 니꼴라예비치와 이야기를 나누기 시작했다.

2

샤또프에 대한 리자베따의 용건은 놀랍게도 정말 문학에 관한 것뿐이었다. 이유는 모르겠지만 그녀가 뭔가 다른 이유로 샤또프를 불렀다고 나는 줄곧 생각하고 있었다. 우리, 즉 나와 마브리끼 니꼴라예비치는 그들이 우리에게 숨기지도 않고 아주 큰 소리로 말하는 것을 보고 그들의 대화에 귀를 기울이기 시작했다. 나중에는 우리까지도 그 논의에 초대되었다. 이야기의 요지는 리자베따 니꼴라예브나가 이미 오래전부터 유용하다고 여겨 온 책을 출판하려는데, 경험이 전혀 없다 보니 협력자가 필요하다는 것이었다. 그녀가 샤또프에게 자신의 계획을 설명할 때의 진지함은 나조차 놀라게 했다. 〈틀림없이 새로운 여성 중 한 명이야. 괜히 스위스에 있었던 게 아니군〉 하고 나는 생각했다. 샤또프는 방바닥을 뚫어지게 쳐다보며, 이 경박한 상류 사회 아가씨가 어울리지도 않을 것 같은 일에 손을 댔다는 사실에 전혀 놀라는 기색도 없이 주의 깊게 듣고 있었다.

문학적인 사업이란 다음과 같은 것이었다. 러시아에서는 수도와 지방에서 무수히 많은 신문과 잡지가 발간되고 있으며, 그것들을 통해 매일매일 많은 사건이 보도되었다. 1년이 지나면 신문들은 여기저기 찬장에 쌓여 있거나, 그냥 버려지거나, 찢기거나, 포장이나 덮개로 사용되기도 한다. 보도된 많은 사건은 독자들에게 깊은 인상을 주고 그들의 기억 속에 남아 있지만, 해가 지나갈수록 잊힌다. 많은 사람들이 나중에 어떤 사건을 조사해 보고 싶어도, 그것이 일어난 날짜도 모르고 장소도 모르고 심지어 연도도 모르는데, 이 방대한 종이 더미 속에서 찾기란 얼마나 힘든 일이겠는가? 그런데 이 모든 사실을 일정한 계획이나 일정한 사상을 기준으로 목차와 색인을 붙이고, 월 일 순으로 배열해서 1년 단위로 한 권의 책으로 묶어 낸다면, 그 하나의 묶음은, 보도된 사실들이 실제로 일어난 사건 전체와 비교해 지극히 작은 부분에 지나지 않는다 하더라도, 1년 동안의 러시아 삶의 전체적 특징을 그려 내 줄 수도 있을 것이다.

「무수히 많은 종이 대신 몇 권의 두꺼운 책으로 나온다, 그것뿐이군요.」 샤또프가 말했다.

그러나 리자베따 니꼴라예브나는 힘들고 서툴게 설명하면서도 자신의 의도를 열심히 변호했다. 책은 한 권으로 하되 너무 두꺼워선 안 된다는 점도 분명히 했다. 하지만 두꺼워지는 한이 있더라도 명료해야 한다. 왜냐하면 중요한 것은 사실을 제시하는 일정한 계획과 성격에 있기 때문이다. 물론 모든 사건을 모아 다시 인쇄할 필요는 없다. 정부의 명령이나 법령, 지방 규정, 법규 등 이런 것들이 매우 중요한 사실이긴 하지만, 자신이 제안하고 있는 이런 출판물에서는 완전히 빼버려도 좋다. 많은 것을 빼버리고 지금 현재 러시아 국민 개개인의 도덕적 삶이나 그들의 개성을 어느 정도 보여 줄 수 있는 사건들로 제한하면 된다. 물론 어떤 것이라도 포함시킬 수 있다. 기이한 사건, 화재, 기부 행위, 온갖 종류의 선행과 악행, 의견이나 연설, 홍수 보도와 정부 칙령까지도 말이다. 그러나 무엇보다 시대를 묘사하는 것들만을 선택해야 한다. 모든 것은 일정한 관점, 지침, 의도, 전체적 의미를 밝혀 주는 사상에 근거해 출판될 것이다. 그리고 마지막으로 책은 참고 도서로서는 말할 필요도 없지만, 가벼운 독서를 위해서도 흥미로워야 한다! 말하자면 이 책은 1년 동안 러시아인들의 정신적, 도덕적, 내적 삶의 묘사가 될 것이다. 「모두가 책을 사도록 해야 해요, 책상 위에 항상 비치되는 책이 되어야 해요.」 리자가 주장했다. 「저는 어떻게 계획하느냐에 따라 이 모든 일의 성패가 달려 있다고 생각해서 당신을 찾은 거예요.」 그녀는 이렇게 말을 맺었다. 그녀가 너무도 열심이었기 때문에, 설명이 막연하고 불충분한데도 샤또프는 이해하기 시작했다.

「그러니까 뭔가 경향을 띤다는 말이군요, 일정한 경향에 따라 사실들을 선택한다는.」 그는 여전히 고개를 들지 않고 중얼거렸다.

「결코 그렇지 않아요. 어떤 경향 아래에서 선택할 필요는 없어요. 아무런 경향도 필요 없다니까요. 단 하나, 공정할 것, 이게 바로 경향이에요.」

「경향이 나쁜 것만은 아니죠.」 샤또프가 살짝 몸을 움직였다. 「또 아주 조금이라도 무언가 선별한다면 결코 경향을 피할 수 없는 법이지요. 사실의 선택 속에 그것을 어떻게 이해해야 하는지에 대한 지침도 있으니까요. 나쁘지 않은 생각입니다.」

「그러니까 그런 책이 가능할까요?」 리자가 기뻐했다.

「생각을 좀 해볼 필요가 있겠군요. 이건 큰 사업이니까요. 당장은 아무것도 짐작이 되지 않겠지요. 경험이 필요합니다. 게다가 책을 출판한다 하더라도 어떤 방법으로 출판할지 또한 문제입니다. 아주 많은 경험을 쌓은 뒤에야 가능하겠지요. 하지만 생각의 싹은 이미 틔었군요. 착상은 훌륭합니다.」

그는 마침내 눈을 들었는데, 그의 시선은 만족감으로 빛났다. 그만큼 흥미를 느끼고 있었던 것이다.

「당신이 생각해 낸 겁니까?」 그는 부드럽고 조금은 수줍은 듯 리자에게 물었다.

「사실 고안해 내는 건 어려운 일이 아니지요, 계획이 어렵지.」 리자가 미소 지었다. 「전 아는 것도 별로 없고 그다지 영리하지도 않아서, 제게 분명해 보이는 것만 따라가지요…….」

「따라가신다고요?」

「제 말이 좀 이상하군요, 그렇죠?」 리자가 재빨리 물었다.

「그런 말도 가능하겠네요. 상관없습니다.」

「나는 외국에 있을 때부터 뭔가 유익한 일을 해야겠다는 생각이 들었어요. 나는 돈이 있는데도 쓸모없이 쌓아 두고만 있거든요. 나라고 공공사업을 위해 일하지 못할 이유가 없잖아요? 이 생각은 어쩌다가 불현듯 떠올랐어요. 일부러 고안한 것이 아니라 갑자기 떠올라서 아주 기뻤어요. 하지만 동업자가 없으면 불가능하다는 것을 이제 알겠어요. 나 혼자서는 아무것도 할 수 없으니까요. 동업자는 물론 책의 공동 출판자가 되는 거예요. 우리 반반씩 하기로 해요. 당신은 계획과 작업을, 나는 초기 구상과 출판비를 맡아요. 그러면 수지가 맞지 않을까요?」

「계획만 제대로 짠다면 책은 나올 수 있을 겁니다.」

「미리 말해 두지만, 이윤을 위해서 하는 건 아니에요. 하지만 책이 정말 팔렸으면 좋겠어요. 이윤을 얻는다면 자랑스러울 거예요.」

「그런데 저는 여기서 어떤 위치인가요?」

「동업자로 초빙한 것이라고 말했잖아요……. 반반씩 나눠서 하는. 당신은 계획을 짜주세요.」

「어떻게 제가 그런 계획을 짤 능력이 있다고 생각하셨습니까?」

「당신 이야기를 들은 적이 있어요, 여기 와서도 들었고……. 당신은 아주 똑똑하고…… 유익한 일도 하고 계시고…… 생각도 많이 한다고 알고 있어요. 스위스에서 뾰뜨르 스쩨빠노비치 베르호벤스끼가 이야기해 주셨거든요.」 그녀가 서둘러 이렇게 덧붙였다. 「그분은 정말 똑똑하세요, 그렇지 않나요?」

샤또프는 순간 스쳐 지나가는 듯한 눈길로 그녀를 쳐다보다가 바로 시선을 떨구었다.

「니꼴라이 프세볼로도비치도 당신 이야기를 많이 해주셨어요……」

샤또프는 갑자기 얼굴을 붉혔다.

「그럼, 여기 신문이 있어요.」 리자는 미리 준비해서 묶어 둔 신문 다발을 서둘러 책상 위에서 집어 들었다. 「선택할 때 참조하려고 여기 사실들에 표를 달고 선별 작업도 해놓았어요, 번호도 달았고요……. 한번 보세요.」

샤또프는 그 다발을 받아 들었다.

「집으로 가져가서 살펴보세요. 그런데 어디 사세요? 」

「보고야블렌스까야 거리에 있는 필리뽀프 집에 삽니다.」

「저도 그 집 알아요. 그곳에 레뱟낀인가 하는 어떤 대위도 살고 있다는 것 같던데요.」 리자는 여전히 조급하게 물었다.

손에 신문 다발을 든 샤또프는 손을 뻗어 잡은 그 상태로 아무 대답도 없이 땅만 쳐다보며 1분 동안 가만히 앉아 있었다.

「이런 일에는 다른 사람을 알아보시는 게 좋겠습니다. 저는 도저히 적합하지가 않습니다.」 마침내 그는 굉장히 이상하게 가라앉은 목소리로, 거의 속삭이듯이 말했다.

리자는 얼굴을 붉혔다.

「이런 일이라니, 무슨 말씀이죠?」 그녀가 소리쳤다. 「마브리끼 니꼴라예비치! 조금 전 그 편지 좀 가져다주세요.」

나도 마브리끼 니꼴라예비치를 따라 책상으로 다가갔다.

「이걸 좀 보세요.」 그녀는 크게 흥분해서 편지를 펼쳐 들며 갑자기 나를 향해 말했다. 「혹시 이런 걸 본 적 있으세요? 큰 소리로 한번 읽어 주시겠어요. 샤또프 씨도 들었으면 하니까요.」 나는 적지 않게 놀라면서 편지를 소리 내어 읽었다. 내용은 다음과 같았다.

뚜시나 양의 완전무결함에 바치며

친애하는 아가씨
엘리자베따 니꼴라예브나

오, 그녀는 얼마나 사랑스러운지
엘리자베따 뚜시나여,
친척과 나란히 부인용 안장에 앉아 날아다닐 때
그녀의 곱슬머리는 바람에 휘날리고,
어머니와 나란히 교회 바닥에 엎드릴 때
경건한 얼굴은 홍조를 띠는구나!
그때 나는 합법적인 결혼의 쾌락을 희망하며
그녀와 그녀의 어머니 뒤를 좇아 눈물을 보내노라.

논쟁 중인 무식자가 쓰다

친애하는 아가씨!

제가 무엇보다 유감스럽게 생각하는 것은, 세바스또뽈에는 한 번도 가본 적이 없기에 그곳에서 팔을 잃는 영예도 가져 보지 못했으며, 대신 전투 기간 내내 천한 일이라 여기며 한심한 군량 공급이나 담당하고 있었다는 것입니다. 당신은 고대의 여신이지만 저는 아무것도 아니기에 무한함에 대해 추측만 할 따름입니다. 이것을 시로만 보아 주십시오, 그 이상은 아무것도 아닙니다. 왜냐하면 시란 어쨌든 헛소리이며, 산문에서는 불손하다고 여겨질 만한 것도 용납될 수 있으니까요. 현미경을 통해서만 우글거리는 것이 보이는 무수히 많은 적충류 중 하나가 물 한 방울 속에서 태양을 향해 찬가를 지어 바쳤다고 해서 태양이 노여워할 수 있을까요? 뻬쩨르부르끄 상류 사회의 대형 가축 애호 클럽[56]조차 개와 말의 권리에는 동정을 표하면서 아주 작은 적충류에 대해서는 그것들이 어느 정도 성장에 도달하지 않았다는 이유로 전혀 언급도 하지 않고 멸시만 합니다. 저도 완전한 성장에 도달하지는 못했습니다. 결혼을 생각한다는 것이 이상하기 짝이 없어 보일 수도 있습니다. 그러나 저는 당신이 경멸하는 한 인간 증오자를 통해 곧 2백 명의 농노를 갖게 될 것입니다. 저는 많은 것을 알려 드릴 수 있으며, 서류 문제와 관련해서라면 시베리아를 가는 한이 있더라도 제출할 수 있습니다. 저의 청혼을 경멸하지 말아 주십시오. 적충류의 편지는 시로 이해해야 합니다.

시간이 한가한 공손한 친구
레뱌낀 대위

「이 편지는 무뢰한이 술에 취해서 쓴 것입니다!」 나는 엄청 화가 나서 소리쳤다. 「저는 그를 알고 있습니다!」

56 뻬쩨르부르끄에서 1865년에 설립된 〈러시아 동물 보호 협회〉를 말한다.

「어제 이 편지를 받았어요.」 리자는 얼굴이 새빨개져서 서둘러 우리에게 설명하기 시작했다. 「저는 바로 어떤 바보가 보낸 것이라고 생각해서 아직까지 어머니에게도 보여 드리지 않았어요. 어머니께 더 큰 걱정을 끼쳐 드리지 않으려고요. 하지만 이 사람이 계속 이런다면 저도 어떻게 해야 할지 모르겠어요. 마브리끼 니꼴라예비치는 찾아가서 그를 말리겠다고 하시네요. 저는 당신을 동업자로 보고 있으니까.」 그녀는 샤또프를 돌아보았다. 「또 당신은 그곳에 살고 있으니까, 그가 앞으로 또 어떤 짓을 더 하게 될지 판단하기 위해 당신께 물어보고 싶었어요.」

「그는 술주정뱅이에 무뢰한입니다.」 샤또프는 내키지 않는다는 듯이 중얼거렸다.

「그런데 그는 항상 이렇게 어리석은가요?」

「아니요, 취하지 않았을 때는 전혀 어리석지 않습니다.」

「저는 이 사람과 똑같이 그런 시를 지은 어떤 장군을 알고 있습니다.」 나는 웃으면서 말했다.

「이 편지에서조차 뭔가 엉큼한 구석이 엿보입니다.」 과묵한 마브리끼 니꼴라예비치가 갑자기 끼어들었다.

「그는 여동생과 함께 산다죠?」 리자가 물었다.

「네, 여동생과 같이 삽니다.」

「여동생을 학대한다던데, 정말인가요?」

샤또프는 다시 리자를 힐끔 쳐다보더니 얼굴을 찌푸리며 〈그것이 나하고 무슨 상관입니까!〉 하고 투덜거렸다. 그러고는 문 쪽으로 걸어갔다.

「아, 잠깐만요.」 리자가 조바심 내며 소리쳤다. 「대체 어딜 가세요? 아직 할 이야기가 많이 남았는데…….」

「하실 말씀이 더 남았습니까? 내일 알려 드리지요…….」

「그러니까 가장 중요한, 인쇄에 관한 거예요! 농담이 아니라 제가 진지하게 이 일을 하고 싶어 한다는 걸 믿어 주세요.」 리자는 점점 커져 가는 불안 속에서 이렇게 단언했다. 「출판하기로 결정하면, 과연 어디서 인쇄를 해야 할까요? 그것이 가장 중요한 문제잖아요. 그 때문에 모스끄바로 갈 수도 없고, 여기 인쇄소에서는 그런 인쇄를 하지 못할 테니까요. 저는 오래전부터 직접 인쇄소를 운영해야겠다고 결심했어요. 당신 이름을 빌려서라도 말이죠. 당신 이름으로 하면 어머니도 허락해 주실 거예요…….」

「당신은 왜 제가 인쇄업자가 될 수 있다고 생각하십니까?」 샤또프가 침울하게 물었다.

「그건 아직 스위스에 있을 때 뾰뜨르 스쩨빠노비치가 바로 당신을 언급하면서, 당신이 인쇄소를 운영할 수 있고 그 일에 정통하다고 했거든요. 당신에게 보낼 쪽지까지 써주겠다고 했는데, 제가 잊고 말았네요.」

이제 와서 생각해 보니 그때 샤또프의 얼굴이 변했던 것 같다. 그는 몇 초 동안 서 있다가 갑자기 방에서 나가 버렸다.

리자는 몹시 화를 냈다.

「저 사람은 항상 저런 식으로 나가나요?」 그녀는 나를 보며 이렇게 물었다.

나는 어깨를 으쓱했다. 그런데 샤또프가 갑자기 돌아오더니 곧장 책상으로 가서 들고 있던 신문 다발을 내려놓았다.

「저는 동업을 못하겠습니다, 시간이 없어서요…….」

「아니, 왜요? 화가 나신 것 같은데요?」 리자는 애원하는 듯 슬픈 목소리로 물었다.

그녀의 목소리가 그에게 충격을 준 것 같았다. 그는 그녀의 마음속 깊은 곳까지 들여다보고 싶은 듯 얼마 동안 그녀를 뚫어지게 쳐다보았다.

「그건 아무래도 좋습니다.」 그는 조용하게 중얼거렸다. 「하고 싶지 않습니다…….」

그러고는 그대로 떠나 버렸다. 리자는 심한 충격을 받아 완전히 제정신이 아니었다. 적어도 내게는 그렇게 보였다.

「대단히 이상한 사람이군!」 마브리끼 니꼴라예비치가 큰 소리로 말했다.

3

물론 〈이상하긴〉 했지만, 이 모든 일에는 불분명한 것들이 너무 많았다. 여기엔 뭔가 숨겨져 있었다. 나는 절대로 이 출판에 관한 이야기를 믿지 않았다. 그리고 그 바보 같은 편지 건도 마음에 걸렸다. 그 속에는 너무도 분명하게 〈서류 문제〉와 관련하여 뭔가 몰래 알려 주겠다는 이야기가 적혀 있었는데도, 그것에 대해서는 모두가 입을 다물고 전혀 다른 이야기만 주고받고 있었다. 마지막으로 인쇄소 건도 그랬다. 인쇄소 이야기를 꺼내자마자 샤또프가 돌연 자리를 떠나 버린 것 말이다. 이 모든 정황을 종합해 보니, 내가 오기 전에 무슨 일이 있었는데 나만 모르고 있다는 생각이 들었다. 그렇다면 나는 필요 없는 인간이며, 이것은 나와 상관없는 일이었다. 게다가 이제 갈 때도 되었고, 첫 방문으로는 이 정도면 충분했다. 나는 인사를 하기 위해 리자베따 니꼴라예브나에게 다가갔다.

그녀는 내가 방에 있다는 사실도 잊었는지, 책상 옆에 서서 한참 동안 고개를 숙이고 양탄자의 한 곳을 가만히 내려다보며 깊은 생각에 잠겨 있었다.

「아, 당신도 안녕히 가세요.」 그녀는 평상시의 상냥한 목소리로 중얼거렸다. 「스쩨빤 뜨로피모비치에게 인사 전해 주세요. 그리고 되도록이면 빨리 저를 방문해 달라는 말씀도 전해 주세요. 마브리끼 니꼴라예비치, 안똔 라브렌찌예비치 씨가 떠나실 거예요. 죄송하지만, 어머니는 인사하러 나오실 수가 없네요…….」

내가 밖으로 나와 계단을 거의 다 내려왔을 때쯤 하인이 갑자기 따라와 현관에서 나를 붙잡았다.

「마님께서 꼭 좀 돌아오셨으면 하십니다…….」

「마님인가, 리자베따 니꼴라예브나 아가씨인가?」

「아가씨입니다.」

나는 조금 전 우리가 앉아 있던 큰 홀이 아니라 바로 옆에 있는 응접실에서 리자를 발견했다. 마브리끼 니꼴라예비치가 혼자 남아 있던 그 홀로 통하는 문은 꽉 닫혀 있었다.

리자는 내게 미소를 지었으나, 얼굴은 창백했다. 그녀는 눈에 띄게 주저하며 무언가와 싸우는 것 같은 모습으로 방 한가운데 서 있었다. 그러더니 갑자기 내 손을 잡고 아무 말 없이 재빨리 창가로 끌고 갔다.

「저는 당장 **그 여자**를 보고 싶어요.」 그녀는 반박의 그림자도 허용하지 않는다는 듯 활활 타오르는 강렬하고 초조한 시선을 내게 고정한 채 이렇게 속삭였다. 「제 눈으로 직접 **그녀**를 봐야겠어요, 그러니 저를 좀 도와주세요.」

그녀는 극도로 흥분된 상태로 절망에 빠져 있었다.

「누구를 만나고 싶단 말씀이십니까, 리자베따 니꼴라예브나?」 나는 놀라서 물었다.
「레뱟끼나, 절름발이 여자 말이에요……. 그녀가 절름발이라는 것이 사실인가요?」
나는 깜짝 놀랐다.
「그녀를 본 적은 없습니다만, 절름발이라는 말은 들었습니다. 어제도 들었는걸요.」 나는 준비해 두었던 것처럼 재빨리 웅얼웅얼 속삭였다.
「당장 그녀를 만나야겠어요. 오늘 중으로 만남을 주선해 주실 수 있을까요?」
나는 그녀가 너무도 딱했다.
「그건 불가능할뿐더러, 어떻게 주선해야 할지 도저히 감을 잡을 수가 없습니다.」 나는 그녀를 설득하려 했다. 「먼저 샤또프를 찾아가서…….」
「내일까지 주선해 주시지 않으면, 제가 직접 혼자서라도 그녀를 찾아갈 거예요. 마브리끼 니꼴라예비치도 거절했거든요. 저는 당신만 기대하고 있어요. 제게는 더 이상 아무도 없어요. 샤또프 씨에게는 바보 같은 말을 해버려서……. 저는 당신이 대단히 정직하고, 아마 제게도 헌신적이실 분이라고 확신하고 있어요. 그냥 주선만 해주시면 돼요.」
내 마음속에는 무슨 일이든 그녀를 도와야겠다는 강한 열망이 솟아올랐다.
「그럼 이렇게 하겠습니다.」 나는 잠깐 생각해 보았다. 「제가 직접 찾아가 보지요. 반드시 오늘, **반드시** 그녀를 만나 보겠습니다! 무슨 수를 쓰든 만나 보겠습니다. 맹세합니다. 다만 샤또프에게만은 털어놓을 수 있도록 해주십시오.」

「그럼 그분에게 제가 그렇게 하기를 원한다고, 더 이상 기다릴 수 없다고 전해 주세요. 오늘 그를 속인 것은 아니라는 말도 전해 주시고요. 그분은 매우 정직한 사람인데, 제가 거짓말을 한다는 생각에 기분이 나빠서 떠난 것 같으니까요. 나는 정말 책을 출판하고 인쇄소를 설립하고 싶거든요…….」

「그는 정직한 사람입니다, 정직한 사람이에요.」 나는 열심히 맞장구쳤다.

「하지만 만약 내일까지 주선이 이루어지지 않으면 무슨 일이 있더라도, 모두가 알게 된다 하더라도 상관하지 않고 직접 찾아가겠어요.」

「내일 3시 전까지는 당신에게 올 수가 없습니다.」 나는 약간 정신을 차리고 이렇게 말했다.

「그럼 3시로 해요. 어제 스쩨빤 뜨로피모비치 댁에서 당신을 보고 저를 위해 어느 정도 힘써 주실 분이라는 생각을 했는데, 그게 맞았네요.」 그녀는 미소를 지으며 급하게 작별의 악수를 하고 혼자 남아 있던 마브리끼 니꼴라예비치에게로 서둘러 돌아갔다.

나는 방금 전 약속으로 가슴 답답함을 느끼며 밖으로 나왔다. 대체 무슨 일이 일어난 건지 이해도 되지 않았다. 나는 명예가 훼손되는 것을 두려워하지 않고 제대로 알지도 못하는 사람에게 자신의 일을 털어놓은, 진정 절망에 빠진 여성을 보았던 것이다. 그 괴로운 순간에 그녀가 보인 여성스러운 미소와 이미 어제 내 감정을 눈치챘다는 암시가 내 심장을 갈라놓았다. 그러나 나는 그녀가 정말 가여웠을 뿐, 그게 전부다! 그녀의 비밀은 갑자기 뭔가 신성한 것으로 생각되었고, 그래서 만약 그것들이 지금 내 앞에 드러난다면 더 이상 아무것도 듣고 싶지 않아 두 귀를 틀어막았을 것 같다. 나는 무언가를 예감할 뿐이었다……. 그런데 어떤 식으로 일을 추진해야 할지 도무지 알 수가 없었다. 그뿐 아니라 정확히 뭘 추진해야 하는지도 여전히 막연했다. 만남이라고 하는데, 어떤 만남이란 말인가? 또한 그 두 사람을 어떻게 만나게 해야 하나? 나는 샤또프가 그 어떤 도움도 되지 못하리라는 것을 진작부터 알고 있었지만, 그래도 모든 희망은 그에게 달려 있었다. 나는 어쨌든 그에게로 달려갔다.

4

나는 저녁 7시가 넘어서야 간신히 그를 집에서 만날 수 있었다. 놀랍게도 그의 집에는 손님들이 있었다. 한 사람은 알렉세이 닐리치였고, 또 한 사람은 안면이 조금 있는 시갈료프라는 사람으로 비르긴스끼의 처남이었다.

시갈료프는 이미 두 달가량 우리 도시에 머물고 있었는데, 그가 어디서 왔는지는 알 수 없었다. 다만 뻬쩨르부르끄의 한 진보 잡지에 논문을 발표했다는 소문만 들은 적이 있었다. 비르긴스끼는 길에서 우연히 그를 내게 소개해 주었다. 나는 살아오면서 그렇게 어둡고 침울하고 음산한 표정의 사람을 본 적이 없었다. 그는 마치 세상의 파멸을 기다리는 것 같은 시선을 하고 있었는데, 그것은 빗나갈 수도 있는 막연한 시간 예언이 아니라, 완전히 구체적으로 모레 아침 정확히 10시 25분에 일어난다는 것을 알고 있다는 듯한 표정이었다. 하지만 우리는 그때 거의 한마디도 나누지 않고 마치 음모자와 같은 태도로 서로 악수만 나누었다. 무엇보다 나를 놀라게 한 것은 부자연스러울 정도로 크며 길고 넓고 두꺼운 데다 유달리 불쑥 솟아 있는 그의 두 귀였다. 그는 동작이 굼뜨고 느렸다. 만약 리뿌찐이 팔랑스테르가 언젠가 우리 현에서 실현될지도 모른다는 꿈을 가지고 있었다면, 이 사람은 아마도 그것이 실현될 날짜와 시간까지 알고 있었을 것이다. 그는 내게 불길한 인상을 불러일으켰다. 이 시간에 샤또프의 집에서 그를 만나다니 좀 놀라웠다. 샤또프는 대체로 손님을 반기지 않는 편이어서 더 이상했다.

세 사람이 한꺼번에 엄청 시끄럽게 대화하는 소리가 계단에까지 들려왔는데, 아마도 논쟁 중인 것 같았다. 그러나 내가 나타나자마자 모두 입을 다물었다. 그들이 서서 논쟁을 벌이다가 갑자기 자리에 앉아서, 나도 따라서 앉을 수밖에 없었다. 바보 같은 침묵이 꼬박 3분 동안 깨지지 않았다. 시갈료프는 나를 알아보았지만 모르는 체했다. 적의가 있어서라기보다는 그냥 그렇게 된 것 같았다. 알렉세이 닐리치와는 가볍게 목례를 했지만 서로 말은 하지 않았고 웬일인지 악수도 나누지 않았다. 시갈료프가 마침내 나를 엄격하면서도 찌푸린 시선으로 쳐다보았다. 그러면 내가 벌떡 일어나서 나갈 것이라고 순진하게 믿고 있는 것 같았다. 결국 샤또프가 의자에서 일어서자 모두 따라서 벌떡 일어났다. 그들은 인사도 없이 떠나갔고, 시갈료프만이 배웅하는 샤또프에게 문 앞에서 이렇게 말했다.

「자네는 보고 의무가 있다는 것을 기억해 두게.」

「그따위 보고는 알게 뭐야. 내가 져야 할 빌어먹을 의무 같은 건 없어.」 샤또프는 그를 내보내고 걸쇠로 문을 잠갔다.

「멍청이들!」 그는 나를 힐끔 쳐다보더니 묘하게 일그러진 미소를 띠며 말했다.

그의 얼굴을 보니 화가 난 것 같았다. 그러나 내가 이상하게 생각한 것은 그가 먼저 말을 꺼냈다는 사실이다. 이전에는 보통 내가 찾아가면(이런 일이 드물긴 했지만) 그는 항상 얼굴을 찌푸리고 한쪽 구석에 앉아 화난 듯이 대답만 하고 있다가, 시간이 한참 지나 생기가 돌면서 유쾌하게 말하기 시작하곤 했던 것이다. 그러다가도 헤어질 때가 되면 매번 또다시 얼굴을 찌푸리며 원수라도 내쫓듯이 밖으로 내보내곤 했다.

「나는 어제 저 알렉세이 닐리치 집에서 차를 마셨네.」 내가 말했다. 「그는 무신론에 미쳐 있는 것 같더군.」

「러시아의 무신론은 결코 말장난에서 벗어난 적이 없지.」 샤또프는 다 타버린 양초를 새것으로 바꾸면서 이렇게 투덜거렸다.

「아니, 말장난이나 할 사람은 아닌 것 같던걸. 그는 말장난은커녕 제대로 말도 못하는 것 같던데.」

「그들은 종이로 만든 인간이야. 모두 노예근성 때문에 생긴 일이지.」 샤또프는 의자 한쪽 구석에 앉아 두 손으로 무릎을 짚고 조용히 말했다.

「거기에는 물론 증오도 있고.」 그는 잠시 입을 다물고 있다가 다시 말했다. 「만일 러시아가 그들의 방식대로 갑작스럽게 개조된다거나, 아니면 갑자기 엄청나게 부유해지거나 행복해진다면, 그들은 가장 먼저 지독하게 불행해지고 말 거야. 그렇게 되면 그들에겐 증오할 대상이나 침 뱉을 대상이 없어지고 조롱거리가 없어지거든! 거기에는 러시아에 대한 동물적이고 끝없는 증오, 유기체를 좀먹는 증오밖에 없어……. 겉으로 보이는 웃음 뒤에 가려져 세상에 보이지 않는 눈물 같은 건 결코 없다고! 지금까지 루시에서 이야기된 것 중 이 보이지 않는 눈물처럼 위선적인 말도 없을 거야!」 그는 격노해서 소리쳤다.

「이런, 자네 지금 대체 무슨 말을 하고 있나!」 나는 웃기 시작했다.

「아, 자네는 〈온건한 자유주의자〉였지.」 샤또프도 웃기 시작했다. 「그런데,」 그는 갑자기 말을 이었다. 「〈노예근성〉이라는 말은 좀 지나쳤군. 자네는 아마도 나한테 바로 이렇게 말하고 싶겠지. 〈너는 하인에게서 태어났지만 나는 하인이 아니다〉라고 말일세.」

「나는 그런 말 할 생각이 전혀 없었는데…… 자네는 대체!」

「나한테 변명하지 않아도 되네, 나는 자네를 두려워하지 않으니까. 나는 일찍이 하인의 자식으로 태어났을 뿐이지만, 지금은 자네들과 똑같이 하인이 되고 말았네. 우리 러시아 자유주의자들은 무엇보다 먼저 하인이라서, 누군가 신발을 닦아 줄 사람이 없나 두리번거리고만 있지.」

「신발이라니? 그건 대체 무슨 비유인가?」

「비유는 무슨! 자네는 비웃고 있는 것 같군……. 스쩨빤 뜨로피모비치가 나에 대해, 내가 바위 밑에 깔려 짓눌려 있으면서 죽지도 못하고 경련만 일으키고 있다고 한 말은 사실이네. 선생이 제대로 비유한 거지.」

「스쩨빤 뜨로피모비치는 자네가 독일인들에게 미쳐 있다고 단언하더군.」 나는 웃었다. 「우리는 항상 독일인들에게서 뭔가를 끌어내 자기 주머니에 넣고 있단 말이야.」

「20꼬뻬이까짜리 은화 하날 받고 1백 루블을 내준 격이지.」

우리는 잠시 입을 다물었다.

「그것은 그가 미국에서 너무 오래 누워 있다가 생긴 상처일세.」

「누구? 상처라니 무슨 말인가?」

「끼릴로프 말일세. 우리는 그곳에서 넉 달 동안 한 오두막에서 바닥에 누워만 있었거든.」

「정말 미국에 갔었나?」 나는 깜짝 놀랐다. 「한 번도 그런 말을 하지 않더니.」

「말할 게 뭐 있다고. 재작년에 우리 세 사람은 마지막 남은 돈을 털어서 미국으로 가는 이민선을 탔네. 〈미국 노동자의 삶을 직접 경험하고, 이를 통해 이 사회에서 가장 괴로운 상태에 놓여 있는 사람들의 상황을 **개인적** 경험으로 검증해 보기 위해서〉였지. 그런 목적으로 우리는 그곳에 갔었네.」

「맙소사!」 나는 웃기 시작했다. 「〈개인적 경험으로 검증해 보기 위해서라면〉 농번기 때 우리 현 아무 곳이나 찾아가 보는 게 더 나을 텐데, 미국까지 달려가다니!」

「우리는 한 노동 착취자에게 일꾼으로 고용되어 간 거라네. 그곳엔 우리 러시아인이 여섯 명 있더군. 대학생도 있었고 자기 영지를 가진 지주나 장교들까지 있었는데, 다들 고상한 목적을 가지고 와 있었네. 아무튼 일하느라 땀투성이가 되고 괴롭고 지쳐서 나와 끼릴로프는 그곳을 떠나고 말았네. 병이 나서 견딜 수가 없었거든. 우리를 고용했던 착취자는 계산할 때 우리를 속여서 계약했던 30달러 대신 내게는 8달러, 끼릴로프에게는 15달러를 지불해 주더군. 그곳에서 우린 많이 얻어맞기도 했지. 그렇게 해서 나와 끼릴로프는 일도 없이 한 시골 마을에서 넉 달 동안 마룻바닥에 나란히 누워만 있었네.

그는 이런 생각을 하고 나는 저런 생각을 하면서 말일세.」

「정말 주인이 자네들을 때렸단 말인가, 그것도 미국에서? 그래서 어떻게 되었지? 자네들도 그에게 욕을 퍼부었겠군!」

「전혀. 오히려 나와 끼릴로프는 곧바로 이런 결론을 내렸네. 〈우리 러시아인들은 미국인들 앞에서는 어린아이다. 그들과 같은 수준이 되려면 미국에서 태어나거나, 적어도 미국인들과 오랜 시간 함께 지내며 익숙해져야 한다.〉 그래서 어떻게 했는지 아나? 우리는 1꼬뻬이까 정도 하는 물건에 1달러를 달라고 하는데도 아주 기꺼이, 심지어 신나서 돈을 지불했다네. 우리는 모든 것을 찬미했네. 강신술, 린치, 권총, 부랑자까지 말이야. 한번은 차를 타고 가는 중에 어떤 인간이 내 주머니에 손을 넣어서 머리빗을 꺼내더니 머리를 빗기 시작하더군. 나와 끼릴로프는 그냥 시선을 주고받으며 〈이거 괜찮은데, 정말 마음에 들어〉 하고 생각했네…….」

「이상하게도 우리 러시아인은 그런 걸 생각해 낼 뿐만 아니라, 실행도 한단 말이야.」 내가 말했다.

「종이로 만든 인간이라서.」 샤또프가 되풀이했다.

「하지만 〈개인적 경험으로 알아보기 위해서〉라는 목적이 있다 하더라도, 이민선을 타고 대양을 건너 미지의 땅으로 갔다니, 정말 무언가 굉장한 확고함 같은 게 엿보이는군……. 그런데 그곳에서 어떻게 빠져나왔나?」

「내가 유럽에 있는 어떤 사람에게 편지를 썼더니, 그가 1백 루블을 보내 주었네.」

샤또프는 이야기하는 내내, 아주 흥분했을 때조차 평소 습관대로 고집스럽게 바닥만 바라보고 있었다. 그러다가 갑자기 고개를 들었다.

「그 사람 이름이 알고 싶나?」

「대체 누군가?」

「니꼴라이 스따브로긴.」

그는 갑자기 일어나서 보리수나무 책상 쪽으로 다가가더니 그 위에서 무언가를 찾기 시작했다. 우리들 사이에는 분명하진 않지만 꽤 그럴듯한 소문이 하나 돌고 있었는데, 그의 아내가 파리에서 니꼴라이 스따브로긴과 잠시 관계를 맺고 있었다는 것이다. 그것은 바로 2년 전의 일로, 샤또프가 미국에 있던 때였다. 사실 그녀가 제네바에서 샤또프를 버리고 떠난 지 이미 오랜 시간이 지난 뒤이긴 했다. 나는 〈그렇다면 이제 와서 무엇 때문에 그의 이름을 꺼내 늘어놓고 싶은 생각이 들었을까?〉 하는 생각이 들었다.

「나는 아직 그 돈을 갚지 않았네.」 그는 갑자기 내 쪽으로 다시 방향을 돌려 나를 뚫어져라 쳐다보더니 조금 전 구석 자리로 가서 앉았다. 그러고는 완전히 달라진 목소리로 띄엄띄엄 물었다.

「자네는 물론 용건이 있어서 왔겠지? 무슨 일인가?」

나는 즉시 모든 이야기를 정확히 일어난 순서에 따라 전해 준 뒤, 이제는 조금 전의 흥분이 가라앉아 정신을 차리게 되었지만 오히려 더 혼란스러워졌다는 말도 덧붙였다. 즉, 여기에는 리자베따 니꼴라예브나에게 매우 중요한 무언가가 있다는 생각이 들어 그녀를 꼭 도와주고 싶지만, 불행하게도 그녀에게 한 약속을 어떻게 지켜야 할지 알 수 없을 뿐만 아니라 이제는 그녀에게 무엇을 약속했는지조차 기억나지 않는다고 말이다. 그러고 나서 나는 그에게, 그녀는 그를 속이고 싶어 하지 않았고 그럴 생각도 없었는데 마침 무슨 오해가 생긴 것뿐이며, 그가 그렇게 갑자기 돌아가 버려 그녀가 아주 슬퍼하고 있다는 것을 다시 한번 감명 깊게 확실히 전해 주었다.

그는 매우 주의 깊게 이야기를 다 들었다.

「어쩌면 내가 평소 습관대로 조금 전에 진짜 바보 같은 행동을 했는지도 모르겠네……. 하지만 내가 왜 그렇게 떠나왔는지 그녀가 이해하지 못했다면…… 그녀에게는 그게 더 나을 걸세.」

그는 일어나서 문으로 다가가더니 문을 조금 열고 계단 쪽으로 귀를 기울이기 시작했다.

「자네는 이 여성을 직접 만나고 싶은가?」

「그래야만 하는데, 어떻게 해야 하나?」 나는 기뻐서 벌떡 일어섰다.

「그녀가 혼자 있는 동안 같이 한번 가보세. 그가 돌아와서 우리가 왔다 간 걸 알게 되면 그녀를 마구 때릴 거야. 나는 종종 몰래 찾아가 본다네. 얼마 전에 그가 여동생을 다시 때리기 시작해서 내가 그를 두들겨 패주었지.」

「정말 자네가 그랬다고?」

「그게, 내가 그의 머리카락을 움켜쥐고 여동생한테서 떼어 놓았거든. 그러자 그가 나를 때리려고 하기에 내가 혼내 주었네. 그걸로 끝이었지. 그가 술에 취해 돌아와서 기억해 낼까 걱정이군. 그 일로 또 그녀를 심하게 때릴 텐데.」

우리는 바로 아래층으로 내려갔다.

5

레뱟낀의 집은 문이 닫혀 있기만 할 뿐 잠겨 있지 않아서, 우리는 마음대로 들어갈 수 있었다. 집은 더럽고 자그마한 방 두 개로 되어 있었는데, 연기에 그을린 벽 위에는 문자 그대로 더러운 벽지가 너덜너덜 늘어져 있었다. 몇 년 전 주인 필리뽀프가 새집으로 이사 가기 전까지 선술집으로 사용되던 곳이었다. 술집으로 사용되던 나머지 방들은 현재 모두 잠겨 있었으며, 이 두 개의 방만 레뱟낀이 차지하고 있었다. 가구는 팔걸이가 없는 낡은 안락의자를 제외하면 평범한 의자와 얇은 널빤지로 된 탁자가 전부였다. 두 번째 방에는 한쪽 구석에 사라사 이불이 덮인 침대가 놓여 있었는데, 이것은 레뱟끼나 양의 침대였다. 대위는 대개 옷도 벗지 않고 항상 마룻바닥에서 뒹굴거리며 누워 자곤 했다. 방 안은 사방에 쓰레기가 어질러져 있었고 곳곳에 물이 괴어 있었다. 물에 젖은 크고 묵직한 걸레가 첫 번째 방 한가운데 놓여 있었고, 그 옆에 물이 괴어 있는 곳에는 다 해진 낡은 구두가 세워져 있었다. 보아하니 이 집에서는 아무도 일하지 않는 것 같았다. 난로도 피우지 않고 요리도 하지 않는 모양이었다. 샤또프가 자세히 이야기해 준 바에 따르면 그들에게는 사모바르[57]도 없었다. 대위가 여동생과 함께 이곳에 왔을 때는 완전히 거지와 다름없었으며, 리뿌찐이 말한 것처럼 처음에는 실제로 이 집 저 집 동냥하며 돌아다녔다. 그러다가 뜻밖의 돈이 들어오자 곧바로 술을 퍼마시기 시작하더니 술에 완전히 미쳐 버려 이제 집안일에는 아무런 신경도 쓰지 않게 되었다.

57 러시아에서 차를 끓이는 데 사용하는 주전자.

내가 그렇게나 만나 보고 싶었던 마드무아젤 레뱟끼나는 두 번째 방 한쪽 구석에 얇은 판자로 된 식탁 앞 의자에 조용하고 얌전하게 앉아 있었다. 그녀는 우리가 문을 열어도 반응을 보이지 않았고, 심지어 자리에서 움직이지도 않았다. 샤또프는 그들이 집 문을 잠그지 않고 지내며, 한번은 밤새 현관문이 활짝 열린 채 있었던 적도 있다고 말했다. 쇠 촛대 위 가느다란 양초의 흐릿한 불빛 속에서 나는 서른 살 정도 되는 여자를 분간할 수 있었다. 병적으로 마른 그 여자는 우중충하고 낡은 사라사 옷을 입고 긴 목에는 아무것도 두르지 않았으며, 숱이 적은 검은 머리카락은 두 살배기 어린아이의 주먹만 한 두께로 뒤로 묶여 있었다. 그녀는 꽤나 유쾌한 듯이 우리를 쳐다보았다. 촛대 외에도 식탁 위에는 작고 촌스러운 거울, 낡은 카드 한 벌, 다 떨어진 노래 책, 이미 한두 입 베어 문 독일식 흰 빵이 그녀 앞에 놓여 있었다. 마드무아젤 레뱟끼나는 얼굴에 분을 바르고 연지를 칠하고, 입술에도 뭔가를 바른 것 같았다. 그러잖아도 길고 가느다란 검은 눈썹 역시 검게 칠해져 있었다. 좁고 높은 이마 위에는 분을 발랐는데도 세 가닥 긴 주름이 제법 뚜렷이 드러나 보였다. 나는 그녀가 절름발이라는 것을 이미 알고 있었지만, 그녀는 우리 앞에서 일어서지도 걸어다니지도 않았다. 언젠가 한창 젊었을 때는 이 핼쑥한 얼굴도 나쁘지 않았을지 모른다. 고요하고 상냥한 잿빛 눈동자는 지금도 주목을 끌 정도였다. 고요하고 거의 즐거워 보이는 시선 속에서는 꿈꾸는 듯하고 진지한 무언가가 빛나고 있었다. 그녀의 미소 속에 드러난 이 고요하고 차분한 즐거움은 까자끄 채찍이나 오빠의 온갖 폭행에 관해서 들은 뒤라 나를 놀라게 했다. 이처럼 신의 벌을 받은 존재들 앞에서면 보통 느끼는 무겁고 두려운 혐오감 대신, 이상하게도 나는 첫 순간부터 그녀를 보는 것이 기분 좋았다. 그 후 나를 사로잡은 감정은 연민이었지 결코 혐오감이 아니었다.

「바로 저렇게 앉아 있다네. 말 그대로 온종일 꼬박 혼자 앉아서 꼼짝도 않고 점을 치거나 거울을 들여다보고 있지.」 샤또프가 문턱에서 내게 그녀를 가리키며 말했다. 「그는 여동생에게 먹을 것도 주지 않는다네. 곁채에 살고 있는 노파가 가끔 적선하듯이 먹을 것을 가져다주고 있지. 어떻게 그녀를 촛불 하나와 덩그러니 남겨 둘 수 있는지!」

놀랍게도 샤또프는 방 안에 그녀가 없는 것처럼 큰 소리로 말했다.

「안녕, 샤뚜시까!」[58] 마드무아젤 레뱟끼나가 상냥하게 말을 건넸다.

「마리야 찌모페예브나, 당신에게 손님을 데려왔어요.」 샤또프가 말했다.

「어서 오세요! 누구를 데려온 거죠? 이런 분은 본 적이 없는데.」 그녀는 촛불 뒤에서 나를 뚫어지게 쳐다보다가 다시 샤또프 쪽으로 고개를 돌렸다(그러고는 이야기하는 내내 자기 주변에 내가 없다는 듯이 더 이상 전혀 관심을 보이지 않았다).

「혼자 방 안을 돌아다니기가 지루해졌나 보죠?」 그녀가 웃기 시작하는 바람에 가지런한 이가 드러났다.

「지루해져서 당신을 보러 오고 싶었어요.」

샤또프는 걸상을 식탁 가까이 옮겨 놓고 앉으면서 나도 자기 옆에 앉혔다.

58 샤또프의 애칭.

「이야기라면 언제나 즐거워요. 다만 나는 당신이 우스워요, 샤뚜시까. 꼭 수도사 같다니까요. 머리는 언제 빗었어요? 내가 빗겨 줄게요.」 그녀는 주머니에서 빗을 꺼냈다. 「아마 지난번에 내가 빗겨 준 이후 건드리지도 않았나 봐요?」

「나는 빗도 없어요.」 샤또프가 웃었다.

「정말요? 그럼 내 걸 줄게요. 이게 아니라 다른 걸로요. 나중에 상기시켜 주세요.」

그녀는 아주 진지한 태도로 그의 머리를 빗겨 주기 시작했다. 옆으로 가르마까지 타주고는 몸을 약간 뒤로 젖혀 제대로 되었는지 살펴본 다음 빗을 다시 주머니에 넣었다.

「그런데 샤뚜시까,」 그녀가 고개를 저으며 말했다. 「당신은 사려 깊은 사람인지는 몰라도, 지루해 보여요. 당신을 보고 있으면 항상 이상해요. 사람이 어쩌면 이렇게 지루해할 수 있는지 이해가 안 돼요. 우울함과 지루함은 다른 거예요. 나는 즐겁답니다.」

「오빠하고 같이 있어도 즐거워요?」

「레뱌낀 말인가요? 그는 내 하인이에요. 그가 여기 있든 없든 전혀 상관없어요. 내가 〈레뱌낀, 물 가져와, 레뱌낀, 구두 가져와〉 하고 소리치면 그가 달려와요. 가끔은 잘못을 저지르기도 하지만, 그를 보고 있으면 그냥 웃겨요.」

「이것은 정확히 말 그대로네.」 샤또프는 나를 돌아보며 다시 큰 소리로 격의 없이 말했다. 「그녀는 오빠를 완전히 하인처럼 다루거든. 나도 그녀가 〈레뱌낀, 물 가져와〉라고 소리치는 걸 직접 들은 적이 있네. 그러면서 깔깔거리고 웃더군. 다만 차이가 있다면, 그는 물을 가지러 뛰어가는 대신 그녀를 마구 때린다는 거지. 하지만 그녀는 오빠를 조금도 두려워하지 않아. 거의 매일 무슨 신경 발작 같은 게 일어나서 기억이 완전히 사라져 버리거든. 그러면 그녀는 방금 무슨 일이 있었는지 전부 잊어버리고, 시간도 항상 혼동한다네. 자네는 우리가 여기 들어온 일을 그녀가 기억할 거라고 생각하겠지? 기억할 수도 있겠지만, 아마 모든 것을 자기 식대로 변조해 버릴걸. 내가 샤뚜시까라는 걸 기억하고 있더라도 우리를 이미 다른 누군가로 생각하고 있을 거야. 내가 큰 소리로 말해도 상관없네. 자기와 이야기하지 않는 사람들의 말에는 곧 귀를 기울이지 않고 혼자 공상의 세계로 빠져 버리거든. 말 그대로 빠져 버린다네. 대단한 공상가지. 여덟 시간이건 하루 종일이건 한자리에만 앉아 있다네. 여기 빵 조각이 있지만, 아마 그녀는 아침부터 한 번 정도 베어 물었을 테고, 내일이 돼야 다 먹을 거야. 자, 이제 카드 점을 치기 시작하는군…….」

「점을 쳐도 쳐도, 샤뚜시까, 자꾸 이상하게 나와요.」 마리야 찌모페예브나는 그의 마지막 말을 듣더니 갑자기 이렇게 덧붙였다. 그리고 쳐다보지도 않고 왼쪽 손을 빵 쪽으로 뻗었다(아마 빵이라는 말도 들은 모양이었다). 그녀는 마침내 빵을 집어 들었지만, 잠시 왼손에 든 채 새로 시작된 대화에 정신이 팔려 한 입도 베어 물지 못하고 무의식중에 다시 탁자 위에 올려놓았다.

「계속 같은 패만 나와요. 여행, 악한, 누군가의 음모, 임종 침대, 어딘가에서 온 편지, 뜻밖의 소식 같은 거요. 나는 이 모든 게 거짓이라고 생각해요. 샤뚜시까, 당신 생각은 어때요? 사람들이 거짓말하는데, 카드라고 왜 거짓말을 안 하겠어요?」 그러더니 갑자기 카드를 뒤섞었다. 「나는 이 이야기를 똑같이 쁘라스꼬비야 수녀님에게 말씀드린 적이 있어요.

그분은 존경스러운 여성이었는데, 원장 수녀님 몰래 내 방에 카드 점을 치러 달려오곤 했죠. 더욱이 그분 혼자만 오신 게 아니었어요. 모두 한숨을 쉬며 고개를 젓고 쉴 새 없이 이러쿵저러쿵하는 통에 저는 웃기만 했지요. 저는 〈쁘라스꼬비야 수녀님, 12년 동안 오지 않은 편지가 어떻게 오겠어요?〉 하고 말씀드렸어요. 수녀님 따님이 남편을 따라 터키 어딘가로 갔는데, 12년 동안 아무런 소식도 없다는 거예요. 그다음 날 저녁에는 원장 수녀님(그분은 공후 가문 출신이에요) 방에 앉아서 차를 마시고 있었는데, 옆에는 역시 귀부인으로 다른 지역에서 온 대단한 몽상가 마님이 앉아 있었어요. 아토스에서 온 수도사도 한 명 있었는데, 내가 보기엔 상당히 우스운 사람 같았어요. 그런데 무슨 일이 있었는지 알아요, 샤뚜시까? 바로 이 수도사가 그날 아침 쁘라스꼬비야 수녀님께 터키에서 따님의 편지를 가지고 온 거예요. 카드놀이에서 다이아몬드 잭이 터진 것처럼 뜻하지 않은 소식이었지요! 우리가 차를 마시는 동안 아토스의 수도사는 원장 수녀님께 〈원장 수녀님, 하느님이 이 수도원에 내린 가장 큰 축복은 이 안에 저렇게 소중한 보물을 간직하고 있다는 것입니다〉라고 말했어요. 〈무슨 보물 말씀이신가요?〉 하고 원장 수녀님이 물어보셨지요. 〈성스러운 리자베따 수녀님 말씀입니다.〉 성스러운 리자베따 수녀님은 우리 수도원 벽에 끼워 놓은 길이 1사젠,[59] 높이 2아르신[60] 되는 쇠창살 우리 안에 들어가서 17년 동안 앉아 있던 분이에요. 그분은 겨울에도 여름에도 삼베 옷 하나만 걸치고, 짚이나 나뭇가지 아무거나 들고 옷 속을 쿡쿡

59 러시아의 길이 단위. 1사젠은 약 2.134미터이다.
60 러시아의 길이 단위. 1아르신은 약 71.12센티미터이다.

찔러 대며, 17년 동안 한마디도 하지 않고 머리도 빗지 않고 씻지도 않았어요. 겨울에는 털외투를 넣어 드렸고, 매일매일 마른 빵 조각과 물 한 컵을 넣어 드렸지요. 순례자들은 그분을 보면서 탄식하거나 한숨을 쉬며 돈을 넣어 드렸고요. 〈대단한 보물을 발견하셨네요〉라고 원장 수녀님이 대답하셨어요(원장 수녀님은 화가 좀 나 있었는데, 리자베따를 정말 싫어했거든요). 〈리자베따는 단지 악에 받쳐서, 자기 고집 때문에 그러고 있는 거예요. 모든 게 위선이지요〉라고 하셨어요. 나는 이 말이 마음에 들지 않았어요. 나도 그때 수도원에 들어가 살고 싶었거든요. 〈제 생각에 하느님과 자연은 하나예요〉라고 말했더니 모두가 한목소리로 〈아니, 이런!〉이라고 하더군요. 원장 수녀님은 크게 웃으며 마님과 뭐라고 소곤대더니 나를 불러 쓰다듬어 주셨어요. 마님은 제게 장밋빛 리본을 선물로 주셨고요. 보여 줄까요? 그때 수도사가 나한테 설교를 해주었는데, 어찌나 상냥하고 부드럽게 말하던지 아마도 지식이 대단한 분이었던 것 같아요. 나는 앉아서 듣고 있었어요. 그러자 〈알겠느냐?〉 하고 묻더군요. 나는 〈아니요, 하나도 모르겠어요. 그러니 나를 그냥 내버려 두세요〉라고 말했지요. 그때부터 그들은 나를 가만히 내버려 두었어요, 샤뚜시까. 한번은 예언을 말한다고 해서 벌로 우리 마을에 살게 된 한 수녀님이 교회에서 나오다가 나를 보고는 〈성모님은 뭐라고 생각하느냐?〉 하고 속삭였어요. 나는 〈위대한 어머니, 인류의 희망이요〉라고 대답했지요. 그러자 수녀님은 〈그렇다, 성모님은 위대한 어머니, 축축한 대지이시다. 그리고 그 대지 안에 인간을 위한 위대한 기쁨이 간직되어 있단다. 지상의 모든 우수, 지상의 모든 눈물은 우리에게 기쁨이다. 자신의 눈물로 발아래 땅을 반 아르신 정도 적시면, 그 즉시 모든 것에 기뻐하게 될 거야. 그러면 너의 그 어떤 슬픔도 더 이상 없을 것이다. 이것이 나의 예언이다〉라고 말씀하셨어요. 바로 이 말이 내 가슴에 새겨졌어요. 그때부터 나는 기도할 때마다 깊게 머리를 숙이고 땅에 입을 맞추게 되었어요. 계속 입을 맞추고 눈물을 흘리면서요. 내 말 들어 봐요, 샤뚜시까. 이 눈물엔 나쁜 거라고는 아무것도 없어요. 당신한테 아무런 슬픔이 없다 하더라도 어쨌건 당신에게선 기쁨의 눈물이 흘러내릴 거예요. 그냥 눈물이 흘러내리는 것, 이것이 진짜예요. 나는 호숫가로 나가 보곤 했어요. 호수 한쪽에는 우리 수도원이 있고, 다른 쪽에는 뾰족한 산이 있었는데 다들 그 산을 뾰족산이라고 불렀어요. 나는 그 산에 올라가면 동쪽을 향해 땅에 엎드려서 울고 또 울었어요. 몇 시간을 울었는지 기억할 수도 없었어요. 아무것도 기억하지 못하고 알지도 못했죠. 그러고 나서 일어나 뒤를 돌아보면 해가 지고 있는데, 얼마나 크고 화려하고 훌륭하던지. 당신은 해 보는 걸 좋아하나요, 샤뚜시까? 나는 좋아하지만 슬프기도 해요. 다시 동쪽으로 돌아서면 그림자, 산의 그림자가 호수를 따라 저 멀리까지 화살처럼, 가늘고 긴 화살처럼 1베르스따 정도를 달려 호수 위 섬까지 날아가고 있어요. 그러면 이 바위섬은 그림자를 완전히 두 동강 내버리는데, 이렇게 두 동강 나면 해는 완전히 지고 사방에서 갑자기 불빛이 사라져 버려요. 그러면 나는 완전히 슬퍼지기 시작해서 갑자기 정신이 들고 주변 어둠이 무서워져요, 샤뚜시까. 그리고 내 아이를 생각하며 더 많은 눈물을 흘려요…….」

「정말 아이가 있었어요?」 계속해서 그야말로 열심히 듣고만 있던 샤또프가 팔꿈치로 나를 쿡 찔렀다.

「그럼요. 장밋빛을 하고 아주 작은 손톱을 가진 자그마한 아기였어요. 다만 내가 슬픈 건 그 아이가 남자아이였는지 여자아이였는지 기억나지 않는다는 거예요. 어떨 때는 남자아이 같다가 어떨 때는 여자아이처럼 생각돼요. 그때 아이를 낳자마자 바로 아마천과 레이스에 싸서 장밋빛 리본으로 묶고 꽃을 뿌려 장식한 다음 기도문을 외고 세례도 받지 않은 아이를 안고 갔거든요. 숲속을 지나가는 동안 숲이 무서워서 너무 겁났어요. 아이를 낳았는데, 남편이 누군지 몰라서 무엇보다 많이 울었어요.」

「그럼 남편이 있었겠군요?」 샤또프가 조심스럽게 물었다.

「그런 생각을 하다니 웃기네요, 샤뚜시까. 있었어요, 물론 있었을 거예요. 하지만 없어도 상관없다면 있어 봐야 무슨 소용이겠어요? 당신한테는 어렵지 않은 수수께끼일 테니 한번 풀어 봐요!」 그녀는 조용히 미소를 지었다.

「아기는 어디로 데려갔나요?」

「연못으로 데려갔어요.」 그녀가 한숨을 쉬었다.

샤또프는 또다시 팔꿈치로 나를 툭 쳤다.

「하지만 만약 당신한테 아기가 없었고 이 모든 게 헛소리라면 어떡하지요?」

「어려운 질문을 하네요, 샤뚜시까.」 그녀는 이런 질문에 전혀 놀라지 않고 생각에 잠겨 대답했다. 「그것에 관해서는 아무 말도 하지 않을래요. 없었을 수도 있겠지요. 하지만 그건 당신의 호기심일 뿐이에요. 나는 어쨌건 그 아이를 위해서 우는 걸 멈추지 않을 거예요. 꿈을 꾼 것은 아니니까.」 굵은 눈물방울이 그녀의 눈에서 반짝거렸다. 「샤뚜시까, 샤뚜시까, 당신

부인이 도망갔다는 게 사실이에요?」 그녀는 두 손을 그의 어깨에 얹고 불쌍하다는 듯이 쳐다보았다. 「화내지 말아요. 나도 구역질 나는걸요. 그런데 샤뚜시까, 나는 이런 꿈을 꾸었어요. 그가 다시 나를 찾아와서 손짓하며 〈고양이, 내 고양이, 이리 와요!〉 하며 큰 소리로 외치는 거예요. 나는 〈고양이〉라는 말이 무엇보다 기뻤어요. 나를 사랑하고 있다고 생각했거든요.」

「진짜로 올지도 모르지요.」 샤또프는 작은 소리로 중얼거렸다.

「아니에요, 샤뚜시까, 이건 그냥 꿈인걸요……. 그가 정말로 올 리가 없어요. 이런 노래 알아요?

나는 새롭고 높은 저택이 필요 없어요,
나는 이 수도원 방에 머물겠어요,
여기 살며 구원받겠어요,
당신을 위해 신께 기도드릴게요.

오, 샤뚜시까, 내 친구 샤뚜시까, 어째서 당신은 나한테 아무것도 묻는 법이 없죠?」

「당신이 말해 주지 않을 테니 묻지도 않는 거지요.」

「말 안 할래요, 절대로. 찔러 죽여도 말 안 할래요.」 그녀가 재빨리 말을 받았다. 「태워 죽인다 해도 말하지 않을래요. 내가 얼마나 고통을 당했는지 아무것도 말하지 않겠어요. 사람들이 알지 못하게!」

「그것 봐, 누구든지 비밀은 있잖아요.」 샤또프는 점점 더 고개를 숙이면서 한층 더 작은 목소리로 말했다.

「하지만 당신이 부탁한다면 말할지도 몰라요. 정말 말할지도 몰라요!」 그녀가 신나서 되풀이했다. 「왜 부탁하지 않아요? 부탁해 봐요, 나한테 잘 부탁해 봐요, 샤뚜시까. 내가 말해 줄지도 모르잖아요. 나한테 애걸해 봐요, 샤뚜시까. 내가 들어줄 수 있도록…… 샤뚜시까, 샤뚜시까!」

그러나 샤뚜시까는 아무 말도 하지 않았다. 1분 정도 침묵이 계속되었다. 그녀의 분 바른 볼을 따라 눈물이 조용히 흘러내렸다. 그녀는 두 팔을 샤또프의 어깨에 둔 것도 잊고, 더 이상 그를 쳐다보지도 않았다.

「에이, 당신이 나한테 무슨 상관이야. 더구나 그것은 죄악인데.」 샤또프는 갑자기 의자에서 일어났다. 「일어나게!」 그는 화가 난 듯 내가 앉아 있던 의자를 잡아당기더니 원래 있던 자리에 되돌려 놓았다.

「그가 왔을 때 눈치 못 채게 해야지. 이제 가지.」

「아, 당신은 여전히 내 하인 이야기네요!」 마리야 찌모페예브나가 갑자기 웃기 시작했다. 「무서운가 봐요! 그럼 잘 가요, 좋은 친구들. 그런데 잠깐 내 말을 들어 봐요. 아까 닐리치가 붉은 턱수염을 한 집주인 필리뽀프와 함께 여기 왔었는데, 바로 그때 우리 집 하인이 나에게 덤벼들고 있었거든요. 주인이 그를 붙잡고 온 방 안을 끌고 다니자, 하인은 〈나는 죄가 없어, 다른 사람의 죄를 견디고 있는 거라고!〉 하며 소리쳤어요. 당신은 믿을지 모르겠지만, 그래서 우리는 모두 깔깔거리며 방 안을 마구 뒹굴었어요…….」

「이런, 찌모페예브나, 그건 붉은 수염이 아니라 나였잖아요. 아까 내가 그의 머리카락을 잡고 당신에게서 떼어 낸 거잖아요. 집주인은 그저께 찾아와서 당신들과 싸웠는데, 그걸 혼동했군요.」

「잠깐, 정말 혼동했나? 당신이었을지도 모르겠네요. 하지만 그런 사소한 일로 다퉈 봐야 무슨 소용이겠어요. 그를 누가 떼어 냈건 무슨 상관이에요.」 그녀가 웃었다.

「이제 가지.」 샤또프가 갑자기 나를 잡아당겼다. 「삐걱 하고 문소리가 났네. 그가 우리를 발견하면 여동생을 마구 때릴 거야.」

그러나 우리가 계단으로 채 뛰어오르기도 전에 문에서 술에 취한 고함 소리가 울려 퍼졌고 욕설이 들려왔다. 샤또프는 나를 자기 방으로 들여보내고 문을 자물쇠로 잠갔다.

「소란이 일어나길 바라지 않는다면 잠깐 여기 앉아 있어야 할 거야. 저 봐, 돼지 새끼처럼 소리 지르는 걸 보니 다시 문지방에 걸려 넘어진 것 같군. 매번 저렇게 걸려 넘어진다니까.」

하지만 소란 없이 끝나지는 않았다.

6

샤또프는 잠긴 문 옆에 서서 계단을 향해 귀를 기울이고 있다가 갑자기 뒤로 물러섰다.

「이리로 온다. 그럴 줄 알았어!」 그가 분노하며 속삭였다. 「이제 한밤중까지 애를 먹이겠군.」

주먹으로 문을 세게 두드리는 소리가 몇 번 들려왔다.

「샤또프, 샤또프, 문 열어!」 대위가 부르짖었다. 「샤또프, 이봐 친구!

나는 그대에게 인사하러 찾아왔노라,
태양이 솟았다고,
타오르는 불빛처럼
숲……을 따라…… 흔들리고 있다고 말해 주려고.
나는 잠에서 깨어났다고, 제기랄,
나뭇가지 아래서…… 깨어났다고 말해 주려고.

정확히는 채찍 아래였지만, 하-하!

새들은 저마다…… 목마르다 조르네.
나는 마시러 왔다고 말하려 하는데,
마시러 왔다고…… 뭘 마셔야 할지는 모르겠네!

에잇, 이 망할 놈의 어리석은 호기심! 샤또프, 너는 이 세상에 산다는 게 얼마나 좋은지 알고 있나?」

「대답하지 말게.」 샤또프가 다시 내게 소곤거렸다.

「문을 열라니까! 인간들 사이에…… 싸움보다 더 고상한 무언가가 있다는 것을 알고 있냐고? 고결한 인품을 갖게 되는 순간도 있지……. 샤또프, 나는 좋은 사람이야. 너를 용서해 주지, 샤또프. 격문 같은 건 집어치우라고, 응?」

침묵.

「이 멍청아, 내가 사랑에 빠졌다는 걸 네가 알기나 할까? 이봐, 나는 연미복을 샀어, 사랑의 연미복을 15루블이나 주고. 대위의 사랑은 사교계의 예의를 갖춰야 하거든……. 문 열어!」 그는 거칠게 울부짖다가 갑자기 주먹으로 다시 미친 듯이 문을 두드리기 시작했다.

「저리 썩 꺼져!」 샤또프도 갑자기 큰 소리로 외쳤다.

「노-예 같은 놈! 농노 새끼, 네 여동생도 농노다……. 도둑년이라고!」

「너는 네 여동생을 팔아먹었잖아.」

「허튼소리 작작해! 난 지금 억울한 누명을 쓰고 있지만, 한마디 해명만 하면……. 내 동생이 어떤 사람인지 알기나 해?」

「어떤 사람인데?」 샤또프는 갑자기 호기심을 보이며 문 쪽으로 다가갔다.

「그런다고 네가 알겠어?」

「네가 말해 주면 알겠지. 어떤 사람인데?」

「내가 못할 줄 알고! 언제든 사람들 앞에서 다 말할 수 있단 말이다!」

「글쎄, 못할 것 같은데.」 샤또프는 이렇게 약 올리며 나한테 들어 보라고 고갯짓을 했다.

「말하지 못한다고?」

「내 생각에 넌 못할 거야.」

「내가 못한다고?」

「지주 나리의 회초리가 무섭지 않다면 한번 말해 봐……. 너 같은 겁쟁이가 대위라니!」

「나…… 나는…… 그 애…… 그 애는…….」 대위는 흥분해서 떨리는 목소리로 웅얼거렸다.

「그래서?」 샤또프는 귀를 갖다 댔다.

적어도 30초 정도 침묵이 흘렀다.

「비열한 놈!」 마침내 문밖에서 이런 소리가 들리더니, 대위는 사모바르처럼 식식거리고 계단마다 발을 헛디디는 소리를 내면서 재빨리 아래로 내려가 버렸다.

「틀렸군, 저 인간은 교활해서 술에 취해서도 말을 하지 않는단 말이야.」 샤또프는 문에서 떨어져 나왔다.

「도대체 이게 무슨 일인가?」 내가 물었다.

샤또프는 손을 내젓고는 문을 열고 다시 계단 쪽으로 귀를 기울이기 시작했다. 오랫동안 귀를 기울이다가 조용히 몇 계단 아래로 내려가기까지 했다. 그러다가 결국 돌아왔다.

「아무 소리도 들리지 않는 걸 보니 싸우지는 않는군. 곧장 쓰러져 잠들어 버린 거겠지. 자네도 이제 가야지.」

「그런데 샤또프, 이 모든 일을 어떻게 결론 내리면 되나?」

「에이, 마음대로 결론 내리게!」 그는 피곤하고 짜증 난 목소리로 이렇게 대답하고 자기 책상에 가서 앉았다.

나는 그곳을 떠났다. 한 가지 믿기 어려운 생각이 상상 속에서 점점 더 확고해졌다. 내일을 생각하니 우울했다…….

7

〈내일〉, 즉 스쩨빤 뜨로피모비치의 운명이 돌이킬 수 없게 결정될 바로 그 일요일은 나의 이 기록에서 가장 의미 있는 날 중 하루가 되었다. 이날은 예기치 않은 사건의 날, 과거의 의혹이 풀리고 새로운 의혹이 생긴 날, 분명하게 해명되었음에도 의혹이 한층 더 심해진 날이었다. 독자들도 알다시피 그 날 아침 나는 바르바라 뻬뜨로브나가 친히 임명한 바에 따라 나의 친구를 부인 댁으로 모셔 가야 했으며, 오후 3시에는 리자베따 니꼴라예브나를 방문해야 했다. 무슨 말을 해야 할지는 모르지만 그녀에게 이야기를 해주기 위해서, 어떻게 해야 할지는 모르지만 그녀에게 도움을 주기 위해서였다. 그런데 모든 일은 누구도 예상하지 못한 방식으로 해결되었다. 한마디로 이날은 놀라울 정도로 우연들이 겹쳤다.

우선 나와 스쩨빤 뜨로피모비치는 바르바라 뻬뜨로브나가 지시한 대로 12시 정각에 부인 댁을 방문했지만, 그녀를 만나지 못했다. 부인은 오전 예배에서 아직 돌아오지 않았던 것이다. 불쌍한 내 친구는 이 상황에 곧바로 타격을 입은 것 같았고, 매우 혼란스러워했다. 그는 맥없이 거실 안락의자에 주저앉았다. 나는 그에게 물 한 잔을 권했다. 그러나 그는 얼굴이 창백해지고 손은 덜덜 떨면서도 위엄 있게 그것을 거절했다. 덧붙여 말하자면 이날 그의 복장은 평소와 다르게 세련돼 보였다. 거의 무도회복이라도 되는 듯 수를 놓은 아마 셔츠와 흰 넥타이, 손에 든 새 모자, 담황색 새 장갑을 착용했고, 심지어 향수도 약간 뿌렸다. 우리가 자리에 앉자마자 샤또프가 하인의 안내를 받아 들어왔다. 물론 그도 공식적인 초청을 받아서 온 것이었다. 스쩨빤 뜨로피모비치는 일어나서 그에게 손을 내밀려고 했으나 샤또프는 우리 두 사람을 주의 깊게 쳐다보고는 한쪽 구석으로 가서 자리 잡고 앉으며 우리에게는 고개도 끄덕이지 않았다. 스쩨빤 뜨로피모비치는 또다시 겁에 질려 나를 쳐다보았다. 그렇게 우리는 몇 분 동안 완전한 침묵 속에 앉아 있었다. 스쩨빤 뜨로피모비치가 갑자기 나에게 아주 빠르게 뭐라고 속삭였지만 나는 알아들을 수가 없었다. 게다가 본인도 흥분해서 말을 맺지 못하고 입을 다물어 버렸다. 하인이 다시 들어와 탁자 위를 정리했다. 아마 우리를 살펴보러 온 모양이었다. 샤또프가 갑자기 그를 향해 큰 소리로 물었다.

「알렉세이 예고리치, 혹시 다리야 빠블로브나도 부인과 함께 나갔나?」

「바르바라 뻬뜨로브나께서는 성당에 혼자 가셨으며, 다리야 빠블로브나께서는 2층에 계십니다. 몸이 좋지 않으셔서요.」 알렉세이 예고리치는 설교조로 점잖게 알려 주었다.

가엾은 나의 친구는 또다시 빠르고 불안한 시선으로 내게 눈짓을 했고, 나는 결국 그를 외면하고 말았다. 갑자기 현관에서 마차 소리가 울리고 집 안의 조금 떨어진 곳에서 어수선한 소리가 들려오는 것을 보니 주인이 돌아온 모양이었다. 우리는 모두 안락의자에서 벌떡 일어섰는데, 또다시 예기치 않은 일이 벌어졌다. 많은 사람의 발소리가 들리는 것을 보니 주인은 혼자 돌아온 게 아닌 모양이었다. 이것은 사실 좀 이상한 일이었다. 우리에게 이 시간에 오라고 정해 준 사람은 부인 자신이었기 때문이다. 마침내 누군가 이상할 정도로 빠르게 거의 뛰다시피 들어오는 소리가 들렸는데, 바르바라 뻬뜨로브나가 그런 식으로 들어올 리는 없었다. 그런데 갑자기 그녀가 숨을 헐떡이며 너무도 흥분한 상태로 거의 나는 듯이 방 안으로 들어왔다. 그 뒤로 조금 뒤떨어져서 훨씬 더 조용하게 리자베따 니꼴라예브나가 들어왔다. 그리고 리자베따 니꼴라예브나의 손을 잡고 마리야 찌모페예브나가 들어오는 게 아닌가! 이 장면을 꿈에서 보았더라도 나는 그 순간 믿지 못했을 것이다.

이 너무나도 뜻밖의 상황을 설명하기 위해서는 한 시간 전으로 되돌아가 성당에서 바르바라 뻬뜨로브나에게 일어났던 기묘한 사건을 자세하게 이야기해야만 하겠다.

우선 오전 예배에는 거의 도시 전체, 즉 사교계의 상류층이라는 사람들이 다 모여 들었다. 그들은 지사 부인이 우리 도시에 온 이후 처음으로 모습을 드러낸다는 것을 알고 있었다. 미리 말해 두지만, 그녀가 자유사상가이자 〈새로운 원칙〉을 가진 사람이라는 소문이 이미 우리들 사이에 돌고 있었다. 또한 그녀가 화려하고 대단히 우아하게 옷을 입는다는 것도 부인들 사이에 잘 알려져 있었다. 그래서 그런지 이날 부인들의 의상은 유달리 세련되고 화려해 보였다. 다만 바르바라 뻬뜨로브나만은 평소대로 검소하게 전체적으로 검은색 옷을 입고 있었다. 그녀는 지난 4년 동안 변함없이 이 복장이었다. 성당에 들어서자 그녀는 첫 번째 줄 왼쪽, 평소 자기가 앉던 자리에 앉았고, 제복을 입은 하인이 그녀의 발밑에 무릎을 꿇고 예배할 때 쓰는 벨벳 방석을 가져다주었다. 한마디로 모든 것이 평소와 다름없었다. 그러나 사람들은 이날 부인이 예배 동안 왠지 지나치게 열심히 기도를 드린다는 것을 알아차렸다. 나중에 생각해 보니 부인의 눈에 눈물까지 어렸다고 확신하는 사람들도 있었다. 마침내 기도가 끝나고 사제장인 빠벨 신부가 장중한 설교를 하기 위해 앞으로 나왔다. 우리는 그의 설교를 사랑했고, 그것을 매우 높게 평가했다. 신부에게 설교집을 출판하라고 권하는 사람들도 있었지만, 그는 계속 결심하지 못하고 있었다. 이날 설교는 왠지 특히 길었다.

그런데 바로 이 설교가 진행되는 동안 한 여성이 가벼운 구식 사륜 무개 마차를 타고 성당으로 달려 들어왔다. 그것을 탄 여자들은 마부 옆에 앉아 그의 허리띠를 붙잡고 바람에 흔들리는 들풀처럼 마차의 진동에 흔들릴 수밖에 없는 그런 종류의 마차였다. 이런 허름한 마차들이 아직도 우리 도시에서는 돌아다니고 있었다. 성당 모퉁이에서 마차를 세운 —

성당 문 앞에는 많은 마차와 헌병들까지 서 있었으므로 — 여자는 마차에서 뛰어내리며 마부에게 은화 4꼬뻬이까를 주었다.

「왜요, 적은가요, 바냐?」 마부가 얼굴을 찌푸리는 것을 보고 그녀가 소리쳤다. 「내가 가진 건 그게 전부예요.」 그녀가 하소연하듯 덧붙였다.

「뭐 어쩔 수 없지요, 가격을 정하지 않고 태웠으니.」 마부는 손을 내저으며 〈당신 같은 여자에게 창피를 주는 것도 죄악이지〉라고 생각하는 것처럼 그녀를 쳐다보았다. 그러고는 가죽 지갑을 품속에 집어넣고 근처에 서 있던 마부들의 조소를 받으며 말을 타고 그 자리를 떠났다. 그녀가 마차들과 주인이 나오길 기다리는 하인들 사이를 뚫고 성당 문까지 걸어가는 동안 조소와 감탄의 소리가 계속 쏟아졌다. 어디선가 갑자기 사람들이 모여 있는 길 한복판에 나타난 이 여성의 출현은 사실 모두에게 이상하고 예기치 않은 일이었다. 그녀는 병적으로 마르고 다리를 약간 절었으며 얼굴에는 분과 연지를 더덕더덕 바르고 있었다. 그리고 맑긴 했지만 춥고 바람이 부는 9월 날씨에 낡은 검은색 옷 하나만 입었을 뿐 목도리나 외투도 걸치지 않고 긴 목을 그대로 드러내 놓고 있었다. 머리에는 아무것도 쓰지 않았고, 뒤통수에 아주 작은 매듭으로 묶인 머리카락 오른쪽으로는 버드나무 주간[61] 천사 게루빔을 장식했던 인조 장미 한 송이가 꽂혀 있었다. 나는 어제 마리야 찌모페예브나를 방문했을 때 그 종이 장미로 된 화관을 쓴 게루빔이 방 한쪽 구석 성상 밑에 있었던 것이 기억났다.

61 부활제 전주. 그리스도가 예루살렘에 들어갔을 때 버드나무 가지를 뿌려 환영받은 것을 기념한다.

게다가 이 숙녀는 공손하게 눈을 내리뜨고 있었지만, 동시에 즐겁고 교활하게 미소를 지으면서 걸어갔다. 조금이라도 지체했다면 그녀는 아마 성당에 들어가지 못했을 것이다……. 다행히 그녀는 몰래 숨어들어 갈 수 있었으며, 성당 안으로 들어서자 남의 눈에 띄지 않게 앞으로 비집고 나아갔다.

설교는 반쯤 진행 중이었으며 성당을 빈틈없이 가득 메운 군중은 아무런 소리도 내지 않고 완전히 주의를 기울여 그것을 듣고 있었지만, 그러는 중에도 몇몇 시선은 호기심이나 의아한 빛을 띠고 성당 안으로 들어선 여자를 곁눈질했다. 그녀는 성당 단 위에 엎드려 분칠한 얼굴을 깊숙이 숙이고 한참 동안 가만히 있었다. 울고 있는 듯했다. 그러나 다시 고개를 들고 무릎을 세워 일어나더니 금방 원래 기분을 회복했다. 분명 대단히 만족한 것처럼 즐겁게 사람들이나 성당 벽을 따라 시선을 이리저리 옮기기 시작했다. 특별히 호기심을 가지고 다른 숙녀들을 눈여겨보았는데, 일부러 뒤꿈치를 들기도 하고 두 번쯤 이상하게 키득거리면서 웃기까지 했다. 그사이 설교는 끝났고, 십자가가 들려 나왔다. 지사 부인이 먼저 십자가로 다가가다가, 두 걸음도 채 가기 전에 바르바라 뻬뜨로브나에게 길을 양보하려는 듯 멈추어 섰다. 바르바라 부인은 자기 앞에 사람이 있다는 것을 눈치채지 못한 듯 그대로 곧장 다가가고 있었던 것이다. 지사 부인의 이러한 예외적인 겸손함에서는 의심할 바 없이 자기 나름의 명백하고 재치 있는 빈정거림이 엿보였다. 사람들은 다 그렇게 이해했고, 아마 바르바라 뻬뜨로브나도 그렇게 이해했을 것이다. 그러나 평소대로 그녀는 누구에게도 주의를 기울이지 않고, 조금도 흔들리지 않는 위엄을 보이면서 십자가에 입을 맞추고 바로 출구

쪽으로 걸어갔다. 제복을 입은 하인이 그녀 앞으로 길을 터주었는데, 그렇게 하지 않아도 사람들은 이미 양옆으로 비켜나 있었다. 그러나 출구 바로 앞 현관에서는 빽빽하게 모여 있던 사람들의 무리가 순간적으로 길을 막았다. 바르바라 뻬뜨로브나는 걸음을 멈추었고, 그때 갑자기 이상하고 기이한 존재, 머리에 종이 장미를 꽂은 여자가 사람들 사이를 뚫고 나와 그녀 앞에 무릎을 꿇었다. 특히 사람들 앞에서는 웬만하면 당황하지 않는 바르바라 뻬뜨로브나는 위엄 있고 엄격한 눈빛으로 그 여자를 쳐다보았다.

여기서 간단히만 언급하자면, 바르바라 뻬뜨로브나는 최근 들어 지나치게 계산적이고 심지어 인색해졌다고는 하지만, 가끔씩 적선을 베푸는 데 돈을 아끼지 않았다. 그녀는 수도의 한 자선 협회 회원이기도 했다. 얼마 전 기근 때는 뻬쩨르부르끄의 이재민 원조 위원회에 5백 루블을 보내, 온 도시에 이 이야기가 퍼지기도 했다. 그리고 최근에 새 지사가 임명되기 전에는 우리 도시와 현에서 가장 가난한 산모들을 지원하기 위한 지방 여성 위원회를 거의 설립하는 단계까지 추진하기도 했다. 우리 중에는 그녀의 공명심을 강하게 비난하는 사람도 있었지만, 바르바라 뻬뜨로브나의 유명한 저돌성과 집요한 성격은 거의 모든 장애물을 넘어 승리를 거두었다. 협회는 이미 거의 완성되었으며, 초기 구상은 발기인의 열광적인 머릿속에서 점점 더 규모를 넓혀 갔다. 그녀는 유사한 위원회를 모스끄바에 설립한다거나, 모든 현에 그녀의 활동이 점차 확산될 것이라는 꿈을 꾸었다. 그런데 바로 이때 지사가 갑자기 교체되면서 모든 것이 중단되어 버렸다. 새 지사 부인은 그러한 위원회의 기본적인 사상이 비현실적인 것 같다면서, 신랄하긴 하지만 예리하고 실질적인 반대 의견을 사교계에서 이미 밝혔다고 한다. 그리고 그것은 물론 과장되어서 이미 바르바라 뻬뜨로브나에게 전해졌다. 오직 신만이 사람의 마음속을 알겠지만, 바르바라 뻬뜨로브나는 지금 지사 부인과 그 뒤를 따라 다른 사람들이 자기 앞을 지나가리라는 것을 알고, 〈저 여자가 무슨 생각을 하건, 나의 자선 사업을 허영이라고 비아냥거리건 말건 나는 상관없다는 것을 보게 해야지. 자, 당신들도 모두 보라고!〉라는 생각을 하며 어느 정도 만족감까지 느끼면서 성당 문 앞에 멈춰 섰을 것이라는 생각이 든다.

「무슨 일이지, 아가씨. 뭘 부탁하려고?」 바르바라 뻬뜨로브나는 자기 앞에 무릎을 꿇고 애걸하는 여자를 더 주의 깊게 바라보았다. 여자는 엄청 겁에 질리고 수줍게, 그러나 경건한 시선으로 부인을 쳐다보다가 갑자기 예의 그 이상한 소리로 키득거리면서 웃기 시작했다.

「이 여잔 뭐지요? 이 사람 누구예요?」 바르바라 뻬뜨로브나는 명령하듯 물어보는 시선으로 주위 사람들을 둘러보았다. 그러나 누구도 대답하는 이가 없었다.

「당신은 불행한가요? 도움이 필요해요?」

「네, 필요해요……. 제가 온 것은…….」 〈불행한 여자〉는 흥분해서 끊어지는 목소리로 중얼거렸다. 「저는 그저 부인의 손에 입맞춤하려고 왔어요…….」 여자는 다시 킥킥거렸다. 그녀는 마치 어린아이가 뭔가 조르면서 응석을 부리는 것 같은 눈빛으로 바르바라 뻬뜨로브나에게 손을 내밀었다가 무언가에 놀란 듯 갑자기 손을 뒤로 뺐다.

「단지 그것 때문에 왔어요?」 바르바라 뻬뜨로브나는 동정심 많은 미소를 지으며 곧바로 주머니에서 나전 지갑을 찾아 10루블짜리 지폐를 꺼내더니 낯선 여자에게 건네주었다. 여자는 그 돈을 받았다. 바르바라 뻬뜨로브나는 상당한 호기심을 보였는데, 분명 이 낯선 여자가 흔한 거지라고는 생각하지 않는 것 같았다.

「저 봐, 10루블을 주었어.」 군중 속에서 누군가가 말했다.

「제발 손을 주세요.」 〈불행한 여자〉는 방금 받은 10루블짜리 지폐가 바람에 펄럭이자 한쪽 끝을 왼쪽 손가락으로 단단히 잡고 중얼거렸다. 바르바라 뻬뜨로브나는 왠지 약간 얼굴을 찌푸리며 진지하고 굳은 표정으로 손을 내밀었다. 여자는 경건하게 그 손에 입을 맞추었다. 감사의 눈빛이 환호에 가깝게 빛났다. 바로 이때 지사 부인이 다가왔고, 우리의 숙녀들과 고관들도 우르르 몰려왔다. 지사 부인은 어쩔 수 없이 잠시 비좁은 곳에 서 있어야 했다. 많은 사람들이 걸음을 멈추었다.

「당신 떨고 있군요. 추운가요?」 바르바라 뻬뜨로브나는 문득 이것을 알아채고는 자신의 망토를 벗어 던져 하인이 그 날아가는 망토를 잡게 하고서, 검은색 숄(꽤 비싸 보이는 것이었다)을 어깨에서 벗어 여전히 무릎을 꿇고 앉아 있는 거지의 드러난 목에 손수 둘러 주었다.

「자, 일어나요. 무릎을 세워요, 제발!」 여자는 일어섰다.

「당신은 어디 살지요? 결국 아무도 이 여자가 어디 사는지 모른단 말이에요?」 바르바라 뻬뜨로브나는 다시 한번 초조하게 주위를 둘러보았다. 그러나 앞서 모였던 무리는 이미 없어졌고, 모두 낯익은 사교계 사람들뿐이었다. 어떤 사람들은 엄격하고 놀라운 시선으로, 어떤 사람들은 교활한 호기심과 더불어 스캔들을 기대하는 듯한 악의 없는 태도로 지켜보고 있었으며, 일부는 은근히 비웃기까지 했다.

「이 여자는 레뱌뜨낀 집 사람인 것 같습니다.」 마침내 한 친절한 사람이 나타나 바르바라 뻬뜨로브나의 질문에 대답했다. 그는 인품이 훌륭하고 많은 사람들의 존경을 받는 상인 안드레예프였다. 그는 안경을 쓰고 희끗한 턱수염에 러시아풍 옷을 입고 있었으며, 평소 쓰고 다니는 둥근 중절모를 손에 들고 있었다. 「그들은 보고야블렌스까야 거리의 필리뽀프 집에 살고 있지요.」

「레뱌뜨낀? 필리뽀프의 집에요? 들어 본 것 같네요……. 고마워요, 니꼰 세묘니치. 그런데 그 레뱌뜨낀은 어떤 사람이지요?」

「대위라고 부르고 있습니다만, 신중하지 못한 사람이라고 말할 수 있겠지요. 이 여자는 그의 누이동생이 분명해 보입니다. 아마 지금 감시를 피해 도망 나온 것 같은데요.」 니꼰 세묘니치는 목소리를 낮춰 이렇게 말하며 바라바라 뻬뜨로브나를 의미심장하게 쳐다보았다.

「알겠어요. 고마워요, 니꼰 세묘니치. 그럼 아가씨는 레뱌뜨끼나 양인가요?」

「아니요, 저는 레뱌뜨끼나가 아니에요.」

「그럼, 당신 오빠는 레뱌뜨낀이 맞지요?」

「네, 오빠는 레뱌뜨낀이에요.」

「그럼 이렇게 하지. 아가씨, 내가 당신을 우리 집으로 데려갔다가 거기서 당신 집으로 보내 줄게요. 나하고 같이 가겠어요?」

「아, 가겠어요!」 레뱌뜨끼나는 손뼉을 쳤다.

「아주머니, 아주머니, 저도 데려가 주세요!」 리자베따 니꼴라예브나의 목소리가 들려왔다. 언급해 두자면, 리자베따 니꼴라예브나는 지사 부인과 같이 오전 예배에 와 있었으며, 어머니 쁘라스꼬비야 이바노브나는 의사의 지시에 따라 그 사이 마차를 타고 떠나면서 말벗으로 마브리끼 니꼴라예비치를 데리고 갔다. 리자는 갑자기 지사 부인을 내버려 두고 바르바라 뻬뜨로브나에게 달려왔다.

「얘야, 알다시피 나야 언제든지 널 환영하지만, 네 어머니가 뭐라고 하시겠니?」 바르바라 뻬뜨로브나는 위엄 있게 말을 꺼냈다가 심상치 않은 리자의 흥분을 눈치채고 갑자기 당황해했다.

「아주머니, 아주머니, 저도 지금 꼭 따라가겠어요.」 리자는 바르바라 뻬뜨로브나에게 입을 맞추면서 간청했다.

「*Mais qu'avez vous donc, Lise*(아니, 대체 왜 그러니, 리자)!」 지사 부인이 잔뜩 놀란 표정을 지으며 말했다.

「아, 미안해요, *Chère cousine*(사촌 언니), 저는 아주머니 댁에 가겠어요.」 리자는 불쾌하게 놀란 표정을 보이고 있는 *chère cousine*(사촌 언니) 쪽으로 재빨리 돌아서서 그녀에게 두 번 입맞춤을 했다.

「그리고 *maman*(어머니)에게도 아주머니 댁으로 와달라고 전해 주세요. *Maman*(어머니)도 꼭꼭 들러 보고 싶어 하셨고, 조금 전에도 그렇게 말씀하셨는데, 제가 언니한테 미리 말씀드리는 걸 잊었네요.」 리자는 정신없이 지껄였다. 「미안해요, 화내지 말아 줘요, 쥘리……[62] *chère cousine*(사촌 언니)……. 아주머니, 저는 준비됐어요!」

「아주머니가 만약 저를 데려가지 않으시면 마차 뒤를 따라

62 율리야의 프랑스식 이름.

달려가면서 마구 소리를 지르겠어요.」 그녀는 바르바라 뻬뜨로브나의 귀에 바싹 대고 빠르고 절망적인 말투로 속삭였다. 다행히 아무도 이 말을 듣지 못했다. 바르바라 뻬뜨로브나는 심지어 한 걸음 뒤로 물러서며 이 미친 사람 같은 처녀를 날카로운 시선으로 쳐다보았다. 이 시선이 모든 것을 결정했다. 그녀는 반드시 리자를 데려가겠다고 마음먹었다.

「이런 일은 빨리 결론을 내려야겠죠.」 부인은 무심코 이렇게 내뱉었다. 「좋아, 기꺼이 너를 데려가 주지, 리자.」 그녀가 곧바로 큰 소리로 이렇게 덧붙였다. 「물론 율리야 미하일로브나 렘쁘께가 가도 좋다고 하신다면 말이야.」 부인은 솔직한 표정과 꾸밈없이 당당한 태도로 지사 부인을 향해 똑바로 돌아섰다.

「오, 당연하죠. 리자에게서 그런 만족을 뺏고 싶지 않아요. 그리고 저 역시도…….」 율리야 미하일로브나는 놀라울 정도로 상냥하게 속삭였다. 「저 역시도…… 우리 어깨 위에 얼마나 상상을 초월하는 독재자 아가씨가 군림하고 있는지 잘 알고 있으니까요(율리야 미하일로브나는 매력적인 미소를 지었다)…….」

「정말 감사합니다.」 바르바라 뻬뜨로브나는 공손하고 위엄 있게 고개를 숙여 감사 인사를 전했다.

「그리고 제가 더 기분 좋은 것은,」 즐거움에 흥분되어 얼굴이 새빨개진 율리야 미하일로브나는 열광적으로 속삭였다. 「리자는 지금 부인 댁에 간다는 기쁨 말고도 부인의 대단히 훌륭하고, 또 고상한 감정…… 말하자면 그 동정심에 매혹되어 있다는 거예요……. (그녀는 〈불행한 여자〉를 힐끔 쳐다보았다.) 더욱이…… 바로 성당 입구에서…….」

「그렇게 생각하신다니 존경스럽군요.」 바르바라 뻬뜨로브나는 당당한 태도로 그녀의 말을 인정해 주었다. 율리야 미하일로브나가 얼른 손을 내밀자 바르바라 뻬뜨로브나도 흔쾌히 자기 손가락으로 그 손을 살짝 만졌다. 전체적인 인상은 훌륭했으며, 그 자리에 있던 몇몇 사람들의 얼굴은 만족감으로 빛났고, 어떤 사람들은 달콤한 아첨의 미소를 지었다.

한마디로 온 도시에 갑자기 한 가지 사실이 명확해졌다. 지금까지 율리야 미하일로브나가 바르바라 뻬뜨로브나를 무시해서 그녀를 방문하지 않은 것이 아니라, 오히려 바르바라 뻬뜨로브나가 〈율리야 미하일로브나에게 선을 그어 놓은 것이며, 만약 바르바라 뻬뜨로브나가 자기를 쫓아내지 않으리라는 확신만 있다면 맨발로 달려서라도 부인 댁을 방문할 것〉이라는 사실이었다. 바르바라 뻬뜨로브나의 권위는 놀라울 정도로 상승했다.

「자, 타요, 아가씨.」 바르바라 뻬뜨로브나는 마드무아젤 레뱟끼나에게 다가오는 마차를 가리켜 보였다. 〈불행한 여자〉는 기뻐하며 마차 문으로 뛰어갔고, 그 앞에 이르자 하인이 그녀를 부축해 주었다.

「아니, 이런! 아가씨, 다리를 저는군!」 바르바라 뻬뜨로브나는 깜짝 놀라 소리치더니 얼굴이 창백해졌다(모두들 그 당시 이것을 눈치채긴 했지만, 왜 그런지는 이해하지 못했다).

마차는 달려갔다. 바르바라 뻬뜨로브나의 집은 성당에서 아주 가까웠다. 리자가 나중에 내게 해준 말에 따르면 레뱟끼나는 마차를 타고 가는 3분 내내 히스테리를 부리며 웃어 댔고, 바르바라 뻬뜨로브나는 리자의 표현대로라면 〈무슨 최면에 걸린 듯〉 앉아 있었다고 한다.

제5장
현명한 뱀

1

바르바라 뻬뜨로브나는 벨을 울리고 창가 안락의자에 앉았다.

「여기 앉아요, 아가씨.」 부인은 마리야 찌모페예브나에게 방 한가운데 있는 커다란 원탁 옆 자리를 가리켰다. 「스쩨빤 뜨로피모비치, 대체 이게 무슨 일이죠? 자, 여기, 이 여자를 보세요, 이게 대체 무슨 일일까요?」

「저는…… 저는…….」 스쩨빤 뜨로피모비치는 더듬거렸다…….

그때 하인이 들어왔다.

「커피 한 잔 가져오너라, 지금 당장 가능한 한 빨리! 말은 마차에서 풀지 말고.」

「*Mais, chère et excellente amie, dans quelle inquiétude*(친애하는 선량한 친구여, 저는 근심 속에서)…….」 스쩨빤 뜨로피모비치가 꺼져 가는 목소리로 외쳤다.

「아! 프랑스어다, 프랑스어! 상류 사회라는 것을 분명히 알 수 있어!」 마리야 찌모페예브나는 손뼉을 치고 기뻐하면서 프랑스어 대화를 들어 보려고 몸을 앞으로 내밀었다. 바르바라 뻬뜨로브나는 깜짝 놀라 그녀를 가만히 바라보았다.

우리는 모두 어떤 결말이 올지 말없이 기다리고 있었다. 샤또프는 고개를 들지 않았고, 스쩨빤 뜨로피모비치는 모든 것이 자기의 죄인 양 당황스러워했다. 그의 관자놀이에서 땀이 흘러내렸다. 나는 리자를 바라보았다(그녀는 한쪽 구석에 샤또프와 거의 나란히 앉아 있었다). 그녀의 시선은 바르바라 뻬뜨로브나에게서 절름발이 여자에게로, 그리고 그 반대로 주의 깊게 오가고 있었다. 그녀의 입술에는 일그러진 미소가 떠올랐는데, 좋은 미소는 아니었다. 바르바라 뻬뜨로브나는 이 미소를 보았다. 그러는 사이 마리야 찌모페예브나는 완전히 넋을 잃고 말았다. 그녀는 조금도 당황하지 않고 흥겨워하며 바르바라 뻬뜨로브나의 아름다운 거실을 채우고 있는 가구, 양탄자, 벽에 걸린 그림, 그림으로 장식된 고풍스러운 천장, 한쪽 구석의 커다란 청동 그리스도 십자가상, 도자기 램프, 앨범, 탁자 위 물건들을 둘러보았다.

「어머, 당신도 여기 있었네요, 샤뚜시까!」 그녀가 갑자기 소리쳤다. 「그거 알아요? 아까 전부터 한참 동안 당신을 보면서도 〈그는 아닐 거야〉라고 생각했어요! 〈그가 어떻게 여길 오겠어!〉라고요.」 그녀는 재미있다는 듯 마구 웃었다.

「자네 이 여자를 알고 있나?」 그 순간 바르바라 뻬뜨로브나가 그를 돌아보았다.

「알고 있습니다.」 샤또프는 이렇게 중얼거리며 의자에서 일어나려다가 다시 자리에 앉았다.

「뭘 알고 있지? 빨리 좀 이야기해 보게!」

「그러니까…….」 그는 필요도 없는 웃음을 가볍게 지으며 더듬더듬 말하기 시작했다. 「보시는 그대로입니다.」

「내가 보는 대로라고? 뭐든 좋으니 이야기해 보게!」

「제가 사는 집에 살고 있습니다……. 오빠와 함께……. 장교지요.」

「그래서?」

샤또프는 다시 말을 더듬었다.

「말할 가치도 없습니다…….」 그는 이렇게 중얼거리다가 단호하게 입을 다물었다. 그는 자신의 단호함에 얼굴까지 붉혔다.

「물론 자네한테는 더 이상 기대할 게 없겠군!」 바르바라 뻬뜨로브나는 격분해서 말을 끊었다. 그녀는 이제 모두가 뭔가 알고 있으면서 겁에 질려 그녀의 질문을 피하고 뭔가를 숨기고 있다는 것을 분명히 알게 되었다.

하인이 특별 주문 받은 커피를 작은 은쟁반에 들고 들어와서 부인에게 가져갔다. 그러나 그녀가 손짓하자 바로 마리야 찌모페예브나에게로 다가갔다.

「아가씨, 조금 전에 매우 추워하던데, 빨리 마시고 몸 좀 녹여요.」

「*Merci*(고맙습니다).」 마리야 찌모페예브나는 찻잔을 집어 들다가 갑자기 하인에게 〈*merci*(고맙습니다)〉라고 말한 걸 깨닫고는 웃음을 터뜨렸다. 하지만 바르바라 뻬뜨로브나의 위협적인 시선과 마주치자 두려워하며 찻잔을 탁자 위에 올려놓았다.

「아주머니, 화나지 않으셨지요?」 그녀는 약간 경박하고 장난기 어린 목소리로 중얼거렸다.

「뭐-라-고?」 바르바라 뻬뜨로브나는 의자에서 벌떡 일어나 몸을 똑바로 세웠다. 「어째서 내가 당신 아주머니야? 무슨 생각으로 그렇게 부르는 거지?」

마리야 찌모페예브나는 그런 분노를 예상치 못한 듯 마치 발작이라도 일어난 것처럼 온몸을 심하게 부들부들 떨며 안락의자 등받이에 쓰러졌다.

「저는, 저는 그래야 하는 줄 알았어요.」 그녀는 눈을 크게 뜨고 바르바라 뻬뜨로브나를 쳐다보며 이렇게 중얼거렸다. 「리자도 그렇게 부르기에요.」

「리자라니, 누구 말이냐?」

「여기 이 귀족 아가씨요.」 마리야 찌모페예브나가 손가락으로 가리켰다.

「그러니까 이 아가씨도 이미 리자로 통하게 되었단 말이지?」

「부인이 조금 전에 그녀를 그렇게 부르셨잖아요.」 마리야 찌모페예브나는 약간 용기를 내어 이렇게 말했다. 「그런데 저는 꿈속에서 꼭 저렇게 생긴 미인을 본 적이 있어요.」 그녀는 무심코 가볍게 미소 지었다.

바르바라 뻬뜨로브나는 생각을 좀 가다듬고 나자 약간 진정되었다. 마리야 찌모페예브나의 마지막 말에는 웃음까지 나왔다. 마리야 찌모페예브나는 그 미소를 보자 의자에서 일어나 다리를 절름거리며 조심스럽게 그녀에게 다가갔다.

「받으세요, 돌려드리는 걸 잊었네요. 버릇없다고 화내지 마세요.」 그녀는 갑자기 아까 바르바라 뻬뜨로브나가 둘러주었던 검은색 숄을 벗었다.

「다시 두르고 있어요, 아주 가져도 되니까. 가서 앉아 커피를 마셔요. 그리고 제발 나를 무서워하지 말고 진정해요, 아가씨. 나도 당신을 이해하기 시작했으니.」

「*Chère amie*(친애하는 친구여)…….」 스쩨빤 뜨로피모비치가 또다시 끼어들었다.

「아, 스쩨빤 뜨로피모비치, 당신이 아니더라도 뭐가 뭔지 모르겠으니, 제발 당신만이라도 가만히 좀 계세요. 대신 그 옆에 있는 하녀 방 벨을 좀 눌러 주세요.」

침묵이 감돌았다. 그녀는 의심스럽기도 하고 짜증 난다는 듯한 시선으로 우리의 얼굴을 쭉 훑었다. 그녀가 총애하는 하녀 아가샤가 나타났다.

「내가 제네바에서 산 그 격자무늬 숄을 좀 가져오너라. 다리야 빠블로브나는 뭐 하고 계시지?」

「그분은 몸이 좀 안 좋으십니다.」

「가서 이리 오라고 전해라. 몸이 안 좋더라도 꼭 좀 오란다고 해야 한다.」

바로 이때 옆방에서는 또다시 조금 전과 같은 이상한 발소리와 말소리가 들려오더니 갑자기 문지방 앞에 〈완전히 정신이 나가 버린〉 쁘라스꼬비야 이바노브나가 숨을 헐떡이며 모습을 드러냈다. 마브리끼 니꼴라예비치가 그녀의 손을 잡고 있었다.

「오, 이런, 간신히 도착했네. 리자, 이 정신 나간 것아, 이 에미한테 무슨 짓이니!」 그녀는 허약하지만 매우 흥분을 잘 하는 부인들이 으레 그렇듯이, 쌓이고 쌓인 흥분을 모두 고함 소리에 얹은 것 같은 소리를 질렀다.

「이봐요, 바르바라 뻬뜨로브나, 나는 딸을 데리러 왔어요!」

바르바라 뻬뜨로브나는 그녀 쪽을 힐끗 쳐다보고는 몸을 반쯤 일으켜 간신히 노여움을 감추며 이렇게 말했다.

「어서 와요, 쁘라스꼬비야 이바노브나. 제발 좀 앉아요. 어차피 당신이 올 줄 알고 있었어요.」

2

쁘라스꼬비야 이바노브나에게 이런 대접은 전혀 뜻밖의 상황이 아니었다. 바르바라 뻬뜨로브나는 어린 시절부터 항상 동창인 이 친구를 우정을 핑계로 무시하며 난폭하게 대해 왔던 것이다. 그러나 현재의 경우나 상황은 좀 특별했다. 내가 이미 앞에서 암시했듯이 최근 들어 이 두 집의 관계는 완전히 단절되었다. 바르바라 뻬뜨로브나로서는 아직 불화의 원인을 정확히 알 수 없어서 더욱 불쾌했다. 그러나 중요한 것은 쁘라스꼬비야 이바노브나가 그녀 앞에서 거만한 태도를 취하기 시작했다는 것이다. 바르바라 뻬뜨로브나는 물론 기분이 상했다. 그러는 사이 몇 가지 이상한 소문이 들려오기 시작했는데, 그 역시 불명확한 내용이어서 그녀의 화를 엄청 돋우었다. 바르바라 뻬뜨로브나의 성격은 솔직하고 개방적이었으며, 이런 표현이 가능할지 모르겠지만 저돌적이라고 할 수 있었다. 무엇보다 그녀는 몰래 숨어서 하는 비난을 참을 수 없어 했으며, 항상 정정당당한 싸움을 좋아했다. 아무튼 지난 5일 동안 두 부인은 서로 만나지 않고 있었다. 마지막으로 방문한 쪽은 바르바라 뻬뜨로브나였는데, 그녀는 〈드로즈도바 것들〉 집에서 불쾌하고 당황한 상태로 떠나왔다.

내가 틀림없이 말할 수 있는 것은 지금 쁘라스꼬비야 이바노브나는 바르바라 뻬뜨로브나가 왠지 그녀 앞에서 겁을 내야 마땅하다는 순진한 확신을 가지고 찾아왔다는 것이다. 이것은 이미 그녀의 얼굴 표정에 드러나 있었다. 그러나 바르바라 뻬뜨로브나는 자기가 어떤 이유로건 멸시당한다는 의심이 조금이라도 들면 가장 오만한 자존심의 악령에 사로잡히는 것이 분명했다. 반면 쁘라스꼬비야 이바노브나는 심약한 사람들이 으레 그렇듯이, 오랫동안 저항 한 번 못하고 다른 사람들의 모욕에 자신을 내맡기다가 처음으로 자신에게 유리한 방향으로 상황이 바뀌면 평소 같지 않은 흥분 상태에 빠지곤 했다. 그리고 사실 지금 그녀는 건강이 좋지 않았는데, 병에 걸리면 항상 더 짜증을 많이 냈다. 마지막으로 덧붙이자면, 두 소꿉친구 사이에 다툼이 격렬해진다 하더라도 마침 그때 거실에 우리가 모여 있다는 사실이 그들을 특별히 압박한다거나 하지는 못했다. 그들에게는 우리가 자기 사람, 혹은 거의 아랫사람으로 간주되었기 때문이다. 나는 당시 이 사실을 생각하며 두려움을 느끼지 않을 수 없었다. 스쩨빤 뜨로피모비치는 바르바라 뻬뜨로브나가 도착한 이후 앉지도 못하고 있다가 쁘라스꼬비야 이바노브나의 날카로운 고함 소리를 듣고는 힘이 풀려 의자에 주저앉으며 절망에 차서 내 시선을 잡으려 했다. 샤또프는 의자에 앉아 방향을 홱 돌리며 혼자서 뭐라고 중얼거리기까지 했다. 내 생각에 그는 일어나서 가버리려는 것 같았다. 리자는 아주 살짝 일어섰다가 바로 다시 자리에 앉았으나, 자기 어머니의 날카로운 고함 소리에는 당연히 필요한 관심조차 주지 않았다. 그것은 〈고집 센 성격〉 때문이라기보다는 분명 뭔가 다른 강력한 인상의 힘에 온통 눌려 있었기 때문이다. 그녀는 지금 거의 방심한 듯 허공을 바라보며, 마리야 찌모페예브나에 대해서조차 이전과 같은 관심을 기울이지 않았다.

3

「오, 여기에!」 쁘라스꼬비야 이바노브나는 탁자 옆 안락의자를 가리키며 마브리끼 니꼴라예비치의 도움을 받아 힘겹게 앉았다. 「이봐요, 다리가 이렇지만 않았어도 당신 집에 앉지 않았을 거예요!」 그녀는 흥분된 목소리로 이렇게 덧붙였다.

바르바라 뻬뜨로브나는 고개를 약간 들고 아픈 표정을 지으며 오른손 손가락으로 오른쪽 관자놀이를 눌렀다. 심한 통증(안면 경련)이 느껴지는 모양이었다.

「아니, 쁘라스꼬비야 이바노브나, 왜 내 집에 앉고 싶지 않다는 거지? 나는 돌아가신 당신 남편하고 평생에 걸쳐 진정한 우정을 나누어 왔고, 당신하고는 소녀 때부터 같은 기숙학교에서 인형을 가지고 놀았던 사이인데.」

쁘라스꼬비야 이바노브나는 두 손을 흔들었다.

「내 이럴 줄 알았어! 나를 비난하고 싶을 때면 언제나 기숙학교 이야기를 꺼내거든. 이게 바로 당신 수법이지. 그래 봤자 말재주에 불과한 걸 가지고. 당신의 그 기숙사 이야기는 이제 참을 수가 없군요.」

「아무래도 당신은 기분이 몹시 좋지 않은 상황에서 온 것 같군. 다리는 좀 어떻지? 자, 여기 커피가 나왔으니 제발 이걸 마시고 화 좀 그만 내지.」

「이봐요, 바르바라 뻬뜨로브나, 당신은 나를 꼭 어린아이처럼 다루네요. 커피는 마시지 않겠어요. 거기!」

그러면서 그녀는 커피를 들고 오는 하녀에게 격하게 손을 흔들었다(하긴 커피는 나와 마브리끼 니꼴라예비치를 제외한 모든 사람이 거절했다. 스쩨빤 뜨로피모비치는 찻잔을 들었다가 다시 탁자에 내려놓았다. 마리야 찌모페예브나는 정말 한 잔을 더 마시고 싶어서 손을 내밀었다가 생각을 고쳐먹고 예의 바르게 거절했다. 그녀는 이런 자신이 만족스러운 눈치였다).

바르바라 뻬뜨로브나는 씁쓸한 미소를 지었다.

「이봐, 내 친구 쁘라스꼬비야 이바노브나, 당신은 아마도 또다시 무슨 공상을 하다 온 것 같군. 평생을 공상만 하면서 살고 있잖아. 방금 기숙 학교 이야기에 화를 냈지만, 언젠가 샤블리낀이라는 경기병이 당신에게 청혼했다고 교실 전체에 떠들고 다니다가 마담 르페뷔르에게 거짓말이 들통 났던 것 기억하지? 하지만 사실 당신이 거짓말한 게 아니라 그냥 재미 삼아 공상해 본 거였잖아. 자, 한번 말해 봐. 이번에는 무슨 일이지? 무슨 공상을 했고, 또 뭐가 불만인 거야?」

「그러는 당신은 기숙 학교 시절 신학을 가르치던 신부님을 사랑했잖아요. 당신이 아직까지 앙심을 품고 그걸 기억하고 있다니, 이건 나의 복수예요. 하하하!」

그녀는 신경질적으로 깔깔거리고 웃다가 기침을 하기 시작했다.

「아, 당신은 아직 신부님 일을 잊지 않았군…….」 바르바라 뻬뜨로브나는 그녀를 밉살스럽다는 듯 쳐다보았다.

그녀의 얼굴이 새파랗게 질렸다. 쁘라스꼬비야 이바노브

나는 갑자기 기세등등해졌다.

「이봐요, 나는 지금 웃을 상황이 아니라고. 당신은 어째서 내 딸을 온 도시 사람들이 보는 앞에서 당신의 추잡한 사건에 끌어들인 거지요? 난 그것 때문에 온 거예요!」

「나의 추잡한 사건이라고?」 바르바라 뻬뜨로브나는 갑자기 위협적으로 몸을 꼿꼿이 세웠다.

「어머니, 제발 진정하세요.」 리자베따 니꼴라예브나가 갑자기 말했다.

「어떻게 그런 말을 하니?」 어머니는 다시 날카롭게 소리 지르려 했지만, 딸의 번뜩이는 시선 앞에서 갑자기 기가 죽어 버렸다.

「어머니, 어떻게 추잡한 사건이라고 말할 수 있어요?」 리자가 폭발했다. 「저는 이 불쌍한 여자분의 이야기를 듣고 도움을 주고 싶어서 율리야 미하일로브나의 허락을 받고 직접 여기로 온 거예요.」

「〈이 불쌍한 여자분의 이야기〉라고!」 쁘라스꼬비야 이바노브나는 악의에 찬 미소를 지으며 말꼬리를 길게 늘였다. 「네가 그런 〈이야기〉에 끼어들어야만 하겠니? 오, 이봐요! 당신의 횡포는 이제 충분해요!」 그녀는 바르바라 뻬뜨로브나를 향해 무서운 기세로 돌아섰다. 「사실인지 아닌지 모르겠지만, 여기 도시 전체를 쥐고 흔들었다고 하던데, 이제 당신 차례가 온 것 같군요!」

바르바라 뻬뜨로브나는 활에서 튕겨 나가려는 화살처럼 몸을 꼿꼿이 세우고 앉아 있었다. 그녀는 10초 정도 움직이지 않고 무섭게 쁘라스꼬비야 이바노브나를 쏘아보았다.

「쁘라스꼬비야, 여기 있는 사람들이 모두 우리와 가까운 분들이라는 걸 다행으로 여겨야 할 거야.」 그녀는 마침내 불길할 정도로 침착하게 말했다. 「당신은 쓸데없는 말을 너무 많이 했어.」

「이봐요, 나는 다른 누구처럼 세상의 평판을 두려워하지 않아요. 거만한 표정을 짓고 세상의 평판에 몸을 떠는 사람은 당신이잖아. 그리고 여기 있는 사람들이 가까운 사람들이라는 건 당신한테 더 다행이겠지. 다른 사람들이 듣는 것보다는 나으니까.」

「지난 한 주 동안 당신은 더 영리해진 것 같은데?」

「지난 한 주 동안 더 영리해진 게 아니라, 진실이 그사이 겉으로 드러난 것이지요.」

「무슨 진실이 드러났다는 말이지? 이봐, 쁘라스꼬비야 이바노브나, 나를 초조하게 하지 말고, 제발 부탁이니까 지금 당장 설명해 봐. 대체 무슨 진실이 드러났다는 건지, 당신은 또 무슨 말을 하려는 거야?」

「바로 여기, 그 진실이 앉아 있잖아요!」 쁘라스꼬비야 이바노브나가 갑자기 마리야 찌모페예브나를 손가락으로 가리켰다. 그 태도에서는 이제 결과에 대해서는 신경 쓰지 않고 놀라게만 하면 된다는 듯한 필사적인 결심이 엿보였다. 마리야 찌모페예브나는 계속해서 즐거운 듯 호기심을 가지고 그녀를 쳐다보다 성질 내는 손님의 손가락이 자신을 가리키자 기쁘게 웃으며, 재미있다는 듯 안락의자 위에서 살짝 움직이기 시작했다.

「하느님 맙소사, 모두가 제정신이 아니군!」 바르바라 뻬뜨로브나는 이렇게 소리친 뒤 얼굴이 창백해지면서 의자 등받이에 몸을 기댔다.

그녀의 얼굴이 너무 창백해져서 주변에서 약간의 소동이 일어나기까지 했다. 스쩨빤 뜨로피모비치가 제일 먼저 그녀에게 뛰어갔고 나도 곁으로 다가갔다. 리자마저 자리에서 일어났다가 도로 앉았다. 그러나 누구보다 놀란 사람은 쁘라스꼬비야 이바노브나였다. 그녀는 비명을 지르며 벌떡 일어서서 마구 울부짖기 시작했다.

「이봐요, 바르바라 뻬뜨로브나, 내 심술궂은 어리석음을 용서해 줘요! 저, 누가 부인께 물이라도 갖다 드려요!」

「제발, 훌쩍이지 마, 쁘라스꼬비야 이바노브나, 부탁이야. 그리고 여러분도 모두 물러나 주세요. 물은 필요 없어요!」 바르바라 뻬뜨로브나가 창백해진 입술로 크지는 않지만 단호한 목소리로 말했다.

「이봐요!」 쁘라스꼬비야 이바노브나는 약간 진정되자 말을 이었다. 「내 친구, 바르바라 뻬뜨로브나, 내가 그런 경솔한 소리를 한 것은 잘못이지만, 누군지 모르는 사람들이 폭격하듯 퍼부어 대는 익명의 편지 때문에 나는 정말 짜증 나 죽을 지경이에요 당신에 관해 쓴 내용이니까 당신한테 보내면 될 것을. 나는 딸도 있는데!」

바르바라 뻬뜨로브나는 눈을 크게 뜨고 말없이 그녀를 바라보며 놀라서 듣고 있었다. 바로 이때 한쪽 구석에 있던 옆문이 소리 없이 열리더니 다리야 빠블로브나가 나타났다. 그녀는 잠시 멈춰 서서 주위를 둘러보았다. 우리가 당황해 있는 모습을 보고 놀란 것 같았다. 아마 누구에게서도 이야기를 듣지 못했는지 그녀는 아직 마리야 찌모페예브나를 알아보지 못한 것 같았다. 스쩨빤 뜨로피모비치가 제일 먼저 그녀를 알아보고 재빨리 몸을 움직이며 새빨개진 얼굴로 무엇 때문인지 〈다리야 빠블로브나!〉라고 큰 소리로 말했다. 그러자 모든 사람의 시선이 단번에 방 안으로 들어온 그녀를 향했다.

「아니, 이분이 당신의 다리야 빠블로브나군요!」 마리야 찌모페예브나가 외쳤다. 「그런데 샤뚜시까, 여동생이 당신을 닮지는 않았네요! 어째서 우리 집 인간은 이런 아름다운 분을 농노 계집 다시까라고 부를까!」

다리야 빠블로브나는 그사이 이미 바르바라 뻬뜨로브나 옆으로 다가가고 있었다. 그러다가 마리야 찌모페예브나가 외치는 소리에 놀라 재빨리 돌아서더니 그대로 탁자 앞에 멈춰서서 백치 여자에게 시선을 고정한 채 오랫동안 쳐다보았다.

「앉아라, 다샤.」 바르바라 뻬뜨로브나가 무섭도록 침착하게 말했다. 「더 가까이, 그래 거기. 앉아서도 이 여자를 볼 수 있도록 말이다. 그녀를 알고 있니?」

「한 번도 본 적은 없어요.」 다샤는 조용히 대답했다. 그러고는 잠시 입을 다물었다가 바로 이렇게 덧붙였다. 「아마 레뱟낀 씨의 아픈 여동생이겠지요?」

「아가씨, 나도 당신을 지금 처음 보았어요. 이미 오래전부터 호기심을 가지고 당신과 사귀고 싶긴 했지만요. 당신의 모든 행동 하나하나에서 교양이 엿보이거든요.」 마리야 찌모페예브나는 흥이 나서 이렇게 소리쳤다. 「우리 집 하인은 욕을 하지만, 이렇게 교양 있고 사랑스러운 분이 그런 인간의 돈을 빼앗다니 그런 일이 있을 수 있겠어요? 당신은 사랑스럽고 사랑스러운 분이니까요. 그건 내가 장담해요!」 마리야 찌모페예브나는 얼굴 앞으로 손을 흔들면서 열정적으로 말을 맺었다.

「너는 무슨 말인지 이해하겠니?」 바르바라 뻬뜨로브나는 오만한 위엄을 보이면서 물었다.

「저는 전부 알아들었어요…….」

「돈 얘기도 들었겠지?」

「그건 아마도 스위스에 있을 때 니꼴라이 프세볼로도비치의 부탁으로 그녀의 오빠인 레뱟낀 씨에게 건네주려고 받았던 그 돈 이야기인 것 같아요.」

침묵이 이어졌다.

「니꼴라이 프세볼로도비치가 직접 네게 전달해 달라고 부탁했니?」

「그분은 총 3백 루블의 돈을 레뱟낀 씨에게 전해 주고 싶어 하셨어요. 그런데 그의 주소를 모르고 그가 이 도시에 온다는 것만 알고 계셔서, 혹시 레뱟낀 씨가 오실 때를 대비해 저에게 전해 달라고 맡기셨어요.」

「돈은 어떻게 됐지……. 사라지기라도 했니? 이 여자가 지금 한 말은 무슨 뜻이지?」

「그건 저도 잘 모르겠어요. 레뱟낀 씨가 제가 돈을 전부 전해 주지 않았다고 떠들고 다닌다는 소문이 제게까지 들려왔어요. 하지만 저는 이 말을 이해할 수가 없어요. 저는 3백 루블을 받았고, 그 3백 루블을 그대로 전해 드렸거든요.」

다리야는 이제 완전히 침착해졌다. 그리고 한 가지 덧붙이자면, 이 아가씨가 속으로 어떻게 느끼든지 간에 그녀를 오랫동안 놀라게 하거나 혼란스럽게 만들기는 어려웠다. 그녀는 서두르지 않고 모든 질문에 정확하고 조용하고 차분하게 바로바로 대답했다. 처음에 보여 주었던 갑작스러운 흥분의 기척도 없었고, 무언가 죄의식으로 볼 수 있는 당황스러움도 전혀 없었다. 그녀가 말하는 동안 바르바라 뻬뜨로브나의 시선은 계속 그녀에게서 떠나지 않았다. 바르바라 뻬뜨로브나는 잠시 생각에 잠겼다.

「만약,」 그녀가 마침내 단호하게 말을 꺼냈다. 시선은 다샤에게 향해 있었지만 그곳에 있는 사람들에게 말하려는 것이 분명했다. 「만약 니꼴라이 프세볼로도비치가 내게 맡기지 않고 너한테 부탁했다면 물론 그렇게 할 만한 이유가 있었을 거다. 또한 내게 비밀로 하고 싶었다면 그걸 궁금해할 만한 권리는 내게 없는 거지. 하지만 그 일에 네가 관여하고 있다는 사실이 나를 아주 안심시키는구나. 이것만은 알아 다오, 다리야. 그런데 얘야, 네가 깨끗한 양심을 가지고 있다 하더라도 아직은 세상을 잘 모르니 뭔가 부주의한 일을 할 수도 있는 거지. 파렴치한 인간하고 관련되었다는 게 바로 그런 거란다. 그 불한당이 퍼뜨리고 다니는 소문이 네 실수를 증명하고 있잖니. 하지만 그에 대해서는 내가 조사해 보마. 나는 네 보호자니까 너를 위해 변호해 주겠다. 이제 이 모든 걸 끝내야만 하겠구나.」

「제일 좋은 방법은, 그가 부인을 찾아오면,」 마리야 찌모페예브나가 안락의자에서 불쑥 일어나더니 갑자기 이렇게 말을 받았다. 「하인방으로 보내 버리세요. 그곳에서 궤짝에 앉아 하인들과 카드놀이나 하라고 하고 우리는 여기 앉아서 커피를 마셔요. 커피 한 잔쯤은 그에게 보낼 수도 있지만, 나는 그를 극도로 경멸하거든요.」

그러면서 그녀는 의미심장하게 고개를 저었다.

「이제 이걸 끝내야만 해.」 바르바라 뻬뜨로브나는 마리야 찌모페예브나의 말을 세심하게 듣고 있다가 또다시 이렇게 말했다. 「벨을 좀 눌러 주세요, 스쩨빤 뜨로피모비치.」

스쩨빤 뜨로피모비치는 벨을 누르고 나서 갑자기 흥분에 휩싸여 앞으로 나섰다.

「만약…… 만약 제가……」 그는 열에 들떠 얼굴이 새빨개진 채로, 중간중간 갑자기 말을 멈추거나 더듬거리면서 중얼거렸다. 「만약 저 역시 그런 불쾌한 이야기, 더 정확히 말해 그런 중상을 들었다면…… 완전히 분노했을 것입니다……. *Enfin c'est un homme perdu et quelque chose comme un forçat évadé*(한마디로 그는 타락한 인간, 마치 탈옥수 같은 인간입니다)……」

중간에 말을 멈춘 그는 결국 끝맺지 못했다. 바르바라 뻬뜨로브나가 실눈을 뜨고 그를 머리끝에서 발끝까지 훑어보고 있었기 때문이다. 예절 바른 하인 알렉세이 예고리치가 들어왔다.

「마차를 준비하거라.」 바르바라 뻬뜨로브나가 지시했다. 「그리고 알렉세이 예고리치, 레뱟끼나 양을 댁으로 모셔다 드릴 준비를 해라. 길은 이분이 직접 알려 줄 거다.」

「레뱟낀 씨가 조금 전에 오셔서 기다리고 계시는데, 본인의 도착을 꼭 좀 전해 달라고 부탁하셨습니다.」

「그건 안 됩니다, 바르바라 뻬뜨로브나 부인.」 줄곧 태연하게 침묵을 지키고 있던 마브리끼 니꼴라예비치가 갑자기 불안한 듯이 끼어들었다. 「죄송하지만, 그자는 이런 자리에 들어올 수 있는 그런 인간이 아닙니다. 그는…… 그는…… 그는 그럴 수 없는 인간입니다, 바르바라 뻬뜨로브나.」

「잠깐 기다리라고 해라.」 바르바라 뻬뜨로브나의 말이 떨어지자 알렉세이 예고리치는 곧 사라졌다.

「*C'est un homme malhonnête et je crois même que c'est un*

forçat évadé ou quelque chose dans ce genre(그는 부정직한 인간이며, 저는 그가 심지어 탈옥수이거나 뭐 그런 부류의 인간일 거라는 생각까지 들어요).」 스쩨빤 뜨로피모비치는 다시 중얼거리다가 얼굴을 붉히며 말을 중단해 버렸다.

「리자, 이제 갈 때가 되었구나.」 쁘라스꼬비야 이바노브나는 혐오스럽다는 듯 큰 소리로 말하며 자리에서 일어났다. 그녀는 아까 너무도 놀란 나머지 스스로 자신을 어리석다고 했던 것이 이미 유감스럽게 느껴진 모양이었다. 다리야 빠블로브나가 이야기하는 동안 그녀는 이미 입술을 거만하게 오므린 채 듣고 있었다. 그러나 무엇보다 나를 놀라게 한 것은 다리야 빠블로브나가 들어온 이후 리자베따 니꼴라예브나의 표정이었다. 그녀의 눈에서는 숨길 수 없을 정도로 지나친 증오와 경멸이 빛나고 있었다.

「잠깐만 기다려 줘, 쁘라스꼬비야 이바노브나, 제발.」 바르바라 뻬뜨로브나는 여전히 지나칠 정도로 침착하게 그녀를 멈춰 세웠다. 「제발 좀 앉아 줘. 나는 이제 모든 걸 다 말할 생각인데, 당신은 다리가 아프잖아. 그래, 그렇게, 고마워. 조금 전에는 나도 냉정을 잃고 좀 성급하게 굴었어. 제발 용서해 줘. 내가 어리석은 짓을 했으니, 먼저 사과할게. 나는 무슨 일이든 공평한 것을 좋아하거든. 물론 당신도 냉정을 잃고 무슨 익명의 편지니 하는 이야기를 했잖아. 익명의 밀고 같은 건 서명이 없으니 무시해 버려야 마땅한데 말이야. 만일 당신이 다르게 이해하고 있다면 유감스럽게 됐어. 어쨌든 내가 당신 같은 상황이었다면 그런 더러운 편지를 주머니에 집어넣지도 않았을 테고, 스스로를 더럽히지도 않았을 거야. 그런데 당신은 스스로를 더럽히고 말았어. 당신이 먼저 이야기를 꺼냈으니 말인데, 나도 엿새쯤 전에 역시 익명으로 된 장난 편지를 한 통 받았어. 그 편지에는 어떤 불한당이 니꼴라이 프세볼로도비치는 미쳤다느니, 〈내 인생에서 대단한 역할을 하게 될〉 무슨 절름발이 여자를 두려워해야 한다느니 하고 단호하게 써놓았더군. 나는 생각을 좀 해보다가 니꼴라이 프세볼로도비치에게 적이 너무나 많다는 것을 알고서, 즉시 이곳의 한 사람, 즉 그 애의 모든 적들 중에서 비밀스러운 데다 가장 복수심이 강하고 경멸받아 마땅한 한 사람을 부르러 보냈고, 그와 이야기를 하다가 바로 이 비열한 익명의 편지의 출처를 알아낼 수 있었어. 불쌍한 쁘라스꼬비야 이바노브나, 만일 당신이 **나 때문에** 그런 비열한 편지로 괴로움을 당했다면, 당신 말대로 〈폭격을 당했다면〉, 죄도 없이 내가 그 원인이 되었으니 나야말로 유감이야. 자, 이것이 내가 당신한테 설명하고 싶었던 전부야. 유감스럽게도 당신은 너무 피곤해 보이고 지금 제정신도 아닌 것 같군. 게다가 나는 당장 그 의심스러운 사람을 반드시 이 방에 **들여야겠다고** 결심했어. 그에 대해 마브리끼 니꼴라예비치는 **맞아들일 수 없는** 인간이라고 했지만, 그자한테는 맞아들인다는 말도 과분하지. 리자는 특별히 여기서 할 게 없구나. 얘, 리자, 이리 와서 한 번 더 입을 맞출 수 있게 해다오.」

리자는 방을 가로질러서 조용히 바르바라 뻬뜨로브나 앞에 섰다. 부인은 그녀에게 입을 맞춘 뒤 그녀의 손을 잡고 약간 밀어내면서 애정의 눈빛으로 바라보았다. 그런 뒤 성호를 긋고 다시 그녀에게 입을 맞추었다.

「그럼, 잘 가거라, 리자(바르바라 뻬뜨로브나의 목소리는 거의 울먹이는 듯했다). 앞으로 너의 운명에 어떤 일이 일어나건 나는 너를 변함없이 사랑한다는 걸 믿어 다오……. 하느님의 축복이 있기를. 나는 항상 그분의 신성한 의지를 축복하고 있단다…….」

그녀는 무슨 말을 덧붙이려다가 꾹 참고 입을 다물었다. 리자는 여전히 말없이 생각에 잠긴 표정으로 자기 자리로 돌아가다가 갑자기 어머니 앞에 멈춰 섰다.

「어머니, 저는 아직 가지 않고, 잠시 아주머니 댁에 남아 있겠어요.」 그녀는 조용한 목소리로 이렇게 말했지만, 그녀의 조용한 말 속에서는 강철 같은 결의가 엿보였다.

「맙소사, 대체 무슨 일이니?」 쁘라스꼬비야 이바노브나는 힘없이 양손을 치면서 소리쳤다. 그러나 리자는 아무 소리도 듣지 못한 것처럼 대답하지 않았다. 그녀는 원래 앉아 있던 구석 자리로 돌아가서 다시 어딘가 허공을 바라보기 시작했다.

뭔가 승리한 것 같은 거만한 표정이 바르바라 뻬뜨로브나의 얼굴에서 빛나기 시작했다.

「마브리끼 니꼴라예비치, 대단히 미안하지만 아래로 내려가서 그 남자를 좀 보고 와주시겠어요? 그리고 만약 그를 이 방에 **들여도** 괜찮을 것 같으면 데려오세요.」

마브리끼 니꼴라예비치는 인사를 하고 나갔다. 1분 뒤 그는 레뱟낀 씨를 데리고 왔다.

4

나는 언젠가 이 남성의 외모를 이야기한 적이 있다. 그는 키가 크고 곱슬머리에 건장한 남자로, 나이는 마흔 살 정도 되었다. 불그스레한 얼굴은 약간 부석부석하고 늘어져 있었으며, 두 볼은 머리를 움직일 때마다 함께 떨렸고, 작고 충혈된 눈은 이따금 상당히 교활해 보였다. 콧수염과 구레나룻을 기르고 있었고, 상당히 보기 흉한 울대뼈는 점점 더 살이 찌고 있었다. 그러나 무엇보다 놀라운 것은 그가 이번에는 연미복에 깨끗한 셔츠를 입고 나타났다는 것이다. 언젠가 리뿌찐은 자신의 단정치 못함을 농담조로 비난하던 스쩨빤 뜨로피모비치에게 〈깨끗한 셔츠를 입는 것이 무례해 보이는 사람들도 있지요〉라고 반박한 적이 있다. 대위는 검은색 장갑도 가지고 있었는데, 오른쪽 장갑은 끼지도 않은 채 그냥 손에 들고 있었고, 왼쪽 장갑은 팽팽하게 늘어나고 단추도 잠그지 못한 상태로 살찐 손을 반쯤 가리고 있었다. 그 손으로는 새로 사서 광채 나는, 아마도 처음으로 역할을 맡은 것 같은 둥근 모자를 들고 있었다. 그러고 보니 어제 그가 샤또프에게 소리쳤던 〈사랑의 연미복〉은 실제로 있었던 모양이다. 이 모든 것, 즉 연미복과 셔츠는 리뿌찐의 충고(나는 나중에 이 사실을 알았다)에 따라 어떤 비밀스러운 목적을 위해 미리 준비해 둔 것이었다. 의심의 여지 없이, 그가 지금 (전세 마차를 타고) 여기에 온 것 또한 필시 누군가의 사주와 도움을 받은 것이 분명했다. 성당 입구에서의 사건이 그에게 즉시 전해졌다고 하더라도 그 혼자서 45분 동안 상황을 파악하고 옷을 갈아입고 채비를 하고 결심까지 할 수는 없었을 것이다. 그는 술에 취해 있지는 않았지만, 며칠 동안 술을 퍼마신 이후 문득 정신을 차린 사람처럼 기분이 답답하고 둔하고 흐릿한 상태였다. 그는 어깨를 붙잡고 두어 번 흔들기만 해도 금방 취기가 되살아날 것만 같았다.

그는 거실로 달려 들어오다가 갑자기 문 앞에서 양탄자에 발이 걸려 넘어졌다. 그걸 보고 마리야 찌모페예브나는 웃겨 죽으려고 했다. 그는 여동생을 무섭게 쏘아보다가 갑자기 바르바라 뻬뜨로브나를 향해 빠른 걸음으로 다가갔다.

「부인, 제가 온 것은…….」 그는 나팔소리처럼 우렁차게 말했다.

「제발 부탁입니다만,」 바르바라 뻬뜨로브나는 자세를 바로잡았다. 「저기, 저 의자에 자리 잡고 앉아요. 거기서도 당신 말을 들을 수 있고, 당신 얼굴도 그곳에 있어야 더 잘 보이니까요.」

대위는 멈춰 서서 멍청하게 앞을 바라보다가 몸을 돌려 문가 쪽 지정된 자리에 앉았다. 그의 얼굴 표정에는 강한 망설임, 그러면서 동시에 뻔뻔함과 끝없는 초조함이 드러나 있었다. 그는 무섭게 겁에 질려 있는 것이 분명했지만, 자존심에도 상처를 입은 것 같았다. 그래서 초조해진 자존심 때문에 소심함에도 불구하고 기회만 있으면 어떤 뻔뻔한 행동도 단호하게 할 수 있을 것이라는 추측이 들었다. 그는 자신의 어색한 동작 하나하나에 두려움을 느끼고 있는 것이 분명했다. 잘 알려져 있다시피 이러한 유형의 사람들이 어떤 기이한 상황에서 사람들 앞에 나서게 되었을 때 가장 고통스럽게 여기는 것은 그들의 두 손이다. 즉, 그들은 매 순간 그 손을 예의 바르게 어딘가로 감추는 것이 불가능하다는 것을 깨닫게 되는 것이다. 대위는 양손에 모자와 장갑을 들고 무의미한 시선을 바르바라 뻬뜨로브나의 엄격한 얼굴에서 떼지 못한 채 의자에 꼼짝 않고 앉아 있었다. 아마도 그는 주변을 더 주의 깊게 둘러보고 싶었겠지만, 아직은 그럴 결심을 하지 못한 것 같았다. 마리야 찌모페예브나는 그의 모습이 또다시 엄청 우스웠는지 깔깔거리고 웃기 시작했지만, 그는 꼼짝도 하지 않았다. 바르바라 뻬뜨로브나는 잔인할 정도로 오랫동안, 꼬박 1분 정도 그를 그런 자세로 내버려 둔 채 무자비하게 훑어보았다.

「먼저 당신의 이름을 이야기해 주시겠어요?」 그녀는 침착하고 의미심장한 어조로 말했다.

「레뱌낀 대위입니다.」 대위는 우렁차게 대답했다. 「부인, 제가 찾아온 것은…….」 그는 다시 몸을 살짝 움직였다.

「잠깐만요!」 바르바라 뻬뜨로브나는 다시 그를 제지했다. 「내 호기심을 불러일으킨 저 불쌍한 아가씨가 정말 당신 여동생인가요?」

「네, 부인, 감시를 피해 도망 나온 제 여동생입니다. 보시다시피 저런 상태라서요…….」

그는 갑자기 말을 더듬으며 얼굴을 붉혔다.

「오해는 말아 주십시오, 부인.」 그는 완전히 혼란에 빠졌다. 「친오빠로서 수치가 될 만한 말은 하지 않습니다……. 그런 상태라는 것은…… 그러니까 동생의 명예에 오점이 된다는 의미에서의…… 그런 상태라는 것이 아니라…… 최근 들어…….」

그는 갑자기 말을 멈췄다.

「이보세요!」 바르바라 뻬뜨로브나가 고개를 들었다.

「바로 이런 상태라는 겁니다!」 그는 손가락으로 이마 한가운데를 찌르면서 갑작스럽게 말을 맺었다. 잠시 동안 침묵이 이어졌다.

「그녀는 오래전부터 이 병을 앓고 있었나요?」 바르바라 뻬뜨로브나는 약간 말꼬리를 끌었다.

「부인, 저는 성당 앞에서 보여 주신 너그러움에 대해 러시아식으로, 형제식으로 감사를 드리기 위해 왔습니다…….」

「형제식으로요?」

「그러니까 제 말은 형제식으로가 아니라, 그냥 제 여동생의 오빠라는 의미였습니다, 부인. 믿어 주십시오, 부인.」 그는 다시 얼굴을 붉히며 같은 말을 반복했다. 「저는 이 거실에서의 첫인상만큼 그렇게 교양이 없지는 않습니다. 부인, 저와 여동생은 이곳에서 볼 수 있는 화려함과 비교하면 아무것도 아닙니다. 더욱이 저를 비방하는 사람들도 있습니다. 하지만 전 평판에는 신경 쓰지 않습니다. 레뱟낀은 당당하니까요, 부인. 그리고…… 그리고…… 저는 감사를 드리러 왔습니다……. 여기 돈입니다, 부인!」

그러면서 그는 주머니에서 지갑을 꺼내 한 묶음의 지폐를 뽑더니 미친 듯한 초조함의 발작에 사로잡혀 떨리는 손가락으로 그것을 세기 시작했다. 그는 한시바삐 무언가를 설명하고 싶은 모양이었는데, 실제로도 설명이 절실히 필요했다. 그러나 돈을 가지고 소란을 피우는 것이 자신을 더 어리석어 보이게 한다고 느끼자 그는 마지막 남았던 자제력까지 잃고 말았다. 손가락이 뒤얽혀 좀처럼 돈을 셀 수가 없었다. 그의 치욕을 완성시키려는지 녹색 지폐 한 장이 지갑에서 빠져나와 양탄자 위를 이리저리 굴러다녔다.

「20루블입니다, 부인.」 그는 손에 지폐 뭉치를 들고 고통으로 얼굴에 땀을 뻘뻘 흘리면서 벌떡 일어섰다. 바닥에서 굴러다니는 돈을 주우려고 몸을 굽히다가 부끄러운 듯 손을 내저었다.

「부인, 댁의 하인 중 누구든 이 돈을 줍는 사람에게 주십시오. 레뱟끼나를 기억할 수 있도록 말입니다!」

「그건 결코 허락할 수 없어요.」 바르바라 뻬뜨로브나는 약간 놀란 듯 서둘러 말했다.

「그러시다면…….」

그는 몸을 숙여 돈을 주우며 얼굴이 시뻘게졌다. 그러더니 갑자기 바르바라 뻬뜨로브나에게 다가가 자기가 센 돈을 건네주었다.

「이게 뭐지요?」 그녀는 결국 너무 놀라서 의자 속으로 더 깊이 물러섰다. 마브리끼 니꼴라예비치와 나, 그리고 스쩨빤 뜨로피모비치는 모두 앞으로 나섰다.

「진정하십시오, 진정하십시오. 저는 미친 사람이 아닙니다. 절대 미친 사람이 아닙니다!」 대위는 흥분해서 주변을 둘러보며 단언했다.

「아니요, 당신은 미쳤어요.」

「부인, 이것은 절대 부인께서 생각하시는 그런 것이 아닙니다! 저는 물론 하찮은 하나의 고리에 불과합니다……. 오, 부인, 댁은 이렇게 화려하기 짝이 없습니다만, 마리야 네이즈베스뜨나야,[63] 레뱟낀 가문 출신의 제 여동생은 가난하게 살고 있습니다. 동생을 당분간 마리야 네이즈베스뜨나야라고 부르도록 하지요. 하지만 부인, 당분간만, 그저 **당분간만**입니다. 영원히 그렇게 하는 것은 하느님이 허락하지 않으실 테니까요! 부인은 제 동생에게 10루블을 주셨고, 그 아이는 그 돈을 받았습니다만, 그건 **당신**이 주셨기 때문입니다, 부인! 아시겠습니까, 부인? 이 마리야 네이즈베스뜨나야는 세상 그

63 네이즈베스뜨나야는 〈미지의〉라는 뜻으로, 레뱟낀은 이 단어를 레뱟끼나라는 성 대신 마리야의 이름에 붙여 언급하고 있다.

누구에게서도 돈을 받지 않습니다. 그랬다간 카프카스 전투에 참모 장교로 참전해 예르몰로프 장군의 눈앞에서 전사한 조부가 관 속에서 부들부들 떨 겁니다. 하지만 부인, 당신에게서라면 무엇이든 받을 것입니다. 하지만 한 손으로 받으면서 다른 손으로는 수도의 자선 단체에 보낼 기부금으로서 당신께 20루블을 건넬 것입니다. 그 단체는 부인께서 회원으로 계신 곳으로…… 부인이 직접 『모스끄바 통보』[64]에 우리 도시의 자선 단체 장부는 이곳 부인 댁에 있으니 누구든 와서 서명할 수 있다고 발표하셨으니까요…….」

대위는 갑자기 말을 멈췄다. 그는 어려운 위업이라도 달성한 것처럼 힘겹게 숨을 내쉬었다. 이 자선 단체와 관련된 이야기는 미리 준비된 것이 분명 했는데, 아마도 리뿌찐의 각본인 것 같았다. 그는 더 심하게 땀을 흘렸다. 말 그대로 땀방울이 관자놀이에서 흘러내리고 있었다. 바르바라 뻬뜨로브나는 그를 뚫어지게 쳐다보았다.

「그 장부는,」 그녀는 엄격하게 말했다. 「언제나 아래층 문지기 방에 놓여 있으니 원한다면 거기에 기부금을 적어 주면 됩니다. 그러니 제발 지금 그 돈을 허공에 흔들지 말고 치워주세요. 네, 그렇게요. 그리고 제발 자리로 가서 앉아 주세요. 네, 그렇게요. 그리고 당신 여동생이 그렇게 부자인 줄 모르고 가난하다고 여겨 돈을 주었으니 정말 미안하게 됐군요. 그런데 한 가지 이해가 안 되는 것은 여동생이 어째서 나한테서는 돈을 받으면서 다른 사람들에게서는 그토록 받지 않으려고 할까요? 당신이 이 점을 그렇게 강조했으니 나도 충분히 정확한 설명을 듣고 싶군요.」

64 모스끄바에서 발행되던 신문. 1756년에서 1917년까지 발행되었다.

「부인, 그것은 관 속에나 묻어 버려야 하는 비밀입니다.」 대위가 대답했다.

「도대체 왜요?」 바르바라 뻬뜨로브나의 질문은 어쩐 일인지 이미 그다지 단호하지 않았다.

「부인, 부인!」

그는 바닥을 바라보며 오른손을 가슴에 갖다 대고 음울한 표정으로 입을 다물었다. 바르바라 뻬뜨로브나는 그에게서 눈을 떼지 않고 대답을 기다렸다.

「부인!」 그는 갑자기 으르렁거리며 말하기 시작했다. 「죄송하지만 한 가지 질문을 드려도 되겠습니까? 딱 한 가지입니다만, 노골적이고 솔직하고 러시아식으로 진정에서 우러나오는 질문입니다.」

「해보세요.」

「부인은 인생에서 고통스러웠던 적이 있습니까?」

「그러니까 당신이 하고 싶은 말은 누군가에게 고통을 당했거나 지금 고통스러운가 하는 것이지요?」

「부인, 부인!」 그는 자신이 무슨 행동을 하는지도 모르는 듯 가슴을 치면서 다시 벌떡 일어섰다. 「여기, 이 가슴속이 부글부글 끓고 있습니다만, 최후의 심판 날에 모든 일이 밝혀지면 하느님도 깜짝 놀라실 것입니다!」

「흠, 말씀이 지나치군요.」

「부인, 혹시 제가 짜증 나는 말투로 이야기하고 있는지 모르겠지만…….」

「걱정 말아요, 당신을 언제 멈추게 해야 할지는 알고 있으니까.」

「질문을 하나 더 드려도 되겠습니까, 부인?」

「해보세요.」

「오직 영혼의 고결함 때문에 죽을 수도 있을까요?」

「모르겠군요. 그런 생각을 해본 적이 없어서.」

「모르시는군요! 그런 생각을 해본 적이 없으시군요!」 그는 비통하게 비꼬는 투로 소리쳤다. 「그렇다면, 그렇다면,

침묵하라, 희망 없는 가슴이여!」[65]

그러면서 그는 미친 듯이 가슴을 두드렸다.

그는 다시 방 안을 돌아다니기 시작했다. 이런 사람들의 특성은 욕망을 도저히 마음속에 담아 두지 못한다는 점이다. 오히려 추잡하게도 그런 욕망이 생겨나자마자 바로 그것을 털어놓고 싶다는 참을 수 없는 욕구를 느낀다. 이런 인간은 보통 자기와 다른 사회에 들어오면 처음에는 위축되지만, 이쪽에서 조금이라도 양보하면 즉시 뻔뻔한 태도를 취하기 시작한다. 대위는 이미 흥분해서 방 안을 돌아다니고 손을 휘저으면서 질문은 듣지도 않고 빠르게 자기 말만 하고 있었다. 너무 빨리 말하는 바람에 가끔씩 혀가 말려들어 말을 다 끝맺지 못하고 다음 말로 넘어가 버리기도 했다. 사실 취기가 전혀 없었던 것은 아니었다. 이곳에 리자베따 니꼴라예브나도 있어서, 그는 그녀를 한 번도 쳐다보지 않았지만 그녀의 존재만으로도 엄청 흔들린 것 같았다. 하지만 이것은 그냥 추측일 뿐이다. 아무튼 바르바라 뻬뜨로브나가 혐오감을 억누르고 이런 인간의 말을 끝까지 들어 보기로 결심한 데는 틀

65 꾸꼴니끄의 시 「의심」의 한 구절인 〈잠들라, 희망 없는 가슴이여!〉를 부정확하게 인용한 것이다.

림없이 이유가 있었을 것이다. 쁘라스꼬비야 이바노브나는 무서움에 몸을 떨고 있었는데, 사실 무슨 일이 벌어지고 있는지 완전히 이해하지도 못하는 것 같았다. 스쩨빤 뜨로피모비치 역시 몸을 떨고 있었지만, 그는 그 반대로 항상 필요 이상으로 생각하는 경향이 있기 때문이었다. 마브리끼 니꼴라예비치는 모두의 호위자 같은 자세로 서 있었다. 리자는 창백한 얼굴로 크게 뜬 눈을 사나운 대위에게서 떼지도 않고 그를 쳐다보고 있었다. 샤또프는 원래 자세대로 앉아 있었다. 그러나 무엇보다 이상한 것은 마리야 찌모페예브나가 웃음을 그쳤을 뿐만 아니라 굉장히 침울해졌다는 것이었다. 그녀는 오른쪽 팔꿈치를 탁자에 괴고서 시무룩하고 슬픈 시선으로 장광설을 늘어놓는 자기 오빠를 주시하고 있었다. 내가 보기에는 다리야 빠블로브나 한 사람만 침착한 것 같았다.

「그건 모두 터무니없는 비유네요.」 바르바라 뻬뜨로브나가 마침내 화를 냈다. 「당신은 〈왜?〉라는 내 질문에 대답하지 않았어요. 나는 무슨 일이 있어도 그 답을 들어야겠어요.」

「제가 〈왜?〉에 답하지 않았다고요? 〈왜?〉에 대한 답을 기다리고 계십니까?」 대위는 눈을 껌벅이며 말했다. 「이 〈왜?〉라는 단어는 세상이 창조된 첫날부터 온 우주에 흘러넘치고 있습니다, 부인. 자연 전체가 창조주를 향해 끊임없이 〈왜?〉를 외치고 있지만, 7천 년 동안이나 답을 듣지 못하고 있습니다. 그런데 레뱟낀 대위 한 사람만은 답을 드려야 합니까? 그것이 과연 공정하다고 할 수 있을까요, 부인?」

「그건 전부 헛소리예요. 그게 아니라고요!」 바르바라 뻬뜨로브나는 화가 나서 참을 수 없었다. 「그건 비유예요. 게다가 너무 현란하게 말씀하시니 주제넘어 보이는군요.」

「부인,」 대위는 그녀의 말을 듣지도 않았다. 「저는 에르네스뜨라고 불리고 싶었지만, 이그나뜨라는 천박한 이름을 가지고 살아야만 했습니다. 대체 왜 그럴까요? 어떻게 생각하십니까? 저는 드 몽바르 공작이라고 불리고 싶었지만, 그냥 레베지[66]에서 딴 레뱟낀으로 불렸습니다. 대체 왜 그럴까요? 저는 시인입니다, 부인. 천성적으로 시인이라서 출판업자로부터 1천 루블도 받을 수 있지만 실제로는 더러운 오두막에서 살 수밖에 없습니다. 대체 왜 그럴까요, 왜? 부인! 제 생각에 러시아는 자연의 노리개 이상 아무것도 아닙니다!」

「당신은 정말 좀 더 분명하게 말할 수 있는 것이 아무것도 없나요?」

「〈바퀴벌레〉라는 작품을 하나 읽어 드릴 수는 있습니다, 부인!」

「뭐라-고-요?」

「부인, 저는 아직 미치지 않았습니다! 어차피 미쳐 버리겠지만, 아직은 미치지 않았습니다! 부인, 제 친구 중에 아주 훌-륭-한 인물이 하나 있는데, 그가 〈바퀴벌레〉라는 제목으로 끄릴로프식 우화를 하나 지었습니다. 읽어 드려도 될까요?」

「끄릴로프 우화를 읽고 싶단 말인가요?」

「아니요, 끄릴로프 우화를 읽고 싶다는 게 아니라, 제 우화, 제가 직접 지은 작품을 읽겠다는 말입니다! 부인, 화내지 마시고 저를 믿어 주십시오. 러시아가 끄릴로프라는 위대한 우화 작가를 가지고 있다는 것을 모를 만큼 제가 교양 없고 타락하지는 않았으니까요. 교육부 장관이 아이들의 놀이터가

66 백조라는 뜻.

되도록 여름 정원에 그의 동상을 세워 놓았지요. 그런데 부인께서는 〈왜?〉냐고 자꾸 물으시네요. 그에 대한 대답은 이 우화의 밑바닥에 불꽃같은 문자로 적혀 있습니다!」

「그럼 당신의 우화를 읽어 보세요.」

이 세상에 바퀴벌레 한 마리가 살고 있었습니다.
어린 시절부터 바퀴벌레였지요.
그러다 컵 속에 빠져 버렸습니다.
파리지옥으로 가득 찬 컵 속에…….

「맙소사, 그게 뭐죠?」 바르바라 뻬뜨로브나가 소리쳤다.

「그러니까 여름에 말입니다,」 대위는 낭독을 방해받은 작가의 짜증 섞인 초조함으로 두 손을 마구 휘저으며 서둘러 말했다. 「여름에 파리들이 컵에 모여들면 파리지옥이 생긴다는 것은 바보라도 알고 있습니다. 방해하지 마십시오, 방해하지 마세요. 부인은 곧 알게 되실 겁니다, 알게 되실 거예요. (그는 두 손을 마구 흔들었다.)

바퀴벌레가 자리를 차지하자,
파리들이 투덜거렸습니다.
〈우리 컵이 너무 꽉 찼어요〉라고,
주피터에게 소리치기 시작했습니다.

그들이 고함을 지르는 사이,
니끼포르가 다가왔습니다.
고-상-하기 짝이 없는 노인이…….

아직 완성되지 않았지만, 상관없습니다. 말로 하지요, 뭐!」 대위는 떠벌거렸다.「니끼포르는 컵을 들고 아우성 소리에도 불구하고 이 모든 희극을, 파리들과 바퀴벌레를 대야에 쏟아 부었습니다. 진작 그렇게 했어야 합니다. 하지만 이것만은 알아 두십시오, 부인. 바퀴벌레는 투덜거리지 않습니다! 이것이 부인의 〈왜?〉라는 질문에 대한 답입니다.」그는 의기양양하게 이렇게 소리쳤다.「〈바-퀴-벌-레는 투덜거리지 않습니다!〉 니끼포르에 대해 말하자면 그는 자연을 상징합니다.」그는 서둘러 이렇게 덧붙이고, 자못 만족스러운 듯 방 안을 돌아다니기 시작했다.

바르바라 뻬뜨로브나는 엄청 화가 났다.

「그럼 당신에게 한 가지 물어보겠는데, 니꼴라이 프세볼로도비치에게 받아야 할 돈을 다 전달받지 못했다고 감히 우리 집 사람 중 한 명을 비방했다던데, 그 돈은 뭔가요?」

「그건 중상입니다!」레뱟낀은 오른손을 비극에서처럼 들어 올리면서 으르렁거렸다.

「아니, 중상이 아니에요.」

「부인, 진실을 큰 소리로 떠들어 대기보다는 어쩔 수 없이 가족의 수치를 감수해야만 하는 상황도 있습니다. 레뱟낀은 말하지 않을 겁니다, 부인!」

그는 눈에 보이는 게 없는 모양이었다. 그는 잔뜩 고무되어 있었고, 자신이 중요하다고 느끼고 있었으며, 아마도 그런 비슷한 생각을 하고 있는 것 같았다. 그는 남을 모욕하고, 어떻게 해서든 더러운 짓을 하고, 자신의 힘을 과시하고 싶어 하는 것 같았다.

「스쩨빤 뜨로피모비치, 벨을 좀 눌러 주세요.」바르바라 뻬뜨로브나가 부탁했다.

「레뱟낀은 교활합니다, 부인!」 그는 추악한 미소를 지으며 눈을 껌벅거렸다. 「교활하지만 약점도 가지고 있습니다. 그에게는 열정으로 향하는 문이 있습니다. 이 열정의 문은 데니스 다비도프[67]가 찬미한 오래된 경기병의 술병입니다. 그 문 앞에 서게 될 때, 부인, 그는 대-단-히 멋-진 운문 편지를 보내기도 합니다. 하지만 나중에 있는 눈물 없는 눈물을 다 흘리며 그 편지를 되찾고 싶어 합니다. 아름다움의 감정이 파괴되기 때문이지요. 그러나 새가 날아오르고 나면 그 꼬리를 잡을 수는 없지요! 바로 여기 열정의 문 앞에서, 부인, 레뱟낀은 모욕을 받아 격분한 영혼의 고결한 분노를 띠고 고결한 아가씨에 관해서 이야기했을 수도 있습니다. 그의 중상자들은 그걸 이용했던 것입니다. 그러나 레뱟낀은 교활합니다, 부인! 사악한 늑대가 계속해서 술잔을 따르고 결과를 기다리면서 그를 지켜보고 있지만 헛된 일입니다. 레뱟낀은 말하지 않을 겁니다. 언제나 병의 밑바닥에는 기대하던 것이 아니라 레뱟낀의 교활함이 있을 것입니다! 그러나 됐습니다, 그걸로 됐습니다! 부인, 이 화려한 저택은 어느 고결한 인물의 것이 될 수도 있었지만, 바퀴벌레는 불평하지 않습니다! 불평하지 않는다는 것을 부디 알아주십시오. 꼭 좀 알아주십시오. 위대한 정신을 이해해 주십시오!」

바로 이 순간 아래층 문지기 방에서 벨 소리가 울렸고, 스쩨빤 뜨로피모비치의 호출에 조금 지체하고 있던 알렉세이 예고리치가 거의 동시에 나타났다. 늙고 예의 바른 하인은 웬

67 Denis Davydov(1784~1839). 나폴레옹 전쟁 당시 유격대로 활동한 시인. 「경기병의 시」로 유명하다.

일인지 극도로 흥분한 상태였다.

「니꼴라이 프세볼로도비치께서 방금 도착해 이리로 오고 계십니다.」 그는 바르바라 뻬뜨로브나의 궁금해하는 시선에 이렇게 대답했다.

나는 이 순간의 그녀를 분명히 기억하고 있다. 처음에는 얼굴이 창백해졌지만, 갑자기 눈을 반짝거리기 시작했다. 그녀는 평소와 다르게 단호한 표정을 지으며 안락의자에서 몸을 똑바로 세웠다. 물론 다른 사람들도 모두 깜짝 놀랐다. 한 달쯤 뒤에나 올 줄 알았던 니꼴라이 프세볼로도비치의 전혀 예기치 않았던 도착은 단지 그 갑작스러움뿐만 아니라 지금 이 순간과 숙명적으로 마주했다는 사실 때문에도 이상하게 여겨졌다. 대위마저 방 한가운데 기둥처럼 우뚝 서서 입도 다물지 못하고 굉장히 바보 같은 모습으로 문 쪽을 쳐다보고 있었다.

그리고 이때 크고 긴 옆방 홀에서 굉장히 빠르고 짧은 발걸음으로 서둘러 다가오는 소리가 들려왔다. 누군가 굴러오는 것 같더니 갑자기 거실로 날아들었다. 그는 니꼴라이 프세볼로도비치와 전혀 다른, 아무도 알지 못하는 청년이었다.

5

나는 여기서 잠깐 이야기를 멈추고, 갑자기 나타난 이 인물의 윤곽을 대강이나마 묘사하고자 한다.

그는 나이가 스물일곱 정도 돼 보이는 젊은이로, 키는 중간보다 조금 컸고 상당히 긴 금발은 숱이 적었으며, 듬성듬성

난 콧수염과 구레나룻은 여기저기 엉켜 있었다. 복장은 말끔하고 유행을 따른 듯했지만 세련되지는 않았다. 처음 봤을 때는 구부정하고 동작도 둔한 것 같았지만, 결코 구부정하지 않았고 심지어 거리낌 없는 태도를 취했다. 어쩐지 기인처럼 보였지만, 나중에 우리는 모두 그가 예의 바른 태도를 취한다는 것과 그의 말은 항상 요점을 벗어나지 않는다는 것을 알게 되었다.

아무도 그가 추하게 생겼다고 말하지는 않았지만, 그의 얼굴을 마음에 들어 하는 사람은 없었다. 그의 머리는 뒤통수가 길고 양옆으로 눌린 듯한 모양이어서 얼굴이 날카로워 보였다. 이마는 높고 좁으며 얼굴 윤곽은 왜소했다. 눈은 날카롭고 코는 작고 뾰족했으며, 입술은 길고 얇았다. 얼굴 표정은 병약해 보였지만, 그렇게 보일 뿐이었다. 뺨과 광대뼈 근처에 거칠거칠한 주름이 있어 중병을 앓고 난 뒤 회복기에 접어든 것 같은 인상을 주었다. 그러나 그는 완전히 건강하고 체력이 강했으며, 지금까지 병을 앓아 본 적도 없었다.

그는 바쁘게 돌아다니고 움직였지만, 서둘러 어디를 가는 것도 아니었다. 그 무엇도 그를 당황하게 만들지 못할 것 같았다. 어떤 상황에서라도, 어떤 사람들 속에 있더라도 그는 똑같을 것 같았다. 그는 자기만족이 대단히 컸지만 그 자신은 그것을 전혀 깨닫지 못하고 있었다.

그는 말을 빠르고 조급하게 했지만, 동시에 자기 확신에 차 있어서 말이 막히는 법이 없었다. 조급해 보이는 모습과 달리 그의 사상은 침착하고 명확하고 결정적이었다. 이것이 특히 두드러졌다. 그의 발음은 놀라울 정도로 명확했다. 단어들은 항상 미리 선별해서 언제든 쓸 수 있게 준비해 둔, 크고 균등한 모양의 곡물 알갱이처럼 입에서 쏟아져 나왔다. 처음에는 이것이 마음에 들겠지만 나중에는 싫어지게 될 것이다. 너무도 명확한 발음 때문에, 그리고 언제든 준비되어 있는 구슬 같은 단어들 때문에 말이다. 당신은 그의 입안에 있는 혀가 뭔가 독특한 모양일 것 같다고, 유달리 길고 가늘며 새빨갛고 끝이 아주 날카롭고 끊임없이 제 마음대로 돌고 있는 것 같다고 생각하게 될 것이다.

아무튼 이 청년이 거실로 날아들어 왔는데, 나는 사실 지금까지도 그가 옆방 홀에서부터 이야기를 시작해 그대로 이야기하면서 여기로 들어온 것 같다는 기분이 들었다. 그는 순식간에 바르바라 뻬뜨로브나 앞에 와서 섰다.

「……한번 생각해 보십시오, 바르바라 뻬뜨로브나 부인.」 그는 구슬을 뿌리는 것처럼 말했다. 「저는 여기 들어오면서 그가 이미 15분 전에 와 있을 것이라고 생각했습니다. 그가 도착한 지 한 시간 반이나 되었거든요. 우리는 끼릴로프의 집에서 만났습니다. 그리고 30분 전에 곧장 이곳으로 출발하면서 제게도 15분 뒤 여기로 오라고 했고요…….」

「누구 말인가요? 누가 당신한테 이리로 오라고 했다는 거지요?」 바르바라 뻬뜨로브나가 물었다.

「물론 니꼴라이 프세볼로도비치지요! 그럼 부인은 정말 지금에야 그걸 아시게 된 겁니까? 그의 짐이 오래전에 도착했을 텐데, 어째서 부인께 말씀드리지 않았을까요? 그렇다면 제가 처음으로 알려 드리는 것이네요. 그를 찾으러 사람을 보내도 되겠지만, 아마도 곧 나타날 것입니다. 그가 기대하는 가장 적합한 시간에, 적어도 제가 판단하기로는 그의 계산에 맞아떨어지는 그 시간에 말입니다.」 그는 방 안을 둘러보다가 대위 앞에서 특히 주의를 기울이며 시선을 멈추었다. 「아, 리자베따 니꼴라예브나, 오자마자 당신을 만나게 되어 정말 기쁘군요. 당신의 손을 잡을 수 있어서 정말 기뻐요.」 그는 리자가 행복하게 웃으며 내미는 손을 잡기 위해 그녀에게로 빠르게 뛰어갔다. 「그리고 보아하니 존경하는 쁘라스꼬비야 이바노브나께서도 이 〈교수〉를 잊지 않으신 것 같군요. 스위스에서는 항상 화를 내시더니 여기서는 화도 내시지 않고요. 그런데 다리는 어떠신지요, 쁘라스꼬비야 이바노브나? 고국의 기후가 효능 있을 것이라는 스위스 의사의 처방은 효과가 있었나요? 뭐라고요? 찜질요? 그건 틀림없이 효과가 있을 것입니다. 그런데 바르바라 뻬뜨로브나(그는 다시 빠르게 그녀 쪽으로 돌아섰다), 저는 그때 외국에서 부인을 찾아뵙고 몸소 경의를 표하지 못한 것이 얼마나 유감스러웠는지 모릅니다. 게다가 알려 드릴 일도 정말 많았는데……. 제가 여기 온다는 소식은 저희 영감님에게 미리 통보했습니다만, 그분은 아마도 평소대로…….」

「뻬뜨루시까!」[68] 스쩨빤 뜨로피모비치가 순간적으로 마비 상태에서 깨어나 이렇게 소리쳤다. 그는 손뼉을 치며 아들에게 달려들었다. 「*Pierre, mon enfant*(피에르,[69] 아들아), 내가 너를 몰라보다니!」 그는 아들을 꼭 끌어안았고, 그의 눈에서는 눈물이 흘러내렸다.

「이런, 장난치지 마요, 장난치지 마. 그런 몸짓 하지 마요. 자, 됐어요, 됐어. 제발.」 뻬뜨루샤는 아버지의 포옹에서 벗어나려 애쓰면서 서둘러 이렇게 중얼거렸다.

68 뾰뜨르의 애칭.
69 뾰뜨르의 프랑스식 이름.

「나는 항상, 너한테 항상 미안하구나!」

「그만 됐어요. 그 이야기는 나중에 해요. 이렇게 유치하게 행동할 줄 알았다니까. 자, 진정 좀 하세요, 제발.」

「하지만 나는 너를 10년이나 보지 못했잖니!」

「그렇다고 그렇게 지나칠 필요는 없어요…….」

「*Mon enfant*(아들아)!」

「네, 믿어요. 당신이 나를 사랑한다는 걸 믿으니까 손 좀 저리 치워요. 다른 사람들에게 방해가 되고 있잖아요……. 아, 저기 니꼴라이 스따브로긴이 왔네요. 그러니 유치한 짓 좀 하지 마세요, 제발!」

니꼴라이 스따브로긴은 정말로 이미 방 안에 들어와 있었다. 그는 아주 조용히 들어와 잠시 문 앞에 서서 조용한 시선으로 모여 있는 사람들을 둘러보고 있었다.

그를 처음 본 4년 전과 마찬가지로, 나는 그를 보자마자 똑같이 깊은 감명을 받았다. 그의 얼굴을 결코 잊은 것은 아니었다. 하지만 만날 때마다 항상, 지금까지 백 번을 만났더라도 전에는 깨닫지 못했던 뭔가 새로운 것을 보여 주는 그런 용모를 가진 사람들이 있는 것 같다. 겉보기에는 4년 전과 똑같았다. 여전히 우아하고 여전히 위엄 있었으며, 그때와 마찬가지로 당당하게 걸어 들어왔고, 심지어 그때처럼 젊기까지 했다. 가벼운 미소는 여전히 형식적인 애교를 띠었고 여전히 자기만족적이었다. 시선은 여전히 엄격하고 생각에 잠겨 있고 약간 방심한 듯 보였다. 한마디로 우리는 바로 어제 헤어진 것 같았다. 그러나 한 가지가 나를 놀라게 했다. 이전에는 다들 그를 미남자라고 생각했지만, 그의 얼굴은 사실 험담하기 좋아하는 몇몇 사교계 부인들의 표현대로 〈가면과 비슷〉

했다. 그런데 지금은, 이유는 모르겠는데, 지금은 그를 보자마자 결정적으로 논란의 여지가 없는 미남이라는 생각이 들었다. 이제는 결코 그의 얼굴이 가면 같다고 말할 수 없었다. 전보다 좀 더 창백해지고 약간 말라 보이기 때문이었을까? 아니면 무언가 새로운 사상이 그의 눈에서 빛나고 있기 때문이었을까?

「니꼴라이 프세볼로도비치!」 바르바라 뻬뜨로브나는 안락의자에서 일어나지도 않고 몸을 꼿꼿이 세운 채 아들에게 위압적인 몸짓을 하며 소리쳤다. 「거기 잠깐 서라!」

그러나 이 몸짓과 외침 이후 갑자기 나오게 될 저 무서운 질문, 즉 바르바라 뻬뜨로브나라 하더라도 그런 걸 물어보리라고는 도저히 상상할 수 없었던 그 질문을 설명하기 위해서 나는 독자들에게 바르바라 뻬뜨로브나의 성격이 평생에 걸쳐 어떠했는지 상기시키고 싶다. 그녀는 극단적인 상황에 맞닥뜨리면 굉장히 저돌적이 되곤 했다. 한 가지 더 염두에 두었으면 하는 것은, 그녀가 예외적일 정도로 확고한 영혼의 소유자이고, 분별력도 상당하며, 현실적인, 그러니까 가정적인 수완도 상당했지만, 그럼에도 불구하고 그녀의 인생에는 그녀가 순식간에 완전히, 이런 표현이 가능하다면 억제가 안 될 정도로 완전히 몰두하는 이런 순간이 끊임없이 계속되고 있었다는 것이다. 그리고 마지막으로 주의를 기울여 주었으면 하는 것은, 지금 이 순간이 사실 그녀에게는 삶의 모든 본질, 즉 과거, 현재, 어쩌면 미래의 모든 것이 갑자기 하나의 초점으로 모여든 그런 순간들 중 하나일 수 있었다는 점이다. 한 가지 더, 그녀가 조금 전 쁘라스꼬비야 이바노브나와 짜증 내며 이야기하면서도 상세한 내용에 대해서는 입을 다물고 있었던 것으로 보이는 익명의 편지에 대해서도 살짝 언급해 두고자 한다. 그 편지에는 아마도 그녀가 갑자기 아들을 향해 그토록 무서운 질문을 하게 만든 수수께끼를 풀 열쇠가 들어 있었는지도 모른다.

「니꼴라이 프세볼로도비치,」 그녀는 단호한 목소리로 단어들을 하나하나 끊어 말하면서 그를 다시 불렀다. 그 목소리는 위협적인 호출로 들렸다. 「지금 당장, 그 자리에서 움직이지 말고 말해 보거라. 저 불행한 절름발이 여인, 저기 저 여자, 바로 저기, 그녀를 한번 보거라! 정말로, 그녀가…… 네 법적 아내인 거냐?」

나는 이 순간을 너무 잘 기억하고 있다. 그는 눈도 깜박이지 않고 어머니를 가만히 쳐다보았다. 그의 얼굴에서는 조금의 변화도 일어나지 않았다. 마침내 그는 천천히 너그러이 봐주는 것 같은 미소를 지으며 한마디 대답도 없이 조용히 어머니에게 다가가더니, 그녀의 손을 잡고 공손하게 입술로 가져가 입을 맞추었다. 그가 항상 어머니에게 미치는 물리치기 어려운 영향력은 이번에도 너무 강해서, 그녀는 감히 손을 빼지 못했다. 그녀는 온몸이 질문으로 변한 듯 그를 쳐다보며, 한순간만 더 계속되면 이 무지의 상태를 견디지 못할 것 같다는 표정을 하고 있었다.

그러나 그는 여전히 말이 없었다. 그는 어머니 손에 입을 맞추고 다시 한번 방 안 전체를 둘러본 뒤 여전히 서두르지 않으며 곧장 마리야 찌모페예브나에게로 향했다. 어떤 순간 사람의 표정을 묘사하기란 매우 어렵다. 예를 들어 내 기억에 마리야 찌모페예브나는 놀라움에 완전히 마비된 듯 그를 맞이하기 위해 일어나서 애걸하듯 두 손을 마주 잡고 있었다.

동시에 그녀의 눈에 환희가, 얼굴의 윤곽을 일그러뜨릴 정도로 미친 듯한 환희가 떠오른 것도 기억난다. 그것은 인간으로서 견디기 어려운 그런 환희였다. 아니면 경악과 환희 둘 다였는지도 모르겠다. 내가 그녀에게 서둘러 다가간 것도 기억난다(나는 그녀 바로 옆에 서 있었다). 그녀가 금방 기절할 것처럼 보였기 때문이다.

「당신은 여기 있으면 안 돼요.」 니꼴라이 프세볼로도비치가 상냥하고 부드러운 선율이 흐르는 것 같은 목소리로 말했다. 그의 눈은 평소와 다른 다정함으로 반짝였다. 그는 매우 공손한 자세로 그녀 앞에 서 있었는데, 동작 하나하나가 진심에서 우러난 존경심을 보여 주었다. 불행한 여인은 숨을 헐떡이며 다급하게 속삭이는 목소리로 그에게 중얼거렸다.

「제가…… 지금…… 당신 앞에 무릎을 꿇어도…… 괜찮을까요?」

「아니요, 그건 절대로 안 됩니다.」 그가 눈부시게 웃자, 그녀 역시 갑자기 기쁘게 미소 지었다. 그는 여전히 듣기 좋은 목소리로 그녀를 어린아이처럼 부드럽게 설득하면서 엄숙하게 이렇게 덧붙였다. 「한번 생각해 보세요. 당신은 처녀이고, 또 나는 당신의 가장 충실한 친구이긴 하지만 그래도 당신에게는 남일 뿐입니다. 남편도, 아버지도, 약혼자도 아니지요. 손을 이리 주세요. 같이 가시죠. 마차까지 모셔다 드리겠습니다. 허락하신다면 댁까지 모셔다 드리지요.」

그녀는 이 말을 듣고 나서 생각에 잠긴 듯 고개를 숙였다.

「그럼 같이 가요.」 그녀는 한숨을 쉬고 손을 내밀면서 이렇게 말했다.

그러나 이때 그녀에게 약간 불행한 일이 일어났다. 아마도 부주의하게 몸을 돌려 짧고 아픈 다리를 먼저 내딛었던 모양이다. 한마디로 그녀는 안락의자에서 완전히 옆으로 넘어졌는데, 이 의자가 없었다면 바닥에 뒹굴었을 것이다. 그는 재빨리 그녀를 붙잡아 부축해 주고는 팔을 단단히 잡고 걱정하듯 조심스럽게 문 쪽으로 데리고 갔다. 그녀는 넘어진 것이 슬펐는지 당황하며 얼굴이 빨개지고 굉장히 부끄러워했다. 조용히 눈을 내리뜨고 심하게 절뚝거리면서 거의 그의 팔에 매달리다시피 하며 따라 나갔다. 그렇게 그들은 떠나갔다. 내가 본 바에 따르면, 리자는 두 사람이 방을 나가는 동안 무슨 일인지 안락의자에서 벌떡 일어나 그들이 문 앞에 도달할 때까지 꼼짝도 않고 지켜보았다. 그런 다음 다시 조용히 자리에 앉았는데, 그녀의 얼굴에는 마치 뱀이라도 만진 것 같은 경련이 지나갔다.

니꼴라이 프세볼로도비치와 마리야 찌모페예브나 사이에 이런 장면이 펼쳐지는 동안 사람들은 너무 놀란 나머지 아무 말도 못하고 있었다. 파리 소리도 들릴 정도였다. 그러나 그들이 나가자마자 갑자기 일제히 말을 하기 시작했다.

6

하지만 그것은 말이라기보다 외침 소리에 더 가까웠다. 나는 당시 이 모든 일이 어떤 순서로 일어났는지 지금은 잘 기억나지 않는다. 왜냐하면 곧 소동이 벌어졌기 때문이다. 스쩨빤 뜨로피모비치는 손뼉을 치며 프랑스어로 뭐라고 소리를 질러 댔지만 바르바라 뻬뜨로브나는 그를 신경 쓸 경황이 없었다. 심지어 마브리끼 니꼴라예비치조차 뭐라고 날카롭고 빠르게 중얼거렸다. 그러나 누구보다 흥분한 사람은 뾰뜨르 스쩨빠노비치였다. 그는 과장된 몸짓을 하며 뭔가 필사적으로 바르바라 뻬뜨로브나를 설득하고 있었는데, 나는 오랫동안 그가 무슨 말을 하는지 이해할 수 없었다. 그는 쁘라스꼬비야 이바노브나와 리자베따 니꼴라예브나에게도 말을 걸었고, 잠시 발끈해서 아버지에게도 소리를 쳤다. 한마디로 방 안 전체를 이리저리 돌아다녔다. 바르바라 뻬뜨로브나는 얼굴이 새빨개져서 자리에서 일어나더니 쁘라스꼬비야 이바노브나에게 소리쳤다. 「당신 들었지? 그 아이가 방금 여기에서 그 여자에게 한 말 들었지?」 그러나 쁘라스꼬비야 이바노브나는 대답도 못하고 손을 흔들면서 뭐라고 중얼거릴 뿐이었다. 이 불쌍한 부인은 그녀대로 걱정거리를 가지고 있었던 것이다. 그녀는 끊임없이 리자 쪽으로 고개를 돌리고 본능적인 공포에 떨면서 그녀를 쳐다보았지만, 딸이 일어설 때까지는 일어나서 나간다는 것을 감히 생각도 못했다. 그러는 사이 대위는 슬그머니 도망가려는 것 같았다. 나는 그것을 눈치챘다. 그는 니꼴라이 프세볼로도비치가 나타난 순간부터 의심할 바 없이 강한 공포를 느끼고 있었다. 그러나 뾰뜨르 스쩨빠노비치는 그의 팔을 잡고 놓아주지 않았다.

「이건 꼭 그래야만 합니다, 꼭 그래야만 해요.」 그는 자신의 구슬을 흩뿌리는 듯한 말투로 여전히 바르바라 뻬뜨로브나를 설득하고 있었다. 내가 기억하기로 그는 부인 앞에 서 있었고, 그녀는 다시 안락의자에 앉아 그의 말을 열심히 듣고 있었다. 그는 용케 부인의 주의를 사로잡을 수 있었던 것이다.

「꼭 그래야만 합니다. 바르바라 뻬뜨로브나, 부인께서도 보셨듯이 여기에는 오해가 있습니다. 겉으로는 많이 기괴해 보이지만, 사실 이 사건은 촛불처럼 명백하고 손가락처럼 단순합니다. 어느 누구도 제게 해명해 달라고 위임하지 않았고, 제 스스로 나서는 것이 우스꽝스러워 보일 수 있다는 것도 너무나 잘 알고 있습니다. 그러나 우선 니꼴라이 프세볼로도비치 자신이 이 사건에 아무런 의미를 두지 않았고, 또 이 세상에는 스스로 개인적인 해명을 하기가 어려운 경우들이 있습니다. 따라서 몇몇 민감한 문제를 더 쉽게 설명해 줄 수 있는 제삼자가 즉시 그것을 맡아 줄 필요가 있지요. 정말입니다, 바르바라 뻬뜨로브나. 니꼴라이 프세볼로도비치가 조금 전 부인의 질문에 본인은 아무런 문제가 없는데도 바로 단호하게 설명하지 않았습니다만, 그것은 결코 그의 잘못이 아닙니다. 저는 뻬쩨르부르끄에서부터 그를 알아 왔습니다. 게다가 이 일화는 니꼴라이 프세볼로도비치의 명예를 높여 주기만 할 것입니다. 만일 이 〈명예〉라는 모호한 말을 꼭 사용해야 한다면 말이지요…….」

「당신은 이 의혹을…… 불러일으킨 사건의 목격자였다고 말하는 건가요?」 바르바라 뻬뜨로브나가 물었다.

「목격도 하고 관여도 했습니다.」 뾰뜨르 스쩨빠노비치가 서둘러 그 말을 확인해 주었다.

「만일 당신이, 니꼴라이 프세볼로도비치의 섬세한 감정을 모욕하지 않는다고 내게 약속해 준다면…… 그러니까 내가 이미 잘 알고 있는 나에 대한 그 아이의 감정 말이에요. 그 애는 내게 아-무-것도 숨기지 않거든요……. 또한 그렇게 하는 것이 그 아이를 기쁘게 하리라는 확신이 있다면…….」

「분명히 기뻐할 겁니다. 그렇기에 저도 이 역할을 특별히 기쁘게 여기고 있는 것이고요. 저는 그가 직접 제게 부탁을 한 것이나 마찬가지라고 확신합니다.」

갑자기 하늘에서 뚝 떨어진 이 신사가 남의 일을 이야기해 주겠다고 끈질기게 조르는 것이 상당히 이상하기도 하고 일반적인 경우와 다르기도 했다. 그러나 그는 바르바라 뻬뜨로브나의 너무나 아픈 곳까지 건드리면서 그녀를 낚는 데 성공했다. 나는 그때 이 사람의 성향을 전혀 몰랐으니, 그의 의도는 더 모를 수밖에 없었다.

「당신 말을 들어 보도록 하지요.」 바르바라 뻬뜨로브나는 자신의 관대함에 약간 언짢음을 느끼면서 감정을 억누르고 조심스럽게 말했다.

「사건은 아주 간단합니다. 실제로 사건이라고 볼 수도 없습니다.」 그는 구슬을 흩뿌렸다. 「하지만 할 일 없는 소설가들이라면 한 편의 소설을 구워 낼 수도 있겠지요. 꽤 재미있는 이야기라, 쁘라스꼬비야 이바노브나와 리자베따 니꼴라예브나도 호기심을 가지고 들어 주실 것이라 확신합니다. 왜냐하면 여기에는 불가사의까지는 아니더라도 기묘한 것이 많으니까요. 5년쯤 전에 니꼴라이 프세볼로도비치는 뻬쩨르부르끄에서 이분을 알게 되었습니다. 지금 입을 벌리고 서 있는 바로 저 레뱌뜨낀 씨 말입니다. 조금 전 슬그머니 도망가려고 했지요. 실례하겠습니다, 바르바라 뻬뜨로브나. 당신은 도망가지 않는 게 좋을 겁니다, 병참부 퇴직 관리님(거봐요, 나는 당신을 아주 잘 기억하고 있어요). 나나 니꼴라이 프세볼로도비치나 당신이 이곳에서 저지른 장난질을 너무나 잘 알고 있으니까. 그 일에 대해 해명해야 한다는 걸 잊지 마시죠. 다시 한번 사과드립니다, 바르바라 뻬뜨로브나. 니꼴라이 프세볼로도비치는 당시 이분을 자신의 폴스타프[70]라고 불렀습니다. 그것은 아마도(그는 갑자기 설명하기 시작했다) 옛날의 어떤 *burlesque*(익살꾼) 같은 인물이었을 것입니다. 사람들에게 놀림을 받고 스스로도 기꺼이 다른 사람들의 놀림감이 되면서 돈만 받으면 되는 그런 인물 말입니다. 니꼴라이 프세볼로도비치는 당시 뻬쩨르부르끄에서 뭐랄까 조소로 가득 찬 생활을 하고 있었습니다. 다른 말로는 설명드릴 수가 없군요. 왜냐하면 이런 사람은 환멸에 빠지지도 않고, 그는 당시 직접 일하는 것도 경멸했으니까요. 바르바라 뻬뜨로브나, 저는 단지 그 당시 상황만을 말씀드리는 겁니다. 이 레뱟낀에게는 누이가 한 명 있었는데, 바로 조금 전 저기 앉아 있던 여자입니다. 오빠와 여동생은 자기 집이 없어서 다른 사람들 집을 떠돌며 지내고 있었습니다. 그는 꼭 예전 제복을 입고 시장 아케이드 밑을 돌아다니다가 말끔해 보이는 통행인들을 멈춰 세우곤 했으며, 그렇게 해서 얻어 낸 돈을 술 마시는 데 다 써 버렸지요. 여동생은 하늘의 새처럼 간신히 얻어먹고 살았습니다. 그녀는 가난한 집들을 돌아다니며 일을 거들어 주기도 하고 필요한 곳에서는 하녀 노릇도 했습니다. 엄청나게 혼란스러운 삶이었지만, 그런 밑바닥 생활의 묘사는 그만두기로 하지요. 마침 니꼴라이 프세볼로도비치도 당시 그런 기이한 행동에 몰두해 있었습니다. 저는 그때 일만 이야기하는 겁니다, 바르바라 뻬뜨로브나. 이 〈기행〉이라는 말도 니꼴라이 자신의 표현입니다. 그는 저한테 많은 이야기를 털어놓았거든요. 마드무아젤 레뱟끼나는 한때 니꼴라이 프세볼로도비치와 상당히 자주 만났는데, 그녀는 그의 외모에 반하고 말았습

70 셰익스피어의 희곡 「헨리 4세」에 나오는 희극적인 인물.

니다. 그는 그야말로 그녀의 구질구질한 인생에 다이아몬드 같은 존재였지요. 저는 감정 묘사에는 서툴러 그냥 지나가겠습니다. 그러나 어쨌든 너절한 인간들이 그녀를 웃음거리로 만들어 그녀는 슬픔에 잠겼습니다. 사실 그녀는 놀림을 많이 당해 왔지만 그때까지는 전혀 그것을 깨닫지 못하고 있었습니다. 그녀의 머리는 이미 그때도 정상이 아니었지만, 지금처럼 심하지는 않았습니다. 어린 시절에는 한 은인 덕분에 교육을 약간 받았다고 추정할 만한 근거도 있습니다. 니꼴라이 프세볼로도비치는 이 여자에게 조금의 주의도 기울인 적이 없으며, 대부분의 시간을 관리들과 함께 낡고 기름때 낀 카드를 들고 0.25뻬이까를 걸고 하는 카드놀이나 하고 있었습니다. 그런데 한번은 그 여자가 모욕을 당하자 그는 (이유도 묻지 않고) 그 관리의 멱살을 잡고 2층 창밖으로 던져 버렸습니다. 이것은 모욕당한 무고한 사람을 위한 기사도적인 분노 같은 것이 전혀 아니었습니다. 이 처분은 모두가 웃는 가운데 일어났으며, 니꼴라이 프세볼로도비치 자신이 누구보다 가장 많이 웃었습니다. 모든 일이 원만하게 끝나자, 그들은 화해하고 펀치를 마시기 시작했습니다. 그러나 모욕을 당한 무고한 여인 쪽에서는 그 일을 잊지 않았습니다. 물론 결국 그녀의 정신적 능력에 충격이 오고 말았지요. 다시 말씀드리지만 저는 감정 묘사에 서투릅니다. 그러나 여기서 중요한 문제는 그녀의 망상입니다. 그런데 니꼴라이 프세볼로도비치는 일부러 그러는 듯 그녀의 망상을 더욱더 자극했습니다. 웃어 버리는 대신 그는 갑자기 마드무아젤 레뱟끼나를 뜻밖에도 정중한 태도로 대하기 시작했습니다. 당시 그곳에 있던 끼릴로프는 (바르바라 뻬뜨로브나, 그는 굉장히 괴짜인 데다 아주 통명스러운 사람인데, 아마도 조만간 만나시게 될 겁니다. 지금 이곳에 와 있거든요), 그러니까 이 끼릴로프가 평소에는 줄곧 말이 없는 사람인데, 이번에는 갑자기 아주 분개해서 니꼴라이 프세볼로도비치를 질책했던 것으로 기억합니다. 그가 이 여성을 후작 부인처럼 대우해서 그녀를 결국 망쳐 버리고 있다고 말입니다. 덧붙이자면 니꼴라이 프세볼로도비치도 이 끼릴로프를 어느 정도 존경하고 있었습니다. 그러자 그가 뭐라고 대답했는지 아십니까? 〈끼릴로프, 자네는 내가 그녀를 놀리고 있다고 생각하나 본데, 나는 사실 그녀를 존경하고 있네. 믿어 주게. 왜냐하면 그녀는 우리들 중 누구보다 더 훌륭하거든.〉 아시다시피 아주 진지한 어조로 이렇게 말했습니다. 그런데 이 두세 달 동안 그는 사실 **안녕하세요**와 **안녕히 계세요**라는 말 이외에는 그녀와 단 한마디도 나누지 않았습니다. 제가 그 자리에 함께 있었기에 기억하고 있습니다만, 그녀는 결국 그가 약혼자라도 되는 것처럼 생각하는 지경에 이르렀지요. 그가 자기를 신부로서 용감하게 〈납치〉해 가지 못하는 유일한 이유는 그에게 적이 많고 무슨 가족과 얽힌 장애가 있어서라고요. 정말 웃겼지요! 이런 상황은 니꼴라이 프세볼로도비치가 이곳으로 오면서 끝났는데, 그는 떠나기 전 그녀를 부양할 수 있도록 조치를 취해 두었습니다. 꽤 많은 보조금이었는데, 적어도 3백 루블 정도는 되는 것 같았습니다. 한마디로 이 모든 일은 그의 입장에서 보자면 장난삼아서 한 행동이거나, 이른 나이에 피곤에 지친 사람의 공상의 산물이라고 할 수 있겠지요. 결국 끼릴로프가 말한 대로 이것은 권태감에 사로잡힌 사람이 정신 나간 불구자를 어느 상황까지 끌어갈 수 있는지 알아볼 목적으로 행한 새로운 실험이라고도 볼 수 있습니다. 끼릴로프는 〈자네는 일부러 가장 열등한 존재, 영원한 수치와 구타의 흔적으로 뒤덮인 불구자를 골랐어. 게다가 이 여자가 자네에 대한 우스꽝스러운 사랑으로 죽어 가고 있다는 것을 알면서도, 갑자기 이 일이 어떻게 끝날지 보고 싶다는 이유만으로 그녀에게 일부러 사기를 치기 시작한 거야!〉라고 말했지요. 하지만 결국 줄곧 두 마디 이상의 말을 건넨 적이 없는 미친 여자의 망상에 이 사람이 무슨 특별한 잘못이 있겠습니까? 바르바라 뻬뜨로브나, 문제들 중에는 똑똑하게 말해 줄 수 없을 뿐만 아니라, 그것에 관해 말을 꺼내는 것 자체가 똑똑하지 못한 것들도 있습니다. 결국 기행이라고 표현할 뿐, 더 이상 어떻게 말할 수 없지 않겠습니까? 그런데 지금 바로 여기서 일이 벌어진 것입니다……. 바르바라 뻬뜨로브나, 저는 여기서 일어나는 일을 어느 정도는 알고 있습니다.」

이 이야기꾼은 갑자기 말을 끊고 레뱌뜨낀을 돌아보려 했으나 바르바라 뻬뜨로브나가 그를 멈춰 세웠다. 그녀는 엄청나게 흥분된 상태였다.

「이야기 다 끝났나요?」 그녀가 물었다.

「아직 아닙니다. 이야기를 마무리 짓기 위해, 만일 허락해 주신다면, 이분께 잠시 물어볼 말이 있습니다……. 바르바라 뻬뜨로브나, 부인께선 이제 무슨 일인지 아시게 될 겁니다.」

「됐어요, 그건 나중에 하고, 잠시 중단해 주세요, 제발. 오, 당신에게 이야기하도록 한 건 정말 잘한 일이네요!」

「이것도 알아주십시오, 바르바라 뻬뜨로브나.」 뾰뜨르 스쩨빠노비치는 몸을 부르르 떨었다. 「과연 니꼴라이 프세볼로도비치는 조금 전 부인의 질문에 대답할 수 있었을까요? 너무나 단정적인 질문이었던 것 같은데요.」

「오, 그래, 너무했지요!」

「그리고 어떤 경우에는 당사자보다 제삼자가 훨씬 더 쉽게 설명할 수 있다는 제 말은 맞지 않았습니까?」

「그래요, 그래……. 하지만 한 가지 점에서 당신은 잘못 생각했어요. 그리고 유감스럽게도 그 잘못이 계속되네요.」

「정말입니까? 그게 뭔가요?」

「그러니까…… 그런데 좀 앉아 줬으면 좋겠네요, 뾰뜨르 스쩨빠노비치.」

「오, 그러시다면. 저도 좀 피곤했거든요, 감사합니다.」

그는 얼른 안락의자를 끌어와 한쪽으로는 바르바라 뻬뜨로브나가, 다른 쪽으로는 탁자 옆에 앉은 쁘라스꼬비야 이바노브나가, 정면으로는 단 한 번도 시선을 떼지 않았던 레뱟낀 씨가 마주 보이도록 방향을 돌려 놓았다.

「당신이 그 아이의 행동을 〈기행〉이라고 부른 것은 잘못이에요…….」

「오, 만약 그렇다면…….」

「아니, 아니, 아니, 기다려 봐요.」 바르바라 뻬뜨로브나는 분명 기쁨에 넘쳐 많은 이야기를 할 준비가 되어 있는 듯 그의 말을 중단시켰다. 뾰뜨르 스쩨빠노비치는 이것을 알아차리자마자 모든 주의를 기울였다.

「분명히 말하겠는데, 그건 기행 이상의 것, 뭔가 신성하다고까지 할 수 있는 것이었어요! 자존심이 강하고 이른 나이에 모욕을 당해, 당신이 정확하게 표현했듯이 〈조소로 가득 찬 태도〉를 취하게 된 인간이지요. 한마디로 스쩨빤 뜨로피모비치가 전에 훌륭하게 비유했던 해리 왕자라고 할 수 있어요. 적어도 내 눈에는 그렇게 보입니다만, 그가 햄릿을 더 닮은 게 아니라면 그 말이 전적으로 맞겠지요.」

「*Et vous avez raison*(당신 말이 전적으로 옳습니다).」 스쩨빤 뜨로피모비치가 감정을 담아 무게 있게 말했다.

「고마워요, 스쩨빤 뜨로피모비치. 당신이 니콜라를 믿어 주고 그 아이의 고결한 영혼과 사명을 믿어 주셔서 특히 고마워요. 내가 의기소침해 있을 때 당신은 이 믿음으로 나에게 원기를 북돋아 주셨어요.」

「*Chère, chère*(친애하는, 친애하는)…….」 스쩨빤 뜨로피모비치는 한 발 앞으로 내딛으려다 말을 끊는 것은 위험하다고 판단해서 그 자리에 멈춰 섰다.

「만일 니콜라 옆에(바르바라 뻬뜨로브나는 이미 노래를 부르는 듯했다) 언제나 조용하고 겸손하면서도 위대한 호레이쇼 같은 친구가 있었다면 — 스쩨빤 뜨로피모비치, 이것은 당신의 또 다른 멋진 표현이었어요 — 그랬다면, 아마도 평생에 걸쳐 그 아이를 괴롭히던 슬프고 〈갑작스러운 냉소의 악마〉로부터 이미 오래전에 구원받았을 거예요(〈냉소의 악마〉라는 말 역시 당신의 놀라운 표현이었어요, 스쩨빤 뜨로피모비치). 그러나 니콜라에게는 호레이쇼도 오필리아도 없었지요. 그 아이에게 어머니는 있지만, 그런 상황에서 어머니 혼자 뭘 할 수 있겠어요? 이봐요, 뾰뜨르 스쩨빠노비치, 나는 이제 니콜라 같은 존재가 어째서 당신이 말한 그 더러운 빈민굴에 출입했는지 아주 잘 이해할 수 있을 것 같아요. 이제 나는 그 아이의 삶에 대한 〈조소로 가득 찬 태도〉(당신의 놀라울 정도로 정확한 표현이지요!), 지칠 줄 모르는 대조에 대한 갈망, 그리고 뾰뜨르 스쩨빠노비치 당신이 비유한 대로 그 아이를 다이아몬드처럼 빛나게 해주는 그 어두운 배경을 정말 분명하게 떠올릴 수 있게 되었어요. 바로 거기서 그 아이는 사람들에게 모욕당한 존재, 불구자, 반미치광이, 그리고 동시에 고결한 감정을 소유하고 있을지도 모르는 여인을 만난 거지요.」

「흠, 네, 그렇지요.」

「그런데 여기서부터 당신이 이해하지 못하는 게, 그 아이는 다른 사람들처럼 그녀를 조롱하지는 않는다는 거예요! 오, 사람들이란! 당신은 이해하지 못하겠지만, 그 아이는 그녀를 모욕자들에게서 보호하고, 〈후작 부인을 대하듯〉(끼릴로프라는 사람은 아마도 다른 사람들은 대단히 깊이 이해할지 몰라도 니콜라는 제대로 이해하지 못한 것 같군요!) 존중하는 마음으로 감싸고 있는 거예요. 어쨌든 바로 이런 대조에서 불행이 시작된 것이지요. 그 불행한 여자가 다른 상황에 있었더라면 그 정도 정신 나간 듯한 망상에 이르지는 않았을 텐데. 여자, 여자만이 그걸 이해할 수 있지요, 뾰뜨르 스쩨빠노비치. 당신이…… 그러니까 당신이 여자가 아니라서가 아니라, 적어도 이번 같은 경우에 이해할 수 없다는 사실이 정말 유감스럽네요!」

「그 말은 나쁘면 나쁠수록 더 좋다는 의미지요? 알겠습니다, 알겠습니다, 바르바라 뻬뜨로브나. 그건 종교의 속성과 유사한 것이지요. 인간의 삶이 힘들면 힘들수록, 혹은 전 민중이 학대받고 불행해지면 불행해질수록 그들은 더 집요하게 천국에서의 보상을 꿈꿉니다. 게다가 10만 명이나 되는 성직자들이 몽상에 불을 지피기도 하고 그걸 이용해서 사리사욕을 채우느라 분주하게 움직인다면…… 저는 부인을 이해할 수 있습니다, 바르바라 뻬뜨로브나. 염려하지 마십시오.」

「글쎄요, 정확히 그런 건 아니지만, 어쨌든 한번 말해 봐요. 정말로 니콜라는 이 불행한 유기체(무엇 때문에 바르바라 뻬뜨로브나가 여기서 〈유기체〉라는 단어를 사용했는지 나는 이해할 수가 없었다) 안에 타오르고 있는 몽상을 끄기 위해, 과연 자신도 그녀를 조롱하고 다른 관리들처럼 대해야 했을까요? 당신은 정말로 저 고상한 연민의 감정, 니콜라가 끼릴로프에게 갑자기 단호하게 〈나는 저 여인을 조롱하는 게 아니야〉라고 대답한 순간 느낀 유기체 전체의 고결한 전율을 부정하는 건가요? 얼마나 고결하고 거룩한 대답인가요!」

「*Sublime*(고결하죠).」 스쩨빤 뜨로피모비치가 중얼거렸다.

「그리고 한 가지 더 알아 둬야 할 것이 있는데, 그 애는 당신이 생각하는 만큼 그렇게 부자가 아니에요. 부자는 나지, 그 애가 아니에요. 당시 그 애는 내 돈을 거의 받지 않았거든요.」

「알고 있습니다, 그것도 전부 알고 있습니다, 바르바라 뻬뜨로브나.」 뾰뜨르 스쩨빠노비치는 이제 약간 참을 수가 없어졌는지 몸을 살짝 움직였다.

「오, 이건 내 성격 그대로예요! 나는 니콜라 안에서 나 자신을 볼 수 있어요. 나는 그 젊음, 격렬하고 위협적인 발작의 가능성을 볼 수 있어요……. 뾰뜨르 스쩨빠노비치, 우리가 만약 언젠가 서로 가까워진다면, 이건 나로서는 진심으로 바라는 일이기도 하고, 더욱이 당신한테 이미 신세를 지기도 했는데…… 아무튼 그때가 되면 당신도 이해하게 될 거예요…….」

「오, 저로서도 진정 바라는 바입니다.」 뾰뜨르 스쩨빠노비치는 날카롭게 중얼거렸다.

「그때가 되면 당신은 이 발작을 이해하게 될 거예요. 그 발작으로 인해 갑자기 맹목적인 고결함에 사로잡혀 모든 점에서 당신에게 어울리지 않는 인간, 당신을 깊이 이해하지도 못하고 기회만 오면 당신을 괴롭힐 준비가 되어 있는 그런 인간을 선택하게 된다는 것을요. 또한 모든 것과는 거꾸로, 그런 인간을 갑자기 어떤 이상으로, 자신의 꿈으로 구현하고, 그에게 자신의 모든 희망을 결합시키고, 그에게 경배하며, 무엇 때문인지 전혀 모르면서도 — 어쩌면 그는 그럴 만한 가치가 전혀 없다는 바로 그 이유 때문에 — 그를 평생 동안 사랑하게 된다는 것을요……. 오, 나는 평생 얼마나 괴로웠는지 몰라요, 뾰뜨르 스쩨빠노비치!」

스쩨빤 뜨로피모비치는 앓는 듯한 표정을 지으며 내 시선을 잡으려고 했다. 그러나 나는 제때 피할 수 있었다.

「……그리고 최근에, 아주 최근에, 오, 내가 니콜라에게 얼마나 잘못을 했는지! 당신은 믿지 못하겠지만, 사방에서 온통 나를 괴롭히더군요. 모두, 모두, 적들도, 하찮은 인간들도, 친구들까지도요. 아마 적들보다 친구들이 더 많이 괴롭힌 것 같아요. 누군가 내게 저 경멸스러운 익명의 편지를 처음 보내왔을 때, 뾰뜨르 스쩨빠노비치, 당신은 이해하지 못하겠지만, 나는 결국 이 모든 악의에 경멸로 응대할 만큼의 힘이 없었어요……. 결코, 결코 나의 그 소심함을 용서할 수가 없네요!」

「저도 이미 이곳의 익명의 편지에 대해 어느 정도 들었습니다.」 뾰뜨르 스쩨빠노비치는 갑자기 생기를 띠었다. 「제가 그것을 알아봐 드릴 테니 안심하십시오.」

「하지만 여기서 어떤 음모가 시작됐는지 당신은 상상도 할 수 없을걸요! 그들은 나의 불쌍한 쁘라스꼬비야 이바노브나까지도 괴롭혔다니까요. 도대체 무슨 이유로 그녀를? 나는 오늘 당신한테 너무 많은 잘못을 한 것 같아, 쁘라스꼬비야 이바노브나.」 그녀는 관대한 감동의 발작에 사로잡혀 이렇게 덧붙였지만, 승리감에 사로잡힌 약간의 비꼼도 없지는 않았다.

「그만 됐어요, 부인.」 쁘라스꼬비야 부인은 마지못해 이렇게 중얼거렸다. 「내 생각엔 이제 끝내야 할 것 같네요. 너무 많은 이야기를 해서…….」 그러고는 다시 조심스럽게 리자를 쳐다보았지만, 리자는 뾰뜨르 스쩨빠노비치를 보고 있었다.

「그런데 그 불쌍하고 불행한 여자, 모든 것을 잃고 심장만 지키고 있는 그 미친 여자를 이제 내가 양녀로 삼을까 해요.」 바르바라 뻬뜨로브나가 갑자기 이렇게 소리쳤다. 「이건 내가 수행하고자 하는 신성한 의무예요. 오늘부터 나는 그녀를 내 보호하에 두겠어요!」

「그것은 어떤 의미에서 아주 훌륭한 일이 될 것입니다.」 뾰뜨르 스쩨빠노비치는 완전히 생기를 되찾았다. 「죄송하지만 조금 전에 말씀을 다 드린 게 아닙니다. 바로 그 후원에 대해 말씀드리려 했습니다.」

「그러니까 니꼴라이 프세볼로도비치가 떠나고 나자(저는 이야기를 중단했던 바로 그 지점에서 다시 시작하겠습니다, 바르바라 뻬뜨로브나), 저분, 바로 저 레뱟낀 씨는 즉각 여동생의 것으로 지정된 보조금을 남김없이 처리할 권리가 본인에게 있다고 생각했고, 실제로 그렇게 했습니다. 당시 니꼴라이 프세볼로도비치가 이것을 어떤 식으로 처리해 놓았는지는 정확히 모르지만, 1년쯤 뒤 외국에서 이 소식을 알고 나서 부득이 다른 방법을 강구해야만 했지요. 역시 상세하게는 알지 못하는데, 그가 직접 말해 줄 것입니다. 다만 이 흥미로운 숙녀를 어딘가 먼 수도원으로 보내어 매우 안락하면서도 친절한 감시를 받을 수 있도록 했다는 것만은 알고 있습니다. 아시겠습니까? 그런데 이 레뱟낀 씨가 무슨 일까지 저지르려 했는지 상상이나 하시겠습니까? 그는 우선 온갖 노력을 기울여 자신의 돈줄, 즉 여동생이 어디에 숨었는지 찾아내려다 아주 최근에 그 목적을 이루었습니다. 그는 여동생에 대한 무슨 권리를 주장하며 수도원에서 그녀를 빼낸 뒤 곧장 이곳으로 데려왔습니다. 여기서 그는 여동생에게 먹을 것도 주지 않고 때리고 학대하다가, 마침내 무슨 수를 썼는지 니꼴라이 프세볼로도비치에게서 상당한 돈을 받아 냈습니다만, 그 즉시 돈을 술 퍼마시는 데 다 써버렸습니다. 그러고도 고마워하지 않고 뻔뻔하게 니꼴라이 프세볼로도비치를 불러내, 앞으로 보조금을 자기 손에 직접 쥐여 주지 않으면 재판을 걸겠다는 터무니없는 요구를 하면서 협박하고 있습니다. 이런 식으로 니꼴라이 프세볼로도비치의 자발적인 선물을 마치 조공이나 되는 것처럼 받아들이다니, 상상도 할 수 없는 일 아니겠습니까? 레뱟낀 씨, 내가 지금 여기서 한 말이 **모두** 사실이지요?」

지금까지 눈을 내리뜨고 조용히 서 있던 대위는 얼굴이 새빨개져서 재빨리 두 걸음 앞으로 걸어 나왔다.

「뾰뜨르 스쩨빠노비치, 당신은 나한테 잔인한 짓을 하는군요.」 그는 갑자기 힘주어 말했다.

「잔인하다니, 어째서? 하지만 잔인함이니 상냥함이니 하는 것은 나중으로 미루고, 지금은 내 첫 번째 질문에 대답이나 해보시죠. 내 말이 **모두** 사실인지 아닌지. 만약 내 말에 거짓이 있다면 지금 당장 공개적으로 이야기해도 좋습니다.」

「나는…… 뾰뜨르 스쩨빠노비치, 당신도 알다시피…….」 대위는 이렇게 중얼거리다가 중간에 입을 다물어 버렸다.

한 가지 지적하자면, 뾰뜨르 스쩨빠노비치는 다리를 꼬고 안락의자에 앉아 있었으며, 대위는 그 앞에 매우 공손한 자세로 서 있었다.

뾰뜨르 스쩨빠노비치는 레뱟낀 씨의 망설임이 매우 마음에 들지 않았던 모양이다. 그의 얼굴은 악의에 차서 꿈틀거렸다.

「정말 하고 싶은 말이 없나요?」 그는 대위를 미묘한 시선으로 쳐다보았다. 「있다면 해보세요, 모두가 기다리고 있으니까.」

「내가 아무 말도 할 수 없다는 것을 당신도 알고 있지 않습니까, 뾰뜨르 스쩨빠노비치.」

「아니, 나는 모르는 일인 데다 처음 들었는데. 당신이 왜 말할 수 없다는 거지?」

대위는 바닥으로 눈을 내리깐 채 말이 없었다.

「이제 돌아가게 해주십시오, 뾰뜨르 스쩨빠노비치.」 그가 단호하게 말했다.

「내 첫 번째 질문에 무슨 대답이라도 하기 전에는 안 되지. 내 말이 **모두** 사실입니까?」

「사실입니다.」 레뱟낀은 분명치 않은 소리로 말하며 자신을 괴롭히는 사람에게 시선을 던졌다. 그의 관자놀이에서는 땀까지 흘러내렸다.

「**모두** 사실입니까?」

「모두 사실입니다.」

「뭔가 덧붙이거나 하고 싶은 말은 없나요? 우리가 부당하다고 느껴진다면 말하세요. 항의하고, 불만을 공개적으로 말해 보세요.」

「아니요, 아무것도 없습니다.」

「당신은 최근에 니꼴라이 프세볼로도비치를 협박했죠?」

「그건…… 그건 무엇보다 술 때문이었습니다, 뾰뜨르 스쩨빠노비치. (그는 갑자기 고개를 들었다.) 뾰뜨르 스쩨빠노비치! 한 가족의 명예가, 마음속으로 부당하다고 생각되는 치욕이 사람들 사이에서 절규하고 있는데, 그 사람에게 정말 잘못이 있다고 할 수 있는 걸까요?」 그는 갑자기 조금 전처럼 자신을 잊고 으르렁거리기 시작했다.

「당신 지금 술 취한 것 아니겠지, 레뱌뜨낀 씨?」 뾰뜨르 스쩨빠노비치는 그를 뚫어질 듯 쳐다보았다.

「나는…… 술에 취하지 않았습니다.」

「그럼 가족의 명예와 마음속으로 부당하다고 생각되는 치욕이란 대체 무슨 뜻이오?」

「누구를 두고 한 말이 아닙니다. 그러려고 한 말이 아닙니다. 그냥 혼잣말로…….」 대위는 다시 풀이 죽었다.

「당신은 아마도 당신이나 당신의 행동에 대한 내 표현들에 아주 모욕을 느낀 것 같군요. 당신은 정말 화를 잘 내는군, 레뱌뜨낀 씨. 그러나 미안하지만, 나는 아직 당신의 행동에 대해 있는 그대로의 사실 이야기는 시작도 하지 않았답니다. 이제 당신의 행동에 대해 있는 그대로 말할 참이에요. 이제 말할 겁니다, 그렇게 하고 말 거예요. 나는 아직 **있는 그대로**는 시작도 안했거든.」

레뱌뜨낀은 흠칫하며 뾰뜨르 스쩨빠노비치를 사납게 쏘아보았다.

「뾰뜨르 스쩨빠노비치, 나는 이제야 눈을 뜨기 시작했습니다.」

「흠, 내가 당신을 깨운 건가요?」

「네, 당신이 깨워 주었습니다, 뾰뜨르 스쩨빠노비치. 나는 4년 동안이나 내리덮인 먹구름 아래 잠들어 있었습니다. 이제 돌아가도 되겠습니까, 뾰뜨르 스쩨빠노비치?」

「가도 좋습니다, 바르바라 뻬뜨로브나께서 다른 용건이 없으시다면…….」

그러나 부인은 두 손을 저었다.

대위는 인사를 하고 문 쪽으로 두어 걸음 걸어가다가 갑자기 멈춰 서더니 가슴에 손을 얹고 무슨 말인가 하려고 했다. 그러나 아무 말도 하지 못하고 서둘러 뛰어나갔다. 그러다가 문 앞에서 니꼴라이 프세볼로도비치와 딱 마주쳤다. 니꼴라이는 옆으로 비켜 주었다. 대위는 그 앞에서 갑자기 몸이 완전히 움츠러들더니 뱀 앞의 토끼처럼 그에게서 눈을 떼지 못한 채 얼어붙어 버렸다. 니꼴라이 프세볼로도비치는 조금 기다리다가 그를 가볍게 밀어젖히고 거실로 들어왔다.

7

그는 즐거우면서도 침착해 보였다. 우리가 아직 모르는 정말 좋은 일이 방금 그에게 일어난 모양이었다. 그는 특별히 만족스러워 보이기까지 했다.

「니콜라, 나를 용서해 주겠니?」 바르바라 뻬뜨로브나는 참지 못하고 그를 맞이하기 위해 서둘러 일어났다.

그러나 니콜라는 큰 소리로 웃어 댔다.

「이럴 줄 알았어요!」 그는 상냥하고 장난기 어린 말투로 소리쳤다. 「보아하니 어머니께서 다 알게 되신 모양이네요.

저는 여기서 나가 마차를 타고 가면서 생각했어요. 〈적어도 사소한 일화만이라도 말씀드릴걸. 이런 식으로 뛰쳐나오는 사람이 어딨어?〉라고요. 하지만 뾰뜨르 스쩨빠노비치가 남아 있다는 생각을 하니 그런 염려가 사라져 버리더군요.」

이렇게 말하면서 그는 주변을 쭉 둘러보았다.

「뾰뜨르 스쩨빠노비치는 어떤 기인의 생애 중에서 오래전의 뻬쩨르부르끄 시절 이야기를 들려주었단다.」 바르바라 뻬뜨로브나가 신이 나서 대화를 이었다. 「변덕이 심하고 머리는 좀 이상하지만, 감정은 항상 고상하고, 언제나 기사답고 고결한 사람이더구나…….」

「기사답다고요? 정말 그 정도까지였습니까?」 니꼴라는 웃기 시작했다. 「하지만 이번만은 뾰뜨르 스쩨빠노비치의 성급함에 정말 감사해야겠군요(그는 순간적으로 뾰뜨르와 시선을 교환했다). 어머니도 아셔야 할 게 있는데, 뾰뜨르 스쩨빠노비치는 어디서나 중재자 역할을 맡아 합니다. 이것은 그의 역할이자 병이고 특기라서, 저는 그 점에서 이 사람을 특히 어머니께 추천하겠습니다. 그가 여기서 뭐라고 지껄여 댔을지 짐작이 되네요. 그는 말할 때 마구 지껄이거든요. 머릿속에 사무실이 있다니까요. 그는 현실주의자로서 거짓말을 할 줄 모르고, 진실을 성공보다 더 귀중하게 여긴다는 점을 기억해 주십시오……. 물론 성공이 진실보다 더 귀중한 특별한 경우를 제외하고 말입니다(이 말을 하면서 그는 계속 주위를 둘러보았다). 그러니 어머니께서도 분명히 보시듯, 제게 용서를 구하실 필요는 없습니다. 만약 여기 어딘가에 광기 어린 행동이 있었다면, 그것은 무엇보다 제 탓입니다. 결국에는 어쨌든 제가 미치광이라는 말이지요. 이곳에서의 제 평판을 뒷

받침해야 하지 않겠습니까.」

그러면서 그는 어머니를 다정하게 끌어안았다.

「아무튼 이 사건은 이제 다 끝났고 이야기도 다 된 것 같으니, 이 얘기는 그만하셔도 될 것 같습니다.」 그는 이렇게 덧붙였지만, 목소리는 약간 무뚝뚝하고 딱딱하게 들렸다. 바르바라 뻬뜨로브나는 이 어조를 눈치챘다. 그러나 그녀의 열광은 가라앉기는커녕 그 반대였다.

「나는 네가 한 달은 지나야 올 줄 알았는데, 꿈에도 생각 못했구나, 니콜라!」

「물론 다 설명해 드리겠습니다, 하지만 지금은…….」

그러면서 그는 쁘라스꼬비야 이바노브나에게로 다가갔다.

그러나 그녀는 30분 전 그가 처음 나타났을 때는 너무도 놀랐던 것에 비해 지금은 그에게 고개도 거의 돌리려 하지 않았다. 지금 그녀에게는 새로운 걱정거리가 생겼던 것이다. 대위가 방 밖으로 나가려다 문 앞에서 니꼴라이 프세볼로도비치와 마주친 순간부터 리자가 갑자기 웃기 시작했다. 처음에는 조용하게 간간이 웃더니 웃음소리는 점점 더 크고 선명하게 울려 퍼졌다. 얼굴까지 새빨개졌다. 조금 전의 침울한 모습과 비교하면 너무도 달랐다. 니꼴라이 프세볼로도비치가 바르바라 뻬뜨로브나와 이야기하는 동안 그녀는 마브리끼 니꼴라예비치에게 뭔가 귓속말을 하고 싶은지 두어 번 그를 손짓으로 불렀다. 그러나 그가 그녀에게 몸을 굽히는 순간 그녀는 웃음을 터뜨리고 말았다. 그녀가 불쌍한 마브리끼 니꼴라예비치를 놀리고 있다고 볼 수밖에 없었다. 하지만 그녀는 분명 웃음을 참으려 애쓰듯 손수건을 입에 갖다 대고 있었다. 니꼴라이 프세볼로도비치는 가장 순진하고 선량한 모습으로 그녀를 향해 인사했다.

「부디 용서해 주세요.」 리자가 빠르게 말했다. 「당신은…… 당신은…… 마브리끼 니꼴라예비치를 만난 적 있으시죠? 맙소사, 당신은 용납이 안 될 만큼 키가 크네요, 마브리끼 니꼴라예비치!」

그러고는 다시 웃었다. 마브리끼 니꼴라예비치는 키가 크긴 했지만, 그렇다고 용납되지 않을 만큼 큰 키는 전혀 아니었다.

「당신은…… 오신 지 오래되었나요?」 그녀는 다시 자제하고 심지어 당황한 듯 중얼거렸지만, 눈은 반짝거리고 있었다.

「두 시간쯤 되었습니다.」 니꼴라는 그녀를 뚫어지게 쳐다보며 대답했다. 한 가지 지적하자면, 그는 유달리 침착하고 정중했지만, 그 정중함을 빼면 완전히 무관심하고 맥이 빠진 표정을 하고 있었다.

「어디서 지내실 건가요?」

「여기서요.」

바르바라 뻬뜨로브나 역시 리자를 주시하고 있다가, 문득 한 가지 생각이 떠올랐다.

「그런데 니꼴라, 지금까지 두 시간 남짓 어디 있었던 거니?」 그녀가 다가왔다. 「기차는 10시에 도착했을 텐데.」

「저는 먼저 뾰뜨르 스쩨빠노비치를 끼릴로프 집에 데려다주었습니다. 뾰뜨르 스쩨빠노비치와는 마뜨베예보 역(여기서 세 정거장 전 역)에서 만나 같은 칸을 타고 왔거든요.」

「저는 새벽부터 마뜨베예보 역에서 기다리고 있었습니다.」 뾰뜨르 스쩨빠노비치가 끼어들었다. 「제가 탄 열차 뒤칸이 한밤중에 탈선해서 하마터면 다리가 부러질 뻔했습니다.」

「다리가 부러질 뻔했다니!」 리자가 소리쳤다. 「어머니, 어머니, 우리도 지난주에 마뜨베예보로 가려고 했잖아요. 우리도 다리가 부러질 뻔했네요!」

「맙소사, 무슨 그런 말을!」 쁘라스꼬비야 이바노브나가 성호를 그었다.

「어머니, 어머니, 사랑하는 엄마, 만일 내 두 다리가 정말로 부러져도 놀라지 마세요. 저한테는 이런 일이 일어날 수 있거든요. 제가 매일 말을 타고 달리다 머리를 다칠지도 모른다고 어머니가 그러셨잖아요. 마브리끼 니꼴라예비치, 절름발이가 된 나를 데리고 다녀 주시겠어요?」 그녀는 다시 깔깔거리기 시작했다. 「만약 그런 일이 일어난다면, 당신 외에 누구도 나를 데리고 다니지 못하게 할 테니, 당당하게 기대하고 계세요. 그런데 가령 한쪽 다리만 부러진다면…… 제발 부탁인데, 그걸 행복으로 여기겠다고 말씀해 주세요.」

「한쪽 다리만 있는데, 행복으로 여기라니요?」 마브리끼 니꼴라예비치는 진지하게 눈살을 찌푸렸다.

「대신 당신이 나를 데리고 다닐 수 있잖아요. 그 누구도 아닌 당신 혼자서 말이에요!」

「그때도 당신이 나를 끌고 다니는 걸 텐데요, 리자베따 니꼴라예브나.」 마브리끼 니콜라예비치는 더 진지하게 투덜거렸다.

「맙소사, 저분은 정말 말장난이라도 하려나 봐요!」 리자는 거의 겁에 질려 소리쳤다. 「마브리끼 니꼴라예비치, 앞으로 절대로 그런 쪽으로 가지 말아 주세요! 당신이 얼마나 이기주의자인지 모르겠군요! 당신의 명예를 위해 분명히 말하지만, 당신은 지금 스스로를 비방하고 있다고요! 오히려 당신은 아침부터 저녁까지 내게 다리가 없으니 더 재미있어졌다고 설득시키려 들걸요! 한 가지 어쩔 수 없는 것은 당신은 지나치게 키가 크고, 다리가 없는 나는 아주 작아질 텐데, 당신이 어떻게 내 팔을 잡고 다니겠냐는 거예요. 우리는 한 쌍이 되지 못할 거예요!」

그러면서 그녀는 병적으로 웃어 댔다. 비꼬는 말이나 암시는 진부한 것들이었지만, 그녀는 분명 명예를 생각할 경황도 없는 것 같았다.

「히스테리군요!」 뾰뜨르 스쩨빠노비치가 내게 속삭였다. 「빨리 물을 가져오세요.」

그의 짐작이 맞았다. 1분 뒤 사람들은 부산을 떨며 물을 가져왔다. 리자는 어머니를 껴안고 뜨겁게 입을 맞추더니 그 어깨에 기대어 눈물을 흘렸다. 그러다가 다시 몸을 젖히고 어머니의 얼굴을 들여다보며 깔깔거리고 웃기 시작했다. 마침내 어머니도 울기 시작했다. 바르바라 뻬뜨로브나는 얼른 두 사람을 데리고 조금 전 다리야 빠블로브나가 나왔던 그 문 안쪽으로 들어갔다. 그러나 그들은 그곳에 오래 있지 않았다. 길어야 4분 정도…….

나는 이 기억할 만한 아침의 마지막 순간들을 지금 하나하나 생각해 내려 애쓰고 있다. 부인들이 나가고(자리에서 움직이지 않고 있던 다리야 빠블로브나만 빼고) 우리만 남았을 때, 니꼴라이 프세볼로도비치가 우리들 사이를 돌아다니면서 샤또프를 제외한 모든 사람과 인사를 나누었던 게 기억난다. 샤또프는 여전히 구석에 앉아서 조금 전보다 더 심하게 바닥으로 몸을 숙이고 있었다. 스쩨빤 뜨로피모비치는 니꼴라이 프세볼로도비치와 뭔가 대단히 재치 있는 대화를 나누려 했으나 그는 서둘러 다리야 빠블로브나에게 가버리고 말았다. 그러나 도중에 뾰뜨르 스쩨빠노비치가 그를 거의 강제로 붙잡아 창가로 데려갔다. 그곳에서 뾰뜨르는 니꼴라이에게 뭔가 재빨리 속삭였는데, 속삭임에 수반되는 얼굴 표정이나 몸짓으로 미루어 볼 때 매우 중요한 내용인 것 같았다. 하지만 니꼴라이 프세볼로도비치는 형식적인 미소를 띤 채 건성건성 무관심하게 듣고 있다가 결국에는 참을 수 없었는지 자꾸 그 자리를 떠나고 싶어 하는 것 같았다. 그는 우리의 숙녀들이 돌아온 바로 그때 창가를 떠났다. 바르바라 뻬뜨로브나는 리자를 원래 자리에 앉히며 10분 정도라도 기다리면서 휴식을 취해야 하며, 지금 당장 바깥 공기를 쐬는 것은 아픈 신경에 좋을 리 없다고 설득하고 있었다. 부인은 리자를 열심히 돌보면서 그녀 옆에 앉았다. 마침 자유의 몸이었던 뾰뜨르 스쩨빠노비치가 얼른 그들에게로 달려가 재빨리 재미있는 이야기를 하기 시작했다. 바로 이때 니꼴라이 프세볼로도비치도 별로 서두르지 않는 걸음걸이로 마침내 다리야 빠블로브나에게 다가갔다. 다샤는 그가 다가오자 자리에서 몸을 떨다가 눈에 띄게 당황한 태도로 얼굴을 새빨갛게 물들이며 자리에서 벌떡 일어났다.

「당신에게 축하를 해야 할 것 같은데…… 아직은 아닌가요?」 그가 얼굴에 독특한 주름을 지으며 말했다.

다샤는 그에게 뭐라고 대답했으나 알아듣기 어려웠다.

「무례했다면 용서해 주시오.」 그가 목소리를 높였다. 「그런데 당신도 알고 있겠지만, 누군가 내게 일부러 알려 주더군. 당신도 그걸 알고 있소?」

「네, 당신이 소식을 들으셨다는 걸 알고 있어요.」

「하지만 내가 축하했다고 해서 방해가 되지는 않기를 바라오.」 그가 웃었다. 「만약 스쩨빤 뜨로피모비치가…….」

「무슨, 무슨 축하입니까?」 뾰뜨르 스쩨빠노비치가 갑자기 튀어나왔다. 「무슨 축하지요, 다리야 빠블로브나? 이런! 바로 그 일은 아니겠지요? 당신의 빨개진 얼굴이 제 추측을 증명해 주는군요. 사실 무슨 이유로 우리의 아름답고 고결한 아가씨께서 축하를 받아야 할까요? 무슨 축하를 받아 그분께서 이토록 얼굴이 빨개지실까요? 자, 제 추측이 맞다면 저의 축하도 받아 주십시오. 그리고 내기한 돈도 갚으시죠. 스위스에서 당신이 결코 결혼하지 않을 거라고 내기하셨던 걸 기억하시죠? 아, 참, 스위스 말이 나왔으니 말인데, 내가 뭘 하고 있는 거지? 절반쯤 왔다가 왜 왔는지 잊어버린 꼴이네.」 그는 재빨리 스쩨빤 뜨로피모비치를 향해 돌아섰다. 「그런데 당신은 대체 언제쯤 스위스에 갈 건가요?」

「내가…… 스위스에?」 스쩨빤 뜨로피모비치는 깜짝 놀라며 당황했다.

「네? 그럼 안 갈 거예요? 당신도 이제 결혼할 거잖아요……. 편지에도 그렇게 써놓고서.」

「피에르!」 스쩨빤 뜨로피모비치가 소리를 질렀다.

「피에르고 뭐고……. 그러니까 나는 이 결혼이 당신 마음에 든다면, 나도 전혀 반대하지 않는다고 알려 주려고 이렇게 서둘러 달려온 겁니다. 가능한 한 빨리 내 의견을 듣고 싶어 했잖아요. 당신이 바로 그 편지에 애걸하다시피 쓴 대로 정말로 당신을 〈구해야〉 한다면(그는 빠르게 지껄였다), 나는 무엇이든 해줄 겁니다. 그런데 이분이 결혼한다는 게 사실입니까, 바르바라 뻬뜨로브나?」 그는 재빨리 부인을 돌아보았다.

「실례가 되지 않기를 바랍니다만, 이분이 편지에 직접 써 보내기를, 온 도시가 다 알고 축하해 주는 바람에 그걸 피하려고 밤에만 밖으로 나간다고 하던걸요. 그 편지는 제 주머니에 있습니다. 그런데 믿으실지 모르겠지만, 바르바라 뻬뜨로브나, 저는 정말로 그 내용을 하나도 이해할 수가 없었습니다! 스쩨빤 뜨로피모비치, 한 가지만 말해 줘요. 당신을 축하해야 합니까, 아니면 〈구해야〉 합니까? 부인은 믿지 못하시겠지만, 그 편지에는 가장 행복한 구절들과 함께 가장 절망적인 구절들도 섞여 있었습니다. 첫째, 저에게 용서를 구하더군요. 뭐, 이건 그의 성격이라고 해두죠……. 하지만 이것만은 말하지 않을 수가 없네요. 기가 막히게도, 평생 단 두 번, 그것도 우연히 나를 본 사람이, 갑자기 지금 세 번째 결혼을 앞두고서 이 결혼이 저에 대한 부모로서의 의무를 저버린다고 생각하고, 1천 베르스따나 떨어진 곳에서 제게 화내지 말고 허락해 달라고 애원하고 있으니 말입니다! 스쩨빤 뜨로피모비치, 기분 나빠 하지 말아요. 당신 시대의 특징일 테니. 나는 마음이 넓어서 비난하지 않습니다. 이것이 당신의 명예가 될 수도 있겠지요……. 그럼에도 한 가지 중요한 문제는, 내가 무엇이 중요한지 이해할 수가 없다는 겁니다. 그 편지에는 〈스위스에서의 죄〉니 뭐니 하고 써 있더군요. 그러니까 결혼하는 이유가 죄 때문에, 혹은 타인의 죄 때문이라고 되어 있던데, 아니면 그냥 한마디로 〈죄〉였는지도 모르겠네요. 〈아가씨는 진주이자 다이아몬드〉라고 하면서, 물론 〈본인은 자격이 없다〉고 하더군요. 이건 이 양반이 잘 쓰는 말이지요. 하지만 무슨 죄 아니면 상황 때문에 〈결혼하고 스위스에 갈 수밖에 없다〉면서, 그러니 〈만사를 제쳐 두고 빨리 와서 구해 달라〉는 겁니다. 무슨 일 때문인지 이해가 가십니까? 그런데…… 그런데 여러분의 표정을 보니(그는 손에 편지를 들고 돌아서서 순진한 미소를 지으며 사람들의 얼굴을 쳐다보았다) 제가 늘 그렇듯 뭔가 실수한 것 같군요……. 어리석은 솔직함, 아니면 니꼴라이 프세볼로도비치가 말하던 성급함 때문이겠지요. 나는 여기 있는 우리는 모두 친구라고, 즉 스쩨빤 뜨로피모비치 당신의 친구들이라고 생각했습니다. 하지만 나야말로 사실 이방인이지요. 보아하니 모두 뭔가 알고 있는 것 같은데, 나만 그걸 모르고 있군요.」

그는 계속해서 방 안을 둘러보았다.

「그러니까 스쩨빤 뜨로피모비치가 당신한테 〈스위스에서 벌어진 타인의 죄〉와 결혼하게 되었으니 빨리 와서 〈구해 달라〉고 편지를 썼다, 이 말이지요?」 바르바라 뻬뜨로브나는 노랗게 질려 얼굴이 일그러지고 입술을 부들부들 떨면서 갑자기 다가왔다.

「말하자면, 보시다시피 만약 여기서 제가 이해하지 못한 게 있다면,」 뾰뜨르 스쩨빠노비치는 상당히 놀란 듯이 더 심하게 서둘렀다. 「그건 물론 그렇게 편지를 쓴 이분의 잘못입니다. 이것이 그 편지입니다. 그런데 말입니다, 바르바라 뻬뜨로브나, 끝도 없이 계속 오던 편지가 최근 두세 달 동안에는 아주 연달아 오는 바람에, 솔직히 말하면 결국에 가서는 끝까지 다 읽지 못하는 경우도 있었습니다. 스쩨빤 뜨로피모비치, 나의 어리석은 고백을 용서해 주세요. 당신이 그 편지들을 나에게 보내긴 했지만, 그보다는 후손들을 더 염두에 두고 썼을 테니 다 읽거나 말거나 상관없잖아요. 그 점은 인정하시지요……. 자, 자, 화내지 말아요. 우리 두 사람은 어쨌든 가족이잖아요! 그러나 이 편지는, 바르바라 뻬뜨로브나, 이 편지는 다 읽었습니다. 이 〈죄〉, 그러니까 〈타인의 죄〉라는 것은 아마도 우리 자신의 죄일 것입니다. 내기를 해도 좋습니다만, 가장 순진한 죄일 것입니다. 그런데 갑자기 그걸 이용해서 고결한 색채를 띤 무서운 이야기를 만들어 낼 생각이 든 것입니다. 바로 고결한 색채를 위해 시작된 것이지요. 아실지 모르겠지만, 우리는 금전상의 문제로 좀 삐걱거리고 있거든요. 결국 고백하지 않을 수 없네요. 우리는 카드놀이라면 사족을 못 쓰는 편이라서요……. 하지만 이건 쓸데없는 이야기네요. 정말 쓸데없는 이야기예요. 죄송하지만 제가 너무 말이 많았습니다. 그런데 맙소사, 바르바라 뻬뜨로브나, 이분의 위협에 저는 실제로 그를 〈구해야겠다〉는 마음이 어느 정도 생겨 버리고 말았습니다. 정말로 수치스럽군요. 제가 뭐 그의 목에 칼이라도 들이대고 있습니까? 제가 비정한 채권자라도 되나요? 그는 지참금에 관해 뭐라고 썼는데…… 그런데 스쩨빤 뜨로피모비치, 정말 결혼을 하시는 겁니까? 그렇게 될지도 모르죠. 그런데 우리는 계속 지껄이고만 있네요. 그것도 말을 위한 말만 하고 있으니……. 아, 바르바라 뻬뜨로브나, 부인께서는 아마도 저 역시 말이 많다고 분명 비난하고 계시겠지요?」

「오히려 그 반대예요, 당신이 더 이상 참을 수 없는 지경이 됐다는 걸 나도 잘 알겠네요. 그리고 물론 그 이유가 분명하다는 것도요.」 바르바라 뻬뜨로브나는 악의에 차서 대꾸했다.

그녀는 무슨 연극을 하고 있는 것 같은 뾰뜨르 스쩨빠노비치의 〈진실의〉 장광설을 악의에 찬 기쁨을 느끼며 듣고 있었다(나는 그때 그가 무슨 역할을 하고 있는지는 몰랐지만 연극임은 분명했으며, 심지어 그의 연기는 조잡하기까지 했다).

「오히려,」 부인은 말을 이었다. 「나는 당신이 이야기를 꺼내 줘서 매우 고맙게 생각하고 있어요. 당신이 아니었다면 전혀 몰랐을 거예요. 20년 만에 처음으로 눈을 뜨게 되었네요. 니꼴라이 프세볼로도비치, 방금 누군가 일부러 네게 이 이야기를 알려 주었다고 했는데, 스쩨빤 뜨로피모비치가 너한테도 이런 투의 편지를 쓴 게 아니니?」

「저는 그분에게서 매우 순진하고, 그리고…… 그리고…… 매우 고결한 편지를 받았습니다…….」

「너는 적당한 말을 찾아내려고 애쓰는구나. 그만해라! 스쩨빤 뜨로피모비치, 당신에게 정말로 부탁드립니다.」 그녀는 갑자기 눈을 번뜩이며 그를 향해 돌아섰다. 「부디 지금 당장 여기를 떠나 주세요. 그리고 앞으로는 내 집 문지방을 넘어오지 마세요.」

나는 독자들이 스쩨빤 선생에게서 아직도 사라지지 않고 있는 조금 전 그 〈열광〉을 상기해 주기를 바란다. 사실 스쩨빤 뜨로피모비치가 잘못한 것은 맞다! 그러나 여기서 나를 결정적으로 놀라게 한 것은 선생이 뻬뜨루샤의 〈폭로〉 앞에서도 그것을 중단시키려 하지 않고 놀랄 정도로 위엄 있게 서 있었으며, 바르바라 뻬뜨로브나의 〈저주〉 앞에서도 그 자세를 유지했다는 것이다. 어디서 그런 정신력이 생겨났을까? 다만 한 가지, 나는 그가 뻬뜨루샤와 조금 전 처음 만나 포옹을 나누었을 때 의심할 바 없이 깊은 모욕감을 느꼈다는 것만은 알 수 있었다. 그의 눈을 보니 적어도 이것은 그의 마음속 **진짜로** 깊은 슬픔이었다. 그에게는 그 순간 또 다른 슬픔이 있었는데, 그것은 자기가 비열한 짓을 했다는 뼈아픈 자각이었다. 그는 나중에 자신의 솔직한 성격답게 스스로 이 사실을 고백했다. 그런데 의심할 바 없는 **진짜** 슬픔은 보기 드물 정도로 경박한 사람조차 가끔은 아주 잠깐이나마 견고하고 단단하게 만들 수 있다. 그뿐만 아니라 진정한 진짜 슬픔으로 인해 바보들도 물론 잠시이긴 하지만 영리해질 수 있다. 이것이 바로 슬픔의 속성이다. 그렇다면 스쩨빤 뜨로피모비치와 같은 사람에게는 과연 무슨 일이 일어날 수 있었을까? 물론 잠시 동안 말이다.

그는 바르바라 뻬뜨로브나에게 위엄 있게 인사했으나 말은 한마디도 하지 않았다(사실 그는 더 이상 할 수 있는 게 없었다). 그는 그대로 나가려다 참지 못하고 다리야 빠블로브나에게 다가갔다. 그녀는 이것을 예감하고 있었던 듯, 바로 일어서더니 완전히 겁에 질려 서둘러 그의 말을 막으려는 것처럼 먼저 말하기 시작했다.

「제발, 스쩨빤 뜨로피모비치, 부디 아무 말씀도 말아 주세요.」 그녀는 얼굴에 병적인 표정을 짓고 서둘러 그에게 손을 내밀면서 열띤 어조로 빠르게 말하기 시작했다. 「저는 여전히 선생님을 존경하고…… 또 존중한다는 것을 꼭 알아주세요……. 저에 대해서도 좋게 생각해 주세요, 스쩨빤 뜨로피모비치. 그러면 저도 정말, 정말 고맙게 생각하겠어요…….」

스쩨빤 뜨로피모비치는 그녀에게 매우 낮게 고개를 숙여 인사했다.

「이것은 너의 의지다, 다리야 빠블로브나. 너도 알다시피 이 모든 일은 전적으로 너의 의지에 달려 있는 거야! 전에도 그랬고, 지금도 앞으로도 마찬가지야.」 바르바라 뻬뜨로브나가 무게 있게 결론을 내렸다.

「이런! 이제야 전부 이해되네요!」 뾰뜨르 스쩨빠노비치가 이마를 탁 쳤다. 「하지만…… 하지만 이렇게 되면 내 입장은 어떻게 되나요? 다리야 빠블로브나, 부디 절 용서해 주십시오……. 당신은 지금 나한테 무슨 일을 저지른 건가요, 네?」 그는 아버지에게로 돌아섰다.

「피에르, 너는 나한테 다르게 말할 수도 있었다. 그렇지 않니, 얘야?」 스쩨빤 뜨로피모비치는 아주 조용한 소리로 중얼거렸다.

「소리 지르지 마세요, 제발.」 피에르는 두 손을 내저었다. 「정말로 이 모든 건 늙고 병든 신경 탓입니다. 소리쳐 봐야 소용없어요. 그보다 한번 말해 봐요. 당신은 내가 들어서자마자 떠들어 댈 것을 예상했을 텐데, 어째서 미리 경고해 두지 않았죠?」

스쩨빤 뜨로피모비치는 날카롭게 그를 쳐다보았다.

「피에르, 너는 이곳에서 일어나는 일들을 그렇게 잘 알고 있으면서, 이 일에 대해서는 정말 아무것도 모르고 아무 소리도 듣지 못했단 말이냐?」

「뭐-라-고-요? 뭐 이런 사람이 다 있지! 나이 든 어린애로도 모자라, 이제 심술궂은 어린애가 될 셈인가요? 바르바라 뻬뜨로브나, 그가 말하는 것 들으셨지요?」

이때 소동이 벌어졌다. 아무도 예기치 못했던 사건이 갑자기 일어났던 것이다.

8

우선 말해 둬야 할 것은 마지막 2~3분 동안 리자베따 니꼴라예브나에게 새로운 움직임이 나타나기 시작했다는 것이다. 그녀는 어머니와 함께, 혹은 자기에게 몸을 숙이고 있는 마브리끼 니꼴라예비치와 함께 무언가 속삭이고 있었다. 얼굴은 불안해 보였지만 동시에 단호함을 띠기도 했다. 마침내 그녀는 서둘러 돌아가려는 듯 자리에서 일어나며 어머니를 재촉했다. 마브리끼 니꼴라예비치는 그녀를 안락의자에서 부축해 일으키기 시작했다. 그러나 분명 마지막까지 다 보지 못하고는 돌아가지 못할 운명이었던 것 같다.

한쪽 구석(리자베따 니꼴라예브나와 그다지 멀지 않은 곳)에 사람들에게 완전히 잊힌 채 앉아 있던 샤또프는 자신도 왜 떠나지 못하고 여기 앉아 있는지 모르는 것 같더니, 갑자기 의자에서 일어나 서두르지는 않지만 단호한 걸음걸이로 방을 가로질러 니꼴라이 프세볼로도비치를 향해 걸어갔다. 시선은 그의 얼굴을 똑바로 향하고 있었다. 니꼴라이는 이미 멀리서부터 그가 다가오는 것을 알아채고 보일 듯 말 듯 미소를 짓고 있었다. 그러나 샤또프가 그에게 바짝 다가서자 웃음이 사라졌다.

샤또프가 그에게서 시선을 떼지 않고 조용히 그 앞에 서자 모두가 갑자기 이것을 알아차리고 조용해졌다. 가장 늦게 알아차린 사람은 뾰뜨르 스쩨빠노비치였다. 리자와 그녀의 어머니는 방 한가운데 멈춰 섰다. 그렇게 5초 정도 흘렀다. 니꼴라이 프세볼로도비치의 얼굴에 나타나 있던 오만하면서도 의혹에 찬 표정이 분노로 바뀌었다. 그는 눈썹을 찌푸리며 갑자기…….

그런데 갑자기 샤또프가 자신의 길고 묵직한 손을 휘둘러 있는 힘껏 니꼴라이 프세볼로도비치의 뺨을 후려갈겼다. 니꼴라이 프세볼로도비치는 그 자리에서 심하게 몸을 휘청거렸다.

샤또프는 보통 뺨을 때릴 때(이런 표현이 가능하다면) 하는 방법과 완전히 다르게 좀 특이한 방법으로, 즉 손바닥이 아니라 주먹을 사용해 내리쳤다. 그의 주먹은 크고 묵직하고 뼈마디가 굵은 데다 붉은 솜털과 반점으로 뒤덮여 있었다. 만약 코에 맞았다면 코가 박살 났을 것이다. 그러나 주먹은 왼쪽 입술과 윗니를 스치고 뺨에 맞아 금방 입에서 피가 흐르기 시작했다.

순간적으로 비명 소리가 들린 것 같았는데, 아마도 바르바라 뻬뜨로브나가 지른 듯했다. 정확하게 기억하지 못하는 이유는 곧 다시 모두 얼어붙은 것처럼 조용해졌기 때문이다. 하지만 이 모든 일이 일어나는 데 10초도 걸리지 않았다.

그럼에도 이 10초 동안 엄청나게 많은 일이 일어났다.

다시 한번 독자들에게 상기시키지만, 니꼴라이 프세볼로도비치는 기질상 공포를 모르는 사람이었다. 결투에서는 상대의 총구 앞에 냉정하게 서 있을 수도 있었고, 야수처럼 침착하게 상대를 겨누어 죽일 수도 있었다. 누군가에게 뺨을 맞으면 그는 결투를 신청할 것도 없이 그 자리에서 바로 자신을 모욕한 사람을 죽였을 것이다. 그는 바로 그런 인간이었으므로, 제정신을 잃는 법 없이 완전한 의식을 가지고 죽였을 것이다. 나는 그가 이성적 판단을 할 수 없을 정도로 눈이 멀게 하는 분노의 발작 같은 것은 결코 알지도 못했으리라고 생각한다. 가끔 그를 사로잡는 끝없는 악의 속에서도 그는 항상 자신에 대한 완전한 통제력을 유지할 수 있었고, 따라서 결투 이외의 곳에서 살인을 하면 바로 유형에 처해질 수 있다는 것을 알고 있었다. 그럼에도 불구하고 그는 어쨌든 조금의 망설임도 없이 자신을 모욕한 사람을 죽여 버릴 것이다.

나는 최근 계속해서 니꼴라이 프세볼로도비치를 연구하고 있는데, 이것을 쓰고 있는 지금 특별한 사정으로 그에 관해 아주 많은 사실을 알게 되었다. 나는 그를 지금 우리 사회에 몇몇 전설적인 기억으로 살아남아 있는 과거의 인물들과 비교해 볼까 한다. 예를 들어 제까브리스뜨[71]였던 L-n[72]에 대해 떠도는 이야기들에 따르면, 그는 평생 동안 일부러 위험을 찾아다니고 그 감각에 몰두했으며, 그것을 자신의 본성적인 욕구로 바꾸어 버렸다는 것이다. 그는 젊어서는 이유 없이 결투를 신청했고, 시베리아에서는 칼 하나만 들고 곰을 사냥하러 다니기도 했으며, 시베리아의 숲에서 도망친 유형수들을 만나는 것을 좋아했다. 아울러 언급해 두자면, 도망친 유형수들은 곰보다 더 무서웠다. 이런 전설적인 인물들도 공포의 감정을 매우 강하게 느낄 수 있었다는 것은 의심의 여지가 없다. 그렇지 않았더라면 그들은 훨씬 더 평온하게 지내고, 공포의 감각을 본성적인 욕구로 변화시키지도 않았을 것이다. 자기 내부의 두려움을 정복하는 것, 두말할 필요 없이 바로 이것이

71 〈12월 당원〉이라는 뜻으로, 1825년 12월 14일(신력으로는 26일) 니꼴라이 1세의 즉위식 날 입헌 군주제와 농노 해방을 주장하며 반란을 일으킨 귀족들을 말한다.

72 제까브리스뜨였던 루닌M. S. Lunin을 말한다. 같은 제까브리스뜨였던 스비스뚜노프P. N. Svistunov의 글에 따르면 그는 시베리아의 숲에 혼자 들어가서 늑대나 곰과 마주치는 위험한 느낌을 즐겼다고 한다.

그들을 매혹했던 것이다. 승리에의 끝없는 도취와 자기를 정복할 자는 이제 없다는 의식, 바로 이것이 그들을 매료시켰던 것이다. 이 L-n은 유형을 가기 전에도 얼마 동안 배고픔과 싸우며 고된 노동을 통해 빵을 구하곤 했다. 그것은 오로지 부유한 자기 아버지의 요구가 정당하지 못하다고 생각했기에 무슨 일이 있어도 아버지에게 복종하고 싶지 않다는 이유에서였다. 따라서 그는 투쟁의 의미를 다방면으로 이해했으며, 단지 곰과의 싸움이나 결투만으로 자신의 견고함이나 강인한 성격을 자랑하지는 않았다.

그러나 어쨌든 그때 이후 많은 세월이 흘렀고, 신경이 날카로워지고 피곤에 지치고 이중 삼중으로 분열된 현대인의 본성은 과거 좋은 시절에 불안정한 활동을 하던 사람들이 찾아 헤매던 저 직접적이고 순수한 감각에 대한 요구를 좀처럼 허용하지 않는다. 니꼴라이 프세볼로도비치는 L-n을 향해 오만한 태도를 취하며 그를 수탉처럼 항상 허세만 부리는 겁쟁이라고 부를지도 모른다. 사실 소리 내어 말하지는 않겠지만 말이다. 그도 L-n과 마찬가지로 성공적으로, 또한 두려움 없이 결투에서 상대를 죽이고, 필요하다면 곰 사냥을 나가고, 숲속에서 강도를 물리치기도 했을 것이다. 그러나 대신 그에게는 어떠한 쾌감도 없을 것이며 그저 불쾌한 필요에 따라 무기력하고 게으르고 지루함마저 느끼며 행동할 것이다. 물론 적의에서는 L-n이나 심지어 레르몬또프[73]보다 앞서 나간

73 Mikhail Iurievich Lermontov(1814~1841). 러시아의 낭만주의 시인이자 소설가로, 앞에서도 언급된 『우리 시대의 영웅』의 작가이다. 레르몬또프나 그의 주인공 뻬초린은 모두 매사에 냉담하고 적의를 보이며, 죽음을 두려워하지 않는다는 공통점을 가지고 있다.

다. 니꼴라이 프세볼로도비치의 적의는 이 두 사람을 합친 것보다 더 크겠지만, 그의 적의는 차갑고 차분하며, 이런 표현이 가능하다면 **이성적**이라고 할 수 있다. 따라서 존재할 수 있는 것들 중에서 가장 혐오스럽고 가장 무서운 적의다. 다시 한번 말하지만, 나는 당시에도 그렇게 생각했고, (이미 모든 일이 끝난) 지금도 그렇게 생각하지만, 그는 얼굴을 주먹으로 맞거나 그와 비슷한 정도의 모욕을 받으면 상대에게 결투 같은 건 신청하지도 않고 그 자리에서 바로 죽여 버릴 그런 인간이었다.

그런데 지금 일어난 사건은 뭔가 다르고 기이했다.

그는 뺨을 얻어맞고 나서 치욕스럽게도 몸의 상반신 전체가 옆으로 휘청거렸다가 간신히 몸을 바로 세우자마자, 또한 방 안에서 끔찍하게 찰싹 울려 퍼졌던 주먹 소리가 여전히 맴돌고 있는 상황에서, 갑자기 두 손으로 샤또프의 어깨를 움켜잡았다. 그러나 곧바로, 거의 같은 순간 그는 두 손을 뒤로 잡아당겨 뒷짐을 졌다. 그는 말없이 샤또프를 쳐다보고 있었는데, 표정은 셔츠처럼 창백했다. 그러나 이상하게도 그의 눈빛은 꺼져 버린 것 같았다. 10분 뒤 그의 시선은 냉정하고 — 분명히 말하지만 거짓말이 아니다 — 침착해졌다. 다만 무섭게 창백할 뿐이었다. 물론 나는 이 사람의 내부에서 무슨 일이 있었는지 모른다. 나는 겉만 보았을 뿐이다. 만약 자신의 끈기를 시험하기 위해 빨갛게 달구어진 쇠막대기를 손에 꽉 쥐고 10초 동안 참을 수 없는 고통과 싸워서 마침내 이겨 내는 사람이 있다면, 그 사람은 바로 지금 이 10초 동안 니꼴라이 프세볼로도비치가 겪고 있는 것과 비슷한 고통을 참아 내는 것이라고 볼 수 있으리라.

먼저 눈을 내리뜬 사람은 샤또프였다. 그는 그렇게 하지 않을 수 없었던 것 같다. 그러고는 조용히 방향을 돌려 방 밖으로 나가 버렸는데, 조금 전 다가오던 그런 발걸음은 전혀 아니었다. 그는 유달리 어색하게 어깨를 치켜 올리고 고개를 숙인 채 뭔가 혼자 궁리에 빠진 것처럼 조용히 걸어 나갔다. 뭔가 중얼거리는 것 같기도 했다. 문까지는 조심스럽게 그 무엇에도 걸리지 않고, 아무것도 쓰러뜨리지 않고 걸어갔지만, 문이 아주 작은 틈만큼 열려 있었기 때문에 몸을 거의 옆으로 돌려 그 틈을 빠져나갔다. 문을 빠져나갈 때 그의 뒤통수 위로 뻗쳐오른 머리카락이 유달리 눈에 띄었다.

이어서 다른 사람들의 고함 소리에 앞서 누군가의 무서운 비명 소리가 울려 퍼졌다. 나는 리자베따 니꼴라예브나가 어머니의 어깨를 붙잡고 마브리끼 니꼴라예비치의 손을 잡고서 그들을 방 밖으로 끌고 가려고 두세 번 잡아당기는 것을 보았다. 그러나 그녀는 갑자기 비명을 지르며 바닥에 몸을 쭉 뻗고 기절하고 말았다. 아직도 내게는 그녀의 뒤통수가 양탄자에 부딪히던 소리가 들리는 것 같다.

〈중권에 계속〉

열린책들 세계문학 057 **악령** 상

옮긴이 박혜경 1965년에 태어나 서울대학교 노어노문학과를 졸업했으며, 동 대학원에서 석사 과정을 마치고 박사 학위를 받았다. 현재 한림대학교 러시아학과 교수로 재직 중이다. 논문으로 「도스또예프스끼의 『악령』에 나타난 분신 테마 분석」 등이 있다. 옮긴 책으로 표도르 도스또예프스끼의 『악어 외』(공역), 블라디미르 나보코프의 『사형장으로의 초대』, 빅토르 펠레빈의 『P세대』 등이 있다.

지은이 표도르 도스또예프스끼 **옮긴이** 박혜경 **발행인** 홍예빈·홍유진
발행처 주식회사 열린책들 **주소** 경기도 파주시 문발로 253 파주출판도시
전화 031-955-4000 **팩스** 031-955-4004 **홈페이지** www.openbooks.co.kr

ISBN 978-89-329-2011-5 04890 **ISBN** 978-89-329-1499-2 (세트)
발행일 2020년 1월 30일 세계문학판 1쇄 2023년 6월 10일 세계문학판 4쇄

이 도서의 국립중앙도서관 출판예정도서목록(CIP)은 서지정보유통지원시스템 홈페이지(http://seoji.nl.go.kr)와 국가자료공동목록시스템(http://www.nl.go.kr/kolisnet)에서 이용하실 수 있습니다.(CIP제어번호: CIP2020002215)